Katrine Wraa ist am Boden – des Meeres und ihrer Karriere. In Ägypten versucht die junge Kriminalpsychologin abzutauchen: vor ihrer panischen Angst vorm Unter-Wasser-Atmen genauso wie vor dem Verlust ihrer Universitätsstelle. Da kommt unverhofft ein Angebot von der Kopenhagener Polizei. Gleich an ihrem ersten Tag wird sie zu einem Mordfall hinzugezogen: Wer hat Mads Winther, einen beliebten Arzt der Geburtsklinik, vor seinem Haus brutal erstochen? Die Spur weist auf den Mann einer Patientin, doch auch Winthers Witwe verhält sich seltsam. Katrine gerät in einen gefährlichen Strudel aus Leid und Hass ...

»Ich glaube, was uns Angst macht, ist die Tatsache, dass Psychopathen kein Gewissen haben. Sie sind zu allem fähig. Sie können uns hemmungslos manipulieren und sich eine enorme Macht über ihre Umgebung verschaffen. Sie lügen, ohne mit der Wimper zu zucken oder auch nur eine Sekunde darüber nachzudenken, ob das, was sie tun, falsch ist. Für sie zählt nur eins: ihre eigenen Bedürfnisse zu befriedigen.«

Das Autorenduo *Øbro & Tornbjerg* gehört zu den international erfolgreichen Shootingstars der dänischen Kriminalszene. Jeanette Øbro, geboren 1969, machte eine Ausbildung zur Hebamme und später zur Mediendesignerin und war als Projektleiterin und Beraterin tätig. Ole Tornbjerg, geboren 1967, hat Kommunikationswissenschaften studiert und arbeitete als Produzent und Regisseur für Film und Fernsehen. Die beiden Autoren sind verheiratet und leben mit ihren drei Kindern in Hillerød. Øbro & Tornbjerg schreiben zurzeit an den nächsten Fällen für Katrine Wraa.

www.fischerverlage.de

JEANETTE ØBRO
OLE TORNBJERG

SCHREI UNTER WASSER

KRIMINALROMAN

AUS DEM DÄNISCHEN VON
PATRICK ZÖLLER

FISCHER
TASCHENBUCH
VERLAG

2. Auflage: August 2012

Deutsche Erstausgabe
Veröffentlicht im Fischer Taschenbuch Verlag,
einem Unternehmen der S. Fischer Verlag GmbH,
Frankfurt am Main, Juni 2012

Die Originalausgabe erschien 2010
unter dem Titel ›Skrig under vand‹
im Verlag JP / Politikens, Kopenhagen
© Jeanette Øbro Gerlow, Ole Tornbjerg
& JP / Politikens Forlagshus A/S, København 2010
Für die deutsche Ausgabe:
© S. Fischer Verlag GmbH, Frankfurt am Main 2012
Satz: Dörlemann Satz, Lemförde
Druck und Bindung: CPI – Clausen & Bosse, Leck
Printed in Germany
ISBN 978-3-596-19317-2

**SCHREI
UNTER
WASSER**

Das Kind im Badewasser schreit nicht mehr.

Sie genießt die Stille.

Aber das Schreien hallt nach. Kreischt und dröhnt in ihrem Kopf. Sie sehnt sich so sehr nach etwas Frieden. Ist das zu viel verlangt? Nur etwas Frieden. Und Schlaf.

Tagsüber sitzt sie auf dem Sofa und presst die Hände auf die Ohren.

Das Kind schreit rund um die Uhr. Sie wird allmählich wahnsinnig. Es ist wie eine ewige Anklage, eine Anklage gegen sie; du bist nicht gut genug, du machst es nicht gut genug, du kümmerst dich nicht gut genug um mich.

Das Kind hat sich gegen sie gewandt.

Anfangs hat sie noch versucht, es zu trösten, es sanft an ihren Körper gedrückt. Aber es hat sie zurückgewiesen. Es ist ihr feindlich gesinnt. Das spürt sie deutlich. Wie soll sie sich um ein Kind kümmern, das ihr so feindlich gesinnt ist? Wie soll sie so ein Kind lieben können?

Die Mitarbeiterin im Gesundheitsamt hat gesagt, es sei gut für das Kind, wenn es draußen im Kinderwagen schlafen könne, das sei schon in Ordnung. Im Kinderwagen weint es zwar auch, aber ihre Ohren bekommen doch eine Pause.

Sie sehnt sich so sehr nach Ruhe.

Ihre Gedanken geraten immer weiter außer Kontrolle. Sie will sie aufhalten, aber sie lassen sich nicht zähmen. Und sie will diese Niederlage nicht erleiden, ihrem Mann eingestehen zu müssen, wie schlimm das Ganze steht.

Das hat alles nicht so kommen sollen. Aber sie kann nichts dagegen tun. Sie hat nichts, was sie diesem Kind geben könnte. Nicht einmal Milch. Es ist, als würde ihr Körper sich weigern, ihm noch mehr zu opfern. Und sie hat ja wohl auch schon genug Opfer gebracht! Aber da ist dieses kleine Ungeheuer anderer Meinung.

Sie spürt die Wut in sich aufsteigen. Dieser kleine Egoist. Fordert und fordert immerzu nur von ihr. Wie hat sie nur so ein kleines egoistisches Geschöpf zur Welt bringen können?

Wäre sie ein Mann, wäre ihr höchstwahrscheinlich der Gedanke gekommen, dass dieser Nachwuchs nicht von ihr sein kann. Aber sie hat es in sich getragen und geboren.

Ihre Gedanken kreisen beinahe nur noch um eine Sache, eine Möglichkeit nur, mehr nicht, die man aber keinesfalls laut aussprechen darf. Es ist zu schändlich. Aber davon gehen sie nicht weg, die Gedanken.

Mit jeder Faser ihres Körpers wünscht sie sich, dieses Kind wäre nie geboren worden.

Jetzt erwacht sie allmählich aus ihrem dösigen Schlummer.

Es ist, als wäre sie aus sich herausgetreten und würde sich nun selbst betrachten. Als schwebte sie über sich selbst im Zimmer. Sie sieht ihren Körper auf dem Boden neben der kleinen Badewanne sitzen. Etwas stimmt nicht. Erst versteht sie nicht, was es ist. Dann wird es ihr klar.

Das Kind im Wasser liegt schlaff und leblos da.

Was ist passiert? Sie versteht es nicht. Sie reißt es aus dem Wasser, legt es auf den Boden. Da ist kein Atem. Sie beginnt mit Herzdruckmassage und bläst Luft in den kleinen Mund.

O Gott …

Gerade als sie glaubt, es sei hoffnungslos, dem schlaffen Körper das Leben zurückzugeben, hustet das Mädchen, und das Wasser platzt aus seinen Lungen und läuft aus seiner Nase und seinem Mund.

Den Rest des Tages beobachtet sie das Kind genau. Es schreit wie immer.

Als ihr Mann aus der Augenklinik nach Hause kommt, erzählt sie ihm nichts. Und er sieht nichts. Die Sehfähigkeit des Augenarztes ist bemerkenswert begrenzt.

Noch lange Zeit danach wagt sie nicht, das Kind zu baden.

KATRINE WRAA WAR AM BODEN, und das im doppelten Sinne.

Am Boden des Roten Meeres. Und am Boden ihrer Karriere.

Sie zog es vor, sich nur mit dem ersten Zustand zu beschäftigen, und versuchte, den zweiten so weit wie möglich zu verdrängen.

Sie hatte gerade noch so viel Luft, um exakt eine Minute und dreißig Sekunden in dieser Farbenorgie verbringen zu können, bevor sie an die Wasseroberfläche schwimmen und Atem holen musste.

Sie saugte die Eindrücke auf. Das konstante Nagen der Papageifische war hier unten im Korallenriff ein beständiges Hintergrundgeräusch. Die Korallen sahen allen möglichen Dingen ähnlich, von menschlichen Gehirnen bis hin zu abstrakten Kunstwerken. Ein Clownfisch zog träge an ihr vorüber. Sie hatte Lust, die Hand auszustrecken und seinen molligen orangeweißgestreiften Körper zu berühren.

Der Zeitpunkt kam näher. Langsam glitt sie durch das Wasser nach oben und zog ihn ein wenig hinaus.

Noch immer hatte sie es nicht geschafft, die Panikschübe zu überwinden, die sie jedes Mal befielen, wenn sie versuchte, mit Sauerstoff zu tauchen und den ersten, grenzüberschreitenden Atemzug unter Wasser zu tun. Ihre

Enttäuschung darüber war maßlos. Deshalb schnorchelte sie und tauchte ohne Sauerstoff, und in dieser Disziplin hatte sie es zumindest schon ziemlich weit gebracht. Sie versuchte jedes Mal, ihren Rekord ein wenig zu verbessern. Momentan stand er bei drei Minuten und fünf Sekunden.

Noch ein Meter bis zur Wasseroberfläche. Der Drang zu atmen wurde jetzt sehr stark. Da. Luft traf auf ihr Gesicht, und Katrine füllte ihre Lungen.

Sie hatte es versucht. Das hatte sie wirklich. Und Ian, ihr australischer Taucher, mit dem sie zusammen war, war unfassbar geduldig mit ihr gewesen. Aber sie hatte sich nicht überwinden können. Jedenfalls noch nicht. Sie, die sich vorgestellt hatte, ihren Aussteigerphantasien nachzugeben, Tauchlehrerin zu werden und nie wieder das akademische Schlachtfeld zu betreten, das sie in England hinter sich gelassen hatte.

Sie holte Luft für einen neuen Tauchgang, hatte die Techniken der besten Freitaucher studiert und eingeübt. Aber sie wusste, dass sie das Meditative des Tauchens so nicht erleben konnte. Tief unten im Wasser einfach zu *sein*, zwischen Fischen und Korallen.

Doch sie genoss es, ihren Körper zu spüren, der kräftig und geschmeidig in hohem Tempo durch das Wasser glitt, beschleunigt von den großen Schwimmflossen.

Bald war sie wieder auf dem Grund.

*

Ian zog verständnislos die Augenbrauen zusammen, und seine braune, ledrige Stirn runzelte sich. Katrine betrachtete seinen ferienträgen Taucherkörper, der behaglich ausgestreckt zwischen den Kissen lag, die zu etwas arrangiert waren, das man im Westen Loungestil nennen würde, das den Beduinen aber bereits seit Jahrtausenden als Wohnzimmer unter den Sternen diente, wenn sie ihr Lager aufschlugen. Das Feuer knisterte.

»Ich versteh einfach nicht, wie solche Leute im normalen Leben überhaupt funktionieren können.«

Sie hatten ein romantisches Gesprächsthema: Psychopathen. Katrine hatte längst eingesehen, dass sie solche ungewöhnlichen Gesprächsthemen als Begleiterscheinung ihres Berufs akzeptieren musste, nachdem sie das Grenzland zwischen Psychologie und Kriminalität zu ihrem Arbeitsfeld gemacht hatte.

Sie hatten sich in eine lange Diskussion über Soziopathen und Menschen mit psychopathischen Zügen verstrickt. Schon jetzt konnte sich keiner mehr erinnern, wie ihr Gespräch überhaupt bis hierhin gekommen war.

»Und was ist ein normales Leben?«, fragte sie neckisch zurück.

»Na, so was wie … du weißt schon: eine Familie haben und sie versorgen und so. Wie normale Menschen eben, oder?«

»Dann sind wir beide nicht die Spur normal?«, fuhr sie fort.

»Jetzt komm schon, du weißt, was ich meine.«

»Ja, das weiß ich«, sagte sie. »Okay, aber meistens funktionieren sie ja auch unter ›normalen‹ Bedingungen nicht. Das ist der Grund, weshalb sie in den Gefängnissen … sagen wir mal, überrepräsentiert sind. Soziopathen haben typischerweise extrem viele Brüche in ihrem Lebenslauf. Sowohl was Partnerschaften als auch was Jobs angeht. Es fällt ihnen einfach schwer, sich an feste Abläufe zu halten. Aber es gibt natürlich Ausnahmen. Etwas vereinfacht kann man sagen, es hängt von ihrer Fähigkeit zur Impulskontrolle ab; ob sie in der Lage sind, einen Handlungsimpuls zu unterdrücken oder nicht.«

»Und was ist dafür entscheidend?«

»Tja, weißt du, da begeben wir uns jetzt in die Neuropsychologie und müssen uns den präfrontalen Cortex etwas näher –«

»Jaja, schon gut, lass mal.« Nachdenklich schwieg er für einen Moment. »Es ist nur ganz einfach so ... faszinierend, oder? Kein Wunder, dass es so viele Bücher und Filme über Psychopathen gibt«, sagte Ian.

»Ich glaube, was uns Angst macht, ist die Tatsache, dass sie kein Gewissen haben«, antwortete sie. »Sie sind zu allem fähig. Sie können uns hemmungslos manipulieren und sich eine enorme Macht über ihre Umgebung verschaffen. Sie lügen, ohne mit der Wimper zu zucken oder auch nur eine Sekunde darüber nachzudenken, ob das, was sie tun, falsch ist. Für sie zählt nur eins: ihre eigenen Bedürfnisse zu befriedigen.«

»Hm«, sagte er.

Sie lehnte sich wieder in die Kissen zurück, nahm einen Zug aus der mit Apfeltabak gefüllten Wasserpfeife und sah hinauf zum Wüstenhimmel, an dem ein Sternenmeer explodiert war, wie sie es nicht einmal annähernd je zuvor gesehen hatte. Hier in der Wüste gab es im Umkreis von mehreren Kilometern kein Licht, abgesehen von dem, das von den Sternen und ihrem Feuer kam, über dem sie früher am Abend Lammfleisch gegrillt hatten.

Sie hatten eine Tour die Ostküste der Sinai-Halbinsel

hinauf in Ians altem Jeep unternommen. Nachts schlugen sie ihr Lager in der Wüste bei den Beduinen auf oder nahmen ein Zimmer in einem der Badehotels draußen an der Küste. Tagsüber schnorchelten sie gemeinsam.

»Wie vielen bist du begegnet?«, fragte er neugierig, richtete sich halb auf und stützte sich auf einen braungebrannten Ellenbogen. »Also so ganz reinrassigen Exemplaren?«

»Hm, mal sehen, da wäre als Erstes meine Chefin«, sagte sie und lachte leise. »Nein, das stimmt nicht ganz, sie hat allenfalls leicht psychopathische Züge. Also, ein paar habe ich schon getroffen.« Sie dachte kurz nach. »Und eine hat wirklich Eindruck auf mich gemacht.«

»Wer?«

»Ein Gefängnisinsassin, die ich einmal verhört habe.«

»Was hatte sie getan?«

»Sie hatte ihre beiden kleinen Kinder ermordet.«

»Du lieber Gott.«

»Tja, also der hatte an diesem Tag offenbar anderswo zu tun«, sagte sie und nahm einen großen Schluck von dem ägyptischen Stella-Bier. »Sie sagte, sie hätten so einen Lärm gemacht. Und da hat sie sie in der Badewanne ertränkt.«

Sie schwiegen.

Aus den Augenwinkeln bemerkte sie, dass er sie intensiv ansah.

»Denkst du, du wirst hierbleiben, Darling? Bei mir?«, fragte er.

»Das nenn ich mal einen Themenwechsel.«

»Ja, aber was glaubst du?«

»Auch wenn du mich immer Darling nennst, obwohl du

genau weißt, dass ich meinen zweiten Familiennamen hasse, und obwohl du mir bei der Passkontrolle heimlich über die Schulter geschaut und ihn dir so *unerlaubt* ergaunert hast«, sagte sie und versetzte ihm einen leichten Schlag auf den Arm. »Trotzdem bin ich immer noch total verrückt nach dir. Und«, fügte sie hinzu, »ich bin bereit, dir das mit dem Namen zu verzeihen, weil er sich bei dir immer anhört wie eine australische Version von James Bond; elegant und wirklich, wirklich komisch.«

»Und was ist nun die Moral von der Geschicht'?«

»Das weiß ich nicht. Ich bin dabei es herauszufinden, während ich rede.«

»Dummerchen!«

»Ja!«, sagte sie entschieden, »genau das bin ich. Und ich bin außerdem ziemlich betrunken. In diesem Zustand darfst du mir so gewichtige Fragen überhaupt nicht stellen.«

»Du bist unwiderstehlich, Darling.«

»Ein Glück!«

Sie lachten, legten sich dicht nebeneinander und sahen zum Sternenhimmel hinauf. Zum Schutz vor der kühlen Wüstenluft zog Ian eine Decke über sie.

Ian war von ihrer Arbeit fasziniert – im Gegensatz zu vielen anderen, die ihr leidenschaftliches Interesse für Menschen, die zu grausamsten Verbrechen fähig waren, abschreckte. Natürlich hatte sie ihn in den ersten Wochen durch ihren persönlichen TÜV geschickt, bevor sie ihm Zugang zu ihrer Intimsphäre gewährt hatte. Zur Checkliste gehörte unter anderem ein Robert-Hares-Screening, eine international anerkannte Methode zur Diagnose von dissozialer Persönlichkeitsstörung, oder mit anderen Worten: War jemand ein Psychopath oder nicht? Ian hatte bestanden – oder war durchgefallen, ganz wie man es betrachtete.

»Ich will morgen nicht zurück«, stöhnte sie und fühlte sich mit einem Mal nüchterner. Eilig nahm sie einen Schluck von ihrem Bier.

»Ich auch nicht«, sagte er, seufzte und zog sie noch enger an sich.

Sie waren seit zwei Wochen unterwegs, der Urlaub war vorbei. Ian musste zurück nach Scharm El-Scheich, in die Touristenhochburg, wo er als Tauchlehrer arbeitete. Katrine musste herausfinden, was sie mit ihrem Leben anfangen wollte. Herausfinden, ob es einen Weg aus der Sackgasse gab, in der ihre Karriere festgefahren war.

»Ich habe beschlossen, diesen Tauchschein zu machen«, sagte sie. Sie träumte davon, so zu leben wie er, ein Leben, in dem die großen Entscheidungen darin bestanden, ob Scharm, Koh Tao in Thailand, Costa Rica, das Great Barrier Reef ... Wenn Ian von all den Orten erzählte, an denen er gewesen war, wurde ihr bei dem Gedanken daran ganz glückselig zumute.

»Du musst ja nicht Tauchlehrerin werden, um hier unten zu bleiben«, sagte er einmal mehr vorsichtig, und sie konnte hören, wie er im Dunkeln lächelte. »Es gibt ja auch hier jede Menge Schurken, und du kannst helfen, sie zu fangen. Glaub mir, in Scharm ...«

»Ich muss mich einfach nur überwinden.«

»Katrine, Darling, du hast dich ganz schön festgebissen an dieser ...«

»Ich kann es überwinden!«

Sie sah ihn entschieden an. So gut kannten sie sich nach

den drei Monaten, die sie jetzt zusammen waren, natürlich auch wieder nicht. Sie war ihm begegnet, kurz nachdem sie in Scharm angekommen war, und nach einer Woche bei ihm eingezogen. Was er noch nicht über sie wusste, dachte sie, war, dass sie einen unerschütterlichen Glauben daran besaß, alles erreichen zu können, was sie sich vorgenommen hatte.

Hatte sie es bisher vielleicht nicht immer geschafft?

Das Psychologiestudium an der University of London, trotz der mäßigen Noten am Gymnasium in Dänemark. Ihren Doktor in forensischer Psychologie. Assistentin und Nachfolgerin in Wartestellung von Professorin Caroline Stone, der hochrenommierten Wissenschaftlerin und Beraterin der englischen Polizei. Der Frau, die ihr Leben dem Ziel gewidmet hatte, Criminal Profiling zu einem anerkannten Feld innerhalb der Psychologie und nicht zuletzt bei Polizei und Justiz zu machen. Der Frau, mit der Katrine eine so heftige Auseinandersetzung gehabt hatte, dass sie vor drei Monaten aus England abgereist war, um sich eine Denkpause zu nehmen. Seitdem hatte sie sich schwerelos und freischwebend durchs Rote Meer geschnorchelt.

Befreiend und erschreckend zugleich.

*

Sie waren zurück in Scharm.

Katrine setzte sich auf Ians kleinen Balkon und drehte sich eine Zigarette. Unglaublich, wie stark ihre Sinne auf warme, süßliche Luft reagierten und fast unmittelbar ein Verlangen nach Tabak erzeugten. Sie hatte seit Jahren nicht geraucht, aber nur ein paar Tage, nachdem sie in Scharm El-Scheich angekommen war, wieder angefangen.

Man konnte so eben noch das Meer erahnen, wenn man sich in der einen Ecke des Balkons auf die Zehenspitzen stellte. Ihr von der Sonne gebleichtes, dichtes schulterlanges Haar ließ etwas Salz über ihre nackten braunen Schultern tropfen. Normalerweise war es rotblond, aber die lange Zeit unter der hellen Sonne und das Salz hatten ihm eine orangegoldene Farbe verliehen, die selbst für Katrine neu war. Ihre Haut duftete nach Meer und Sonne. Zu Hause in England – und in Dänemark – waren die Weihnachtstage vorbei. Das neue Jahr wartete. Die Leute verdauten. Aber sie saß hier mit Sand zwischen den Zehen, gerade erst zurück von einer phantastischen Schnorcheltour die Küste hinauf.

Ian war den ganzen Tag lang weg, unterwegs mit Touristen. Sie würden ein Stück weit die Küste entlangschnorcheln bis runter nach Blue Hole, dem abschließenden Höhepunkt der Tour. Hier schwamm man über eine 80 Meter tiefe Höhle im Korallenriff hinweg. Viele Male hatte sie ihn auf dieser Tour begleitet. Es war gleichzeitig beängstigend und unvergleichlich schön, in so tiefem Wasser zu schwimmen. Im Laufe der Zeit hatte so mancher waghalsige Taucher versucht, einen unterseeischen Tunnel weit unten in der Tiefe zu durchschwimmen, und war dabei ertrunken. An den Klippen an Land hatte man Gedenkplatten für die Toten angebracht.

Sie nahm ihr Telefon und seufzte. Konnte es auch gleich hinter sich bringen. Als sie losgezogen waren, hatte sie es in Ians Wohnung versteckt. Und das war gut gewesen, immerhin war sie so dem ewigen Klingeln und Vibrieren entkommen.

Drei Nachrichten von einer Nummer, die sie nicht

kannte. Außerdem zehn von Caroline, ganz wie erwartet. Sie hörte die erste Nachricht der unbekannten Nummer ab.

»Guten Tag, Frau Doktor Wraa. Hier ist Per Kragh, Leiter der Mordkommission, Kripo Kopenhagen.«

Der neue Chef der Mordkommission der Kopenhagener Kripo auf ihrem Telefon? Eine undefinierbare Spannung breitete sich in ihrem Körper aus.

Letztes oder vorletztes Jahr war sie ihm einmal begegnet, bei einer Konferenz in Schweden. Er war auf sie zugekommen und hatte sich vorgestellt, nachdem sie einen kurzen Vortrag über kognitive Verhörtechniken und die Funktionsweise des menschlichen Gedächtnisses gehalten hatte. Sie erinnerte sich an ihn, korrekte Erscheinung, diplomatisch, Anfang vierzig. Von seiner Ernennung hatte sie vor ein paar Monaten in einer der dänischen Internetzeitungen gelesen, die sie regelmäßig überflog, und war ein wenig überrascht gewesen. Für den Posten des Leiters einer Mordkommission hatte er etwas zu viel von einem Beamten an sich, hatte sie gedacht. Jetzt hatte er nicht weniger als drei Nachrichten auf ihrer Mailbox hinterlassen.

»Ich würde gerne etwas mit Ihnen besprechen. Wenn Sie mich also so schnell wie möglich zurückrufen würden.« Es war keine Frage, eher eine Feststellung. Er nannte seine Nummer. »Danke.«

Lange starrte sie ihr Telefon an. Sehr lange.

Dann hörte sie die nächste Nachricht ab. Und die dritte, die vor vier Tagen aufgesprochen worden war.

»Ja, hier ist noch mal Per Kragh.« Er klang inzwischen leicht gestresst. »Offensichtlich ist es zurzeit sehr schwierig, Kontakt mit Ihnen aufzunehmen. Ich hoffe aber doch, noch vor Neujahr mit Ihnen sprechen zu können, andernfalls bin ich gezwungen, nach einem anderen Kandidaten zu suchen.«

Einem anderen Kandidaten? War das hier etwa ein Jobangebot vom Leiter der Mordkommission der Kopenhagener Polizei?

Vor vier Tagen. Ihr Puls beschleunigte sich deutlich spürbar. Sie sah auf das Datum ihres Telefons. Morgen war Silvester.

Sie hörte die erste Nachricht von Caroline ab. »Ruf mich zurück, wenn du genug davon hast, Tauchertussi zu spielen und mit hässlicher Taucherbrille vorm Gesicht und albernen Flossen an den Füßen im Wasser rumzuplanschen. Aber noch vor Neujahr, sonst übernimmt Diana deinen Job. Ich glaube, du weißt sehr genau, was das bedeutet.« Sie löschte Carolines übrige Nachrichten, ohne sie abzuhören. Es würde nur schlimmer und schlimmer werden.

*

Ian betrachtete Katrine mit melancholischem Blick. Natürlich wollte er nicht, dass sie sich in irgendeiner Weise schuldig fühlte. Er war nur einfach traurig darüber, dass sie weg sein würde. Das war Katrine für ihren Teil auch. Aber in der Sackgasse vor ihr hatte ein Scheinwerfer aufgeblendet und einen Ausweg beleuchtet. Ihre Aussteigerphantasien waren verschwunden wie Raureif unter der ägyptischen Sonne.

Sie war in Kopenhagen gewesen und hatte eine Art Vorstellungsgespräch geführt. Anschließend hatte man ihr die Stelle sofort angeboten.

Sie legte die letzten Sachen in ihren Koffer und sah Ian

lange an. Sie war kurz und intensiv gewesen, ihre Begegnung.

»Wo wirst du wohnen?«, fragte Ian.

»Meine Mutter hat mir ihr Ferienhaus hinterlassen.« Katrine hatte ihm von ihren Eltern erzählt. Dass ihre Mutter tot und ihr Vater, ein Engländer, zurück nach London gegangen war. »Von Kopenhagen ist es eine Stunde mit dem Auto.«

Diese Entfernung machte auf einen Australier keinen besonderen Eindruck. Das tat hingegen die winterliche Kälte, von der sie ihm erzählt hatte.

»Aber jetzt ist doch Winter in Dänemark, oder?«, sagte er, und in sein Gesicht stand ein Ausdruck des Schreckens geschrieben, der ihn offenbar schon allein bei der Vorstellung der furchteinflößenden Kälte ergriff.

»Ja, aber es gibt ja Kaminöfen.«

»Trotzdem …« Ein Kälteschauer schien Ian von Kopf bis Fuß zu durchlaufen.

»Ich muss erst mal sehen, was ich damit anfange. Und das kann ich am besten, wenn ich eine Zeitlang dort bin.«

»Willst du es verkaufen?«

»Das weiß ich eben noch nicht«, antwortete sie.

»Hat es denn leergestanden, seit deine Mutter gestorben ist?«

»Nein, man kann es mieten, über eine Ferienhausagentur. Deshalb habe ich es bisher auch immer vor mir hergeschoben, irgendwas zu entscheiden, was das Haus angeht. Und außerdem wäre das hier ohne die Mieteinnahmen gar nicht möglich gewesen«, sagte sie und machte eine ausladende Handbewegung. »Meine Mutter hat das Geld jahrelang auf einem Konto für mich angespart.«

»Aber es wäre einfacher für dich, wenn du in der Stadt wohnst.«

Sie sah ihn an.

»Ich liebe das Gefühl, auf dem Weg heraus aus der Stadt zu sein, wenn ich freihabe. Und im Sommer ist es einfach phantastisch – es liegt direkt am Strand. Heutzutage könnte ich mir so ein Haus überhaupt nicht leisten.«

Ian zog die Augenbrauen zusammen. »Entschuldige, aber weshalb überlegst du noch mal, ob du es vielleicht verkaufst?«

Sie wandte den Blick ab. Schaute hinunter in ihren Koffer und wünschte sich weit weg von der Frage, die er gerade gestellt hatte.

»Ich ... Es sind einige Dinge da draußen passiert, als ich noch ziemlich jung war«, setzte sie an, konnte aber die richtigen Worte nicht finden. »Jemand ist gestorben«, begann sie endlich und erzählte ihm die Geschichte.

Schweigend hörte er ihr zu.

»Und du bist all die Jahre damit herumgelaufen und hast dir Vorwürfe gemacht?«, fragte er verwundert.

Sie nickte.

»Du armes Mädchen«, sagte er sanft. »Du musst zurück und deinen Frieden mit der Vergangenheit machen.«

»Es ist ja überhaupt nicht sicher, ob ich da draußen zurechtkomme«, sagte sie und sah wieder weg. »Und vielleicht kann ich in Dänemark gar nicht mehr Fuß fassen. Es ist ja hundert Jahre her, dass ich da gewohnt habe. Ich kenne keine Menschenseele.« Von einem Augenblick auf den anderen packte sie ein Reuegefühl und rief ein unangenehmes Ziehen in der Magengegend hervor. Was zum Teufel tat sie hier eigentlich? Sie war dabei, ihre gerade erst gefasste, wenn vielleicht auch verfrühte Entscheidung für ein phantastisches, einfaches Leben wieder umzustoßen. Sie war auf dem Weg, das Paradies zu verlassen. »Und es ist auch noch lausig kalt!«, klagte sie. »Trotz Klimawandel.«

»Dann kommst du eben einfach zurück«, sagte er.

Sie setzte sich neben ihn auf das Bett. »Ja, dann komme ich einfach zurück«, sagte sie.

Er küsste sie lange und tief, die Haut um seinen Mund schmeckte wie immer salzig. Eine angenehme Wärme durchzog ihr Inneres, und der dumpfe Sog des Bereuens wurde zu einer Lust, die sich in die äußersten Winkel ihres Körpers ausbreitete.

*

Katrine nahm einen großen Schluck von ihrem zweiten Gin Tonic. Eine jähe, fiebrige Gier nach Nikotin überfiel sie. Schnell leerte sie die Tüte mit den gesalzenen Cashewnüssen, gab der Stewardess ein Zeichen und bestellte noch einen Drink.

»Man hat uns eine Stelle für einen Psychologen bewilligt, einen Profiling-Experten mit breitem Erfahrungsspektrum«, hatte Per Kragh am Telefon gesagt, als sie ihn zurückrief. Sie hatte ihren eigenen Ohren nicht getraut. Das war zu schön, um wahr zu sein.

»Es geht um eine Tätigkeit innerhalb einer neueingerichteten Task Force zur Bekämpfung von Bandenkriminalität.«

Okay, die Zeit der Wunder war ganz offensichtlich begrenzt und schon wieder vorbei. Von organisierter Kriminalität verstand sie in etwa so viel wie die Kuh vom Sonntag. Es war also doch nicht das, worauf sie gehofft hatte.

»Wir müssen die Entwicklung, die da gerade vor sich geht, aufhalten«, hatte er gesagt. »Die Rekrutierungstechniken werden immer erfinderischer. Wir müssen uns Wissen über das Milieu verschaffen, damit wir die Entwicklungen früh erkennen und ihnen zuvorkommen können, ein De-Ganging etablieren – die Jugendlichen vom Bandenmilieu fernhalten. Und wir müssen neue Methoden für unsere Ermittlungsarbeit und die Überwachung der Banden konzipieren. Deshalb sind Ihr Hintergrund und Ihre Erfahrung ungeheuer interessant für uns, zum Teil natürlich, weil Sie Dänin sind ...«

»Halb Dänin, halb Engländerin.«

»Ja, äh ... richtig, aber ganz entscheidend für uns ist natürlich Ihre Erfahrung sowohl in der Forschung als auch in der Praxis. Soviel ich weiß, gibt es keinen anderen Dänen, der Ihre Qualifikationen vorweisen könnte.«

Katrine hatte tief durchgeatmet. Es war nicht leicht, das zu sagen.

»Es tut mir leid, aber ich fürchte, ich bin nicht die Richtige für den Job. Bandenkrieg ist nicht gerade mein Spezialgebiet«, hatte sie mit einer Stimme gesagt, aus der die Enttäuschung in so dicken Rauchschwaden aufstieg, dass sie sich nicht einmal Mühe gab, sie zu verbergen.

»Unter uns gesagt«, hatte Kragh in vertraulichem und eindringlichem Ton den Faden wieder aufgenommen, und sie hatte deutlich hören können, dass er nun das Terrain des offiziellen Headhuntings verließ, auf dem sich ihr Gespräch bisher bewegt hatte. »Meine Vorstellungen gehen auch in eine etwas andere Richtung, die aber nicht überall im System bekannt ist.«

»Aha?« Ihre Neugierde war wiedererwacht.

»Ich gehe davon aus, dass das unter uns bleibt?«

»Darauf können Sie sich verlassen«, hatte sie gesagt und ihre Sensoren wieder auf höchste Empfindlichkeit gestellt.

»Ich habe einige sehr konkrete Vorstellungen, was die Neuorganisation und Modernisierung der Ermittlungsmethoden innerhalb der Mordkommission angeht. Und deshalb möchte ich gerne jemanden mit Ihrem Profil im Team haben. Ja, tatsächlich habe ich diesen Gedanken seit der Konferenz im vergangenen Jahr im Hinterkopf, wo wir uns getroffen haben. Das würde uns sehr voranbringen, auch im internationalen Kontext. Meine Vorstellung ist also: Wenn diese Task Force ihre Mission in ein bis zwei Jahren beendet und alle Akten abgeliefert hat und Sie auf Ihrer Stelle etabliert sind, dann habe ich ausgezeichnete Argumente, um Sie zu Mord rüberzulotsen. Aber momentan kann ich eine solche Ressource unter keinen Umständen durchdrücken.«

Sie hatte einen kurzen Moment nachgedacht.

»Okay!«

»Phantastisch!« Per Kragh hatte erklärt, sie werde offiziell als Mitarbeiterin der Mordkommission angestellt sein und für einen begrenzten Zeitraum zur Task Force abgestellt werden. Er selbst werde zwar nicht zum Leitungsteam der Task Force gehören, deren Arbeit aber »von der Seitenlinie« aus verfolgen.

Die Planungen für die Task Force waren noch im Gang, die ersten Wochen würde sie also Teil der Mordkommission sein, eine Art Einführungslehrgang absolvieren und die Ermittler bei konkreten Fällen begleiten und unterstützen – ob sie nun mit Bandenkriminalität zu tun hatten oder nicht.

»Sie fangen also sozusagen bei mir an«, hatte Per Kragh gesagt und dabei sehr zufrieden geklungen.

Sie widmete sich wieder ihrem Gin Tonic und versuchte, eine bequeme Position in ihrem Flugzeugsitz zu finden, gab es aber bald auf. In ihrem Körper klang immer noch das Echo des Abschieds von Ian nach. Die Glückshormone – der Alkohol leistete sicher auch seinen Beitrag – ließen ihn weich und entspannt werden.

In London hatte sie eine privilegierte Stellung gehabt. Als Assistentin von Caroline Stone hatte sie Zugang zu Tatorten bekommen und war stärker in die Ermittlungen einbezogen worden, als es für einen Psychologen normalerweise der Fall war. Sie war in den USA gewesen und hatte mit dem FBI zusammengearbeitet, und in England war sie mit Fällen in Berührung gekommen, die auf der Prioritätenliste der Medien ganz oben standen. Die meisten Studenten der forensischen Psychologie in ganz England hätten ihren rechten Arm für das gegeben, was sie erreicht hatte.

Darum hatten sich auch so viele aus dem Fachgebiet gewundert, dass sie gegangen war. Alle wussten, dass Caroline sie als ihre Nachfolgerin aufbaute und selbst in fünf Jahren in Pension gehen würde. Was konnte sie sich sonst noch wünschen?

Dass der Preis nicht so hoch wäre.

Caroline hatte begonnen, in zunehmendem Maße Bedingungen zu stellen; es gab Methoden, die bekamen ein Go, nämlich Carolines, und es gab Methoden, die bekamen ein No go, die der Konkurrenten, selbst wenn sie noch so belastbar und hilfreich waren. Eine aus Katrines Sicht vorsintflutliche Einstellung, der sie sich nicht unterordnen konnte. In der letzten Zeit waren die Diskussionen zwischen ihnen nicht besonders angenehm gewesen.

Doch Tatsache war, dass die meisten Psychologen ihres Fachgebiets in der Forschung tätig oder Schreibtischanalytiker waren, die niemals auch nur den Schatten eines Kriminellen zu sehen bekamen. So wollte sie auch nicht enden. Aber so wie die Sache stand, gab es keine anderen Möglichkeiten, wollte sie weiterhin in England arbeiten.

Und jetzt würde es also eine Erklärung geben, die alle verstehen konnten: Katrine hatte die Chance bekommen, in ihrem zweiten Heimatland Fuß zu fassen. Obwohl sich diejenigen, die sie näher kannten, natürlich im Klaren waren, warum sie eigentlich weggegangen war.

Worauf man sehr gespannt sein konnte, war ihr zukünftiges Verhältnis zu Caroline – auf lange Sicht. Würde Caroline Katrine abstrafen und sie kaltstellen, wie sie es mit anderen gemacht hatte, die die Königin herausgefordert hatten? Die Allianzen waren stark, die Positionen polarisierten, es war akademische Kriegsführung von brutalem Charakter. Und jetzt sollte Carolines Schoßhündchen Diana also nach Katrine übernehmen. Friede sei mit ihnen, dachte sie.

Sie konnte immer noch nicht wirklich fassen, dass ihr aus heiterem Himmel ein Job in Dänemark in den Schoß gefallen war. Mit dieser Möglichkeit hätte sie nie gerechnet. Dänemark war so klein, auf eine Art so unschuldig. Fünfzig Morde pro Jahr, die im Großen und Ganzen alle aufgeklärt wurden. Aber die Kriminalität war natürlich auch eine ganz andere. Bandenkriege. Rocker. Drogen. Sie hatte nie besondere Lust verspürt, sich in diese Art von Fällen zu vertiefen.

Es war Per Kraghs Schubladensystem, das für sie den Ausschlag gegeben hatte. Ging die Schublade Task Force zu, ging die Schublade Mordkommission auf. Und das hatte sie ihm auch in aller Deutlichkeit zu verstehen gegeben.

Wenn es nicht funktionierte, gab es für sie immer noch den Weg zurück nach Scharm. Oder in die USA. Zum Teufel, Katrine, sagte sie zu sich selbst, leg endlich deinen Tunnelblick ab und auf in den Kampf, die Welt ist groß!

Ich gebe dem eine Chance, versprach sie sich feierlich. Ich bin die, die in der nächsten Runde ist!

Darauf erhob sie ihr Glas, prostete sich zu und leerte ihren dritten Gin Tonic. Womit es Zeit war, es gut sein zu lassen. Am Kopenhagener Flughafen wartete ein Leihwagen auf sie.

*

Der Schnee knirschte unter dem Gewicht des großen schwarzen Wagens mit Allradantrieb, als Katrine in den schmalen Weg einbog, der ins Ferienhausgebiet führte und wie erwartet nicht geräumt war. Es war klug gewesen, ihrem schlechten Gewissen zu trotzen und dieses benzinschluckende Monster zu mieten, mit dem sie bis zu ihrem Haus am Strand und von dort auch wieder wegkommen konnte, ohne im Schnee stecken zu bleiben.

Es war schon dunkel geworden, aber sie hätte die Stelle mit verbundenen Augen gefunden. Katrine hielt an und betrachtete das kleine schwarze Holzhaus mit den weißen Fensterrahmen im Licht der Scheinwerfer. Einen Augenblick lang zögerte sie und blieb im Wagen sitzen, bevor sie ausstieg.

Von der anderen Seite des Hauses klang das vertraute

Rauschen des Meeres zu ihr herüber. So rau und kalt, verglichen mit dem, das sie gerade erst verlassen hatte. Sie sah es vor sich, wie die Wellen bis weit hinauf auf den Strand schlugen.

Sie kannte diesen Ort so gut. Und es war, als würde der Ort auch sie wiedererkennen.

In ihrer Kindheit hatte sie jeden Sommer hier verbracht. Alles hier war beinah wie ein Teil ihres Körpers. Als hätten sich ihre Erinnerungen hier materialisiert. So viele Sinneseindrücke waren hier zu Hause; brennende Haut auf einer Decke im Gras, der Schweiß, der sich zwischen Stoff und Haut sammelte, während man dalag und las. Gänsehaut in eiskalten Wellen außerhalb der Badesaison, Muskeln, die danach vor Kälte zitterten, ob man wollte oder nicht. Und die Düfte: nach würzigen Fichten, süßen Erdbeeren und geröstetem Brot am Morgen, wenn sie aufstand, bettdeckenwarm, und mit von Salz borstig abstehenden Haaren nach draußen zu ihren Eltern schlurfte, die auf der Terrasse Kaffee tranken.

Sie ging zum Haus und schloss auf. Sofort warf sich der muffige Geruch eines Hauses, das die meiste Zeit des Jahres leerstand, über sie und bildete einen starken Kontrast zu den Bildern, die sie eben noch vor ihrem inneren Auge heraufbeschworen hatte.

Sie ging hinein und schloss die Tür. Das Haus war eisig, und es würde einige Zeit dauern, bis es ordentlich durchgewärmt war. Die Kälte hatte sich in Wänden, Möbeln und Böden festgebissen. Sobald sie die Koffer geholt hatte, würde sie ihre wärmsten Sachen hervorkramen müssen.

Langsam ging sie im Haus herum und rief sich die Atmosphäre ins Gedächtnis, die ihr so gut bekannt war. Da war der Tisch, an dem sie gegessen oder Karten gespielt hatten, wenn es zu kalt war, um draußen zu sitzen. Da war der Kaminofen, in dem Feuer gemacht wurde, wenn es abends kühl war. Da war die Doppeltür mit den kleinen Sprossenfenstern, die auf die Terrasse im Garten hinter dem Haus führte, direkt dahinter die Holzstufe, auf der sie Gott weiß wie viele Sommerstunden gesessen und was getan hatte? Nichts, weder Weltbewegendes noch sonst etwas, überhaupt nichts. Einfach nur da gewesen war.

Wenn sie bei Tageslicht hier wäre, was, wie ihr klarwurde, nicht der Fall sein würde, bevor die erste Arbeitswoche vorüber war, würde sie ein bisschen dort draußen herumstapfen und sich den schneebedeckten Garten ansehen. Sie sah es vor sich, wie sie sich überwinden würde, das Törchen am Ende des Gartens zu öffnen und die Holztreppe zum Strand hinunterzugehen.

Aber diese Reise begann genau hier; widerwillig schaute sie auf die Türen zu den beiden Schlafzimmern, die auf dem kleinen Eingangsflur einander genau gegenüberlagen. Das Schlafzimmer der Eltern. Und … Sie atmete tief ein und schaute auf die andere Tür zu ihrem eigenen Zimmer, wo sie in den langen hellen Sommernächten gelegen und geschlafen hatte. Wo sie gelegen und geschlafen hatte, als Lise, die am Gymnasium ihre Freundin gewesen war, zu ihr kam und sie mit den Worten weckte, die sich später als so fatal erwiesen hatten: »Wir können Jon nicht finden.«

Sie sah alles vor sich. Die Schulzeit war zu Ende, und sie hatten sich erst vor kurzem als Studenten eingeschrieben. Eine Fete reihte sich an die andere, und ihre Clique war hier heraufgefahren, um die neugewonnene Freiheit zu genießen. Das war lange her. Beinahe als ob es in einem anderen Leben geschehen wäre. Seitdem war sie nur ganz wenige Male hier gewesen. Aber sie hatte nie wieder in diesem Haus, in diesem Zimmer geschlafen.

Es ist nur die erste Nacht, die musst du überstehen, sagte sie beruhigend zu sich selbst. Entschlossen setzte sie sich in Bewegung und öffnete die Tür zu ihrem alten Zimmer. Es sah genauso aus wie früher. Ich kann hier sein, kein Problem, machte sie sich Mut und glaubte beinah ihren eigenen Worten.

Dann machte sie sich daran, das Haus einzunehmen.

An einer Tankstelle hatte sie Brennholz gekauft und zündete nun als Erstes ein Feuer im Ofen an. Sie schaltete alle Sicherungen ein und begann, ihr Gepäck und die Vorräte ins Haus zu tragen. Sie hatte unterwegs in Hillerød Großeinkauf gemacht, nachdem sich zu ihrem großen Glück herausgestellt hatte, dass der Supermarkt sonntags geöffnet hatte. Jetzt konnten ihr auch fünf Wochen Eingeschneitsein nichts anhaben. Typisch für sie. In einem Supermarkt hatte sie sich einfach nicht unter Kontrolle. Das geliebte Essen. Aber zum Teufel, das kleine Land war ziemlich teuer geworden. Fast wäre sie in Ohnmacht gefallen, als sie die Preisschildchen an ganz gewöhnlichen Alltagswaren in Augenschein nahm. Ganz zu schweigen von den Delikatessen, die sie sich so gern einverleibte; guter Espresso, frisches Pesto, himmlischer Ziegenkäse, Lammfleisch, Fisch und Gemüse, Wein und Obst in langen Regalreihen. Der Betrag, den man ihr an der Kasse abverlangte und von dem sie in England mehrere Monate lang hätte leben können, ließ sie in einem schockartigen Zustand zurück.

Eine Viertelstunde später hatte sie alles da abgestellt, wo es ausgepackt werden sollte. Sie überlegte kurz und entschloss sich, in ihrem alten Zimmer zu schlafen und das ihrer Eltern zum Ankleideraum umzufunktionieren. Sie schob die eiskalte Matratze vor den Kaminofen und legte ein paar Scheite nach. Dann kramte sie dicke Wollsocken und einen Sweater hervor, schnitt ein paar Scheiben Brot und etwas von dem kostbaren Ziegenkäse ab und setzte die Espressokanne auf. Sie aß vor dem Ofen sitzend und schaute hypnotisiert in Flammen und Glut.

Dann schrieb sie eine SMS an Ian, sie sei gut angekommen und stehe nun bis zu den Knien im Schnee. Anschließend rief sie ihren Vater an und erzählte, alles sei gelaufen wie geplant und mit dem Haus alles in Ordnung. In der Zwischenzeit war eine Antwort von Ian gekommen. *Hi, Darling, hab's ja gesagt, du hättest hierbleiben sollen.*

Im Badezimmer sah sie sich im Spiegel an. Sie sah wirklich wie eine Tauchertussi aus. Die ausgetrockneten orangegoldenen Locken umrankten ihr Gesicht wie eine exzentrische Löwenmähne. Sie hatte es nicht gewagt, sich einem der Frisöre in Scharm auszuliefern. Aber wie hatte sie sich das eigentlich vorgestellt? Wenn sie morgen zu ihrem ersten Arbeitstag unter dänischen Polizisten, Juristen und Beamten erschien und so aussah, würde aller Anfang noch schwerer sein. Entschlossen griff sie zu ihrer Nagelschere und begann, die trockenen Spitzen abzuschneiden. Als arme Studentin hatte sie das schon mal gemacht, und das Resultat war einigermaßen akzeptabel gewesen. Überwältigend wurde es auch diesmal nicht, aber immerhin sah es deutlich besser aus als vorher.

Den Rest des Abends verbrachte sie damit, ihren Laptop ans Internet anzuschließen. Danach aß sie noch etwas und überflog wie gewohnt die Internetausgaben der Tageszeitungen, ein paar englische und ein paar dänische.

Bevor sie ins Bett ging, packte sie ihre Fachbücher aus und stellte sie in ein Regal im Wohnzimmer. Sie nahm sich eins der Bücher über kognitive Verhörtechniken, das einer ihrer früheren Kollegen geschrieben hatte – Verhörmethoden, um möglichst effektiv im Gedächtnis der Verhörten zu suchen.

Im Gegensatz zu mehreren Nachbarländern hatte es in Dänemark keine Skandalfälle gegeben. Schweden, Norwegen, England; überall war es zu Fällen gekommen, in denen die Polizei so versessen darauf gewesen war, ein Geständnis zu präsentieren, dass man es erzwungen hatte. Bevor DNA-Tests gang und gäbe wurden, hatte dies dazu geführt, dass man Unschuldige für Jahre hinter Gitter brachte, verurteilt für Verbrechen, die sie nicht begangen hatten. In den Ländern, in denen es solche Fälle gegeben hatte, arbeitete man in der Folge entschlossen daran, die Rechtssicherheit der Angeklagten zu verbessern – unter anderem dadurch, dass man die Ermittler gründlicher ausbildete, was Techniken des Verhörs von Angeklagten, Opfern und Zeugen anging.

Die kognitive Verhörtechnik baute auf dem Verständnis auf, dass das menschliche Gedächtnis eine erfinderisch begabte und nicht immer verlässliche Größe ist. Erinnerungen werden innerhalb eines Zusammenhangs abgelegt. Oftmals würden Verhörte schwören, dass ihre Erinnerungen den tatsächlichen Begebenheiten vollständig entsprechen. Nur den wenigsten Leuten ist bewusst, dass der Mensch seine Erinnerung an ein bestimmtes Ereignis laufend korrigiert.

Eine Untersuchung nach einem Flugzeugabsturz am Flughafen Schiphol in Amsterdam hatte dies eindrucksvoll gezeigt: Im Fernsehen hatte man nach dem Unglück Bilder des Flugzeugwracks und eines zerstörten Gebäudes gezeigt. Fünfundsiebzig Prozent der Teilnehmer der Studie gaben später an, sie hätten Bilder des abstürzenden Flugzeugs im Fernsehen gesehen. Aber vom eigentlichen Absturz existierten keine Aufnahmen.

In diesem für die Ermittler so wichtigen Werkzeug steckte jede Menge Zündstoff für Diskussionen. Das Buch hatte einen hervorragenden Theorieteil und war gleichzeitig auch praktisch anwendbar. Einige der Kapitel über Gedächtnis und Methode würde sie gut gebrauchen können, wenn sie daranging, die Ermittler zu schulen.

Beim Gedanken an dieses konkret bevorstehende Ereignis registrierte Katrine eine ganze Reihe von Signalen ihres Körpers, die deutlich anzeigten, wie es um sie und ihren neuen Job stand. Ihr Verdauungssystem schaltete direkt auf Sparflamme, so dass der Körper die Ressourcen für Überleben und Flucht einsetzen konnte. Oder mit anderen Worten: Sie war hypernervös und hatte Schmetterlinge im Bauch von der Größe ... einer Möwe? Sonderbares Bild, dachte sie und sah ein, dass es Zeit war, ins Bett zu gehen, um morgen frisch und ausgeruht den ersten Arbeitstag ihres neuen Lebens angehen zu können.

*

Ein Schrei?

War es ein Schrei gewesen? Oder ein Fuchs? Manchmal klangen sie wie eine schreiende Frau. Unheimlich und schrill. Und eine Fuchsspur im Garten war nichts Ungewöhnliches.

Adam Ehlers entschied sich, den Unannehmlichkeiten zu trotzen, die damit verbunden waren, aus seinem warmen Bett zu steigen, und die Sache näher zu untersuchen, obwohl es – er schaute auf seine Uhr ... du liebe Güte, zehn Minuten nach fünf war. Erst in zwei Stunden musste er aufstehen. Er hatte die ganze Nacht über schlecht geschlafen, oberflächlich und unruhig wegen der am Morgen bevorstehenden Vorstandssitzung. Die Finanzkrise hatte der Beratungsagentur, die er vor fast zehn Jahren gegründet und mit der er sich selbständig gemacht hatte, schwer zugesetzt.

Aber trotz allem, er hatte noch nie einen Fuchs mit einem solchen Organ gehört. Seine Frau schlief wie gewöhnlich tief und fest und hatte offenbar nichts bemerkt. Er überquerte den Flur in der ersten Etage und betrat das Büro, das er in dem Eckzimmer mit Blick auf den Garten der Familie Winther eingerichtet hatte. Von dort war, wie er meinte, der Laut gekommen.

Ein Blick hinunter in den Garten bestätigte seine Befürchtungen. Was er im trüben Licht der Straßenlaterne dort unten sah, war gleichzeitig überraschend und unwirklich.

Eine Frau, die er als seine Nachbarin Vibeke Winther erkannte, saß da, über eine Gestalt gebeugt, die auf der Erde lag und von der Adam Ehlers annahm, es sei Mads Winther, ihr Mann. Aber warum saßen sie da draußen im

Garten?, dachte er. Im Schnee? In dieser Kälte? Zu dieser Zeit? Sah es so aus, als versuche sie, ihm Erste Hilfe zu leisten? Ehlers' Gehirn verarbeitete die Reize, die es aufnahm, viel zu langsam. Aber plötzlich erwachte er aus seinem tranceartigen Zustand und erkannte, dass er etwas tun musste. Also rief er nach seiner Frau.

»Anne-Marie, wach auf. Bei den Winthers ist etwas passiert!«

Verwirrt setzte sich seine Frau im Bett auf. So schnell er konnte, stakste Adam auf noch steifen Beinen die Treppe hinunter, zog Stiefel und Mantel an und eilte hinüber zu seinen Nachbarn.

»Nein ...« Er hörte das schwache Wimmern schon, als er noch draußen auf der Straße war. »Neeeiii ...«

Vibeke Winther wirkte, als habe sie aufgegeben, saß da und zog kraftlos an der Kleidung der leblosen Gestalt.

Als Adam Ehlers näher kam, verstand er warum.

Mads Winther war tot.

Und man brauchte kein Arzt zu sein, um das festzustellen. Sein Oberkörper war eine einzige blutige Masse, das Gesicht war bleich und in einem grotesken, verblüfften Ausdruck erstarrt.

Adam Ehlers legte eine Hand auf Vibekes Schulter. Sie reagierte nicht. Er trat ein paar Schritte zurück und gab auf seinem Handy die 112 ein.

*

Katrine erwachte und hätte geschworen, dass es das Geräusch ihrer klappernden Zähne war, das sie geweckt hatte. Das Schlafzimmer fühlte sich so kalt an, wie es vermutlich draußen war. Irgendetwas war wohl mit den Sicherungen der Heizung nicht in Ordnung. Sie stand auf, schlüpfte hastig in die Sachen, die sie gestern schon getragen hatte, tastete nach dem Lichtschalter und schlurfte ins Wohnzimmer. Hier war es ganz sicher nicht wärmer. Sie sah auf die Uhr. Viertel nach fünf, sie hätte noch fast eine Stunde schlafen können. Aber in dieser Kälte konnte sie sich unmöglich wieder hinlegen. Vielleicht eine Runde laufen? Das würde jedenfalls ihren Kreislauf in Schwung bringen. Sie holte ihre Laufsachen hervor und zündete ein Feuer im Ofen an. So würde es etwas wärmer sein, wenn sie wieder zurückkam.

Zum Glück hatte sie daran gedacht, eine Stirnlampe zu kaufen. Die Wege hier draußen waren nicht beleuchtet. Im Laufe der Nacht war mehr Schnee gefallen, aber die Luft war wärmer als gestern, und es schien, als würde Tauwetter einsetzen. Ihre Schuhe waren bald durchnässt. Es war nicht gerade ein Vergnügen, was sie hier unternahm, aber nachher, wenn es überstanden war, würde sie sich gut fühlen, tröstete sie sich.

Als sie eine halbe Stunde später die Haustür öffnete, klingelte gerade ihr Handy. Nach drei langen Schritten war sie dran.

»Katrine hier«, schnaufte sie in das Telefon hinein.

»Guten Morgen, Katrine. Per Kragh hier. Ja, entschuldigen Sie, dass ich Sie geweckt habe.«

»Nein, schon okay, ich war draußen und bin gelaufen.«

»Das nenn ich mal Frühsport.« Sie konnte hören, dass er lächelte. »Tja, also ich rufe an, weil wir schon so früh am Morgen mit einer Mordsache dastehen. Und da dachte ich mir, Sie könnten ja genauso gut direkt zum Fundort fahren. Ihr Partner ist schon auf dem Weg dorthin.«

»Okay, geben Sie mir die Adresse, ich komme so schnell wie möglich hin.«

Er gab ihr die Adresse, irgendwo im Frederiksberg-Viertel.

»Gut, dann sehen wir uns gleich.«

»Gleich?«

»Ja, ich komme immer zum Fundort.«

»Ach so, ja, natürlich.« Sie musste sich wohl noch an die deutlich andere Frequenz in Sachen Mord gewöhnen. Wenn der oberste Chef des Morddezernats in London zu jedem Tatort hätte kommen wollen ... völlig unmöglich.

Ihre Push-ups mussten bis heute Abend warten. Normalerweise machte sie hundert nach jedem Lauf. Und hundert Sit-ups. Sie musste auch so bald wie möglich ein paar Gewichte fürs Krafttraining kaufen. Den Satz, den sie in Scharm gekauft hatte, hatte sie bei Ian zurückgelassen. Vierzig Kilo Eisen als Extra-Gepäck waren einfach zu teuer gewesen.

In halsbrecherischem Tempo nahm sie eine Dusche, schlang eine Portion Hafergrütze hinunter, griff ihre Kamera und das Aufnahmegerät und stürzte aus dem Haus. Für Kaffee und Make-up war keine Zeit. Sie gab die Adresse ins Navi ein und fuhr los.

*

Jens Høgh betrachtete den toten Mann, der in einer schmutzigen Masse aus Schnee und Blut in seinem eigenen Vorgarten lag. Noch war unklar, wie viele Male ein scharfer Gegenstand, vermutlich ein Messer, in den Körper eingedrungen war. Fest stand dagegen, dass derjenige, der den Gegenstand benutzt hatte, den brennenden Wunsch verspürt haben musste, dieser Mann solle sterben. Kein Zweifel.

In den letzten Nachtstunden hatte es geschneit. Als sie bei der grauen Villa in Frederiksberg ankamen, waren immer noch große weiche Schneeflocken in der Luft. Die weiße Masse hatte sich wie ein riesiger Isolierteppich über die Erde gelegt, der alle Geräusche dämpfte.

Das Interessante daran war, dass man den Toten unter diesem Schneeteppich gefunden hatte. Er musste also schon einige Stunden dagelegen haben, bevor er, der vorläufigen Aussage seiner Frau zufolge, von ihr selbst kurz nach fünf an diesem Morgen gefunden worden war.

Im Zelt, das man eilig aufgestellt hatte, um den Tatort gegen den anhaltenden Schneefall abzuschirmen, ging Jens neben der Leiche in die Hocke. Zwei Kriminaltechniker nahmen Bilder auf und sicherten sorgfältig die Spuren. Sie fluchten über das Tauwetter, das eingesetzt hatte und es schwermachte, Fußabdrücke im Garten oder auf dem Aufgang zur Villa zu nehmen. Vorläufig gab es keine sichtbaren Anzeichen dafür, dass der Mörder im Haus gewesen war, aber ein zweites Technikerteam arbeitete drinnen, um diese Frage zu klären. Die Gerichtsmediziner, eine junge Frau und ein älterer Herr, warteten darauf, Zugang zur Leiche zu bekommen, die eine ungeduldig, der andere geduldig.

Warum hat dich deine Frau in eurem lauschigen Doppelbett nicht vermisst?, grübelte Jens.

Auf die Aussage der Ehefrau war er gespannt. Die meisten Mörder waren unter denjenigen zu finden, die den Toten am allernächsten standen. Und dazu gehörte nun mal der Ehepartner, meistens jedenfalls. So weit nichts Neues unter unserer schönen Sonne. Aber dieses Szenario hier war sonderbar: Den Ehemann unten im Vorgarten erstechen, ins Bett gehen und den Rest der Nacht schlafen? Aufstehen, den Mann im Garten »finden«, Wiederbelebungsversuche vortäuschen – sie war auch Ärztin – und danach zu Protokoll geben, man habe das Ganze verschlafen?

Aber es hatte alles schon gegeben, alles war möglich.

Aufgekratzt von dem Gedanken, dieses Rätsel zu ergründen, richtete Jens sich auf, aber wohl etwas zu schnell. Einen Moment lang wurde ihm schwarz vor Augen. Für ein Frühstück hatte es nicht mehr gereicht. Er rieb sich mit einer Hand leicht die Stirn.

»Hej, Jens, alles okay?«

Anne Mi Kjær, die Gerichtsmedizinerin, sah ihn besorgt an. Er schenkte ihr ein schiefes Lächeln.

»Jaja, nur zu wenig Sauerstoff im Hirn, aber ansonsten bin ich in Ordnung. Glaube ich jedenfalls.«

Sie blickte skeptisch drein.

Er ging ein paar Schritte zurück und betrachtete Mads Winther mit ein wenig Abstand. Er musste sich konzentrieren, auf den Fall fokussieren, in die Umgebung eintauchen, so wie er es immer tat, wenn sie einen Mord hatten und er zum Fundort der Leiche kam. Aber sein Gehirn führte ein Eigenleben, wobei angesichts des spürbaren Mangels an Sauerstoff von »Leben« eigentlich nicht die Rede sein konnte. Zu viele Gedanken, die teils um seine eigensinnige dreizehnjährige Tochter Simone kreisten, teils um seine Befürchtungen, zu der neuen Einheit Bandenkriminalität versetzt zu werden und damit weg von dem, was er als den besten Job im gesamten Polizeiapparat ansah – Ermittler in der Kopenhagener Mordkommission. Nach der Polizeireform hieß es zwar »Abteilung für personengefährdende Kriminalität«, aber für ihn war und blieb es »Mord«.

Er sah zum offenstehenden Eingang des Zeltes hinaus und entdeckte seinen Chef Per Kragh, der auf ihn zukam. Neben ihm ging eine Frau mit ziemlich ungewöhnlichem, fast orangefarbenem Haar, das in wilden Locken abstand und ihren Kopf wie ein flammender Heiligenschein einrahmte. Das musste diese Psychologin sein, von der Kragh gesprochen hatte. Er spürte, wie sein Stimmungsbarometer weiter fiel. Die Einstellung einer Psychologin war keine gute Neuigkeit. Und erst recht nicht, dass sein Chef ihm von ihr erzählt hatte. Sie sollte ja in der neuen Task Force arbeiten. War das ein Hinweis, dass er unter den Auserwählten war, die versetzt werden sollten? Er hoffte inständig, dass er das überinterpretierte. Er war verdammt nochmal Mordermittler! Natürlich war es auch Mord, wenn Banden sich gegenseitig auf offener Straße oder in Lokalen niedermähten und dabei auch Unschuldige töteten. Dennoch war das etwas anderes. Man wusste ja, dass es »die anderen« gewesen waren. Man wusste, es war organisierte Kriminalität. Pure Racheakte. Natürlich musste das bekämpft werden. Wie Unkraut. Doch sollten sich bitteschön andere darum kümmern, nicht er. Nach den letzten Morden und Schießereien unter diesen Halbhirnen war er an den Ermittlungen beteiligt gewesen. Endlose Verhöre von Zeugen, die nichts sagen wollten, weil sie Angst hatten, sie selbst wären dann als Nächste dran. Die reinste Hölle.

Die Meinungen über das Ansinnen des Chefs der Mordkommission, die neue Task Force müsse einen Psychologen haben, waren geteilt. Aber offensichtlich war es ihm gelungen, die richtigen Fäden zu ziehen. Die Anzeichen verdichteten sich, dass Per Kragh ein gewiefter Spieler auf den Korridoren der Macht war.

Einige waren ganz entschieden gegen »den ganzen Psychokram« und meinten, es sei nichts als aufgeblasener Quatsch, so jemanden an ernsthafter Ermittlungsarbeit zu beteiligen. War das, was die Polizisten leisteten, vielleicht nicht gut genug?, protestierte man. Andere waren offen und neugierig. Jens war skeptisch, hatte sich bisher aber weder den einen noch den anderen Schuh angezogen. Er zog es vor, sich rauszuhalten und seine Energie für die Arbeit einzusetzen.

Es konnte wohl nicht direkt schaden, wenn ein Psychologe versuchte dahinterzukommen, wie diese Idioten davon abzuhalten waren, sich gegenseitig über den Haufen zu schießen. Es kam auf einen Versuch an. Er klammerte sich an die Hoffnung, dass es allein diese pragmatische Sichtweise war, die Per Kragh veranlasst hatte ihn zu bitten, »die Neue« einzuarbeiten, bis die Task Force an den Start ging.

Er ging ihnen entgegen. Sie sah ihn mit festem Blick an. Begrüßte ihn mit einem festen Händedruck. Was für eine ... Ausstrahlung.

»Jens Høgh«, grüßte er mit einem Nicken.

»Katrine Wraa«, antwortete sie mit einem Paar sehr klarer und heller Augen.

Er betrachtete sie. Sie hatte eine für die Jahreszeit bemerkenswerte Farbe, die ihm fast schon unnatürlich vorkam im Verhältnis zum Orange ihrer Haare. Falls das denn echt war.

*

Katrine betrachtete ihren neuen Partner. Sie mussten ungefähr im gleichen Alter sein, Mitte dreißig. Er war beinahe kahlköpfig, nur ein Millimeter dunkles Haar stach hervor. Ihn musste am Kopf fürchterlich frieren, dachte sie. Er hatte dunkle, warme Augen, die sie einschätzend musterten. Und da war noch etwas anderes. Vorbehalte? Besorgnis? Etwa wegen ihr? Oder wegen etwas ganz anderem?

»Willkommen«, sagte Jens Høgh, und seine Miene verschloss sich. Der Psychologeneffekt? Ein alter Klassiker. Die Leute nahmen häufig an, sie würde sich sofort darauf stürzen, das aktuelle Seelenleben und die schwere Kindheit ihres Gegenübers aufzudröseln. Aber das interessierte sie nicht, sonst wäre sie ja Therapeutin geworden. Es sei denn, sie verfolgte ein konkretes Ziel dabei.

»Danke sehr.«

»Sie werden gleich ins kalte Wasser geworfen«, stellte Per Kragh fest.

»Ja, es gilt eben zuzugreifen, wenn es in Dänemark mal einen Mord gibt«, antwortete sie munter und hoffte im selben Augenblick, dass sie sich nicht gerade lächerlich gemacht und ihre neuen Kollegen erst einmal mit einer stilvollen Beleidigung begrüßt hatte. Sie mussten ja glauben, sie hielte sie für Provinzschnüffler.

Jens lachte laut.

»Ganz genau, das habe ich mir auch gedacht«, sagte Kragh und sah mit einem schiefen Lächeln zu Jens. »Und es gibt Ihnen die Gelegenheit, von Anfang an zu sehen, wie wir draußen vor Ort arbeiten. Die Mordkommission habe ich selbstverständlich über Ihre zukünftige Aufgabe informiert, aber die Gerichtsmediziner und die Leute vom Kriminaltechnischen Institut sind noch nicht in Kenntnis gesetzt. Ich werde gleich mal ein paar Worte sagen.«

Die möwengroßen Schmetterlinge kamen mit kräftigen Flügelschlägen zurück, und ihr Puls stieg, dass es in den Ohren rauschte. Jetzt kam es drauf an. Der erste Eindruck bleibt haften. Und es war das erste Mal, dass sie ganz allein verantwortlich war. Bisher hatte sie immer Caroline gehabt, mit der sie die Fälle hatte besprechen können.

*

Ulla Jørgensen parkt ihren kleinen Fiat. Sie ist froh darüber, dass sie sich ein zweites Auto leisten konnten. Das macht ihren Alltag einfacher. Im selben Moment, in dem sie die Autotür öffnet, hört sie es.

Jetzt liegt das kleine Ding wieder im Garten hinter dem Haus und schreit. Das Haus ist das letzte in ihrer Straße, danach kommt nur noch Wald und Feld mit einer kleinen Kiesgrube.

Ulla seufzt tief.

Wenn das so weitergeht, wird sie noch das Jugendamt anrufen müssen. Das hier grenzt ja an Verletzung der Fürsorgepflicht. Anscheinend glauben sie, die Nachbarn wären taub und blind. Aber Ulla hat weder mit der Sehkraft noch mit dem Gehör Probleme, und auch nicht mit dem Herzen, und sie ist erschüttert über das, was sie drüben bei den Nachbarn mit dem kleinen Säugling hört und sieht.

Eilig stellt sie die Einkaufstüten im Flur ab und läuft in den Nachbargarten. Das Weinen ist in ein langes, herzzerreißendes Wehklagen umgeschlagen, wie nur Säuglinge es hervorbringen können.

Ulla nimmt das Baby aus dem Kinderwagen, drückt den kleinen, zitternden Körper an den ihren. Wickelt die Decke um das schon leicht unterkühlte Kind. Es riecht nach altem Urin. Ulla kann die Feuchtigkeit auf ihrem Arm spüren.

»Wie lange liegst du denn schon hier draußen, mein Kleines?« Sie sieht in das Gesicht des Mädchens, das vor Angst und Unbehagen ganz verzerrt ist. Sicher ist es hungrig und durstig. In ihrem Magen setzt sich ein Knoten aus Kummer fest.

Sie hat selbst drei Kinder, die inzwischen alle in die Schule gehen. Sie denkt an die Zeit zurück, als sie noch klein waren und sie sich tagtäglich um sie gekümmert hat. Ihr ganzer Körper war zu einem einzigen Radar geworden, darauf eingestellt, die Signale der Kleinen zu empfangen. Hunger? Müdigkeit? Volle Windel? Und wenn sie sich heute daran erinnert, dann waren die drei immer auf ihrem Arm. Natürlich weiß sie, dass es nicht so gewesen sein kann, denn sie musste ja auch noch den ganzen Haushalt machen. Aber sie erinnert sich noch genau an das Gefühl, wenn sie auf dem Sofa saß und so einen kleinen Menschen an sich drückte und fast wieder eins mit ihm wurde. Als wäre das Kind wieder in ihrem Bauch. Aber hier ist offenbar niemand, der dem Kind ein solches Gefühl von Zusammensein gibt.

Instinktiv will sie das Mädchen mitnehmen. Mit nach Hause nehmen. Diesem kleinen machtlosen Wesen geben, was es braucht und von seinen Eltern nicht bekommt. Aber man kann ja nicht einfach ein Kind mitnehmen.

Jetzt weint sie beinahe selbst.

Sie kann das Kleine nicht trösten. Sichere Arme können keinen Hunger stillen. Sie klingelt.

Auf einmal ist ihre Grenze erreicht. Wut kocht in ihr hoch. Wie viele Male ist sie schon herübergekommen?

Sie entscheidet sich, noch während sie dasteht. Sie wird anbieten, sich jeden Tag ein paar Stunden um das Kleine zu kümmern, damit die Mutter ein wenig entlastet wird. Dann kann sie sicher sein, dass das Mädchen wenigstens in dieser Zeit die richtige Betreuung und die nötige Zuwendung bekommt. Sie hat eine Teilzeitstelle, ein paar Stunden jeden Vormittag als Sprechstundenhilfe bei einem Zahnarzt, aber nachmittags kann sie sich um das Kind kümmern, kein Problem. Und ihre eigenen Kinder sind schon so groß, dass sie es bestimmt schön fänden mit einem Baby, besonders ihre zwei Töchter.

Jetzt klopft sie. Niemand öffnet.

Ulla ist ratlos. In dieser Situation ist es wohl das einzig Richtige, das Kind mitzunehmen, oder? Sie entscheidet sich und geht hastig mit dem Kind zu sich hinüber.

Ihre eigenen Kinder hat Ulla immer erst frisch gewickelt, bevor sie ihr Essen bekamen. Aber dem Mädchen muss sie etwas zu essen geben, bevor es eine saubere Windel bekommt, so hungrig wie die Kleine ist.

Ihre eigenen hat sie nie so hungern lassen, denkt sie aufgebracht.

Ulla macht etwas Vollmilch warm, bis sie die Temperatur der Innenseite ihres Handgelenks erreicht hat. Aus reiner Nostalgie hat sie ein paar der Nuckelfläschchen aufbewahrt, in denen sie ihren Kleinen immer verdünnten Milchbrei gegeben hat, wenn keine Muttermilch mehr kam und sie mehr wollten.

Das Mädchen saugt zufrieden, offensichtlich an Nuckelfläschchen gewöhnt, und stößt laut über Ullas Schulter auf. Ulla lacht und streichelt ihr über den kleinen Rücken.

Und jetzt die Windel. Sie räumt die Wäsche vom Tisch in der Waschküche, den sie damals als Wickeltisch benutzt hat, und legt das Mädchen auf ein paar weiche Handtücher. Ein scheußlicher Gestank bohrt sich ihr in die Nase, als sie die Windel öffnet. Sie ist voll bis zum Rand. Sie wäscht das Mädchen gründlich ab, stellt aber fest, dass die Kleine auch ein richtiges Bad bitter nötig hat.

Ulla holt die Babybadewanne aus einer Ecke der Waschküche hervor. Sie benutzt sie jetzt manchmal, um Wäsche darin einzuweichen. Das Kleine sicher in ein Handtuch gewickelt auf dem Tisch, beginnt sie, die Wanne unter dem Wasserhahn direkt daneben auszuwaschen. Diese Racker vollführen manchmal die tollsten Drehungen, also behält sie die Kleine gut im Auge. Plaudert ein wenig auf sie ein.

Sie lässt die Wanne volllaufen. Hält das Kind auf dem Arm, während das Wasser steigt.

Es wird ein kurzer Waschgang. Das hier kann das Mädchen ganz entschieden überhaupt nicht leiden. Als sie es ins Wasser taucht, bricht es in ein Schreien aus, dass Ulla kalte Schauer über den Rücken laufen. So etwas hat sie noch nie gehört. Hastig wäscht sie die kleinen Hautfalten. Unter dem Kinn sitzt eine hartnäckige, klebrige Kruste aus Schmutz. Ulla treten beinahe die Tränen in die Augen. »Du kannst ja nichts dafür, dass du das nicht magst«, sagt sie zu der Kleinen. »Du bist es ja gar nicht gewöhnt, gebadet zu werden, du Armes.«

Aber jetzt ist sie wenigstens sauber.

Ihre Nachbarin verwendet Gummibändchen mit Stoffwindeln darin. Zum Glück ist das Gummibändchen nicht dreckig geworden. Ulla nimmt einige ausgediente, aber saubere Geschirrtücher, die sie sonst schon mal als Putzlappen benutzt, sucht sorgfältig die weichsten heraus und improvisiert eine Windel.

Zufrieden, sauber und satt. Ulla sitzt mit dem Kind auf dem Sofa, es liegt auf ihren Oberschenkeln, so dass sie einander ansehen können. Sie hat noch irgendwo eine Babydecke gefunden und um das Mädchen gelegt, um es warmzuhalten.

Es gelingt ihr kaum einmal, Blickkontakt zu bekommen.

Wie alt bist du?, denkt Ulla und rechnet zurück. Ungefähr drei Monate muss es her sein, dass sie die Nachbarin mit der Babytragetasche aus der Entbindungsklinik nach Hause kommen gesehen hat. Wieder denkt sie an ihre eigenen. In diesem Alter konnten sie einander lange und forschend ansehen, und sie lächelten sie so bezaubernd an, dass ihr Herz zu platzen drohte, so glücklich war sie. Manchmal schnitt sie Grimassen, die die Kleinen dann nachmachen wollten; weit offener Mund, Zunge rausstrecken, ein breites Grinsen.

Aber mit diesem Kind kann sie keinen längeren Blickkontakt herstellen.

Ulla trifft eine Entscheidung. Sie wird beim Jugendamt anrufen. Es ist ihre Pflicht als Mutter und als Bürgerin.

Aber die Kleine gähnt und sehnt sich nach Schlaf. Ob sie nicht hier bei ihr ein kleines Nickerchen machen kann, während sie anruft? Danach wird sie dann hinübergehen, an der Tür klingeln und ihre Hilfe anbieten.

Aber noch bevor sie dazu kommt, klopft es an der Tür. Draußen steht die Nachbarin. Sie schäumt vor Wut. Schimpft und keift, Ulla habe ihr das Kind weggenommen. Ulla protestiert und sagt, sie habe ja geklopft, aber es habe niemand aufgemacht. Die Nachbarin reißt ihr das Kind aus den Händen, *macht auf dem Absatz kehrt und verschwindet in ihrem Haus.*

*

Katrine blickte in Richtung des Zelts, wo man leistungsstarke Scheinwerfer aufgestellt hatte, um die Dunkelheit zu erhellen. Die Morgendämmerung ließ noch auf sich warten. Weißgekleidete Gestalten bewegten sich in dem scharfen Licht ruhig hin und her. Sie warfen lange Schatten auf den fahlleuchtenden Schnee.

»Wen haben wir da drüben?«, fragte sie.

»Mads Winther, Gynäkologe am Reichskrankenhaus, Anfang vierzig, verheiratet und zwei Kinder, Zwillinge, glaub ich«, sagte Jens Høgh.

Sie gingen etwas näher an das Zelt heran, blieben aber einige Meter entfernt stehen, da sie keinen der Schutzanzüge der Kriminaltechniker trugen. Katrine sah hinauf zum Haus, einer großen, grauverputzten alten Herrschaftsvilla. Gutes Einkommen, dachte sie. Oder vielleicht Drogen? Geld in der Familie? Neureich?

»Darf ich einen Moment um Aufmerksamkeit bitten?« Per Kragh sprach laut, und einen Augenblick später lag eine gespannte Stille über der Szenerie. »Ganz kurz nur, damit alle wissen, wer unsere neue Kollegin hier ist. Katrine Wraa, direkt oder beinah direkt aus England zu uns gekommen, wo sie auf dem Gebiet der kognitiven Verhörtechniken geforscht und die englische Polizei unterstützt hat. Von Zeit zu Zeit hat sie auch dem FBI ein wenig unter die Arme gegriffen«, fuhr er fort und gab sich keine erkennbare Mühe, den Stolz über sein erfolgreiches Headhunting zu verbergen.

»Katrine ist Profiling-Expertin und wird Teil der neuen Task Force, die ja wie bekannt in den nächsten Wochen ihre Arbeit aufnehmen wird. Es ist kein Geheimnis, dass wir auf der Führungsebene der Meinung sind, dass uns ein richtiger Coup gelungen ist, Doktor Wraa für unser Team gewonnen zu haben«, sagte er und sah Katrine dabei an.

»Hübscher Nachname!«, sagte Jens mit ernster Miene und neckischem Tonfall.

»Keine Sorge, er will nur spielen, hat aber nun mal einen katastrophalen Humor«, meinte eine junge Frau hinter ihrem weißen Mundschutz beruhigend zu Katrine.

»Tja, Humor ist ja auch eine Art von Intelligenz, nicht wahr?«, entgegnete Katrine und schaute Jens mit leicht besorgtem Gesichtsausdruck an. Er errötete ein wenig, wie sie zufrieden feststellte.

»Nicht immer«, sagte er. »Manche sind auch humorfrei intelligent, sozusagen von Natur aus.«

»So, Leute, ich schätze sowohl euren Humor als auch eure Intelligenz sehr, aber jetzt zurück an die Arbeit«, erklärte Kragh entschieden. »Jens, Katrine, ihr macht euch ein Bild vom Fundort und verhört anschließend die Ehefrau des Verstorbenen.« Er ging hinüber zu den Gerichtsmedizinern.

Jens sah Katrine an und legte das Gesicht in ernste Falten. »Ja, verstorben, so kann man es auch nennen. Ein Nachbar hat um zehn nach fünf in der Zentrale angerufen. Die Ehefrau, Vibeke Winther, hat noch versucht, erste Hilfe zu leisten, sie ist auch Ärztin. Sie hat getan, was möglich war, um ihn zu retten, hat aber dabei wahrscheinlich auch einige Spuren zerstört. Sie ist drinnen.« Er deutete mit einem Nicken in Richtung des Hauses. »Außerdem hat es geschneit, während der Tote hier lag«, nahm er den Faden wieder auf und sah dann hinauf zum Himmel. »Und jetzt hat es angefangen zu tauen. Tja, die Jungs vom KTI sind gut und tun was sie können, aber Spurensicherung bei diesen Verhältnissen ...« Er zuckte missmutig mit den Schultern. »Schwierig bis unmöglich, Fußabdrücke oder andere Spuren zu finden. Alles von Neuschnee bedeckt, und der schmilzt jetzt also mitsamt der älteren Schneeschicht darunter weg. Und dann sind ja auch noch Notarzt und Sanitäter überall rumgetrampelt. Ach ja, und der Nachbar nicht zu vergessen.«

»Wie lange hat er schon dagelegen?«

»Laut Notarzt ist er sehr stark ausgekühlt, aber die Gerichtsmediziner haben seine Temperatur noch nicht genommen. Wir haben also noch keine genauen Angaben.«

»Klingt aber, als läge er schon länger da, oder?«

»Ja, vermutlich schon seit es vor ein paar Stunden zu schneien angefangen hatte. Auf seiner Kleidung ist Schnee.«

»Seine Frau hat also gar nicht gemerkt, dass er nicht ins Bett gekommen ist?«

»Es sieht danach aus, ja. Aber es kann ja sein, dass sie getrennte Schlafzimmer haben.«

»Ein Paar in diesem Alter?«, fragte sie zweifelnd. »Das trifft doch wohl eher auf den älteren Teil der Bevölkerung zu.«

»Nun ja, Ausnahmen bestätigen die Regel. Und dann gibt es ja auch noch die Möglichkeit, dass sie es selbst getan hat.«

»Und legt sich danach ins Bett und tut so, als habe sie von allem nichts mitbekommen?«

»Hm, das ist es ja, was wir herausfinden müssen«, stellte er fest.

»Na, da haben wir ja sicher schon ein erstklassiges Täterprofil, wie?« Ein Mann Anfang fünfzig schlenderte auf sie zu. Hört sich nicht unbedingt nach einem zukünftigen Fan an, dachte Katrine.

»Geben Sie mir noch zwei Minuten, dann bin ich so weit«, antwortete sie und gab sich Mühe, keck, aber nicht unhöflich zu klingen, so dass man das Ganze noch als ein nicht ernst gemeintes Geplänkel unter Kollegen verstehen konnte. »Außerdem interessiere ich mich zunächst einmal mehr für das Opfer.«

»Torsten Bistrup, Leiter der Ermittlungen«, entgegnete ihr Gegenüber mit Betonung auf »Leiter«. Er gab Katrine die Hand, bevor er fortfuhr. »Schade, ich hatte doch so etwas erwartet wie ›25, Weißer, Satanist, pinkelt im Stehen‹ ...?« Er sah Katrine unschuldig fragend an, die ihn schweigend studierte, während sie ihre Taktik zurechtlegte. »Nein?«, er schüttelte übertrieben heftig den Kopf. »Anscheinend nicht!«

Dieser Typ Mann begegnete ihr nicht zum ersten Mal: verbitterter, ausgebrannter Zyniker mittleren Alters. Wütend darüber, dass das Leben nicht so gelaufen war, wie er es sich vorgestellt hatte – und dafür stellte er seiner Umgebung nun Strafzettel aus. Es gab eine mikroskopische Chance, dass der Mann ganz einfach dumm war und tatsächlich glaubte, er sei witzig. Er sah die Umstehenden mit einem zur Rückendeckung auffordernden Blick an, und ein stämmiger Kerl, die menschliche Ausgabe eines Pitbulls, tat ihm den Gefallen.

»Das hier ist nun mal keine Fernsehserie«, sagte Katrine

und machte deutlich, dass er ihre Bullshit-Grenze innerhalb kürzester Zeit überschreiten würde, wenn er so weitermachte.

»Nein, da haben Sie recht, obwohl inzwischen Leute rekrutiert werden, dass man meinen könnte, es wäre so, nicht wahr?«, sagte er mit selbstzufriedener Miene über seinen gelungenen Abschiedsgruß und ließ sie stehen. Okay, verbitterter, ausgebrannter und bösartiger Zyniker mittleren Alters, dachte sie.

»Wie lautet Ihre Diagnose für ... so einen?«, fragte Jens und sah sie erwartungsvoll an.

»Stellen Sie sich vor, sie besteht aus nur einem Wort, und dafür muss man nicht mal Psychologie studiert haben.«

Er lächelte zufrieden.

»Und das ist unser Ermittlungsleiter?«, fragte sie missmutig.

»Yes, und er ist wirklich so. Man muss lernen, mit ihm zu leben.«

»Phantastisch!«

»Aber unter uns«, sagte er und senkte die Stimme. »Es gibt Hoffnung, dass Kragh irgendwann die Geduld mit ihm verliert.«

»Hm, ja, und außerdem haben wir Wichtigeres zu tun.«

»Richtig. Nehmen wir uns zwei dieser wunderschönen Raumanzüge und sehen ihn uns aus der Nähe an. Ich gehe davon aus, dass Ihnen die Modelle nicht ganz neu sind?« Sie nickte. Er reichte ihr einen der so vertrauten weißen Schutzanzüge, Überstiefel und einen Mundschutz.

»Werden eigentlich Aufzeichnungen gemacht von den ... wie heißt es noch mal?« Sie schnippte ungeduldig mit den Fingern. Zum Teufel, die Worte waren weg, *Investigative*

Interview, wie hieß das zum Henker noch mal? Sie wollte sich nicht wie eine eingebildete Auslandsdänin anhören.

»Vernehmungen?«, schlug er mit leicht nach oben gezogenen Brauen vor.

»Genau.«

»Nee.«

»Ich fände es sehr gut, wenn wir das tun würden«, entgegnete sie eindringlich.

Jens runzelte die Stirn, so dass sich eine senkrechte und sehr skeptische Furche in der Mitte bildete.

»Ich weiß nicht ... wirkt das nicht etwas ...«

»Es ist sehr schwierig, an der Körpersprache eines Menschen zu erkennen, ob er lügt«, erklärte Katrine. »Obwohl viele Experten das Gegenteil behaupten. Eine Analyse der Sprache und wie sie gebraucht wird ist dagegen sehr viel aufschlussreicher. Und dazu braucht es nur ein exaktes wörtliches Protokoll der Vernehmung. Unser Gehirn hat gar nicht die Kapazitäten, alle Details und Nuancen von dem aufzunehmen, was während einer Vernehmung gesagt wird.«

»So, so.« Er blickte pessimistisch drein. »Ich würde mal behaupten, dass dabei Erfahrung mehr wert ist als irgendein Protokoll, oder? Man ist ja darauf trainiert, alles wahrzunehmen und dabei gleichzeitig auf das Wesentliche zu fokussieren.« Er verschränkte die Arme vor der Brust.

»Ja, aber ...« Katrine wollte schon zu einem Kurzreferat über eine Untersuchung ansetzen, die man in den USA durchgeführt und die klar gezeigt hatte, dass selbst routinierte Verhörspezialisten durchschnittlich ein Viertel der fallrelevanten Details einer Vernehmung überhörten, übersahen oder schlicht wieder vergaßen. Aber es war besser, den Ball erst einmal flachzuhalten. Sie wusste aus Erfahrung, dass auch die Ermittler, die ihrer Arbeit gegenüber positiv eingestellt waren, schnell eine Toleranzgrenze erreichten, wenn sie allzu intensiv und allzu häufig belehrt wurden.

Sie hatte einige Zeit gebraucht, um das zu verstehen – man musste sich doch die Finger nach der Art von Wissen lecken, das sie ihnen bieten konnte, hatte sie zu Beginn ihrer Karriere gedacht. Auf wissenschaftlichen Erkenntnissen beruhende Expertise, die sie sich durch harte Arbeit über Jahre angeeignet hatte und von der andere nun profitieren konnten. Aber so einfach waren die Dinge nicht, wie sie schnell erkennen musste. Manchmal musste sie unwillkürlich lächeln, wenn sie daran zurückdachte, wie sie bei jeder passenden und unpassenden Gelegenheit enthusiastisch aus ihrem Wissen geschöpft und ganz egal wen damit überschüttet hatte. So mancher war der Ansicht gewesen, es sei doch nicht ganz so phantastisch und einleuchtend, wie sie meinte.

»Aber was?«, fragte Jens.

»Aber das ist doch klar, dass man mit der Zeit besser und besser wird«, sagte sie stattdessen und nickte zustimmend. Er sah sie misstrauisch an. Sie war eine erbärmlich schlechte Lügnerin.

»Hm, nur noch eine Sache«, sagte sie. »Ich weiß ja nicht, welche Vorstellung Sie von meiner Arbeit haben, aber ich bin keine, die mystische Visionen hat oder mit dem Kopf unterm Arm herumläuft und auf die Intuition setzt. Ich stütze meine Untersuchungen auf ebenso harte Fakten, wie es Polizisten tun.«

»Öh, in Ordnung«, erwiderte Jens und sah nach diesem

unverhofften Wortschwall etwas durcheinander aus. »Dann hätten wir das ja geklärt.«

Sie näherten sich dem Zelt und gingen hinein, wobei sie darauf achteten, den beiden Technikern nicht in die Quere zu kommen, die minutiös jede Stofffaser und jedes Härchen in der Nähe des Toten und an der Leiche selbst sicherstellten.

Mads Winther lag auf dem Rücken.

Er war ein gutaussehender Mann gewesen, die Proportionen stimmten, maskuline Züge, breite Kinnpartie, dunkles kräftiges Haar. Seine Brust war eine blutige, von zahlreichen tiefen Messerstichen fast völlig zerfetzte Masse, die toten Augen starrten mit einem verblüfften Ausdruck in Richtung Himmel.

»Ziemlich hohes Aggressionsniveau«, stellte Katrine fest und versuchte, die Einstiche zu zählen, gab es aber einen Moment später wieder auf.

»Ja, da war jemand ganz schön sauer.«

Katrine sah ihn überrascht an. Die Untertreibung des Jahres.

»Eifersucht, Rache, Hass – da waren jede Menge Emotionen im Spiel.«

»Fällt Ihnen irgendetwas besonders auf?«, fragte er.

»Ja, dass er im Garten liegt«, antwortete sie, trat näher an den Mann heran und betrachtete seine Kleidung. Der Oberkörper war nahezu frei von Schnee, was sicher auf die Erste-Hilfe-Maßnahmen zurückzuführen war, mit denen Vibeke Winther ihrem Mann das Leben hatte retten wollen. Mads Winther trug einen hellgrauen Sweater, der völlig durchlöchert und von Blut durchtränkt war. Bauch und Beine waren noch mit einer dünnen Schneeschicht überzogen, doch konnte man ein Paar dunkelblauer Jeans darunter erkennen. Kein Mantel. An den Füßen waren große schwarze Winterstiefel zu sehen, die nicht zugebunden waren. »Und dass er entweder keine Zeit hatte, sich einen warmen Mantel anzuziehen und die Stiefel zu binden, oder damit gerechnet hat, gleich wieder ins Haus zu gehen. Wahrscheinlich hat er seinen Mörder gekannt. Und ich glaube, er ist freiwillig mit nach draußen gegangen.«

»Ja?«

»Es sei denn, der Mörder hat ihn bedroht oder unter einem Vorwand aus dem Haus gelockt, zum Beispiel, er sei mit dem Auto im Schnee stecken geblieben oder etwas Ähnliches. Aber das ergibt keinen Sinn.«

»Weil?«

»Wo ist das Motiv? Man hat ja keine Wertsachen bei sich, wenn man sich mitten in der Nacht nur schnell ein paar Sachen anzieht, um mal kurz nach draußen zu gehen. Wenn also drinnen im Haus nichts gestohlen wurde, dann geht's hier jedenfalls nicht um Raubmord.«

»Richtig.« Jens sah zufrieden aus. Es war klar, dass er ihre Fähigkeiten zur Analyse des Fundorts testen wollte. Nichts lieber als das. Sie war immer der Überzeugung gewesen, dass es keinen Sinn ergab, sich für die Anwendung von psychologischen Methoden in der Verbrechensbekämpfung einzusetzen, ohne sich für Ermittlungsarbeit, Kriminaltechnik und Gerichtsmedizin zu interessieren.

»Aber?«, setzte Jens einigermaßen erwartungsvoll nach.

»Warten wir ab, ob die Techniker Spuren finden, die zeigen, dass jemand im Haus war. Theoretisch kann er ja gezwungen worden sein, das Haus zu verlassen, um nicht den Rest der Familie aufzuwecken.«

»Ja, aber wenn wir jetzt mal einen Augenblick davon ausgehen, dass er seinen Mörder kannte, auf wen sollten wir uns dann erst mal konzentrieren?«

»Das direkte Umfeld, Ehefrau, Freunde, Kollegen. Er war Arzt, also sind auch Patienten und ehemalige Patienten eine Möglichkeit.«

»Er war Gynäkologe ...« Jens sah skeptisch drein, und sie konnte in seinen Gedanken lesen wie in einem offenen Buch; die Vorstellung einer hochschwangeren Frau oder einer frischgebackenen Mutter als brutale Messerstecherin war ziemlich grotesk.

»Schwangere und junge Mütter haben ja hin und wieder auch mal einen Mann.«

Nickend stimmte Jens dieser unumgänglichen Tatsache zu.

Sie zuckte mit den Schultern. »Laien sind nun mal auf Fachleute nicht immer gut zu sprechen.«

»Wohl wahr. Sonst noch was Wichtiges?«

»Die Tatwaffe? Wurde sie gefunden?«

»Bis jetzt nicht. Aber noch mal zurück zum direkten Umfeld. Wir müssen mit seiner Frau sprechen.«

»Ja, das müssen wir. Aber vorher würde ich gerne noch ein paar Aufnahmen machen, bevor die Position der Leiche verändert wird«, sagte sie. Die Techniker waren fertig und hatten das Zelt verlassen, die Gerichtsmediziner waren hereingekommen, um den Toten zu untersuchen.

»Wir bekommen die Bilder von den Technikern. Sie fotografieren alles aus jedem erdenklichen Winkel.«

»Gut, dann übernehme ich die unerdenklichen«, sagte sie entschieden.

»Okay, ich freue mich schon darauf, sie zu sehen. Seid

ihr einverstanden?«, fragte er die Gerichtsmediziner. Die junge Frau, die zuvor Jens' Humor kommentiert hatte, nickte. »Schon in Ordnung, solange ihr nichts anfasst.«

»Natürlich nicht.«

»Ach, übrigens, ich bin Anne Mi Kjær.«

»Hallo«, Katrine hob die Hand zum Gruß, ein Händedruck mit Handschuhen war unhöflich, hatte ihre Mutter ihr beigebracht.

»Und das ist Hans Henrik Havmand«, sagte Jens und nickte in Richtung des älteren Herrn. »Unser gerichtsmedizinisches Orakel.«

»Wirklich witzig, Jens«, entgegnete Havmand. »Herzlich willkommen.«

»Vielen Dank.«

Eilig machte Katrine einige Bilder von dem Toten, Nahaufnahmen des Gesichts und einige, mit denen sie die gesamte Szenerie einzufangen versuchte, was in dem verhältnismäßig kleinen Zelt nicht einfach war.

»Das war's auch schon«, sagte sie.

»Prima, dann fangen wir an«, erwiderte Anne Mi.

Jens und Katrine traten aus dem Zelt. Katrine ging hinunter zum Gartentor und machte Bilder mit dem Zelt im Vorder- und dem Haus im Hintergrund.

»Na sieh mal einer an, unsere Bilder sind also nicht gut genug, was?«, kam es mürrisch oben vom Haus. Katrine tat, als habe sie es nicht gehört.

»Eure Bilder sind bestens, Tom.« Jens schrie beinah, so dass man es bis zum Ende der Straße hören konnte. »Aber Psychologen haben eben einen anderen Blickwinkel auf die Dinge. Warten wir mal ab und bleiben wir für alles offen, okay?«

Die Antwort des Technikers verschwand im Gewirr anderer Stimmen. Sie seufzte hinter ihrem Mundschutz. Hier war es nicht anders als in England. Auf sie warteten die gleichen Kämpfe, wie sie Caroline auf der anderen Seite der Nordsee ausgefochten hatte.

Sie ging wieder zu Jens hinüber. »Ich wäre dann so weit.«

»Gut. Ziehen wir noch eben die Kostüme aus.« Sie gingen ein paar Schritte zur Seite und schälten sich aus den Anzügen. Es war befreiend, den unangenehmen Mundschutz loszuwerden, in dem sich eiskalte Kondenstropfen gebildet hatten.

»Dann wollen wir mal sehen, dass wir den Herrn Doktor etwas besser kennenlernen.«

»Besser als sein bester Freund.«

»Und Sie wollen die Vernehmung also gerne aufzeichnen, sagen Sie?«, fragte Jens.

»Ja, und falls Vibeke Winther uns ganz genau zeigen kann, was sie im Haus gemacht hat, nachdem sie heute Morgen aufgestanden ist, wäre das großartig.«

»Ja, falls ...«

»Falls sie dazu in der Lage ist natürlich nur. Ansonsten müssen wir es später nachholen.«

»Okay, schauen wir mal, wie's ihr geht.«

»Und ich halte mich selbstverständlich ein wenig im Hintergrund«, sagte Katrine.

»Sie haben's erfasst.«

Sie ahnte ein Lächeln um seinen Mund.

*

Vibeke Winther saß aufrecht auf dem Sofa und starrte ausdruckslos vor sich hin. Zunächst reagierte sie nicht, als sie das Zimmer betraten. Jens ließ den Blick einmal schnell über die Einrichtung schweifen. Teure Designermöbel, klassisches Interieur und moderne Kunst an den Wänden. Alles war in kühlen Grau- und Weißtönen gehalten und genau aufeinander abgestimmt, kein Sofakissen lag an der falschen Stelle. Hätte er es nicht besser gewusst, Jens hätte nie geglaubt, dass hier zwei kleine Kinder lebten.

Ein geschmackvolles Zuhause, würden manche meinen. Kühl, würden andere sagen. Obwohl sie Morgenmantel und Hausschuhe trug, passte Vibeke Winther völlig natürlich ins Bild, als sei sie ein weiterer Teil der Einrichtung, stilecht und modern. Ihre dunklen, glatten Haare waren im Nacken zusammengebunden. Sie war auffallend dünn.

»Dürfen wir Ihnen unser Beileid aussprechen«, Jens hielt ihr die Hand hin, und mit einem unergründlichen Gesichtsausdruck ergriff Vibeke Winther sie und hielt sie fest.

»Mein Beileid«, sagte Katrine ebenso wie Jens. »Es tut mir leid.«

In diesen Situationen waren alle Sensoren nicht nur auf Empfang eingestellt, sondern auch auf äußerste Empfindlichkeit hochgefahren. Der erste Eindruck von den Trauernden. Was waren das für Menschen, mit denen der Tote zusammengelebt hatte? Was waren das für Leben gewesen, die sie zusammen gelebt hatten? Die, die wir zurücklassen, erzählen unsere Geschichte weiter, dachte Jens oft. Und das gibt ihnen eine enorme Macht, denn es macht sie zu Herren über das Bild, das die Welt von uns zu sehen bekommt, wenn wir gegangen sind. Hier und jetzt,

62

in den Augenblicken kurz nachdem es geschehen war, waren sie nackt und verletzlich. Hier und jetzt konnte man kleine Vibrationen aufschnappen, das Ungesagte zwischen dem Gesagten. Zögern, Unsicherheit, flackernde Blicke. Bevor die Geschichte über das, was geschehen war, endgültige Form angenommen hatte. Es sei denn, sie war schon vorab zurechtgelegt.

Fast immer waren es die Ermittler, die diese erste Version der Geschichte eines Mordes zu hören bekamen. Und so blendete Jens Høgh alle Gedanken um Simone, Psychologen und Rocker aus und konzentrierte sich zu einhundert Prozent auf Vibeke Winther. Es kamen noch ein paar Prozent hinzu, als ihm mit einem Mal klarwurde, dass Vibeke Winther nicht wie eine Frau aussah, die gerade den ihr liebsten Menschen verloren hatte.

»Setzen Sie sich«, sagte sie und sah sie an.

Gehorsam nahmen sie Platz. Kein Zweifel, die Frau, die ihnen gegenübersaß, strahlte eine natürliche Autorität aus.

Katrine holte ihren MP3-Rekorder hervor.

»Ist es in Ordnung, wenn ich unser Gespräch aufzeichne?«, fragte sie.

Vibeke Winther nickte, und Katrine stellte das Gerät auf den Glastisch zwischen ihnen. Jens ignorierte es, so gut er konnte. Der Gedanke, später seine eigene Stimme zu hören, begeisterte ihn nicht gerade.

»Mein Name ist Jens Høgh, und das ist meine neue Kollegin Katrine Wraa. Sie ist Psychologin.«

»Tatsächlich?« Ein flüchtiger Ausdruck der Verwunderung strich über Vibeke Winthers Gesicht.

Jens entschied sich, nicht weiter darauf einzugehen,

warum er eine Psychologin dabeihatte, es sei denn, sie würde danach fragen. »Wir möchten Ihnen jetzt nur kurz ein paar Fragen stellen«, begann Jens, »die eigentliche Vernehmung müssen wir dann später noch auf dem Präsidium durchführen.«

Vibeke schüttelte den Kopf. »Bitte halten Sie sich nicht zurück. Ich möchte, dass Sie alle Fragen stellen, die Sie zum jetzigen Zeitpunkt stellen müssen.«

»Ja, dennoch müssen wir Sie bitten ...«

»Das ist völlig in Ordnung«, unterbrach sie. »Natürlich komme ich mit.«

»Gut. Und die Kinder ... wer kümmert sich um sie?«

»Unser Au-pair-Mädchen hat sie in die Kita gebracht und holt sie heute Nachmittag wieder ab.«

»Wie alt sind die beiden?«

»Anderthalb Jahre. Einer unserer Söhne ist krank.«

»Was fehlt ihm?«

»Vor einem Monat wurde bei ihm Leukämie diagnostiziert.«

Jens nickte und schluckte einmal. Plötzlich verstand er besser, warum diese Frau eine solche Kontrolle über sich hatte. Vermutlich brauchte sie alle ihre Kräfte, um nicht zusammenzubrechen.

»Es tut mir wirklich leid, das zu hören«, sagte er. »Hat man Ihnen psychologische Krisenberatung angeboten?«

»Ja. Ich denke darüber nach.«

»Gut. Also, Frau Winther, wir sind leider gezwungen, Ihnen einige Fragen zu stellen.«

Sie nickte zustimmend.

»Wann sind Sie heute Morgen aufgestanden?«

»Um fünf. Ich musste zu einer Konferenz nach Lund.

Ich wusste, dass Mads möglicherweise spät nach Hause kommen würde, also habe ich eine Schlaftablette genommen, um für den heutigen Tag ausgeruht zu sein. Es fällt mir schwer, wieder einzuschlafen, wenn ich erst einmal aufgewacht bin«, erklärte sie. »Als er nicht im Bett lag und ich gesehen habe, dass er überhaupt nicht im Bett gewesen war, habe ich mich natürlich gewundert. Ich dachte, er habe vielleicht im Krankenhaus bleiben müssen.«

»Kam das öfter vor?«

»Es war nicht das erste Mal. Ich habe nachgesehen, ob er eine SMS geschickt oder eine Nachricht auf der Mailbox hinterlassen hat, aber das hatte er nicht. Also habe ich ihn angerufen.« Sie wandte den Blick ab und starrte wieder vor sich hin. »Als ich es unten im Flur klingeln hörte, wusste ich, dass irgendetwas nicht stimmte. Freiwillig wäre er niemals so früh aufgestanden.«

»Konnte er denn nicht bei den Kindern sein?«

»Ja«, sagte sie kurz angebunden. »Theoretisch schon. Aber dann hätte sein Telefon auf dem Nachttisch gelegen. Er benutzt es als Wecker ... benutzte«, berichtigte sie sich selbst.

»Sie haben Schlaftabletten genommen, sagen Sie. Aber wenn die Kinder aufgewacht wären, hätten Sie sie doch nicht gehört, oder?«

»Ich hatte Maria, unserem Au-pair-Mädchen, gesagt, sie solle das Babyphon mit auf ihr Zimmer nehmen. Sie sollte sich auch heute Morgen um die Kinder kümmern, weil ich ja früh losmusste und Mads Schlaf brauchte.«

»Ja, natürlich.«

Jens spürte eine gewisse Unruhe, die von der Psychologin neben ihm ausging.

»Wir müssen auch mit Ihrem Au-pair-Mädchen sprechen.«

»Selbstverständlich.«

Jens hielt kurz inne, bevor er den Faden wieder aufnahm. »Was taten Sie, als Sie es unten im Flur klingeln hörten?«

»Es würde uns sehr helfen, wenn Sie uns zeigen könnten, was genau Sie gemacht haben«, mischte Katrine sich ein und warf dabei einen kurzen Blick auf Jens.

»Selbstverständlich.« Vibeke stand auf, ging hinaus auf den Flur und die breite Treppe hinauf in die erste Etage. Sie betraten das Schlafzimmer, wo auf einem schönen, weichen, weißen Teppich ein Doppelbett stand. Die eine Seite war aufgewühlt, die andere makellos. Das Schlafzimmer besaß zwei weitere Türen, eine führte in ein Badezimmer und eine in einen begehbaren Wandschrank.

»Ich bin also aufgestanden. Und dann habe ich ihn angerufen. Danach bin ich raus und bis zur Treppe gegangen.« Sie folgten Vibeke hinaus auf den Flur. »Ich konnte sein Telefon unten klingeln hören. Also habe ich aufgelegt und bin nach unten gegangen.« Sie ging die Treppe hinunter, und sie folgten ihr. »Ich konnte sehen, dass im Flur und in seinem Büro Licht brannte.« Sie gingen in Mads Winthers Arbeitszimmer, das mit schlichten schwarzen Möbeln ausgestattet war. »Sein Wintermantel hing an der Garderobe, deshalb dachte ich, er müsse im Haus sein. In diesem Moment hatte ich tatsächlich Angst, er könnte einen Herzinfarkt gehabt haben und würde irgendwo liegen. Ich bin dann ins Wohnzimmer und habe Licht angemacht.« Sie sah Jens mit einem verzweifelten Gesichtsausdruck an. »Aber da war er auch nicht.«

Vibeke Winther durchquerte das Wohnzimmer, ging in die Küche und weiter durch eine Tür, hinter der ein kleiner Gang mit zwei Türen und einer Kellertreppe lag.

»Ich bin hineingegangen und habe Maria gefragt, ob sie ihn gesehen hat. Aber das hatte sie nicht.« Vibeke öffnete die Tür zu einem großen, hellen Zimmer, in dem wie im Rest des Hauses peinlich genaue Ordnung herrschte. Nichts deutete darauf hin, dass hier ein junges Mädchen wohnte. Die Möbel waren deutlich billiger als im Rest des Hauses. Helle Niedrigpreis-Fichte, dachte Katrine bei sich.

»Ich bin also wieder raus und zur Haustür gegangen, habe sie geöffnet und wollte sie gerade schon wieder schließen, als ich bemerkte, dass jemand auf dem Rasen lag. Mit Schnee bedeckt. Es sah grotesk aus. Unwirklich. Als ich näher kam, konnte ich das Blut sehen, das durch den Schnee gedrungen war.« Sie blickte auf ihre Hände und schwieg einen Moment. Dann sprach sie weiter. »Ich habe den Schnee mit der Hand weggewischt, und da konnte ich sehen, dass er es war. Ich habe sofort mit Erster Hilfe angefangen. Aber er war schon zu sehr ausgekühlt, und mir war klar, dass er schon lange dagelegen haben musste«, sagte sie leise. »Ich konnte nichts mehr tun.«

Jens gab ihr etwas Zeit, bevor er fragte: »Was, glauben Sie, hat er gemacht, nachdem er nach Hause gekommen war, bis zu dem Augenblick, als er in den Garten gegangen ist?«

»Er hatte sich einen Whisky eingegossen. Ich gehe davon aus, dass er noch ein bisschen fernsehen und dann ins Bett gehen wollte.«

»Und das war alles ganz normal?«

»Ganz normal, ja. Er brauchte immer etwas Zeit, um nach der Arbeit runterzukommen.«

»Wie war sein Alkoholkonsum?«

Vibeke Winther zuckte mit den Schultern.

»Moderat. Zwei Gläser nach der Arbeit und etwas mehr am Wochenende. Meistens Wein, aber er mochte auch guten Whisky.«

»Ist Ihnen irgendetwas aufgefallen, das darauf hindeutet, dass er etwas Ungewöhnliches gemacht hat?«, fragte Jens weiter.

»Nein.«

»Hat er hier zu Hause einen Computer?«

»Ja, natürlich.«

»Okay, den würden wir uns gerne näher ansehen. Das läuft so ab, dass wir eine Kopie von der Harddisk ziehen, dann bekommen Sie ihn schnell zurück.«

Vibeke nickte gleichgültig.

»Haben Sie im Laufe der Nacht etwas gehört oder gesehen?«

Sie sah ihn an, als sei er stark unterbelichtet.

»Ich hatte eine Schlaftablette genommen.«

»Ich muss danach fragen.«

»Ja, natürlich, Entschuldigung.«

Jens spürte, dass die Welt hinter Vibeke Winthers unglaublich kontrollierter Fassade eine aufgepeitschte See widerstreitender Gefühle war, mit denen sie kämpfte. Ihr Gesicht gab nicht viel von ihrem Innenleben preis, dennoch schien immer wieder eine Mischung aus Kummer, Wut und … – war es Verbitterung? – durch.

Man durfte die Möglichkeit nicht außer Acht lassen, auch wenn sie noch so unwahrscheinlich erschien: Hatte

68

sie es selbst getan? Oder war es ein Auftragsmord? Sie mussten die Finanzen des Paars genau unter die Lupe nehmen, ebenso eventuellen Drogenmissbrauch, Untreue, einfach alles in Betracht ziehen, auch die Wirkdauer ihrer Schlaftabletten. Tatsächlich mussten sie so schnell wie möglich eine Blutprobe nehmen. Theoretisch, wenn man den Gedanken zu Ende dachte, konnte sie die Tablette später genommen haben, als sie …

»Wann haben Sie die Schlaftablette genommen?«, fragte Katrine in beiläufigem Tonfall.

Beide, Vibeke Winther und Jens, sahen sie überrascht an, jedoch aus völlig unterschiedlichen Gründen.

»Um zehn«, antwortete Vibeke.

»Was für Schlaftabletten nehmen Sie?«

»Ziclovan, ein kurzzeitig wirkendes Schlafmittel.«

»Ich fürchte, wir müssen eine Blutprobe nehmen«, sagte Katrine und sah Jens an.

»Ja, das müssen wir.« Jens nickte etwas verwundert.

»Das können Sie gerne tun«, sagte Vibeke Winther und sah auf ihre Uhr. »Aber ich bezweifle, dass Ihnen das sehr viel nützen wird. Die Eliminationshalbwertzeit für Ziclovan liegt bei drei Komma fünf mal zwei, das heißt sieben Stunden. Also hatte mein Körper es abgebaut, als ich Mads gefunden habe.«

»Na, ich muss schon sagen«, meinte Jens leicht erstaunt. »Sie wissen, was Sie einnehmen.«

»Ich bin Medizinerin. Es gehört ganz einfach zu meiner Arbeit, solche Dinge zu wissen. Und weil ich heute sehr früh hätte Auto fahren müssen, wollte ich nicht riskieren, noch beeinträchtigt zu sein«, erwiderte sie ziemlich überzeugend.

Eilig ging Jens hinüber zu Anne Mi. Es war möglich, dass es nichts zu bedeuten hatte, aber sie mussten sicher sein. Wenn sie noch Spuren des Wirkstoffs im Körper hatte, konnte man daraus ableiten, dass sie die Tablette später genommen hatte, als sie behauptete. Und wenn sie später einen Todeszeitpunkt bekamen, konnten diese beiden Informationen doch noch von Bedeutung sein.

»Sie kommt gleich«, sagte Jens, als er kurz darauf wieder zurück war.

»Wie war Ihre Ehe?«, fragte Katrine. Beide studierten sie genau das Gesicht der Witwe, während sie auf eine Antwort warteten. Vibeke zögerte etwas länger als bei den Fragen, die sie ihr zuvor gestellt hatten.

»Unsere Ehe war gut«, sagte sie dann. »Wir waren uns über die grundsätzlichen Werte unseres Zusammenlebens einig, Karriere und Familie waren das Wichtigste.«

»In dieser Reihenfolge?«

»In genau dieser Reihenfolge.«

*

»Ganz schön aktiv für jemanden, der sich im Hintergrund hält«, sagte Jens mit einem Lächeln, das zeigte, dass er mit dem Vorgehen seiner neuen Kollegin durchaus einverstanden war. Sie standen im Flur und warteten, während Vibeke Winther eine Blutprobe entnommen wurde. Er hatte sich mit Kraghs Psychologin nicht nur abgefunden, sondern empfand es als angenehm, dass sie dabei war. Sie war gut. Schlau. Tatsächlich verspürte er eine Art Hochstimmung bei der Aussicht, mit ihr in diesen Fall einzutauchen.

»Tja, manchmal kommt es eben einfach über einen,

nicht wahr? Wann bekommen wir das Resultat der Blutprobe?«

»Das wird schon ein paar Tage dauern. Jetzt nehmen
wir sie erst mal mit aufs Präsidium.« Er schüttelte den
Kopf und beugte sich ein wenig zu Katrine hin. »Sie ist unheimlich beherrscht«, flüsterte er.

»Sie hat einen Schock, und ein Schock kann viele Ge-
sichter haben.«

»Ja, aber da ist noch etwas anderes. Sie macht einen
so ... verbitterten Eindruck.«

Anne Mi Kjær kam auf sie zu und lächelte beim Anblick
der beiden flüsternden Personen. »Ihr kriegt die Resultate
heute noch.« Sie sah Katrine neugierig an. »Wo haben Sie
denn diese tolle Bräune her?«

»Scharm El-Scheich, Rotes Meer.«

»Mmm, klingt phantastisch. Wir müssen demnächst mal
zusammen essen, dann können Sie mir von Ihrer Arbeit
in England erzählen. Das interessiert mich sehr.«

»Ja, sehr gerne«, antwortete Katrine, sichtlich erfreut
über die Einladung.

»Prima, ihr hört von mir«, sagte sie und verschwand
durch die offenstehende Haustür nach draußen.

»Ist das ein Versprechen oder eine Drohung?«, rief Jens
ihr nach.

Anne Mi hob zur Antwort nur die Hand und ging weiter.
Katrine sah ihr nach. Sie hatte ein besonderes Aussehen,
eine seltene Mischung aus asiatischen und afrikanischen
Zügen. Ihre Haut war wie helle Milchschokolade, und ihr
Haar stand in winzigen schwarzen Korkenzieherlocken
fröhlich in sämtliche Himmelsrichtungen ab. Welche Gene
mochten da wohl ...?

»Afro-Koreanerin«, sagte Jens, als habe er ihre Gedanken gelesen.

»Natürlich.«

»Natürlich, das sagen Sie so einfach! Bevor sie es mir gesagt hat, hatte ich den Begriff noch nie gehört. Aber es trifft die Sache, Koreanerin und schwarzer amerikanischer Soldat begegnen sich in Vietnam. Anne Mi wurde von einem dänischen Lehrer-Ehepaar adoptiert. Na, wir haben noch einiges zu tun«, sagte er und ging in Richtung Wohnzimmer.

»Ich bin so weit«, erklärte Vibeke Winther, die in diesem Moment auf den Flur trat.

*

›Er war einer der besten Ermittler, über den die Mordkommission in den letzten Jahren verfügte. Jens Høghs Zeit bei der Polizei war viel zu kurz, bevor er bei einer Schießerei im Nørrebro-Viertel getötet wurde. Ich weiß, dass ich für seine hier versammelten Kolleginnen und Kollegen spreche, wenn ich sage, dass wir ihn vermissen werden. Ich möchte alle bitten, mit mir gemeinsam in einer Minute der Stille und des Schweigens seiner zu gedenken. Ehre seinem Angedenken.‹ Das Letzte musste natürlich mit einer besonders feierlichen Miene gesagt werden.

Torsten Bistrup stand in Gedanken versunken da und betrachtete den toten Mads Winther. Høgh und diese Psychologin hatten ihm kurz Bericht erstattet über die erste Vernehmung von Vibeke Winther. Gleich war Leichenschau mit Havmand.

Er wusste nicht, ob es krankhaft war, aber in den letzten Jahren hatte er begonnen, sich Grabreden über Leute zurechtzulegen, die ihm mehr als nur ein Dorn im Auge waren. Und Jens Høgh war ein bevorzugtes Thema seiner inneren Monologe. Was er aber wusste war, dass es ihm ganz sicher nicht zum Vorteil gereichen würde, wenn er jemandem davon erzählte. Zum Beispiel einer Psychologin.

Tatsächlich hatte er schon eine ganze Reihe von Chefs und Kollegen begraben, und er war gar nicht schlecht darin, wie er selbst fand. Er konnte sich nicht genau erinnern, wann es angefangen hatte. Es war ein gleitender Übergang gewesen, von den Porträtinterviews über ihn selbst, die in seiner Phantasie anlässlich seiner Ernennung zum Chef der Mordkommission in den großen Blättern des Landes und ein paar gediegenen Herrenmagazinen erschienen, *Euroman* und andere von der Sorte. Ausgefuchste Journalisten hatten ihm hinterlistige Fragen gestellt, doch er hatte alle Attacken souverän pariert.

Aber nachdem Bistrup hatte einsehen müssen, dass er seine Ambitionen auf einen Aufstieg in der Hierarchie in den Wind schreiben konnte, waren seine inneren Interviewdialoge zu langen und von den Kollegen sehr geschätzten Grabreden geworden, die er vor einer tiefbewegten Versammlung aus Polizisten und Hinterbliebenen nach Trauerfeier und Beisetzung während des Beerdigungskaffees hielt. Direkt danach befragt, hätte Torsten heute rundweg abgestritten, jemals Ambitionen auf eine höhere Position im System gehabt zu haben. Doch tatsächlich hatte er sich oft vorgestellt, wie er seine Truppe führen würde, mit fester Hand und seinem gesunden Humor. Stattdessen musste er erleben, wie seine Karriere auf ein Abstellgleis geriet. Er war jetzt 53, und um ihn herum wurden überall diese aalglatten Anzugträger auf die Chefsessel gehievt, die deutlich jünger waren als er selbst. Kragh zum Beispiel. Und jetzt auch noch diese aufgeblasene Psychologin, zum Glück nur vorübergehend. Er spürte Wut in sich aufsteigen; was zum Teufel verstand eine hochnäsige Akademikerin schon von ordentlicher Ermittlungsarbeit? Kaum da, spielte sie sich bereits auf, machte Fotos und glaubte, sie würde den Täter mit ihrem Profiling und klugen Sprüchen ganz allein schnappen! Am Ende führte das Ganze noch dazu, dass sie bei jedem größeren Fall so eine Wichtigtuerin dabeihatten, die herumlief und meinte, alles besser zu wissen.

Und das, wo doch jeder mit einem Funken Verstand in der Birne genau wusste, dass solide und gründliche Polizeiarbeit das Einzige war, das letztlich zum Ziel führte. Hunderte und Tausende Stunden von Zeugenbefragungen, Verhören von Verdächtigen und Vernehmungen von Angehörigen. Eine enge und systematische Zusammenarbeit mit Männern wie Tom, der ein Schamhaar in einem handgeknüpften Wandteppich finden konnte.

Wenn das die Entwicklung war, die der dänischen Polizei bevorstand, dann bitteschön ohne ihn. Sie sollten bloß nicht glauben, er sei mit seinem Dienstausweis verheiratet und könne sich nichts anderes suchen. Es gab die Versicherungsbranche, Security-Unternehmen und immer mehr Privatdetekteien, die im Übrigen auch besser zahlten. Aber bis dahin wusste er genau, was seine Hauptaufgabe war: Durch beharrliche Arbeit hinter den Kulissen für Unruhe sorgen und möglichst vielen Kollegen die Frage eintrichtern, was so eine Seelenklempnerin verdammt nochmal hier überhaupt zu suchen hatte. Diese Typen hatten doch selbst nicht alle Tassen im Schrank! Er würde schon rauskriegen, wo ihre Schwächen lagen. Er war ja ein ausgezeichneter Menschenkenner, wie er selbst fand.

Und dann wäre es natürlich ein zusätzliches Vergnügen, wenn man Høgh gleich mitsamt seiner neuen Busenfreundin zur Task Force Bandenkriminalität abschieben konnte. Jens gefiel diese Vorstellung ganz und gar nicht, das konnte Bistrup deutlich spüren, was die Sache besonders reizvoll machte. Dann war man gleich beide auf einmal los. Zwei Fliegen mit einer Klappe.

Torsten Bistrup kannte Bent Melby, den designierten Leiter der Task Force. Es war doch wohl nur kollegial, wenn er bei ihm ein gutes Wort für Høgh einlegte, oder? Besonders jetzt, da sich ja für jeden deutlich abzeichnete, dass er mit ihrer Psychologin so gut harmonierte. Sein Einfallsreichtum rief einen Schub Begeisterung über sich selbst in ihm hervor. Nicht schlecht, Torsten, nicht schlecht.

*

Das Kleine schläft nicht mehr draußen.

Aber Ulla kann es weinen hören, drinnen im Haus. Es quält sie. Sie versucht, nicht hinzuhören und sich einzureden, es könne ihr egal sein. Aber das schafft sie natürlich nicht.

Schon etwas später am selben Tag geht sie hinüber und bietet ihre Hilfe an. Sie bekommt eine unverschämte Antwort, dass sie hier niemand braucht.

Dann ruft sie bei der Kommune an und meldet einen Fall von Verletzung der Fürsorgepflicht, wie das offiziell heißt.

Sie will ja nur dem Kind helfen. Sie erklärt die Umstände, dass sie das Kind weinen hört, jeden Tag, und dass niemand aufmacht.

Man werde sich darum kümmern.

Tatsächlich kommt schon am nächsten Tag eine Mitarbeiterin vom Jugendamt. Sie verlässt die Nachbarn mit einem Lächeln im Gesicht und wirft einen Blick herüber zu Ullas Haus. Es ist etwas Merkwürdiges in diesem Blick. Keinerlei Anerkennung für eine pflichtbewusste Bürgerin. Vielmehr ein Vorwurf. Als sei sie es, die etwas falsch gemacht hat. Ulla ist empört; schließlich war sie es doch, die dafür gesorgt hat, dass das Kind wenigstens sauber ist!

Eine Dame vom Amt ruft an und erklärt in deutlichen Worten, dass die Nachbarin darüber nachdenkt, Ulla anzuzeigen, weil sie das Kind mit zu sich nach Hause genommen hat.

Ulla erklärt, was passiert war; hätte aber genauso gut mit ihrer Wohnzimmertapete reden können. Man hört ihr nicht zu.

Nur, weil die Nachbarn ein Ärzteehepaar sind! Nur deshalb nimmt man deren Worte für bare Münze und hält das, was eine kleine Zahnarzt-Sekretärin sagt, für Unfug. Eine Ärztin – noch dazu eine Neurologin! – weiß ja sowieso am besten, wie man mit einem Säugling umgeht.

Nach einer Zeit hört das Kind auf zu schreien. Es verstummt, von einem Tag auf den anderen, einfach so. Als habe es aufgegeben. Eingesehen, dass es nichts nützt.

Ulla weint innerlich über die trostlose Kindheit, die ihrer kleinen Nachbarin bevorsteht. Sie wird auf sie Acht geben, so gut sie es von hier aus kann.

*

»So, das ist Ihr Platz«, sagte Jens und deutete auf den Tisch gegenüber seinem eigenen. Die Büros an dem langen Gang waren über Zwischentüren miteinander verbunden, in jedem Raum standen zwei Schreibtische, daneben etwas seitlich versetzt jeweils ein Besucherstuhl.

Aus den Augenwinkeln beobachtete Jens, wie sich Katrine an ihren neuen Arbeitsplatz setzte, ganz so, als sei sie hier zu Hause. Es schien, als könne man sie an einem x-beliebigen Ort des Planeten aussetzen und sie würde sich niederlassen, als sei es das Natürlichste auf der Welt.

Vibeke Winther nahm auf dem Stuhl neben Jens' Schreibtisch Platz. Er setzte sich an seinen angestammten Platz und sah sie eindringlich an. Katrine stellte ihr Aufnahmegerät vor Vibeke.

»Können Sie uns ein bisschen was über Ihren Mann erzählen? Was für ein Mensch war er?«, fragte Jens.

»Er war ein sehr guter und anerkannter Arzt, von den Kollegen wegen seiner fachlichen Qualitäten geschätzt und respektiert.«

Wieder dieselben Prioritäten, dachte Katrine.

»Und als Ehemann und Vater?«

»Sehr liebevoll und verantwortungsbewusst und gut zu den Jungen. Es war sehr schwierig für uns, Kinder zu bekommen. Und dann hatten wir plötzlich zwei ...« Zum ersten Mal spiegelten sich Tränen in Vibeke Winthers Augen. Sie wischte sie hastig weg. »Er war sehr glücklich darüber, selbst Vater zu sein.«

Jens gab ihr etwas Zeit, sich wieder zu sammeln. Vibeke sah ihn an und nickte zum Zeichen, dass sie wieder bereit war.

»Wie lange kannten Sie sich?«

»Seit dem Medizinstudium. Ab dem zweiten Studienjahr haben wir uns getroffen.«

»Und Sie haben wann angefangen zu studieren?«

»1988.«

»In welchem Krankenhaus arbeiten Sie?«

»Ich habe einen etwas anderen Weg als Mads einge-schlagen. Ich bin in der Pharmaindustrie.«

»Und etwas genauer?«

»Wir stellen Medikamente her, die im psychiatrischen Bereich angewendet werden.«

»Und Sie sind ...?«

»Für die Qualität unserer Produkte verantwortlich.«

»Und wie steht's mit Freunden? Privatleben?«

»Mads hat einen guten Freund, Thomas Kring, hat im selben Jahr seinen Abschluss in Medizin gemacht wie wir. Er hat seine eigene Geburtsklinik. Und dann treffen wir uns ab und zu noch mit ein paar anderen Kollegen, aber das Sozialleben kommt momentan etwas kurz.«

»Wie war Ihre Ehe?«

»Ich glaube, darauf habe ich bereits geantwortet; wir hatten eine gute Ehe.« Leichte Irritation.

»Gab es in letzter Zeit auch mal Streit?«

»Nicht mehr, als man in einer ganz gewöhnlichen Ehe erwarten sollte, die unter den Belastungen durch kleine Kinder steht – und eine gerade entdeckte Krankheit.«

»Es tut mir leid, aber ich muss Sie danach fragen: Gab es Seitensprünge oder Affären? Oder irgendwelche anderen größeren Konflikte?«

»Absolut nicht.« Sie sah von einem zur anderen. »Ich verstehe durchaus, worauf Sie hinauswollen. Und ich habe auch Verständnis dafür, dass Sie diese Fragen stellen müssen, um herauszufinden, ob ich ein Motiv habe. Aber ich verstehe nicht, was Sie sich eigentlich vorstellen: dass ich meinen Mann umbringe, jetzt, wo wir wissen, dass unser

Sohn krank ist und wir am Anfang einer Behandlung stehen, die alle unsere Kräfte brauchen wird? Was glauben Sie eigentlich, wie ich es finde, das alles nun allein durchstehen zu müssen?«

Jens sah für einen kurzen Moment auf die Tischplatte, bevor er wieder Vibeke Winthers Blick begegnete. »Es ist ganz so, wie Sie sagen. Wir müssen danach fragen, auch wenn es für Sie sehr schwer ist. Wann haben Sie Ihren Mann zum letzten Mal gesehen?«

»Gestern Morgen, bevor er zur Arbeit gefahren ist.«

»Haben Sie danach noch mal mit ihm Kontakt gehabt? Telefoniert vielleicht? Eine SMS geschrieben?«

»Nein.«

»Und Sie haben geschlafen, als er nach Hause kam?«

»Ja.«

»Ist Ihnen in letzter Zeit irgendetwas an ihm aufgefallen? Gab es Stimmungsschwankungen? Belastete ihn etwas?«

»Wir waren natürlich wegen der Krankheit unseres Sohnes beide sehr niedergeschlagen«, antwortete sie leise.

»Ja, das ist nachvollziehbar«, sagte Jens verständnisvoll. »War zuletzt vielleicht irgendetwas an seinem Verhalten ungewöhnlich? Wurde er von jemandem bedroht oder etwas Ähnliches? Gab es merkwürdige Vorfälle?«

Katrine fiel es zunehmend schwer, ruhig zu bleiben und nichts zu sagen. Jens hatte eine ausgeprägte Tendenz, mehrere Fragen auf einmal zu stellen. Das war eine sehr mäßige Verhörtechnik.

»Ja, die gab es tatsächlich«, entgegnete Vibeke zu ihrer Überraschung. »Ein Mann hat ihn ein paarmal aufgesucht. Ein Tschetschene, der vor einigen Monaten seine Frau während der Geburt ihres Kindes verloren hat. Mads war der verantwortliche Arzt. Aber wir haben dem, dass er Mads aufsuchte, keine besondere Bedeutung beigemessen. Und Mads ist sehr ruhig damit umgegangen. Es war ein Flüchtling, ein armer Teufel mit posttraumatischem Stress.«

»Und von welcher Art waren seine Gespräche mit Ihrem Mann? Hat er ihn direkt bedroht?«

»Sein Verhalten konnte durchaus bedrohlich wirken. Er war sehr wütend, frustriert und wollte einfach nicht verstehen, warum sie das Leben seiner Frau nicht retten konnten.«

»Gut, mit ihm müssen wir uns natürlich unterhalten«, sagte Jens.

Er beendete die Vernehmung und brachte Vibeke Winther zu einem Streifenwagen, der sie nach Hause fahren würde.

*

»Verdammt nochmal! Warum hat sie uns das nicht gleich erzählt?« Jens fluchte, während sie mit langen Schritten zu seinem Dienstwagen gingen, einem schwarzen Peugeot 306. Sie waren getrennt zum Polizeipräsidium zurückgefahren.

Bevor sie ihr Büro verließen, hatte Jens veranlasst, die Anruflisten aller Telefone der Familie Winther zu beschaffen, von zwei Mobilnummern und einer Festnetznummer.

»Es scheint, als hätten sie diese Sache ziemlich ernst genommen. Aber sie ist sehr verschlossen. Lässt nichts raus, was ihr Privatleben angeht. Es kommt mir vor, als sei da noch etwas anderes, das in ihr arbeitet und wovon sie nichts erzählt«, sagte Katrine.

»Das ist auch mein Eindruck, aber ich hatte gehofft, dass Sie gleich mal eine messerscharfe Psychoanalyse von Vibeke Winther auf den Tisch legen.«

»Nun ja …«

»Sie sind die Psychologin«, sagte er und grinste herausfordernd.

»Ja.«

»Ja? Sonst nichts?«

»Wie gesagt, ich bin keine Hellseherin, okay?«

»Okay, okay, schon gut!«

»Aber ich glaube tatsächlich, dass sie gelogen hat, als sie sagte, ihre Ehe sei gut und ohne Affären oder Untreue gewesen.«

»Gerade das war eine der Fragen, bei denen sie sehr überzeugend wirkte, meine ich.«

»Sie hat auffallend stillgehalten und Sie sehr eindringlich angesehen, mehr als bei ihren übrigen Antworten.«

»So? Täusche ich mich oder waren Sie es, die gesagt hat, Körpersprache sei überbewerteter Hokuspokus?«

»Na ja, ganz so habe ich es nicht gesagt.«

»Aber ruhig dazusitzen ist doch gerade ein Anzeichen dafür, dass man nicht lügt! Leute, die lügen, sehen weg, ihr Blick flackert, und sie rutschen vor Nervosität auf ihrem Stuhl herum.«

»Leute, die lügen«, sagte Katrine, »verwenden einen großen Teil ihrer Konzentration darauf, die Reaktionen ihres Gegenübers zu entschlüsseln, den sie anlügen. Man sieht den anderen also ganz im Gegenteil oft sehr viel direkter an als sonst. Außerdem konzentriert man sich darauf, alle Aspekte des Lügengebildes, das man gerade aufbaut, im Blick zu behalten, und das bedeutet, dass man nur sehr begrenzt Energie für Gestik übrig hat. Es sei denn«, fügte sie hinzu, »man hat es mit jemandem mit einer dissozialen Persönlichkeitsstörung zu tun.«

»Wann fängt eigentlich Ihr Dolmetscher bei uns an?«

»Entschuldigung – mit einem Psychopathen.«

»Aha.«

»Psychopathen – auch Soziopathen genannt – bewegen sich völlig außerhalb normaler Maßstäbe, und es ist ihnen so was von egal, dass sie lügen und welche Konsequenzen es für sie hat, wenn sie dabei erwischt werden. Dann denken sie sich einfach eine neue Erklärung aus.«

»Andererseits habe ich schon Bankräuber und Mörder und jede Menge anderer sympathischer Zeitgenossen verhört, die gelogen haben, dass sich die Balken bogen, und dabei kaum auf ihrem Stuhl sitzen konnten, weil sie rotierten wie ein Brummkreisel.«

»Nervosität kann das Bild natürlich verwischen. Oder wenn man lügt, weil man noch andere Leichen im Keller und Angst hat, die Polizei könnte darauf stoßen. Jemand, der eines Diebstahls verdächtigt wird, den er nicht begangen hat, der aber die Wohnung bis unters Dach voller Drogen hat, zum Beispiel. Deshalb ist es auch so schwierig, Verhörmethoden zu entwickeln. Es ist nun mal keine exakte Wissenschaft«, sagte Katrine.

Es war doch komisch, dachte sie, Polizisten glaubten immer, sie seien besser als Zivilisten, wenn es darum ging, zu durchschauen, ob Leute logen. Und sie waren generell sehr viel misstrauischer, auch im Privaten. Es gab sogar einen Fachbegriff dafür, GCS, Generalized Communicative Suspicion. Eine Berufskrankheit, wenn man so wollte.

Jens sah Katrine zweifelnd von der Seite an. Er war sich

seiner Sache sicher und davon überzeugt, dass sein Gespür dafür, ob jemand log oder nicht, weit über dem Durchschnitt lag. Aber das war ja nichts, womit man angab. Es reichte, wenn er es wusste, und war für ihn die Grundlage, ein Verhör selbstbewusst anzugehen. Und es war sehr nützlich, wenn man das Gefühl hatte, dass einem die eigene dreizehnjährige Tochter mal wieder einen gewaltigen Bären aufbinden wollte.

»Es wird eben höchste Zeit, dass endlich mal jemand einen zuverlässigen Lügendetektor erfindet, was?«, sagte Jens.

»Vermutlich wird man nie einen entwickeln können, der bei Psychopathen funktioniert«, erwiderte sie. »Und gerade die sind ja auf der falschen Seite des Gesetzes ziemlich überrepräsentiert.«

»Ja«, sagte Jens. »Mir fallen da auch ein paar ein, mit denen ich im Laufe der Zeit das Vergnügen hatte. Gibt es da Zahlen?«

»In der westlichen Welt geht man von zwei Prozent der Bevölkerung aus. Mehr Männer als Frauen. Aber in den Gefängnissen sind sie wesentlich stärker vertreten. Circa zwanzig Prozent der Häftlinge sind Psychopathen.«

»Aha, aber einen Moment mal, warum sagten Sie zwei Prozent in der westlichen Welt? Trifft das denn nicht generell zu? Ich meine, es hat doch was mit den Genen zu tun, oder?«

»Nicht ausschließlich. Auch die Umgebung spielt eine große Rolle. Und in diesem Punkt zeigen internationale Studien Unterschiede auf. Manches deutet darauf hin, dass sich unser westlicher Lebensstil begünstigend auf psychopathische Veranlagungen auswirkt. Im Gegensatz beispielsweise zu asiatischen Kulturen, wo die Gruppe wichtiger ist als der Einzelne. Aber hier im Westen huldigen wir ja in hohem Maße dem Individuum, zum Beispiel dem immer flexiblen Mitarbeiter und der stets ehrgeizigen Führungsperson. Das sind ja auch ganz ausgezeichnete Eigenschaften, aber sie taugen genauso gut als Vorwand und Rechtfertigung. In einigen Branchen werden Persönlichkeiten mit Charaktereigenschaften, wie sie Soziopathen zeigen, ja geradezu gesucht, besonders auf Führungsebene. Leider ist das ein weiterer Bereich in unserer Gesellschaft, in dem sie stark überproportional vertreten sind und wo sie richtig vielen Menschen schaden können. Zehn Prozent aller Personen in leitenden Funktionen, sagen aktuelle Studien.«

Jens pfiff überrascht durch die Zähne. »Sogar noch mehr, als ich gedacht hätte!«

Eine Weile hing jeder von ihnen seinen Gedanken nach. Katrines wanderten zu Vibeke Winther, und mit einem Mal stand eine Frage so deutlich vor ihr, dass sie sich wunderte, wie sie das bisher hatten übersehen können. »Etwas ganz anderes«, sagte sie nachdenklich. »Wenn Sie von Schlaftabletten betäubt mit Ihren kleinen Kindern in einem unverschlossenen Haus lägen und am frühen Morgen Ihren Ehepartner brutal ermordet im Vorgarten fänden, wären Sie nicht schockiert bei dem Gedanken, dass es Ihnen und Ihren Kindern genauso hätte gehen können?«

»Vielleicht ist ihr der Gedanke gar nicht gekommen.«

Katrine sah ihn an, ohne etwas zu sagen. Er konnte deutlich spüren, dass sie anderer Ansicht war.

»Übrigens«, sagte sie so freundlich und so wenig oberlehrerhaft, wie sie eben konnte, »es ist am besten, beim

Verhör immer nur eine Frage zu stellen. Stellt man mehrere Fragen auf einmal, werden bei dem Befragten auch mehrere Denkprozesse gleichzeitig in Gang gesetzt, und die Suche, die er in seinem Gedächtnis startet, wird unpräzise und unscharf.«

Jens grunzte eine Antwort, die sie nicht verstehen konnte, und bog in den Blegdamsvej ein. Offenbar war seine Toleranzgrenze erst einmal erreicht.

*

Nachdem sie endlich einen Parkplatz vor dem Juliane-Marie-Center gefunden hatten, gingen Katrine und Jens zur Entbindungsstation. Jens sprach den Kollegen an, der die Vernehmungen koordinierte.

»Wir haben gerade erst angefangen, aber so viel ist bereits klar: Winther musste gestern einspringen. Eigentlich hatte er frei, aber jemand ist ausgefallen, und es war sehr viel los. Er war den ganzen Tag hier und ist irgendwann am Abend nach Hause gefahren, aber wir wissen noch nicht genau, um welche Zeit. Wir haben uns erst einmal darauf konzentriert, von allen, die mit ihm Dienst hatten, Namen und Adressen zu bekommen, und wollten dann jetzt mit den Vernehmungen der Ärzte weitermachen.«

Eine Gruppe Menschen in weißen Kitteln kam auf sie zu.

»Die übernehmen wir«, sagte Jens, und seinem Kollegen war die Erleichterung darüber, unerwartet Hilfe zu bekommen, deutlich anzusehen. Jens wandte sich den Ärzten zu. »Wir würden gerne mit Mads Winthers direktem Vorgesetzten sprechen.«

»Das bin ich.« Eine distinguierte Frau in den Fünfzigern

stellte sich vor. »Inge Smith, Leitende Oberärztin für Gynäkologie und Geburtshilfe. Gehen wir in mein Büro, da sind wir ungestört.«

Sie folgten der Frau einen Flur hinunter in einen Büroraum, wo sie sich an einen kleinen Besprechungstisch setzten.

»Ist es in Ordnung, wenn ich unser Gespräch aufzeichne?«, fragte Katrine.

»Selbstverständlich«, antwortete Inge Smith.

Katrine schaltete den Rekorder ein und legte ihn auf den Tisch.

»Das ist ein großer Verlust für uns alle. Auch persönlich«, sagte die Frau, und ihr Blick ging ins Leere. »Mads war sehr beliebt. Und er war ein sehr guter Arzt. Sowohl die Gebärenden als auch ihre Männer fühlten sich in seiner Gegenwart gut aufgehoben.«

»Das tut uns leid«, sagte Jens.

»Es ist so sinnlos.« Verzweiflung spiegelte sich in ihrem Gesicht.

»Lässt sich irgendwie nachvollziehen, was Mads gestern Abend hier auf der Station getan hat?«

»Zum jetzigen Zeitpunkt kann ich nur sagen, dass er den ganzen Tag hier war. Eigentlich hatte er keinen Dienst, aber es war jemand krank geworden, und außerdem war sehr viel zu tun, und deshalb haben wir ihn gegen acht Uhr morgens angerufen, dass er kommen muss. Tja, das Letzte, das ich aus den Akten mit seinen Initialen hier lesen kann« – sie blätterte in einigen Papieren –, »ist, dass er eine akute Sectio, Entschuldigung, einen Kaiserschnitt hatte, um 18 Uhr. Gegen 21 Uhr hat er die Station wieder verlassen.«

»Also ist er gegen 21 Uhr wahrscheinlich wieder nach Hause gefahren?«

»Ja, das nehme ich an.«

»Hm«, schaltete sich Katrine ein. »Das stimmt allerdings nicht wirklich damit überein, dass seine Frau um 22 Uhr ins Bett gegangen ist und er bis dahin noch nicht nach Hause gekommen war ...«

»Nein, da ist eine Lücke«, gab Jens ihr recht. »Dem müssen wir nachgehen. Wenn Sie hören, dass jemand ihn nach 21 Uhr noch gesehen hat, dann nehmen Sie bitte unbedingt Kontakt mit uns auf. Das ist sehr wichtig.«

»Natürlich«, sagte Inge Smith.

»Wir würden gern mehr darüber erfahren, was für ein Mensch er war. Können Sie ihn uns beschreiben, so wie Sie ihn erlebt haben?«, fragte Katrine.

»Er war jemand, der die Kollegen auch schon mal nach etwas Persönlichem fragte. Wie die Ferien waren oder der Geburtstag, wie es mit den Kindern lief. Er hatte etwas Schelmisches in den Augen. Ich weiß, dass es auf einige so wirkte, als würde er mit ihnen flirten«, sagte Inge Smith mit einem Lächeln. »Aber nie auf eine ... unangenehme Art. Ich glaube, er machte einfach gern Komplimente. Und das tat er mit einigem Charme. Bei den Hebammen war er sehr beliebt.«

»Und seine weniger vorteilhaften Seiten?«

»Nun ja, ich weiß nicht ... so unmittelbar fällt mir da eigentlich gar nichts ein.«

»Wir haben doch alle mehr oder weniger Eigenschaften, auf die wir nicht besonders stolz sind«, versuchte Katrine ein wenig nachzuhelfen.

»Da müsste ich bei Mads schon ein wenig nachdenken.«

»Natürlich«, sagte Jens. »Ist Ihnen in letzter Zeit irgendetwas an ihm aufgefallen? Wirkte er anders als sonst? Ist etwas Ungewöhnliches vorgefallen?«

Zu viele Fragen, Jens!, dachte Katrine und bemerkte, dass er ihr einen kurzen Blick zuwarf und dabei etwas verlegen lächelte, da ihm offenbar gerade selbst in den Sinn kam, was sie eben im Wagen noch gesagt hatte.

Inge Smith dachte eine Weile nach. »Da war ein Mann, der ihn ein paarmal aufgesucht hat, und ich glaube, man kann schon sagen, dass er ihn bedroht hat. Aber Mads war nicht der Ansicht, darauf irgendwie besonders reagieren zu müssen. Er tat das Ganze einfach ab und meinte, der arme Kerl sei doch harmlos. Harmlos, ja, das war das Wort, das er benutzte. Ich glaube, der Sache sollten Sie nachgehen.«

»Können Sie uns genauer sagen, was passiert ist?«

»Ja, das kann ich natürlich, aber die Hebamme, die bei der betreffenden Geburt dabei war, hat heute ebenfalls Dienst. Mit ihr sollten Sie auch reden.«

»Ja, das tun wir noch, nachher.«

»Ausgezeichnet. Gott sei Dank kommt so etwas nur äußerst selten vor, aber vor ein paar Wochen ist eine Frau bei einer Geburt gestorben. Knapp drei Monate muss das inzwischen her sein. Es war das erste Kind des Paares, sie eine ältere Erstgebärende, 41 Jahre, aber die Schwangerschaft war ohne Komplikationen verlaufen.« Inge Smith fasste den Verlauf der Geburt routiniert und mit der Sprache und Autorität des Profis zusammen, der sie auf ihrem Fachgebiet war. »Sie waren beide Flüchtlinge aus Tschetschenien und ungefähr 2003 ins Land gekommen. Beide haben zur gleichen Zeit im Gefängnis gesessen und sind gefoltert worden. Ich kenne ihre Geschichte und das Ausmaß der Folterungen nicht genau, aber vermutlich litten sie an PTBS, posttraumatischer Belastungsstörung. Die Geburt verlief unkompliziert, und die Hebamme hat den Kreißsaal eine Stunde post partum verlassen, also eine Stunde nach der Geburt, was dem gängigen Procedere entspricht, wenn alles normal läuft. Zwei Stunden pp hat sie noch einmal die Blutung kontrolliert, ganz so wie vorgesehen. Dabei stellte sie dann fest, dass irgendetwas ganz und gar nicht stimmte. Die Frau blutete stark, und die Hebamme hat dann gleich einen Arzt kommen lassen. Mads Winther hatte Bereitschaft, und auch die Hebamme ist sehr fähig und erfahren. Sie haben sie dann sofort in den OP gebracht und in Narkose versetzt, und man versuchte, die Blutung zu stoppen.« Inge Smith schüttelte bedauernd den Kopf. »Es ist leider nicht gelungen. Die Blutung allein hätte nicht zum Tod geführt, aber es zeigte sich, dass sie eine akute Schwangerschaftsvergiftung hatte.«

»Und sie hat Bluttransfusionen bekommen?«, fragte Jens.

»Ja, in sehr großen Mengen sogar, und auch sonst alles, was sie an Flüssigkeit in sie hineinpumpen konnten.« Sie atmete tief durch. »Sie haben wirklich *alles* getan, was sie konnten, dafür kann ich garantieren. Und anschließend hat man sich sehr um den Mann bemüht und ausführlich mit ihm gesprochen, Herr Nukajev, so heißt er. Bei einem der Gespräche bin ich selbst dabei gewesen. Mads hat ein paarmal mit ihm gesprochen. Kurz darauf begann Nukajev dann, Mads hier auf der Station aufzusuchen. Seine Gedanken kreisten immer darum, dass er nicht verstehen konnte, warum Mads seine Frau nicht hatte retten können.«

»Aber Mads konnte es ihm nicht erklären?«

»Mads tat es aus tiefster Seele leid, und er versuchte alles, was in seiner Macht stand, um dem Mann zu erklären, was passiert war. Damit er es verstehen konnte. Damit er verstehen konnte, dass es außerhalb des Menschenmöglichen lag, seine Frau zu retten.«

»Kam es zu einer Klage?«

»Nein«, antwortete Inge Smith. »Und es gab auch keinerlei Anhaltspunkte für ein Versäumnis oder ein Fehlverhalten vonseiten des Personals. Alles ist mehrfach geprüft worden.«

»Was ist mit dem Kind?«, fragte Katrine.

»Ein Junge, es ging ihm glücklicherweise gut, und er wurde auf die Kinderstation gebracht. Später kam er dann in ein Säuglingsheim.«

»Gut, ich denke, wir befragen die Hebamme später noch, oder ein Kollege übernimmt das. Wir fahren jetzt erst einmal direkt zu«, er schaute in seine Notizen, »Herrn Nukajev. Können Sie uns den vollen Namen und die Adresse geben?«

»Natürlich, ich muss nur eben in der Akte nachschauen.« Inge Smith stand auf und ein paar Klicks später las sie laut. »Aslan Nukajev.« Sie bekamen eine Adresse im Nordwestviertel.

»Vielen Dank.« Jens stand auf, und Katrine folgte seinem Beispiel. »Es ist gut möglich, dass wir noch mal mit Ihnen sprechen müssen.«

Die Oberärztin begleitete sie zu den Aufzügen.

»Ach ja, wie ist der Name der Hebamme, die bei der Geburt dabei war?«, fragte Jens.

»Lise Barfoed«, antwortete Inge Smith.

Katrine erstarrte. Das konnte doch nicht sein.

»Ach, da drüben ist sie ja.« Die Ärztin steuerte auf eine Frau zu, die die Entbindungsstation gerade verlassen wollte, und Katrine folgte ihr.

»Lise, einen Moment bitte, ich glaube, die Polizei möchte gerne mit dir sprechen. Es ist wegen Mads.«

»Ja, bitte?«

Eine verweinte, rotäugige Ausgabe von Katrines alter Schulfreundin aus gemeinsamen Zeiten am Gymnasium drehte sich zu ihnen um.

Alles stand still.

Katrine traute ihren Augen nicht. Wie hoch war die Wahrscheinlichkeit, dass ausgerechnet das passieren würde? Doch wohl verschwindend gering. Es war einfach nicht fair. Katrine spürte einen kaum zu beherrschenden Drang, sich umzudrehen und einfach wegzulaufen, so schnell sie konnte.

»Katrine?« Lise starrte sie wenigstens genauso überrascht an und wischte sich die Tränen von den Wangen. »Bist du es wirklich, Kat? Aber ...«

Jens sah Katrine an, die unter ihrer beeindruckenden Bräune mit einem Mal seltsam blass geworden war und die außergewöhnlich hübsche Hebamme anstarrte. Sie hatte langes blondes Haar, und der enge weiße Kittel wirkte alles andere als verunstaltend, wie er feststellte.

»Sie kennen sich?« Jens sah von einer zur anderen.

»Ja«, sagte Lise schniefend. »Wir sind Freundinnen seit dem Gymnasium.«

Katrine wusste ganz einfach nicht, was sie sagen sollte. Alles schien so merkwürdig. So unwirklich. Sie versuchte, die Worte in ihrem Kopf zu einem ganzen Satz zu verbinden, aber sie lösten sich auf, noch bevor sie ihren Mund erreichten.

»Haben uns aber ein wenig aus den Augen verloren, als Katrine nach England gezogen ist.« Lise Barfoed schüttelte den Kopf, als könne sie nicht glauben, was oder vielmehr wen sie vor sich sah. »Wie sonderbar, dich plötzlich wiederzusehen. Es ist nur ...« Wieder rollten ihr Tränen über die Wangen. »Das ist alles ein bisschen viel.«

»Ja, das kann ich gut verstehen«, entgegnete Katrine und konnte hören, wie steif und unpersönlich sie klang.

Noch einmal rieb sich Lise die Tränen von den Wangen und schüttelte verständnislos den Kopf. »Aber bist du denn jetzt wieder in Dänemark? Also für länger?«

»Ja.«

»Aber was ...?« Sie sah Jens und dann wieder Katrine an. »Arbeitest du für die Polizei?«

»Genau das tut sie«, erwiderte Jens. »Und die Polizei hat bedauerlicherweise gerade jede Menge Arbeit. Sie beide können sich ja ein anderes Mal noch ausführlich unterhalten.« Er schaute zu Katrine, die nickte und ihm stillschweigend dankte. »Ja, wir müssen los.«

»Er hat auch mich bedroht«, sagte Lise.

Sie blieben abrupt stehen.

Inge Smith sah die Hebamme überrascht an. »Davon weiß ich ja gar nichts.«

»Ich hatte Wechselschichten, es ist länger her, dass wir uns gesehen haben, Inge.« Sie zuckte mit den Schultern. »Und genau wie Mads habe ich mir keine großen Gedanken deswegen gemacht. Hätten wir das mal getan.«

»Ein Kollege wird gleich mit Ihnen sprechen«, sagte Jens zu ihr.

»Gibst du mir deine Nummer, Katrine?« Lise fischte ein Stück Papier und einen Kugelschreiber aus ihrer Kitteltasche und reichte beides Katrine. Es wäre befremdlich gewesen abzulehnen, zumal Jens und Inge Smith dabeistanden, doch Katrine wollte das Tempo selbst bestimmen, und das hier ging ganz entschieden zu schnell. Einen kurzen Moment überlegte sie panikartig, eine falsche Nummer aufzuschreiben. Aber das wäre dann doch zu feige. Eilig kritzelte sie die Nummer auf den Fetzen und gab ihn mit einem Lächeln an Lise zurück, das wahrscheinlich eher eine verkrampfte Grimasse war.

Sie verabschiedete sich, hastete zur Tür und nach draußen, wo Jens schon damit beschäftigt war, Torsten Bistrup über den Fortgang der Ermittlungen zu informieren und Verstärkung anzufordern, die sie bei der Adresse des Tschetschenen antreffen sollten.

»Er ist psychisch instabil, wie es scheint, und in solchen Fällen muss ein Psychiater dabei sein. In den letzten Jahren hat es ... einige unglückliche Vorkommnisse gegeben«, sagte er zu Katrine. »Aber ich gehe mal davon aus, dass das nicht gerade Ihr Spezialgebiet ist, oder?«

»Da haben Sie recht, das liegt sogar weit außerhalb meines Fachbereichs«, antwortete sie und fühlte sich, als spräche sie aus einer Taucherglocke. Verschwommen bekam sie mit, dass er die notwendigen Anrufe erledigte.

Als sie wieder im Auto saßen und Richtung Nordwestviertel fuhren, sah Katrine alles wie in einem alten Stummfilm an sich vorüberziehen. Jon, das Ferienhaus, Lise ...

»Sind Sie in Ordnung?«, fragte Jens. »Man könnte meinen, Sie hätten da oben ein Gespenst gesehen.«

»Es geht schon wieder.«

»Starker Tobak, diese Jugendfreundin, was?«

»Na ja, das ist einigermaßen kompliziert.«

Er rief den Kollegen im Krankenhaus an und bat ihn nach einem kurzen Briefing über die Entwicklung des Falles, Lise Barfoed zu vernehmen.

»Ruf mich an, wenn sie irgendetwas Interessantes von sich gibt, ja?«

*

»Miststück!«

Das Gesicht kommt ganz nah heran. Die Stirn ist nur noch wenige Zentimeter entfernt.

»Du darfst mich nicht schlagen!«

Eisenfinger bohren sich in ihren Oberarm. Wie können Finger so hart sein? Manchmal sind sie auch weich und streicheln ihr zärtlich über die Wange. Aber nicht so oft. Jetzt gerade sind sie aus Eisen. Der Mund ist direkt vor ihren Augen. Er öffnet sich, und heraus strömen Laute, die ihr Gesicht treffen und in ihren Ohren gellen.

»Du verdammte kleine Egoistin. Verdammtes Miststück. Du denkst nur an dich selbst. Du solltest dich schämen!«

Mit den letzten Worten landet die andere Hand hart auf ihrer Wange. Es brennt. Es brennt! Sie weint. Tränen platzen aus ihren Augen. Es tut so weh! Das Gefühl der Ungerechtigkeit wächst in ihrer Brust. Es wird so groß, dass es nicht in ihrem Körper bleiben kann. Sie schnappt nach Luft. Unterdrückt den Drang zu schreien, denn sie weiß sehr gut, was dann passiert. Dann wird alles noch viel schlimmer. Und sie weiß nicht einmal, was sie falsch gemacht hat.

Jetzt prallt die freie Hand auf ihren Po. Drei Schläge mit aller Kraft. Sie verbeißt sich das Schreien. Aber zuletzt kann sie einfach nicht mehr, kann nicht länger still sein.

»Nein, Mama, nein«, fleht sie. »Hör auf!«

»Wie zum Teufel konnte ich nur so ein selbstverliebtes Miststück bekommen? Was?« Der Laut wird geradezu mit Gewalt zwischen den Zähnen hervorgestoßen, die so fest zusammengebissen sind, dass es aussieht, als müsste jede Sekunde der ganze Schädel bersten. Die Wut will nicht loslassen. Sie weiß, dass es lange dauert, bevor sie wieder in ihren Winkel zurückkriecht und lauert.

»Ich, die ich alles für dich opfere? Und was ist der Lohn? Undank! Schäm dich!« Jetzt prasseln die Schläge auf ihren Körper nieder. Sie krümmt sich auf dem Boden zu einer kleinen Kugel zusammen, so klein wie möglich. Versteckt das Gesicht unter den Armen. Dann kann sie sie da nicht schlagen. Das ist das Schlimmste. Wenn sie sie ins Gesicht schlägt.

Sie liegt so still, wie sie kann. Jetzt wächst das Weinen in ihrer Brust. Sie stellt sich vor, dass sie sich an einem anderen Ort befindet. Einem Ort, an dem diese Frau nicht ist, diese Hexenmutter. Sie ist bei ihrer richtigen Mutter.

Sie wünschte, ihre richtige Mutter würde kommen und sie holen. Sie glaubt nicht, dass diese Menschen ihre richtigen Eltern sind. Man hat sie im Krankenhaus vertauscht. Es kann schon passieren, dass Babys auf der Entbindungsstation vertauscht werden, wenn sie in ihren Bettchen liegen. Sie hat gehört, wie die Erwachsenen davon gesprochen haben. Und sie ist ganz sicher, dass das mit ihr passiert ist. Das hier ist nicht ihre Mutter. Wie könnte das ihre Mutter sein?

Ihre richtige Mutter ist freundlich und gut und liebt sie. Sie würde nie schreien und schlagen. Aber wie soll sie sie nur finden?

Die Hoffnungslosigkeit ist erdrückend. Ihre eigene Mutter hat ein vertauschtes Kind bekommen, das sie richtig verwöhnt. Dann entdeckt sie es vielleicht nie?

Jetzt wird sie am Arm gezogen und auf ihr Zimmer geschleift. Die Tür wird abgeschlossen. Sie weiß, dass es viele Stunden dauern wird, bevor sie sich wieder öffnet.

Sie will gern schreien, schreien so laut wie ihre Hexenmutter. Ihr ins Gesicht schreien. Aber der Schrei kommt nicht heraus. Sie hat so viele Schreie in sich.

*

Jens parkte ein paar Aufgänge von der Wohnung des Tschetschenen entfernt.

»Wir warten hier, bis die Verstärkung eintrifft.«

Katrine nickte geistesabwesend.

Er sah auf sein Mobiltelefon. Keine SMS von Simone. Wann hatte sie heute Schulschluss? Er konnte sich den Stundenplan einfach nicht merken. Er tippte eine SMS und fragte, was sie heute Nachmittag vorhabe.

Er hätte gerne gewusst, wo sie war und mit wem sie zusammen war. Seit er bei einigen Gelegenheiten entdeckt hatte, dass das, was sie erzählte, nicht immer mit dem übereinstimmte, was sie unternahm, war er besonders aufmerksam. Stellte er sie wegen der offensichtlichen Widersprüche zur Rede, kam es meist zu Oscar-reifen Szenen. Sie erinnerte ihn dann frappierend an ihre Mutter. Eine Drama-Queen. Sie warf ihm vor, misstrauisch zu sein, und es kam vor, dass sie fragte: »Wie kann ich dir vertrauen, wenn du mir nicht vertraust?« Sie klang viel zu erwachsen, fand er und machte sich wahnsinnige Sorgen, dass sie an die falschen Typen geriet. Sie war rührend naiv und sich gleichzeitig sehr wohl bewusst, dass sie eine attraktive junge Dame war.

Unauffällig sah Jens zu seiner neuen Partnerin hinüber. Auch sie war in ihre Gedanken vertieft. Er wollte gerade zu einer möglichst beiläufigen Frage ansetzen, als sie sagte:

»Es erinnert mich ein wenig an diesen Fall in der Schweiz – also, wenn der Tschetschene unser Mann ist.«

Jens nickte. Er wusste, was sie meinte. »Der dänische Fluglotse, der vor seinem Haus von einem Russen erstochen wurde.«

»Genau. Er war für den Kontrollturm verantwortlich, als die beiden Flugzeuge kollidiert sind. Er war allein im Tower, entgegen der Vorschriften. Der Russe hatte versucht, eine Entschuldigung von der Fluggesellschaft zu erreichen. Als er sie nicht bekam, hat er den Dänen zu Hause aufgesucht. Er behauptet, er habe nichts weiter gewollt als eine Entschuldigung – hatte aber ein Messer dabei.«

»Also muss man davon ausgehen, dass es geplant war.«

»Das hat er bestritten. Später hat er dann aber noch ausgesagt, dass da, wo er herkommt, ›ein richtiger Mann Rache nimmt, Auge um Auge‹ oder etwas in der Art. In seiner Heimatstadt kam es zu Demonstrationen für seine Freilassung, und bei seiner Rückkehr nach der Haftstrafe wurde er wie ein Held gefeiert.«

»Und Sie meinen, in Tschetschenien sieht es ähnlich aus, was Selbstjustiz angeht? Schwer zu sagen.«

»Ich weiß so gut wie nichts darüber, aber wir müssen das auf jeden Fall untersuchen. Was wir wissen, ist, dass er höchstwahrscheinlich unter PTBS litt. Und – ich denke, auch davon kann man ausgehen – unter dem, was man Tunnelblick nennt.«

»Tunnelblick? Damit haben wir auch bei den Ermittlungen öfters zu kämpfen«, sagte Jens.

»Ja, aber hier ist etwas anderes gemeint, ein besonderer Zustand, der als Folge traumatischer Ereignisse eintreten kann. In dem gefühlsmäßigen Chaos, in dem man sich befindet, konzentriert man sich dann auf eine Einzelheit, die in Verbindung mit dem traumatischen Ereignis passiert ist. Und wenn sich das pathologisch entwickelt«, Jens nickte, »dann kann man an nichts anderes mehr denken. Es können die merkwürdigsten Zusammenhänge sein. In Jütland gab es mal einen Fall, bei dem ein Mann überzeugt war, dass eine Frau seine im Krankenhaus liegende Ehefrau mit einer Tasse Kaffee vergiftet habe. Er verfolgte die Frau über einen längeren Zeitraum und stach sie schließlich auf offener Straße nieder. Sie ist dann kurz danach an den Folgen der Verletzung gestorben.«

»Mit einer Tasse Kaffee?« Jens hob ungläubig die Augenbrauen.

»Ja.«

»In Jütland? Dann haben Sie also von da drüben die Nachrichten hierzulande verfolgt?«

»Ja, jeden Tag«, sagte sie, als sei das ganz selbstverständlich. »Das hier ist ja immerhin mein Heimatland, da ist es nicht so einfach, völlig loszulassen.«

»Ja, das ist klar. Aber ... kann man so was nicht erkennen, bevor es zu spät ist?«

»Gute Frage. Nach dem, was wir durch seine Krankenakte über ihn wissen, hat er hier«, sie sah zu dem Eingang hinüber, vor dem sie gleich stehen würden, »massive Hilfe nötig. Und offensichtlich hat er es entweder abgelehnt, Hilfe in Anspruch zu nehmen, oder er hat sie nicht früh genug bekommen. Ich weiß es nicht, jedenfalls ist irgendetwas ganz gewaltig schiefgelaufen.«

Zwei Polizeiwagen parkten vor ihnen, und sie stiegen aus. Jens begrüßte die vier Beamten, und Katrine stellte sich vor.

»Wir sind nicht sicher, ob es unser Mann ist«, sagte Jens zu der kleinen Versammlung, »und wir sind nicht sicher, in welchem Zustand er ist. Er ist in seiner Heimat Opfer von Folterungen geworden, seine Frau ist tot und sein Sohn im Kinderheim. Und er ist anscheinend der Meinung, das Ganze sei Schuld des Arztes und der Hebamme. Er hat den Arzt und die Hebamme in den letzten Wochen verfolgt. Also: Er ist auf alle Fälle ziemlich unberechenbar.« Ungeduldig spähte er die Straße hinunter. »Unser Psychiater ist spät dran.«

»Sind die das nicht immer?«, sagte ein junger männlicher Beamter. Alle lachten.

»Wir haben doch eine Psychologin da«, sagte einer der anderen.

»Für das hier habe ich keinerlei Befugnisse«, wandte Katrine freundlich ein.

»Frau Doktor Wraa ist Profilerin«, erklärte Jens.

»Cool«, sagte eine junge Beamtin. »Wie Tony Hill!«

»Ganz genau, ich bin wie Tony Hill«, sagte Katrine und lachte. »Ein echter Langweiler. Und obendrein versuche ich auch noch, ein ganz normales Leben zu führen.«

»Und, wie läuft's?«, fragte Jens neugierig.

»Mal besser, mal schlechter«, antwortete sie mit einem Seufzen.

»Nein, im Ernst, gefällt Ihnen Ihre Arbeit hier?«, setzte die junge Frau eifrig nach.

»Tja, das ist heute mein erster Tag, ich habe noch gar nicht so richtig angefangen.«

»Ich würde eher sagen, Sie haben einen fliegenden Start hingelegt«, meinte Jens und zwinkerte ihr zu. Humor, Haare auf den Zähnen, wenn es sein muss, und ein Quäntchen Demut, sie wird das schon packen, dachte er.

Ein Krankenwagen bog in die Straße ein, kam auf Höhe ihrer Gruppe zum Stehen, und ein älterer Mann stieg aus, der sich als Psychiater des Bispebjerg-Krankenhauses vorstellte. Jens setzte ihn rasch ins Bild.

»Ich hole Sie, wenn wir drin sind«, sagte er zu Katrine. Sie setzte sich ins Auto und wartete.

Die Männer gingen den Aufgang und die Treppen hinauf in den dritten Stock und postierten sich auf beiden Seiten der Tür.

Kraftvoll klopfte Jens an die Tür.

»Polizei! Machen Sie auf!«

Sie warteten einen Moment ab. Nichts geschah.

Ein Rumoren aus der Nachbarwohnung war zu hören. Der Briefschlitz öffnete sich, und ein Augenpaar kam zum Vorschein.

Er klopfte wieder. »Hier ist die Polizei, öffnen Sie die Tür!«

Dann sagte er zu der Person hinter dem Briefschlitz: »Haben Sie ihn heute schon gesehen?«

Ein Kopfschütteln war zu erahnen. Die Augen verschwanden, jemand hantierte am Türschloss, und dann erschien eine kleine Frau in einem Sari in der Türöffnung.

»Er geht nur noch selten nach draußen ... Es war so traurig, was mit seiner Frau geschehen ist. Armer Aslan. Nachts läuft er durch die Wohnung und klagt Gott sein Leid, so laut, dass wir anderen nicht schlafen können. Aber heute Nacht ... heute Nacht war es still.«

»Okay, danke. Sie gehen besser wieder hinein und schließen die Tür ab, aber später möchten wir gerne noch mit Ihnen sprechen.«

Sie nickte und schloss die Tür.

»Gut, wir gehen rein«, sagte Jens zum Rest des Teams.

Sie machten sich bereit, die Tür aufzubrechen. Der junge Kriminalbeamte stellte sich mit der Handramme in Position und sprengte das Türschloss mit einem Schlag.

»Hier ist die Polizei, wir kommen jetzt rein«, rief Jens. »Verhalten Sie sich ruhig!«

In wenigen Sekunden hatten sie alle Räume durchkämmt und fanden im Wohnzimmer, wonach sie suchten. Jens rief Katrine an.

»Wir haben unseren Mann.«

»Sie klingen sehr sicher.«

»Kommen Sie rauf und sehen Sie es sich an, dann verstehen Sie es.«

Schnell lief Katrine die Treppe hinauf. Als sie näher kam, konnte sie bereits riechen, was sie erwartete. Die Tür stand offen. Ein durchdringender Gestank hatte sich im Treppenhaus ausgebreitet.

Der Boden im Flur war von Reklame und anderer Post bedeckt, die durch den Briefschlitz geschoben und offenbar über Monate nicht aufgehoben worden war. Die Küche war ein Fall für eine Grundreinigung. Im Wohnzimmer konnte man kaum einen Schritt machen, ohne auf leere und halbleere Flaschen, schmutzige Kleidungsstücke, Papier und Fastfoodabfälle zu treten. Auf dem Sofa lag ein Mann zusammengerollt und stierte mit leerem Blick an die Wand. Auf den ersten Blick sah es aus, als sei er tot.

»Wie ist sein Zustand?«, fragte Katrine den Psychiater, der dabei war, den Puls des Mannes zu nehmen.

»Er ist vollkommen unansprechbar. Wir müssen ihn ins Krankenhaus einliefern.«

Schnüffelnd sog Jens über Nukajevs Körper die Luft ein. »Puh, ganz schön getankt.«

»Ja, er hat vermutlich noch ordentlich Promille im Blut«, stimmte der Psychiater zu und ließ den Blick über die Schnapsflaschen auf dem Sofatisch wandern.

Aber das, was Jens so sicher machte, waren Nukajevs Hände. Sie waren überzogen mit einer Kruste aus getrocknetem Blut.

Auf dem Boden lag ein schwarzer, mit Flecken übersäter Wintermantel. Vermutlich ebenfalls Blut, wenn es auch mit bloßem Auge nicht zu bestimmen war. Die Techniker würden das klären.

Katrine sah sich im Wohnzimmer um. Hinter dem Durcheinander und dem Müll war eine früher einmal nett eingerichtete Wohnung zu erahnen. Einfach und billig, aber nett. Das Paar, das Gott weiß was für grauenvolle Erlebnisse durchgemacht hatte, hatte darum gekämpft, sich hier ein neues Leben aufzubauen. Es schien, als sei es ihnen geglückt. Bis sie Eltern wurden.

Dann fiel ihr Blick auf die einzige Stelle im Raum, die nicht unter Dreck und Unrat begraben war. Auf einer Kommode hatte Aslan Nukajev einen Gedenkaltar für seine Frau und sein Kind errichtet. Bilder der Frau waren mit Reißzwecken an die Wand gepinnt, und eine schwarz-weiße Ultraschallaufnahme des Ungeborenen hing neben dem Bild eines Babys in einem Krankenhausbettchen. Auf der Kommode standen Kerzen und Plastikblumen. Katrine hielt alles auf einem Foto fest. Dann machte sie noch eilig einige Aufnahmen von dem Mann auf dem Sofa und dem Rest des Wohnzimmers, denn sie wollte den Technikern nicht im Wege sein, die sicher gleich eintreffen würden.

»Trauriges Schicksal, was?« Jens stand neben ihr.

»Mehr als traurig.«

»Ihn jetzt zu vernehmen, können wir vergessen. Er liegt nahezu im Koma.« Er schaute zum Sofa hinüber. »Er wird ins Krankenhaus gebracht, und dann müssen wir abwarten, wann wir mit ihm reden können.«

»Vorläufig vermutlich nicht«, sagte Katrine ärgerlich.

»Nein, leider. Schauen wir mal, was uns die Techniker noch zu bieten haben. Es sieht ja nicht gerade so aus, als habe er versucht, Spuren zu verwischen. Könnte mir gut vorstellen, dass es Winthers Blut ist.«

»Ja, würde mich auch wundern, wenn es von jemand anderem stammt. Aber wir können doch sicher sehr schnell überprüfen, ob es letzte Nacht noch weitere Überfälle gab, oder?«

»Natürlich.«

»Wie schnell sind wir mit einer DNA-Probe?«

»Das dauert schon ein paar Wochen, es sei denn, jemand hätte die Königin umgebracht.«

»Ein paar Wochen? In England hat man das Ergebnis innerhalb von 24 Stunden!«

»So schnell sind wir hier leider nicht.«

»Aber man kann doch wenigstens feststellen, ob es dieselbe Blutgruppe ist? Oder dauert das auch ein paar Wochen?«

»Das wird nicht mehr gemacht«, sagte Jens bedauernd.

»Hm.« Katrines Ärger wuchs mit jeder Antwort. Sie sah sich um. »Spuren von dem Messer?«

»Noch nicht. Aber wenn wir es hier nicht finden, werden unsere Leute die Strecke zwischen hier und Frederiksberg auf den Kopf stellen; Mülleimer, Gärten, Abwasserkanäle ...«

»Das wird schwierig. Es könnte auch ganz woanders sein.«

»Wir werden es schon finden. Seinem Zustand nach zu urteilen glaube ich nicht, dass er sich sonderlich viel Mühe damit gemacht hat.«

»Nein«, sagte Katrine und sah wieder zu dem Mann auf dem Sofa. »Sicher nicht.«

»Na dann«, sagte Jens. »Es wartet noch jede Menge Papierkram, Berichte und so weiter. Wir fahren erst mal zurück ins Präsidium. Außerdem könnten wir beide etwas zu essen vertragen, wie mir scheint.«

»Ja«, stimmte sie zu und merkte erst jetzt, dass ihr Magen grummelte wie ein Gewitter kurz vor dem ersten Blitz.

Sie verabschiedeten sich von dem Psychiater und den beiden Beamten, die in der Wohnung bleiben würden, bis die Ambulanz kam, die Aslan Nukajev ins Krankenhaus bringen sollte. Die beiden anderen Polizisten waren dabei, die Nachbarn zu vernehmen. Auf dem Weg die Treppe hinunter rief Jens Torsten Bistrup an und setzte ihn über die Verhaftung in Kenntnis.

Jens und Katrine fuhren zurück zum Präsidium. Sie kamen an den Seen vorbei.

»Wir könnten auch schauen, ob es am Obduktionstisch etwas Neues gibt«, schlug Katrine vor.

»Tja, das könnten wir eigentlich machen. Sie haben ihn ja wahrscheinlich gerade unterm Messer. Statten wir also Havmand einen Besuch ab.«

»Havmand? Der Gerichtsmediziner?«

»Ganz genau. Er überwacht den größten Teil der Obduktionen, die sie da drinnen vornehmen. Er behauptet zwar, dass sie zu mehreren sind und sich die Arbeit aufteilen, aber mir kommt es so vor, als wäre er immer da. Er ist clever! Und da Sie ja noch eingearbeitet werden, müssen Sie ja überall mal reinschnuppern.«

»Nett ausgedrückt.«

Er sah sie an. »Natürlich nur, wenn das für Sie okay ist. Es ist schon etwas anderes, wenn sie erst mal auf dem Stahltisch liegen.«

»Anfangs bin ich überhaupt nicht gut damit zurechtgekommen«, sagte sie und dachte an die erste Obduktion, bei der sie dabei gewesen war. »Ich hatte gerade meinen Doktor gemacht und als Assistentin von Caroline Stone angefangen. Tatsächlich bin ich da zum ersten Mal mit richtigen Fällen in Berührung gekommen. Bis dahin hatte ich eigentlich nur vom Schreibtisch aus gearbeitet, außer bei Häftlingsbefragungen im Gefängnis. Caroline wurde also bei diesem Fall hinzugezogen, ein Mord an einem 14-jährigen Mädchen, das vergewaltigt und brutal umgebracht worden war, mitten in London.«

Katrine sah alles vor sich; schon beim Anblick des bleichen Fußes, der von der Tischplatte gerutscht war und leblos an der Seite herunterhing, lief ein autonomer Bescheid vom Hirn über den Vagusnerv zum Herzen: Timeout, Freunde! Da diese Art von Bescheiden für gewöhnlich kein Widerspruchsrecht enthält, sackte ihr Blutdruck abrupt in den Keller, mit dem Ergebnis, dass sie sich auf dem Boden wiederfand.

Jens sah sie von der Seite an. Er hörte interessiert zu.

»Ich bin ohnmächtig geworden, aber nur kurz, und der Obduktionsassistent hievte mich mit einem mitleidigen Gesichtsausdruck auf einen Stuhl. Da bin ich dann mit dem Kopf zwischen den Knien eine Weile hocken geblieben, bis Caroline mir ein Glas Wasser unter die Nase hielt und sagte: ›So, Mädchen, jetzt wollen wir sie uns aber mal etwas genauer ansehen.‹ Und wenn Caroline so etwas sagt, dann tut man es. Also bin ich wieder an den Tisch und habe mir die Tote angesehen. Und in diesem Augenblick hatte ich nur noch ein Ziel: herauszukriegen, was man diesem Mädchen angetan und vor allem natürlich, wer das getan hatte. Ich war wie besessen von dem Gedanken, den Täter zu finden, und hätte alles dafür getan.« Sie erinnerte sich noch deutlich an den Zustand, in dem sie sich damals befunden hatte. Total auf Adrenalin, förmlich high, bereit, nonstop auf Hochtouren zu laufen, bis sie ihn hatten, diese verdammte Drecksau, die das hier angerichtet hatte. Der Gedanke, dass er da draußen herumlief und es wieder tun konnte, machte sie krank. »Drei Tage später war ich wieder kurz davor, zu kollabieren. Aber diesmal war es etwas ernster. Ich hatte 72 Stunden lang nicht geschlafen, hatte nur von Junkfood gelebt. Und so sah ich auch aus, wie ein Wrack. Ich konnte nicht mehr denken, starrte nur noch auf immer dieselben Bilder, Karten und

Berichte, ohne dass irgendein konstruktiver Ansatz dabei herausgekommen wäre. Caroline verfolgte offenbar die Strategie learning by doing. Ich sollte am eigenen Leib erleben, dass es so auf keinen Fall ging. Nach drei Tagen schickte sie mich nach Hause mit dem Befehl, alle Stecker rauszuziehen, mindestens zwölf Stunden zu schlafen, was Anständiges zu essen, eine Runde zu laufen, ›whatever‹, und erst wiederzukommen, wenn ich in der Lage war, etwas Vernünftiges zu den Ermittlungen beizutragen.«

Sie lachten beide, und Katrine fuhr fort.

»Ich bin gehorsam heimgetrottet, habe 14 Stunden geschlafen, jede Menge Salat in mich reingeschaufelt und mich dann wieder an die Arbeit gemacht.«

In der Zeit danach hatte die Dankbarkeit darüber, Teil des Teams sein zu dürfen, ihre Hemmschwelle erheblich herabgesetzt. Sie hatte blind gehorcht und sich mit allem abgefunden, wogegen sie früher opponiert hätte. Sie hatte zum großen Guru Caroline Stone aufgeblickt.

»So, jetzt kennen Sie also die Geschichte meiner ersten Gehversuche auf dem Gebiet der Ermittlungsarbeit.«

»Klingt, als sei Ihre ehemalige Chefin ein ziemlich harter Knochen.«

»Das können Sie laut sagen! Und sie ist ein Genie.«

»Und heute können Sie also ohne weiteres während der laufenden Ermittlungen abschalten, ausschlafen, haufenweise Rohkost futtern und ausgiebige Waldläufe unternehmen?«, fragte er schelmisch.

»Schön wär's.«

*

Sie betraten die Gerichtsmedizin im Gunnar-Teilum-Flügel des Reichskrankenhauses. Es war eine längliche, beinahe turnhallengroße Räumlichkeit, die mit Stellwänden in acht einzelne Bereiche unterteilt war, von denen jeder einen stählernen Obduktionstisch beherbergte. Sie streiften sich einen der grünen Einwegkittel über und setzten Masken auf, die Mund und Nase bedeckten.

Es wurden gerade mehrere Obduktionen durchgeführt. In einem der Abteile am anderen Ende des Raums erkannten sie Torsten Bistrup und steuerten auf ihn zu. Die übrigen Obduktionsbereiche passierten sie, ohne ein einziges Mal zur Seite zu blicken. Fünf Menschen standen um die Leiche herum.

Das Aufeinandertreffen von Haut und Stahl. Haut, die noch wenige Stunden zuvor warm und lebendig gewesen war. Geatmet hatte. Berührt worden war. Auf die Berührung reagiert hatte. Jetzt war sie kalt. Und Mads Winthers Haut noch kälter als die der meisten anderen.

Die Geräusche. Metall durch Knochen. Sägen, die in Körper eindrangen und Schädel öffneten. Die Härchen auf Katrines Unterarmen richteten sich auf, als ein Schauer sie durchlief. Sie verschwendete keine Energie darauf, so zu tun, als sei sie hartgesotten; sie hatte Jens ganz bewusst von ihrem Ohnmachtsanfall erzählt.

»Hello again.« Anne Mi sah sie über die Kante ihres Mundschutzes hinweg an. »Ihr habt uns wohl vermisst, was?«

»Und wie«, sagte Jens, der Katrine galant den Vortritt ließ, so dass sie einen unverstellten Ausblick auf das hatte, was auf dem Tisch vor sich ging. Anne Mi stellte Katrine kurz die Anwesenden vor, denen sie im Laufe des Tages

108

noch nicht begegnet war; einer lachte hinter seinem Mundschutz, als sie ihn »unseren Schneidermeister« nannte, »weil seine Nähkünste unübertroffen sind«. Tom Jørgensen vom Kriminaltechnischen Institut, der auf der anderen Seite des Tisches stand, nickte nur kurz. Anscheinend war er immer noch beleidigt wie ein kleines Mädchen darüber, dass sie seine Bilder nicht gebrauchen konnte.

»Wie alle hier wohl inzwischen wissen, haben wir Aslan Nukajev festgenommen, den Ehemann einer Patientin des Verstorbenen«, sagte Jens und berichtete kurz über die Ereignisse des Vormittags. Währenddessen betrachtete Katrine Mads Winther. Die Obduktion war bereits fortgeschritten, und der Körper war mit einem klassischen Y-Schnitt geöffnet worden. Nicht nur den Thorax, auch den Schädel hatte man geöffnet. Nichtsdestotrotz bestätigte sich ihr Eindruck, dass Mads Winther zu seinen Lebzeiten ein außerordentlich attraktiver Mann gewesen war. Es musste so manche Hebamme, Krankenschwester oder auch Ärztin geben, der seine glückliche Ehe ein Dorn im Auge gewesen war.

»... und wir hoffen, dass es nicht allzu lange dauert, bis er vernehmungsfähig ist«, schloss Jens seinen kurzen Rapport ab.

»Nun denn, das ist ja glänzend«, sagte Bistrup mit einem breiten Lächeln an Katrine gewandt, das seine Augen aber nicht erreichte. »Dann haben Sie ja gleich an Ihrem ersten Tag mitgeholfen, einen Fall aufzuklären. Herzlichen Glückwunsch.«

»Na ja, sehr viel habe ich nicht gerade dazu beigetragen«, erwiderte Katrine ausweichend. »Genau genommen war ich nur Zuschauerin.«

»Sie haben auf die Sache mit dem PTBS und dem Tunnelblick hingewiesen«, sagte Jens und klang beinah so, als sei er stolz auf sie. Sie sah ihn überrascht an, doch er hatte alle Augen voll zu tun, Bistrup einen wenig freundlichen Blick zuzuwerfen. Katrine bekreuzigte sich innerlich. Ein Hahnenkampf zwischen den beiden mit ihr als Streitobjekt war das Letzte, was sie brauchen konnte.

»Was habt ihr denn für uns?«, wandte sie sich schnell an Anne Mi.

»So einiges!« Anne Mi sah sie mitfühlend an, trocknete ihre von Handschuhen geschützten Hände mit einem Papierhandtuch ab und begann. »Der Tod ist in einem Zeitraum von sechs bis zehn Stunden vor dem Beginn unserer Untersuchungen eingetreten. Seine Körpertemperatur lag heute Morgen um acht bei 25 Grad – in Anbetracht der Kälte und der Tatsache, dass er auf der Erde lag und von Schnee bedeckt war, müssen wir von diesem Zeitraum ausgehen. Die Leichenstarre hatte bereits eingesetzt, war aber noch nicht voll ausgeprägt, dementsprechend muss er zu diesem Zeitpunkt circa acht bis neun Stunden tot gewesen sein. Außerdem konnten wir feststellen, dass die Schneemenge, die sich noch auf seiner Hose befand und nicht von Vibeke Winther weggewischt worden war, ziemlich genau der Menge entspricht, was letzte Nacht gefallen ist. Laut Meteorologischem Institut hat es im Großraum Kopenhagen um 1.30 Uhr angefangen zu schneien. Das alles lässt den Schluss zu«, sie sah ihren Vorgesetzten an, der ihren Blick über den Rand seiner Brille erwiderte, »dass der Tod höchstwahrscheinlich zwischen gestern Abend 23 Uhr und Mitternacht eingetreten ist.« Havmand nickte.

»Und die Messerstiche?«, fragte Katrine.

»Ja, die habe ich mir sowohl von außen als auch von innen angesehen. Wir haben eine Computertomographie gemacht. Der Stich, der vermutlich zum Tod geführt hat, ist hier eingedrungen.« Sie zeigte auf eine Wunde direkt unter dem Rippenbogen. »Er war sehr tief und hat die Hauptschlagader durchtrennt. Nur ein paar Minuten nach dieser Läsion war er tot. In seiner Bauchhöhle stand eine große Menge Blut. Wir haben sechs weitere Einstiche gefunden; ein Stich hat ihn in den Rücken getroffen, möglicherweise der erste. Und es gibt Abwehrverletzungen.«

»All das stimmt damit überein, dass wir nur unmittelbar am Fundort Blutspuren gefunden haben«, ergänzte Tom Jørgensen.

»Habt ihr Fußabdrücke gefunden?«, fragte Jens.

Tom schüttelte den Kopf. »Nichts Verwertbares. Es hat geschneit, und dann der Notarzt und die Sanitäter, die überall rumgetrampelt sind.«

»Wie verlaufen die Einstiche?«, fragte Katrine.

Anne Mi und Havmand sahen sie interessiert an.

Anne Mi neigte den Kopf ein wenig zur Seite, als sehe sie das Messer vor sich. »Schräg.« Sie demonstrierte die Stichbewegung mit dem Arm.

»Es wurde ausschließlich von oben nach unten zugestochen?«

»Ja, ausschließlich. Warum?«

»Es gibt Untersuchungen, die zeigen, dass Frauen auf diese Weise zustechen, also von oben nach unten, während Männer von unten nach oben zustechen.«

Bistrup legte den Kopf in den Nacken und lachte schallend. »Der war gut! Frauen stechen von oben? Ha, ha!«

Katrine sah ihn sprachlos an.

»Von diesen Untersuchungen habe ich auch gehört«, sagte Anne Mi. Havmand nickte zustimmend.

Jens sah von einem zum andern. »Aber warum ... warum sagt uns das denn keiner? Wenn es tatsächlich Untersuchungen gibt, die das belegen?«

Sie sahen ihn alle drei an.

»Tja, das sind eben die Dinge, für die ihr ja jetzt wohl Katrine habt«, antwortete Anne Mi und sah fragend zu ihr.

»Jetzt reicht's aber, verdammt nochmal«, fuhr Bistrup dazwischen. »Ihr meint diesen Unsinn doch nicht etwa ernst, oder?«

Katrine stellte sich vor ihn.

»Versuchen Sie es. Gehen wir mal davon aus, dass Sie mit einem Messer auf mich einstechen wollen, wie würden Sie das machen?«

Bistrup streckte den Arm ein Stück aus und hielt die Hand so, als habe er ein Messer. Er wirkte, als bereite ihm die Vorstellung durchaus Vergnügen. »Ich würde es so machen«, sagte er und bewegte den Arm demonstrativ schräg von unten in Richtung ihres Bauchs. Er sah kurz auf das »Messer« in seiner Hand und dann wieder Katrine an. »Oder so«; er hielt die Hand horizontal vor ihren Hals und machte eine kurze, schnelle Schnittbewegung. »Man kann ein Messer auf viele Arten benutzen. Es scheint mir nicht sehr professionell, sich auf eine einzige Möglichkeit zu versteifen. Wie war das noch mit dem Tunnelblick, über den Sie referiert haben?«

»Jens?«, sagte sie und drehte sich zu Jens um.

Er ballte die Hand zur Faust und zögerte keinen Augenblick.

»So.« Er stieß direkt von unten in ihren Bauch.

»Anne Mi?«

Anne Mi wandte sich Hans Henrik Havmand zu.

»Entschuldige, Hans Henrik«, sagte sie. Havmand nickte. »So.« Sie hob ihren angewinkelten rechten Arm und führte ihn hinunter auf seinen Brustkasten. »Kein Zweifel.«

Katrine nickte und wiederholte Anne Mis Bewegung.

»Frauen stechen mit hoher Wahrscheinlichkeit auf diese Weise zu, weil wir, unabhängig davon, ob wir gut trainiert sind oder nicht, instinktiv wissen, dass wir unsere maximale Kraft brauchen, um mit einem Mann fertig zu werden.«

Aus den Augenwinkeln sah sie, wie Bistrup sie bei den Worten »gut trainiert« bodyscannte. Ekelhaft, dieser Kerl.

Einen Augenblick lang herrschte Stille.

»Ich bin ganz Ihrer Meinung, Katrine«, sagte Jens endlich. »Nur leider passt das überhaupt nicht zu unserem mutmaßlichen Täter.« Er klang skeptisch. »Aber andererseits«, Jens sah Katrine an, »ist der Tschetschene ja nicht besonders groß. Und er wirkte sehr geschwächt, was sicherlich mit dem Tod seiner Frau vor ein paar Monaten und der Zeit danach zu tun hat. Könnte das eine Erklärung sein?«

»Möglicherweise«, antwortete sie.

»Jesus!« Bistrup verdrehte die Augen Richtung Decke.

»Interessanter Gedanke«, meinte Anne Mi. »Wirklich interessant.«

»Und er hat also einen einzelnen Stich in den Rücken bekommen?«, fragte Katrine.

»Ja«, entgegnete Anne Mi. »Wir glauben, es war der

erste, danach hat er sich umgedreht und versucht, die weiteren Stiche mit den Armen abzuwehren.«

»Der Täter hat ihn also von hinten angegriffen, vielleicht während Winther weggehen wollte, wahrscheinlich zurück ins Haus«, überlegte sie. Sie sah den Garten vor sich und wusste, dass sie noch einmal nach Frederiksberg raus und sich alles ansehen musste. »Das passt jedenfalls zu der Position, in der er dagelegen hat.«

Jens nickte langsam und nachdenklich.

»Noch etwas, das womöglich wichtig ist: Er hat mit großer Sicherheit nicht lange vor seinem Tod Geschlechtsverkehr gehabt. Mit einer Frau«, fügte Anne Mi schnell hinzu.

»Tja, heutzutage weiß man ja nie«, sagte Bistrup. Niemand kommentierte seine Bemerkung.

»Wir haben deutliche Spuren an seinem Penis gefunden; es handelt sich wahrscheinlich um Vaginalsekret. Das müssen wir für eine endgültige Bestätigung zwar noch genauer untersuchen, aber ein erstes Screening, das die Kollegen vom Labor eben durchgeführt haben, zeigte einen hohen Glykogengehalt, wie ihn Vaginalsekret aufweist.«

»Aber ihr seid nicht sicher?«, fragte Bistrup.

»Hm«, sagte Anne Mi und sah ihn an. »Ich weiß ja nicht, womit man sein bestes Stück sonst noch einschmieren könnte, was so glykogenhaltig ist ...«

»Interessant«, murmelte Jens. »Nach Vibeke Winthers Aussage hat sie ihren Mann gestern Abend gar nicht gesehen. Und da drüben«, er nickte in Richtung des Juliane-Marie-Centers, »sagen sie, er habe die Entbindungsstation um 21 Uhr verlassen. Die Frage ist also, wo er auf dem Weg nach Hause noch gewesen ist«, sagte Jens und blickte Katrine an.

114

»Er hat auswärts seinen Appetit gestillt, das ist ja wohl nicht so schwer zu erraten, Høgh!«, blaffte Bistrup und schaute ungeniert auf die Intimzone des Toten. »Hm, rasierte Kronjuwelen«, grinste er.

Katrine versuchte mit aller Macht, die Gedankengänge zu stoppen, die sein Kommentar in Gang setzte. Ich möchte das nicht wissen, ich möchte das nicht …

»Wir müssen noch mal zu Vibeke Winther und sie danach fragen. Können wir davon ausgehen, dass wir uns später nicht entschuldigen müssen?«, fragte Jens und ignorierte Torsten.

Anne Mi und Havmand sahen sich an.

»Ja, das könnt ihr«, bestätigte Havmand.

»Na gut.« Jens sah nicht besonders begeistert aus. Er schaute zu Katrine. »Dann machen wir uns mal auf den Weg nach Frederiksberg.« Katrine nickte.

»Ihr könntet von den Spuren an den Genitalien doch eine DNA-Analyse machen, oder?«, fragte Katrine.

»Ja, schon, das müsste möglich sein«, stimmte Anne Mi zu.

»Und was ist mit den anderen DNA-Proben? Übereinstimmung zwischen Winthers Blut und dem an Nukajevs Händen?«

»Wir führen die üblichen Tests durch, und ihr bekommt die Ergebnisse in ein paar Wochen. Ach ja, da fällt mir ein, wir brauchen ja auch noch Ihre DNA, Katrine, damit wir Sie bei den Analysen ausschließen können, wenn Sie das nächste Mal an einem Tatort auftauchen«, sagte Anne Mi.

»Ja, natürlich. Wollen wir das gleich erledigen?«

»Kommen Sie lieber irgendwann die nächsten Tage mal vorbei.«

»Ja, gut, ich rufe vorher an.«

»Na denn, dann wäre das auch geklärt«, sagte Jens. »Wollen wir, Katrine?«

»Ja, auf geht's.« Sie verabschiedeten sich und gingen zur Tür, wo sie die Kittel ablegten. Katrine hörte Bistrup und Jørgensen noch ein paar Einzelheiten mit den Gerichtsmedizinern besprechen. Dann gingen sie den Flur entlang zum Ausgang des Gebäudes.

»Nichts für ungut, aber die Leute werden Sie für einen echten Profi halten, wenn Sie mit dem Ding da ins Präsidium kommen.« Jens sah sie an, er war offenbar kurz vor einem Lachanfall. Sie fasste sich an den Kopf und bemerkte, dass sie noch immer die grüne Maske trug. Sie nahm sie ab und schlug damit nach ihm. »Das hätten Sie auch gleich sagen können!«

»Steht Ihnen doch gut.«

»Ach!« Sie fuhr herum und ging mit raschen Schritten zurück zur Gerichtsmedizin, öffnete die Tür und konnte die Stimmen von Bistrup und Jørgensen hören, die sich hinter einer Stellwand ihrer Kittel entledigten.

»Frauen stechen mit hoher Wahrscheinlichkeit von oben nach unten«, parodierte Bistrup Katrine. »Ich bin ganz Ihrer Meinung, Katrine!« Jetzt ahmte er Jens nach. Tom Jørgensen grunzte. »Herrgott nochmal, die beiden sind ja nicht zum Aushalten. ›Ich bin ganz Ihrer Meinung, Katrine‹, ja, zum Teufel, ›Ich bin ganz scharf darauf, Sie flachzulegen, Katrine‹, so sieht's aus!«

Katrine stand wie vom Donner gerührt da. Die beiden Männer bogen um die Wand und waren sichtlich überrascht, sie vor sich zu haben.

»Was Sie da gerade gesagt haben«, sagte sie leise zu

Bistrup, »ist NICHT in Ordnung.« Sie machte auf dem Absatz kehrt.

Als sie Jens erreichte, kochte sie vor Wut.

»Was ist denn los? Sie sehen ja aus, als wollten Sie am liebsten jemanden umbringen.«

»Gut beobachtet! Und zwar von oben nach unten!«

»Nur wegen dieser albernen Maske?«, fragte er mit Besorgnis in der Stimme.

»Nein, natürlich nicht.« Sie spielte Torstens Bistrups Parodie nach, ersparte ihnen aber den Schlussakkord.

»Der Kerl ist wirklich zu viel des Guten.«

»Ja, mit dem werde ich bestimmt noch viel Spaß haben«, fauchte sie. »Na, Schwamm drüber! Wir müssen jetzt endlich was zu essen haben, sonst muss am Ende noch Ihre Dienstmarke herhalten!«

»Du lieber Himmel!«

*

»Au, aua, das tut weh«, weint sie und hält sich eine Hand vor das Auge. Es juckt und sticht.

»Halt still«, sagt ihr Vater streng. »Und nimm die Hand weg. Ich kann ja nichts sehen.«

Widerstrebend lässt sie die Hand sinken, so dass ihr Vater es sich ansehen kann. Ein Ast hat ihr Auge getroffen, als sie auf den Apfelbaum im Garten geklettert ist, und plötzlich ist sie Gegenstand seiner ungeteilten Aufmerksamkeit, was höchst ungewöhnlich ist.

Aber er ist Augenarzt, also ist er bestimmt der Richtige, um nachzusehen, wie schlimm es um ihr Auge steht. Er schaut es sich lange schweigend an. Studiert es genau durch sein Vergrößerungsglas. Hin und wieder brummt er etwas Unverständ-

liches vor sich hin. Sie schnieft ein bisschen, gibt sich aber Mühe, mucksmäuschenstill zu sitzen.

»Da sitzen einige Partikel, die ich ausspülen muss«, lautet das Urteil schließlich. »Sonst besteht die Gefahr, dass sich später die Hornhaut entzündet.«

Das hört sich gefährlich an. Was, wenn sie blind wird? Sie weint.

»Ja, das ist gut, dass du weinst. Die Tränen reinigen das Auge. Wir fahren in die Klinik, da kann ich mir einen besseren Überblick verschaffen.«

Im Auto sitzt sie auf dem Rücksitz und schaut ihren Vater an. Es ist Samstagnachmittag, und sie hat ihn plötzlich ganz für sich allein, ohne Mutter.

Sein vertrauter Rücken. Sein Blick im Rückspiegel, der sie hin und wieder besorgt ansieht. Auch das ist höchst ungewöhnlich.

Das Auge tut plötzlich nicht mehr ganz so weh wie zuvor.

*

»Unangenehme Situation«, murmelte Jens, als sie wieder vor der Villa in Frederiksberg hielten. »In so was war ich noch nie sonderlich gut.«

Sie hatten unterwegs einen Zwischenstopp in einem Döner-Imbiss eingelegt und jeder einmal Dürüm groß bestellt. Einigermaßen baff hatte Jens zugesehen, wie Katrine ihre Rolle großzügig mit Chilisoße übergoss. Man konnte ja immerhin versuchen, das Beste draus zu machen, hatte sie gesagt.

»Bringen wir es hinter uns?«

Katrine nickte. Sie stiegen aus dem Wagen und gingen zum Haus hinauf. Katrine schauderte ein wenig. Es gibt Häuser voller Leben, dachte sie. Und es gibt Häuser, die irgendwie ... verlassen wirken, beinahe wie tot. Dieses Haus gehörte ganz ohne Zweifel in die zweite Kategorie. Sie passierten das Zelt, das immer noch im Garten stand.

Vibeke Winther öffnete selbst die Tür und sah sie überrascht an.

»Wir hätten da noch ein paar Fragen«, sagte Jens. »Dürfen wir hereinkommen?«

»Ja, selbstverständlich.«

Sie folgten ihr ins Wohnzimmer und setzten sich auf dieselben Plätze wie schon am Morgen.

»Wir haben einen Mann festgenommen, den Tschetschenen, der Mads zuletzt ein paarmal aufgesucht hat«, begann Jens. »Es spricht einiges dafür, dass er der Täter ist. Er wird innerhalb von 24 Stunden einem Richter vorgeführt.«

Vibeke nickte langsam. »Sind Sie sicher, dass er es war?«

»In seiner Wohnung haben wir Spuren gefunden, die darauf hindeuten, ja. Aber sein Zustand lässt noch nicht zu, dass wir ihn vernehmen. Also ... im Zusammenhang mit der Obduktion Ihres Mannes sind ein paar Fragen aufgetaucht, die Sie uns vielleicht beantworten können.« Jens verstummte.

»Ja, wenn ich helfen kann ...?«

Katrine sah, wie Jens tief Luft holte und Anlauf nahm.

»Es ist so, dass wir Spuren gefunden haben, die belegen, dass Mads Winther gestern Abend Geschlechtsverkehr hatte ... ähm, mit einer Frau, also ...«

Er ist wirklich nicht besonders gut in so was, dachte Katrine.

Vibeke Winther wurde nicht einfach blass. Von einem Moment auf den anderen war ihr Gesicht kreideweiß geworden. Gleichzeitig verzog sie fast keine Miene.

»Deshalb sind wir gezwungen, Sie zu fragen ...«

»Sagten Sie nicht gerade, dass Sie den Tschetschenen verhaftet haben?«

»Ja, richtig, aber ...«

»Wenn das so ist, kann ich wirklich nicht erkennen, was unser Privatleben mit der Sache zu tun haben soll.«

»Das kann ich so weit gut verstehen«, sagte Jens. »Solange wir aber nicht hundertprozentig sicher sein können, dass es der Tschetschene war, der Ihren Mann umgebracht hat, müssen wir auch andere Möglichkeiten in Betracht ziehen.«

Vibeke sah Jens schweigend an. Ihr war deutlich der Widerwille anzusehen, dass die Staatsgewalt in solch intime Bereiche ihres Lebens eindrang. Gleichzeitig sah sie aus, als hätte sie ihren Mann am liebsten in der Hölle geröstet, und zwar sehr langsam, wenn er nicht schon tot gewesen wäre.

Vielleicht hat sie wirklich nicht gewusst, dass er sie betrog, dachte Katrine. Oder sie hat es gewusst und geglaubt, es sei vorbei.

»Ungeheuerlich! Sie wissen doch bereits, dass wir uns gestern den ganzen Tag nicht gesehen haben, und am Abend auch nicht, weil ich geschlafen habe, als er nach Hause kam, wie ich bereits sagte. Ich gehe davon aus, dass Sie sich den Rest selbst zusammenreimen können«, stellte sie fest.

»Es tut mir wirklich leid«, sagte Jens, »dass wir diese Fragen stellen ...«

»Sonst noch etwas?« Ihr Kinn zitterte, bemerkte Katrine.

»Ja, es ist nämlich so, dass Mads nach Aussage von Inge Smith die Entbindungsstation um 21 Uhr verlassen hat.« Jens studierte Vibekes Gesicht. »Und nun wundern wir uns ein wenig darüber, dass er nicht zu Hause war, bevor Sie zu Bett gegangen sind.«

»Das hängt ja wohl mit dem zusammen, was Sie mir gerade erzählt haben, und das sollte selbst für Sie nicht allzu überraschend sein.«

»Wissen Sie, wo er gewesen ist?«

»Keine Ahnung!«

»Haben Sie irgendeine Idee, bei wem er gewesen sein könnte? Haben Sie einen Verdacht?«

»Ich weiß nichts«, sagte sie und streckte abwehrend die Hände aus. »Und ehrlich gesagt möchte ich davon am liebsten auch gar nichts wissen, jedenfalls nicht jetzt. Darf ich Sie bitten zu gehen! Ich kann nicht mehr ... Ich muss mich etwas ausruhen.«

»Wir können gut verstehen, dass Sie schockiert sind. Aber bitte, es ist sehr wichtig, dass Sie uns anrufen, wenn Ihnen noch etwas einfällt«, sagte Jens.

»Selbstverständlich.«

»Wir finden den Weg.«

Sie gingen zum Wagen.

»Puh!« Jens' Unbehagen war nicht zu übersehen. »Die Frage ist ja tatsächlich, was wir mit dieser Information eigentlich anfangen sollen.«

»Wie Sie selbst gesagt haben, wir dürfen auch andere Theorien nicht außer Acht lassen, bis uns die Technik stichhaltige Beweise liefert und wir Nukajev vernehmen können. Mads Winther war seiner Frau untreu, und sie hat es mit hoher Wahrscheinlichkeit nicht gewusst. Oder sie hat geglaubt, es sei Schluss.«

»Oder er ist nach Hause gekommen, sie hat den Braten gerochen und ist ausgerastet.«

»Auch eine Möglichkeit. Aber wer ist die dritte Person in diesem Drama? Eine Geliebte? Ein eifersüchtiger Ehemann?«

»Warum zum Teufel rückt sie nicht mit der Sprache heraus? Man sollte doch meinen, dass sie wenigstens wissen will, wer diese Person ist?«

»Sie wirkt, als sei sie ein außerordentlich ... privater Mensch«, überlegte Katrine. »Und deshalb ist es demütigend für sie, dass wir in ihrer Intimsphäre herumschnüffeln. Das überschattet gerade alles andere für sie. Warten Sie«, sagte Katrine auf halbem Weg zwischen Haus und Wagen und legte eine Hand auf Jens' Arm. »Sollten wir nicht die Gelegenheit nutzen und uns den Garten noch mal ungestört ansehen?«

»Und wozu?«

»Um die ganze Situation noch mal durchzugehen.«

»Das haben wir doch heute Morgen schon gemacht.«

»Ja schon, aber wir machen es eben noch mal, so genau wie möglich. Mit dem Wissen, das die Obduktion ergeben hat.«

Jens spähte hinauf zum Haus. »Sie wollte sich doch ein wenig hinlegen, oder?«

»Genau, und das Schlafzimmer liegt ja auf der Rückseite des Hauses.«

»Na schön.«

»Gut, Sie sind Mads Winther«, kommandierte sie. »Sie sind im Haus.« Jens ging hoch zum Haus und stellte sich vor die Tür. »Ich bin der Täter und komme unten von der Straße.« Katrine lief hinunter zum Gartentor, drehte sich um und ging den Gartenweg entlang.

»Ich klopfe an die Tür, Sie kommen und machen auf. Wir stehen hier vor der Tür. Wieso gehen Sie überhaupt mit mir da rüber in den Garten?«

»Vielleicht machen Sie Krach? Und ich habe Angst, dass Vibeke aufwacht. Oder vielleicht sind Sie schon rübergegangen und warten darauf, dass ich aufmache und zu Ihnen rauskomme?«

»Ja, nehmen wir das mal an. Wir sind also im Garten.« Katrine machte die paar Schritte bis zum Zelt und blieb daneben stehen. »Wir reden? Streiten? Handgreiflichkeiten?« Sie standen sich mitten im Garten der Winthers gegenüber. »Wir müssen nachfragen, ob die Vernehmungen der Nachbarn etwas Brauchbares ergeben haben. Sie drehen sich um und wollen zurück zum Haus.« Jens machte kehrt.

»Ich steche Sie in den Rücken.« Katrine setzte eine Faust zwischen seine Schulterblätter. »Sie drehen sich zurück, und ich steche sofort noch mal zu und treffe das Zwerchfell.« Sie drückte eine Hand gegen seine Rippen. »Sie versuchen, den Stich mit den Händen abzuwehren, fassen sich aber gleichzeitig instinktiv an die Wunde.« Jens tat gehorsam, was Katrine sagte. »Ich steche noch ein paarmal zu, ich bin wütend auf Sie, Sie sinken zusammen.« Sie sah auf Jens hinab, der jetzt auf der kalten Erde lag.

»Steche ich weiter auf Sie ein, als sie schon daliegen?«

»Das wissen wir nicht.«

Sie ging neben ihm in die Hocke und tat so, als würde sie auf seinen Oberkörper einstechen.

»Ja, wäre schon gut möglich.« Nachdenklich blickte sie

123

auf ihre Hand. »Sieben Messerstiche insgesamt«, sagte sie. »Was hat er getan, dass ihn jemand so sehr hasste?«

»Ich stehe dann mal wieder auf, ja?«

Sie nickte geistesabwesend und tat es ihm nach.

»Wir müssen ja davon ausgehen, dass es Nukajev war«, sagte Jens. »Wir wollen nicht vergessen, in welchem Zustand wir ihn gefunden haben.«

»Aber warum haben Sie dann Angst, ich könnte Vibeke aufwecken?«, fragte Katrine grüblerisch. »Wenn ich Aslan Nukajev bin und bedrohe Ihr Leben, dann wollen Sie doch eher, dass jemand Sie hört und Ihnen zur Hilfe kommt?«

Sie sahen sich an.

»Vielleicht rechne ich nicht damit, dass Sie mich angreifen? Und ich will Vibeke nicht stören, weil sie am nächsten Morgen früh aufstehen muss. Ich gehe davon aus, dass ich Sie schnell wieder loswerde, wie vorher auch schon ein paarmal. Und dann stechen Sie mich plötzlich von hinten nieder ... oder es hat einfach niemand etwas gehört. Oder ich schaffe es nicht, rechtzeitig zu reagieren und um Hilfe zu rufen.«

»Okay«, sagte Katrine. »Versuchen wir eine andere Theorie. Was, wenn wir beide aus dem Haus kommen?«

»Was meinen Sie?«

»Wenn ich, der Täter, Vibeke Winther bin? Sie sind nach Hause gekommen. Ich weiß – oder finde an diesem Abend heraus –, was Sie getan haben ...«

»Wieso sind wir dann hierhergegangen, nach draußen?«

»Vielleicht habe ich Sie mit jemandem sprechen hören. Wir können nicht ausschließen, dass noch jemand hier gewesen ist, dass ich – also Vibeke – Sie mit einer anderen Person reden höre und herauskomme. Die andere Person, nehmen wir mal an eine Frau, verschwindet. Und ich steche Sie rasend vor Wut über Ihre Untreue nieder.«

»In diesem Fall wäre sie eine erstklassige Schauspielerin.«

»Ja, stimmt«, gab Katrine widerwillig zu. »Ihre Reaktion wirkte überzeugend, da muss ich Ihnen recht geben.« Katrine überlegte. »Und die dritte Möglichkeit ist natürlich, dass ich, der Täter, die Geliebte bin.« Sie schaute vom Gartentor hinauf zum Haus. »Es könnte das gleiche Bewegungsmuster wie bei Nukajev sein. Ich komme von der Straße in den Garten, ich gehe zum Haus ...«

»Aber Moment mal, wo haben wir eigentlich Sex gehabt?«, fragte Jens mit einem leisen Lächeln.

Katrine sah ihn an und wiederholte die Frage langsam und bedeutungsvoll. »Ja, wo haben wir eigentlich Sex gehabt ...? Er muss ja auf dem Weg nach Hause irgendwo gewesen sein.«

»Aber wo? Bei der Geliebten?«

»Oder bei einer Prostituierten?«

»Klar, auch möglich.«

»Einen Augenblick ... Er war im Krankenhaus ...«

»Vielleicht eine Kollegin? Würde passen. Er hatte ja sein eigenes Büro, oder?«

»Ja, ich glaube schon.« Verdammt! Warum hatte sie daran nicht schon gedacht, als sie noch im Krankenhaus waren? »Fahren wir noch mal hin und sehen es uns an?«

»Im Prinzip nicht nötig«, antwortete Jens. »Da waren alle möglichen Leute drin, inzwischen auch die Techniker, hoffe ich mal.«

»Ja«, stimmte sie zu. »Da waren alle möglichen Leute drin, nur wir nicht.«

125

Er seufzte kaum hörbar. »Okay.« Er schaute auf die Uhr. »Bis zur Teambesprechung können wir es gerade noch schaffen. Aber ... es gibt ein wesentliches Problem bei all den Theorien, die wir hier durchgehen ...«

»Ja«, sagte Katrine, »ich weiß. Wenn Nukajev es nicht war, woher kommt dann das Blut an seinen Händen?«

*

Es war derselbe Gang, den sie an diesem Tag schon einmal zusammen mit Inge Smith entlanggegangen waren. Sie fanden eine Tür, an der ein Schildchen mit dem Namen *Mads Winther* angebracht war. Sie war abgeschlossen.

»Ich hätte heute Morgen schon fragen sollen, ob wir es uns mal ansehen können«, sagte Katrine mehr zu sich selbst als zu Jens.

»Heute Morgen war Nukajev wichtiger, wenn Sie sich erinnern. Außerdem waren die Techniker ja hier.«

»Ja, aber trotzdem.« Sie schüttelte den Kopf. Ein Arbeitszimmer konnte genauso viel über einen Menschen erzählen wie sein Zuhause. Caroline hätte daran gedacht!

Am anderen Ende des Gangs öffnete sich eine Tür, und eine Frau mit einem Stoß Akten auf den Armen trat auf den Flur. Sie gingen ihr entgegen. Fragend sah sie sie an.

»Kann ich Ihnen helfen?«

»Können Sie uns die Tür zu Mads Winthers Büro aufschließen?«, fragte Jens und hielt ihr seine Dienstmarke unter die Nase.

»Ja, selbstverständlich«, erwiderte sie. »Ich hole nur eben meine Schlüssel. Augenblick.« Sie war schnell wieder zurück, diesmal ohne Akten, und öffnete.

Katrine betrachtete sie. Untreue. Kam sie in Frage?

Höchstwahrscheinlich nicht, entschied Katrine. Die Sekretärin war eine ergraute Dame Ende fünfzig.

Sie betraten das Büro. Es wirkte unaufgeräumt und unpersönlich.

Katrine studierte die Magnettafel, die über dem Schreibtisch hing. Die gleichen Bilder von den Zwillingen, die sie schon in der Villa in Frederiksberg gesehen hatte.

»Tja, ein Männerbüro eben«, meinte die Sekretärin. »Wir Frauen legen ja Wert darauf, dass es gemütlich und auch ein bisschen persönlich ist. Aber Männer, du lieber Himmel«, sagte sie und schaute Katrine mit einer »Wir-Frauen-müssen-doch-zusammenhalten«-Miene an, erntete jedoch nicht die offensichtlich erwartete Zustimmung. Katrine richtete ihre ganze Aufmerksamkeit auf Mads Winthers Büro.

»Nun ja, Sie können die Tür ja hinter sich zuziehen, wenn Sie gehen«, sagte die Sekretärin etwas ungeduldig. »Ich mache dann jetzt Feierabend.«

»Haben Sie vielleicht irgendwelche ... ungewöhnlichen Aktivitäten in diesem Büro hier bemerkt?«, fragte Katrine.

Die Sekretärin sah sie verständnislos an. »Was meinen Sie?«

»Wir haben Grund zu der Annahme, dass Mads Winther eine Affäre hatte, möglicherweise mit einer Kollegin«, erklärte Katrine.

Die Frau sah verärgert von einem zum anderen und schüttelte den Kopf. »Absolut nicht«, sagte sie. »Das kann ich mir von Mads gar nicht vorstellen. Er hat seine Frau und die Jungen geliebt. Sind Sie sich eigentlich darüber im Klaren, was diese Familie durchgemacht hat? Und noch vor sich hat, mit ihrem Sohn?«

Katrine nickte verständnisvoll. »Das wissen wir sehr wohl. Aber trotzdem haben wir Grund zu glauben, dass es so war. Wir wissen, dass Mads Winther die Entbindungsstation gegen 21 Uhr verlassen hat. Kann er hierhergegangen sein, ohne dass ihn jemand gesehen hat?«

»Theoretisch schon, aber wie gesagt, ich kann mir wirklich nicht vorstellen, dass ...«

»Und das Büro später unbemerkt wieder verlassen haben?«

»Nun ja, spätabends ist hier nicht besonders viel Betrieb.«

»Können Sie uns sagen, wer Zugang zu diesem Raum hatte? Wer konnte hier herein, abgesehen von Mads Winther?«

Die Sekretärin versuchte sich zu beruhigen. »Tja, also ... außer mir sämtliche Ärzte, aber auch alle möglichen anderen Kollegen; leitende Schwestern, Hebammen ...« Sie zuckte resignierend mit den Schultern.

»Vielen Dank für Ihre Hilfe«, sagte Katrine lächelnd. »Wir machen hinter uns zu.«

Die Sekretärin machte auf dem Absatz kehrt und ging.

»Meinen Sie, die Techniker haben Proben vom Boden und von den Möbeln genommen; Haare und so?«

»Ich kann mir beim besten Willen nicht vorstellen, wozu das in einem öffentlichen Büro gut sein soll, in dem alle Welt ein- und ausgeht. Sie haben doch gehört, wer hier ...«

»Ja«, unterbrach Katrine und trat näher an ein hellgraues Sofa heran, das unter dem Fenster stand. Sie ließ ihren Blick forschend darübergleiten. Nichts, keine Haare, keine Flecken. Sie setzte sich auf die Kante. Ein plötzlicher Einfall. Was, wenn ... Sie stand auf und griff an die untere Sofakante. Sie ließ sich leicht herausziehen. In einem Hohlraum unter der Sitzfläche kam ein Satz Bettwäsche zum Vorschein. Sie zog weiter, und das Sofa verwandelte sich in ein ansehnliches Bett, in dem, wenn auch etwas gedrängt, zwei Menschen Platz finden konnten. Sie schaute auf. Obwohl es ein Stück entfernt war, konnte man vom Hochhaus gegenüber durch das Fenster in den Raum sehen, aber es war eine Jalousie angebracht, die man herunterlassen konnte. »Tja, ob er das wohl nur zum eigenen Bedarf bei seinen Vierundzwanzigstundenschichten benutzt hat?«

»Wir müssen jetzt zurück ins Präsidium«, sagte Jens.

Schweigend starrte Katrine ihn an.

»Hallo?!«, sagte Jens und zeigte zur Tür. »Wollen wir ...?«

»Er hat nichts benutzt!«

»Er hat was nicht benutzt?«

»Kein Kondom.«

»Nein, kann schon sein, dass Sie recht haben ...« Jens zog nachdenklich die Augenbrauen zusammen. »Aber vielleicht hat sie was benutzt?«

»Ja, aber trotzdem. Was ist mit Geschlechtskrankheiten? Jemand mit seinem Wissen ...? Entweder reden wir hier von einem spontanen One-Night-Stand, und keiner von beiden hatte etwas dabei, oder es war etwas Festeres, das auf ... Vertrauen basierte.«

»Ja, das wissen die Götter.«

»Nicht die Götter, wir sollten das wissen!«

»Schon gut, war nur so dahergesagt.«

»Und der Computer da?« Katrine zeigte auf einen PC, der unter dem Schreibtisch stand. »Wird der untersucht?«

»Das glaube ich nicht. Die Techniker haben ihn ja nicht mitgenommen, und dass er schon wieder zurückgebracht wurde, kann nicht sein.«

»Hm«, gab sie mit hörbarer Unzufriedenheit von sich. »Sollten wir ihn dann nicht vielleicht mitnehmen?«

»Lassen Sie uns jetzt erst mal zurück ins Präsidium fahren und hören, was bei der Besprechung herauskommt. Vielleicht haben die Kollegen noch etwas gefunden. Danach wissen wir sicher schon genauer, worauf wir uns konzentrieren müssen. Und außerdem kann es ja sein, dass Kragh erst mal abwarten will, bis Nukajev vernehmungsfähig ist.«

Katrines Blick war starr auf den Computer gerichtet. Sieht aus, als würde sie ihn sich am liebsten gleich selbst unter den Arm klemmen, dachte Jens und konnte ein Lächeln nicht unterdrücken.

*

»Da hinten ist die Küche.« Jens zeigte auf eine Tür am Ende des Flurs. Sie waren zurück im Präsidium. Draußen war es längst schon wieder dunkel geworden. »Kaffee, Tee, alles da, fehlen nur die Zitronenscheiben«, sagte er, als sie den kleinen Raum betreten hatten. Sie lachten.

Jens sah auf sein Handy. Simone hatte geschrieben, sie sei bei Fatima, einer Freundin aus ihrer Klasse, und wolle zum Essen dort bleiben. Das passte ihm ausgezeichnet. Sie waren heute noch lange nicht fertig. Er hatte Lust, Katrine von ihr zu erzählen.

»Teenager!«, seufzte er.

»Haben Sie mehrere von der Sorte?«, fragte sie neugierig.

»Nein, du lieber Gott«, riss er in gespieltem Entsetzen die Augen auf. »Ein Exemplar pro Leben reicht völlig.«

»Wie alt ist sie?«

»Dreizehn. Sie heißt Simone«, sagte er, und ein Gefühl von Stolz durchlief ihn, was immer noch neu für ihn war. Genauso wie »meine Tochter« zu sagen.

»Hübscher Name.«

»Sie hasst ihn. Oder besser gesagt, hat ihn gehasst. Also früher.«

»Wie meinen Sie das, früher?«

Sollte er ihr die ganze Geschichte erzählen? Jetzt schon? Er zögerte kurz, begann dann aber doch.

»Ihre Mutter ist Französin. Und Simone wohnt erst seit drei Jahren bei mir. In Frankreich ist der Name total aus der Mode gekommen, es heißt da kaum noch jemand Simone. Aber ihre Mutter verehrt irgendso eine französische Philosophin.«

»Simone de Beauvoir? Die Existentialistin?«

»Ganz genau! Und nach ihr ist sie also benannt.«

»Und Sie hatten darauf keinen Einfluss?«

»Ich, ähm ...« Er sah zu Boden, und dann sah er ihr direkt in die Augen. Das hier war jedes Mal der kritische Punkt seiner Erzählung. Der Punkt, an dem er sich selbst bloßstellte. Dass er mit Pauken und Trompeten durchs große Familienexamen gerasselt war.

»Ich wusste nicht, dass es sie gab. Bis vor drei Jahren.«

Katrine fiel buchstäblich die Kinnlade herunter. »Was?«

»Vor vierzehn Jahren war ich mit einem Freund in Paris. Es war ein Ferienflirt.«

»Gibt's ja nicht. Und dann ... dann stand sie plötzlich vor der Tür oder wie?«

»Nein, sie rief an, also Veronique, Simones Mutter. Eines schönen Abends ...«

»Jens, alter Schwerenöter! In welchem Jahrzehnt krieg ich endlich den Abschlussbericht zu dem Fall, über den wir neulich gesprochen haben?« Eine füllige Frau um die sechzig mit dunklem, dauergewelltem Haar, das mit zahlreichen Spangen kunstfertig hochgesteckt war, trat zu ihnen und stemmte demonstrativ die Hände in die Seiten.

Katrine platzte nahezu vor Neugierde, den Rest der Geschichte zu hören, musste sich aber wohl oder übel gedulden. Schwerenöter, komisches Wort im Grunde, dachte sie. Längst hatte ihr Gehirn Englisch als Erstsprache einprogrammiert, und nun schmeckte sie die Wörter ihrer Muttersprache ab, als wären es langsam auftauende Appetithäppchen aus dem Kühlfach ihres Gedächtnisses.

»Katrine, darf ich vorstellen, das ist Hanne, eine unserer vollkommen unentbehrlichen Mitarbeiterinnen aus der Verwaltung. Hanne weiß ALLES, was es über unser Ablagesystem, unsere Fallakten, unser Archiv zu wissen gibt – alles! You name it!«

»Ja, ja, schon gut.« Hanne sah Katrine mit wissender Miene an. »Er versucht mal wieder, sich einzuschmeicheln, weil er ein kleiner Chaot ist, der es einfach nicht fertigbringt, seinen Papierkram in Ordnung zu halten«, beim Wort »Papierkram« versuchte sie, Jens' Stimme zu imitieren, »und es nicht mehr lange dauern kann, bis er wieder mal Hilfe braucht.«

»Jetzt bist du aber zu streng mit mir, Hanne. Unbarmherzig und streng!«

Sie verdrehte gutmütig die Augen und sah dann Katrine

an. »Was für eine Farbe! Wo haben Sie sich die denn zugelegt?«

»In Ägypten.«

»Einfach unglaublich!« Sie warf einen diskreten Blick auf Katrines Haar, sagte aber dann: »Und Sie sind also Psychologin?«

»Ja, das bin ich.«

»Das ist ja prächtig! So jemanden haben wir ja hier bei uns im Dezernat noch nie gehabt.«

»Nein, das habe ich auch schon gehört«, antwortete Katrine.

»Ich muss dann mal noch ...«, murmelte Jens, schob sich ohne weitere Erklärungen an den beiden Frauen vorbei und verschwand.

»Und dabei ist das doch wirklich ein so wichtiger Bereich!«, fuhr Hanne fort.

»Ja, da haben Sie ...«

»Nun ja, ich meine, schließlich und endlich entscheidet sich doch im Oberstübchen«, sie zeigte auf ihren Kopf, »was man tut und lässt. Und deshalb braucht man doch unbedingt Psychologen, die einem erklären, was sich bei den Kriminellen da so abspielt.«

»So kann man es auch ...«

»Aber Sie haben nicht zufällig auch im therapeutischen Bereich gearbeitet, oder doch?«

»Nein, dieser Teil der Psychologie hat mich nie wirklich interessiert.«

»Dann schon lieber die harten Jungs, nicht wahr?«

»Ja, wenn Sie es so ...«

»Tatsächlich?« Hanne lächelte und schüttelte gleichzeitig den Kopf, als sei es eine sonderbare Neigung, die

Katrine ihr da offenbarte. »Also mir hat die Therapie sehr geholfen, wirklich sehr«, sagte Hanne und beugte sich vertraulich zu Katrine.

Oh, oh, jetzt kommt's, dachte Katrine und wog ihre Fluchtmöglichkeiten ab. Manche Leute glaubten, sie könnten ihr lang und breit persönlichste Probleme von Selbstmordgedanken über Essstörungen bis hin zu Sex auseinandersetzen. Ohne sie überhaupt zu kennen. Weil sie Psychologin war!

»Ich habe im Zusammenhang mit meiner Scheidung begonnen, und ich muss sagen, das Geld ist wirklich gut investiert. Also, diese Lebensqualität, die man dadurch erhält, ist mit Geld gar nicht zu bezahlen, nicht wahr?«

»Nein ...«

»Ja, ich habe versucht, meinen Exmann zu überreden, auch an der Therapie teilzunehmen, also als er noch mein Mann war. Aber er hielt überhaupt nichts von diesem Kram, wie er immer sagte«, fuhr Hanne fort und wedelte abwertend mit der Hand. »Und tatsächlich glaube ich, es war am besten so, und zwar für uns beide. Ich kann Ihnen sagen: Ich bin *so* sehr gewachsen, also als Mensch, und ich glaube ganz sicher, dass ich das nicht geschafft hätte, wenn mein Mann, also mein Exmann, dabei gewesen wäre, aber das ist ja auch ...«

»Ich mache mich jetzt ans Berichteschreiben und könnte etwas Hilfe gebrauchen.« Jens lugte durch die halbgeöffnete Tür in die kleine Teeküche.

»Ja, sehr gerne, ich komme. Bis dann, Hanne!« Eilig trabte Katrine hinter ihm her.

In ihrem Büro nahm sie einen der Besucherstühle und setzte sich neben ihn.

»He«, sagte er überrascht. »Das war nur ein Vorwand, um Sie zu retten.«

»Das habe ich mir schon gedacht, aber ich würde trotzdem gerne sehen, wie Sie einen Bericht schreiben.«

»Ernsthaft?«

»Ernsthaft! Ich muss ja alle Abläufe in einem Fall kennen, wie Sie und Ihre Kollegen Vernehmungsprotokolle anlegen, Informationen vom KTI einholen ... alles eben.«

»Tja, da müssen Sie sich an Hanne wenden«, sagte er, zeigte in Richtung Tür und bemühte sich, ernst zu bleiben. Dann brachen sie beide in Gelächter aus.

»Die Inhalte, Sie Holzkopf! Das-was-Sie-in-die-Berichte-reinschreiben«, sagte sie und tippte im Takt der Silben mit ihren Zeigefingern in die Luft.

»Ts, ts, und das von Ihnen, Frau Doktor Wraa!«, sagte er mit aufgesetzter Empörung.

»Das haben Sie absolut verdient! Mich einfach so Hanne auszuliefern.«

»Na gut, aber Sie sind selbst schuld. Es gibt nichts Langweiligeres als Berichteschreiben«, entgegnete er und tat so, als würde er mit dem Kopf auf die Tastatur seines Computers sinken.

»Vorher würde ich aber gerne noch hören, wie die Geschichte mit Simone weiterging.«

»Tja, also ...« Er lehnte sich in seinem Schreibtischstuhl zurück, sichtlich froh über ihr Interesse. »Bis vor drei Jahren hatte ich ein einigermaßen normales Leben. Meine ich jedenfalls. Mein Job, die Fußballmannschaft, eine nette Freundin, Louise, übrigens auch bei der Polizei. Wir hatten eine gemeinsame Wohnung in der Godsbanegade in Vesterbro. Wir wollten Kinder, hatten es damit aber nicht so eilig. Und dann, an einem ganz normalen Mittwochabend, als wir gerade auf der Couch saßen und irgendeinen Film sahen, bekam ich einen Anruf. ›Bonsoir, c'est Veronique. Paris. Erinnerst du disch an misch?‹ Und nach und nach fiel es mir tatsächlich ein. Sie ist Tänzerin, also nicht an der Stange oder so was, sondern so modernes Ballettzeugs. Sie machte jedenfalls ein ziemliches Getue, sie sei Künstlerin und so. ›Artiste!‹«

Katrine lauschte gebannt seiner Erzählung. Manchmal war es einfach unglaublich, welche Geschichten und Abenteuer die Leute mit sich herumtrugen.

»Tja, man hatte ihr einen Part in einer Compagnie für modernen Tanz angeboten, erzählte sie in ihrem gebrochenen Englisch. Die Compagnie würde auf Welttournee gehen, und es sei in diesem Leben ihre letzte Chance als Tänzerin, wie sie es etwas melodramatisch ausdrückte.«

Katrine lächelte.

»Das wäre doch schön für sie, antwortete ich, etwas erstaunt darüber, dass sie mich deswegen anrief. Und wie sie mich denn überhaupt gefunden hätte? Schließlich hatten wir seit damals keinen Kontakt mehr gehabt. Louise hat vom anderen Ende des Sofas verfolgt, wie ich mich in einer haarsträubenden Mischung aus Englisch und eingerostetem Schulfranzösisch durch dieses immer seltsamer werdende Gespräch kämpfte. Es war eine völlig absurde Situation«, erinnerte er sich. Der Film, den sie sich angeschaut hatten, war im Pause-Modus erstarrt, das Bild flimmerte leicht auf der Mattscheibe; ein Moment, der sich auf seiner Netzhaut eingebrannt hatte. Es gab ein Davor und ein Danach. Ein Zustand, in den er sich die nächste Zeit permanent versetzt fühlte, sein Leben, zwischenzeitlich auf Pause geschaltet und im Flimmerstatus.

»Tja, die Erklärung ließ dann auch nicht lange auf sich warten. Es war nämlich so, dass es da ein Problem gab, wenn sie diese einmalige Chance nutzen und sich ihren langersehnten Traum erfüllen wollte, für den sie so viele Opfer gebracht hatte. Es war nicht leicht als Tänzerin, dass ich mir da mal keine falschen Vorstellungen machte! Und nun sei sie also gezwungen, eine schwere, weitreichende Entscheidung zu treffen. Sie könne ihre Tochter nicht mit auf Welttournee nehmen. ›Unsere Tochter‹, sagte sie dann.«

Jens atmete tief durch.

»Meine Tochter.«

Katrine riss die Augen auf. Eine solche Nachricht auf diese Art und Weise zu bekommen ...

»Ich habe dann zurückgerechnet. Es war elf Jahre her. Also hatte ich plötzlich eine Tochter bekommen, die zehn Jahre alt war. Ein zehnjähriges Mädchen! Das bei seiner Mutter aufgewachsen war in dem Glauben, ihr Vater wäre ... ja, was überhaupt?« Er hob die Arme zu einer hilflosen Geste in die Luft. »Und dann tischte mir diese französische Furie folgende Story auf: Ich müsse verstehen, sie habe ja nicht damit gerechnet, mich jemals wiederzusehen. Sie habe dann ja auch mit jemand anderem zusammengelebt. Aber jetzt, mit dieser neuen Situation vor Augen, hatten sie sich also getrennt. Und deshalb habe sie Simone erzählt, ihr richtiger Vater lebe in Dänemark. Simone habe dann selbst vorgeschlagen, sie könne ja hierherkommen und bei mir wohnen. Sie sei sehr froh darüber, dass es mich gebe.« Er schaute Katrine vielsagend an.

»Nachdem sie aufgelegt hatte, saßen Louise und ich da und starrten gemeinsam das Telefon an. War ich verrückt geworden? Hatte dieses Gespräch wirklich stattgefunden? Das hatte es, denn vierzehn Tage später kamen Simone und Veronique nach Kopenhagen. Veronique blieb eine Woche, und wir lernten uns etwas besser kennen – ich kannte diese Frau ja überhaupt nicht. Und dann reiste sie ab.«

»Und Sie standen da mit einem zehnjährigen Mädchen, das kein Dänisch sprach?«

»Ich hab dann Urlaub beantragt, und man genehmigte mir drei Monate – wegen ›besonderer Umstände‹, wie es in dem Wisch hieß. Und dann haben wir ein paar Dummheiten gemacht.« Jens fasste sich an den Kopf und hätte sich höchstwahrscheinlich ein paar Haare ausgerissen, wenn noch welche da gewesen wären.

»Zum Beispiel haben wir kurz darauf ein Reihenhaus in Herlev gekauft. Meine Tochter sollte nicht in Vesterbro aufwachsen, auch wenn es da mit den Jahren etwas besser geworden ist.« Er schüttelte den Kopf. »Wir rasten herum, waren wie aufgedreht, immer in Bewegung, Ausflüge, hierhin, dorthin, alles Mögliche, anstatt uns alle drei einfach erst mal kennenzulernen. Für Louise war es auch nicht ganz so leicht. Das war ja nicht gerade das, was sie sich vorgestellt hatte.«

»Das hatte sich sicher keiner von euch.«

»Nein.«

»Wie ist es dann weitergegangen?«, fragte Katrine vorsichtig.

»Tja, einen Monat, nachdem wir nach Herlev umgezogen waren, krachte unsere Beziehung so richtig gegen die Wand, und Louise zog aus.«

Wenn sich Jens an diese Zeit zurückerinnerte, sah er zwei Menschen vor sich, die sich in Raketengeschwindigkeit voneinander entfernten. Das Mädchen war ihm fast augenblicklich unglaublich wichtig geworden und hatte bisher unbekannte Gefühle in ihm geweckt. So anstrengend und befremdlich es auch oft war, er war vernarrt in die Kleine. Seine Tochter. Er würde für sie kämpfen, für sie beide. Aber Louise konnte ihnen nicht folgen.

»Nach zwei Monaten war ich völlig verzweifelt. Ich saß in Herlev und hatte das Gefühl, die Wände kämen näher und näher.«

»Was hast du gemacht?«

»Ich bin zum Psychologen gegangen, oder besser zu einer Psychologin«, sagte er und setzte ein schiefes Grinsen auf. »Hauptsächlich weil ich Angst hatte, Simone könnte von alldem Schaden nehmen. Ich war der Meinung, dass ich alles falsch machte.«

»Hat es geholfen?«

»Na ja«, sagte er zögernd. »Ich habe ihr erklärt, wir seien eine kleine Zweierfamilie in der Krise. Meine Güte.« Er schüttelte den Kopf. »Nein, ganz ehrlich, es war eine Katastrophe. Sie war ganz einfach zu jung, also die Psychologin, und …« Zu Katrines Überraschung begann Jens plötzlich zu lachen. »Ich habe versucht, ihr dieses Problem mit den Wänden in Herlev zu erklären.« Er machte eine Bewegung mit den Armen, um zu zeigen, wie sie näher kamen. Die Art, wie er es sagte, und seine Geste brachten auch Katrine zum Lachen.

»Entschuldigung«, brachte sie hervor, »du musst wirklich entschuldigen, das ist nicht, weil …«

Er lachte, dass ihm die Tränen über die Wangen liefen.

»Schon gut. Und sie hat die ganze Zeit immer ›Okaaay?‹ gesagt, auf eine Weise, die klarmachte, dass sie überhaupt nichts damit anfangen konnte. Oder ist das so eine spezielle Technik, die ihr lernt, damit sich die Leute entspannen?«

»An dem Tag hab ich wohl leider gefehlt.«

»Nicht so schlimm, es funktioniert auch nicht besonders gut, wenn du mich fragst«, sagte Jens und riss Katrine mit in den nächsten Lachanfall.

»Ich habe es nicht übers Herz gebracht, es ihr zu sagen«, erzählte Jens weiter, während er sich die Tränen abwischte. »Sie tat wirklich ihr Allerbestes und gab sich solche Mühe mit ihrem ›Okaaay?‹, aber irgendwie tat sie mir auch ein bisschen leid.«

»Du verstehst dich also blendend mit Psychologen«, stellte Katrine fest und hielt einen nach oben gestreckten Daumen in die Luft.

»Solange sie nicht dauernd ›Okaaay?‹ sagen«, keuchte er.

»Ich kann nichts versprechen«, antwortete Katrine und sah ihn an. »Himmel, was für eine Geschichte!«

»Ja, das war also ein bisschen was über mich … Und dein Leben? Auch so ganz normal?«

»Hast du mal ein paar Stunden?«, erwiderte sie und rollte mit den Augen.

»Ja«, sagte er und traf unvermittelt eine ganz andere Tonart. »Die habe ich ganz bestimmt, nur nicht gerade jetzt.«

»Denn mal los«, sagte sie erleichtert darüber, nicht über sich selbst sprechen zu müssen.

Jens klickte sich ins System und begann zu schreiben.

*

Nach einer Stunde hatte Katrine sich einigermaßen einen Überblick über die Verfahrensabläufe verschafft und darüber, wie die Berichte angelegt wurden und aufgebaut waren. Zwischendurch hatten sie ein paarmal über Kleinigkeiten gelacht, wie umständlich die Verwaltung arbeitete und Ähnliches, und sie waren in einer sonderbaren Stimmung; sie fühlten sich als gutes Team und waren ein bisschen euphorisch, dass der Mord, trotz der noch ungeklärten Umstände um Winthers Geliebte, wahrscheinlich bereits aufgeklärt war.

Dennoch schlich sich in Katrines Magengegend ein ungutes Gefühl ein, was die Lösung des Falles anging. Sie beruhigte sich damit, dass Nukajevs Vernehmung ja noch ausstand.

»Gleich ist Teambesprechung. Holen wir uns noch schnell einen Kaffee für unterwegs?«

»Okaaay?«

Er versetzte ihr einen leichten Klaps auf den Arm. In der Küche setzte Jens Kaffee auf, Katrine machte sich eine Tasse Tee.

Sie gingen hinüber zum Besprechungsraum, der von einigen auch als Essraum genutzt wurde. Von drinnen drang ein lebhaftes Stimmengewirr zu ihnen. Katrine war gespannt auf die übrigen Ermittler, auf die Stimmung unter ihnen, ja, auf das ganze Meeting. Sie hatte das Gefühl, schon ein paar Tage dabei zu sein, tatsächlich kannte sie aber fast noch keinen ihrer neuen Kollegen.

»Hallo, Katrine.« Per Kragh kam auf sie zu. »Na also, gleich mal Verhaftung des mutmaßlichen Täters am ersten Tag! Nicht schlecht.«

»Ja, ein ziemlich ereignisreicher erster Tag«, entgegnete

sie mit einem breiten Lächeln. »Wirklich spannend, so ein Blitzstart.«

»Schön zu hören. Und Sie und Jens haben der Gerichtsmedizin auch schon einen Besuch abgestattet?«

»Ja, das haben wir.«

»Gute Idee. Davon müsst ihr mir nachher noch ausführlich berichten, aber jetzt fangen wir an.«

Sie setzten sich, Katrine suchte sich einen Platz ein paar Stühle von Jens entfernt.

Er sah unauffällig zu ihr hinüber. Sie hatte ihr Haar zu einem unordentlichen Knoten im Nacken gebunden. Eine einzelne Strähne hatte sich frech in ihr Gesicht stibitzt. Sie hatte markante hohe Wangenknochen. Ihre gebräunte Haut lag geschmeidig darüber ...

Kraghs Stimme rettete ihn aus seinen Gedanken.

»Zuallererst möchte ich ganz herzlich Katrine Wraa willkommen heißen, die wir der englischen Polizei abgeluchst haben.«

Augenscheinlich freute er sich über diese Formulierung, so schien es Katrine jedenfalls. Ob ihm das den Rücken stärkt?, fragte sie sich.

Ein paar im Team lachten.

»Sie wurde heute direkt ins kalte Wasser geworfen, und zusammen mit Jens ist dabei einiges herausgekommen.« Er warf ihnen einen anerkennenden Blick zu. »Gut. Torsten, gibst du uns bitte einen Gesamtüberblick?«

Torsten Bistrup stand auf und sah über die Gruppe von Circa zwanzig Ermittlern, die alle den ganzen Tag über am Fall Winther gearbeitet hatten. Ging es um Mord, wurde in den ersten vierundzwanzig Stunden nicht an Personal gespart. Bistrup fasste kurz zusammen, wie sie sehr schnell

142

auf die Verbindung zu Nukajev gestoßen waren, ohne zu erwähnen, dass man diese Entdeckung Jens' und Katrines Arbeit zu verdanken hatte.

»Und jetzt warten wir also darauf, dass wir ihn vernehmen können«, sagte er.

Andere Ermittler hatten sich auf die Zeugenaussagen der Nachbarschaft und die Vernehmungen von Familienangehörigen, Freunden und Kollegen im Krankenhaus konzentriert.

»Der Nachbar, der die 112 angerufen hat, wurde von Vibeke Winthers Schreien geweckt. Er hat weder andere Personen gehört noch gesehen, auch nicht am Abend vorher. Die weiteren Vernehmungen der Nachbarn in der Straße und in der weiteren Umgebung haben nichts ergeben. Bekannte Zeitpunkte: Wir wissen, dass Winther die Entbindungsstation um 21 Uhr verlassen hat. Aber wir wissen nicht, wann er das Krankenhaus verlassen hat, wo er dann war und um welche Zeit er nach Hause gekommen ist. Da müssen wir dranbleiben! Zur Familiensituation«, fuhr Bistrup fort, »Mads Winthers Vater ist vor ein paar Jahren gestorben, die Mutter ist Rentnerin und lebt in einer Wohnung in Østerbro. Mit der Familie ihres Sohnes hatte sie zuletzt am Freitag Kontakt, als sie die Jungen aus der Kinderkrippe abgeholt und den Nachmittag in Frederiksberg verbracht hat. Er hatte keine Geschwister. Von der Tatwaffe haben wir keine Spur, aber alle Messer, die wir im Haus gefunden haben, inklusive dem aus Winthers Angelausrüstung, sind zur Untersuchung beim KTI. Trotzdem werden wir in den nächsten Tagen die Umgebung planmäßig nach der Tatwaffe absuchen. Ach ja, und dann hat unsere neue Psychologin eine höchst interessante Theorie, was die Stiche angeht«, sagte Bistrup und schaute – wie nun auch alle anderen Anwesenden – zu Katrine. »Dass es eine *Frau* gewesen sein muss, die zugestochen hat. Wirklich interessant.« Bistrup machte eine prätentiöse Bewegung mit dem Arm. »Weil die Einstichkanäle von oben nach unten verlaufen. Und angeblich ist genau das die Art, auf die Frauen ein Messer benutzen«, sagte er belehrend und warf einen Blick in die Runde. »Interessant«, stellte er noch einmal fest. »Aber die Realität sieht ja in diesem Fall nun mal leider etwas anders aus. Wollen Sie uns nicht erklären, wie das alles zusammenhängt, Katrine? Das klingt doch etwas merkwürdig, jetzt, wo wir gerade einen Mann festgenommen haben.«

Ein leises Murmeln erfüllte den Raum.

»Aber gerne doch, Torsten«, sagte Katrine ruhig und erhob sich von ihrem Stuhl. »Es liegen Studien vor, die zeigen, dass Frauen und Männer ein Messer auf unterschiedliche Weise als Waffe benutzen. Außerdem bin ich auf einen Artikel einer Krankenschwester aus Los Angeles gestoßen, die in einem dortigen Krankenhaus in der Notaufnahme arbeitet. Sie kann auf einen reichhaltigen Erfahrungsschatz zurückgreifen, wie man leider sagen muss, und ist in einer Untersuchung zu den gleichen Ergebnissen gekommen. Im Grunde ist es sehr einfach«, sagte sie und wiederholte, was sie in der Gerichtsmedizin erklärt hatte. »Aber, wie eigentlich immer im Leben, gibt es keine Regel ohne Ausnahme«, schloss sie ihren kurzen Vortrag und setzte sich.

»Tja, da ist es ja fast schon eine Schande, dass es keine Frau war«, ergriff Bistrup wieder das Wort. »Ein anderes Detail, das die Obduktion ergeben hat«, fuhr er fort und sah Jens an, »ist, dass unser sauberer Herr Doktor vor seinem Tod Geschlechtsverkehr hatte. Jens, du warst doch noch mal draußen bei der Witwe und hast sie dazu befragt, oder?«

»Ja, Katrine und ich sind noch mal nach Frederiksberg gefahren und haben mit ihr darüber gesprochen. Es hat sich herausgestellt, dass Vibeke Winther gestern *keinen* Geschlechtsverkehr mit ihrem Mann hatte. Mads Winther war seiner Frau also untreu. Haben wir die Anruflisten?«

»Ja, und sie wurden auch bereits ausgewertet«, antwortete Bistrup. »Da ist nicht viel, was uns helfen könnte, eine heimliche Geliebte aufzuspüren.« Bistrup sah auf ein Blatt Papier. »Es ist korrekt, dass Vibeke Winther, wie sie ja auch ausgesagt hat, um 5.03 Uhr von ihrem Mobiltelefon aus sein Mobiltelefon angerufen hat. Er selbst hat auf der Arbeit angerufen, dann noch seine Frau und seinen Freund Thomas Kring. Außerdem einen Installateurbetrieb – vielleicht wollte er ja bei dem netten Fräulein im Büro selber mal ein Rohr verlegen«, sagte Bistrup und lächelte über seine, wie er selbst fand, witzige Anspielung, »und das Finanzamt. Ach ja, fast hätte ich es vergessen, und seine … Mutter. Er hat auch keine für uns irgendwie interessanten Anrufe erhalten.«

»Er kann noch ein Telefon gehabt haben, eins mit Karte«, sagte Katrine.

»Das stimmt«, erwiderte Bistrup. »Aber wo ist es dann? Bei ihm zu Hause nicht, das kann ich Ihnen garantieren. Und auch nicht in seinem Büro im Krankenhaus.«

»Was ist mit dem PC in seinem Büro?«, fragte Katrine. »Es ist doch denkbar, dass er ein privates Mailkonto oder etwas Ähnliches hatte, das er von dort genutzt hat.«

Bistrup schob den Unterkiefer vor, gerade genug, dass Katrine das Wölfische in seiner Mimik erkennen konnte.

»Damit wollten wir die Kollegen vom KTI nicht belasten, weil es uns nicht relevant erscheint. Es wurde also keine Kopie gezogen. Aber das kann ja noch nachgeholt werden, auch wenn es äußerst unwahrscheinlich ist, dass dabei etwas herauskommt. Der Computer wird morgen abgeholt.«

»Vielen Dank.« Per Kragh ergriff wieder das Wort. »Entscheidend zum jetzigen Zeitpunkt ist, dass wir Nukajev vernehmen können und dass wir die Tatwaffe finden. Wir können davon ausgehen, dass er unser Mann ist«, sagte er und blickte in die Runde. »Es sind keine Berichte über andere Überfälle oder Tötungsdelikte im relevanten Zeitraum eingegangen. Damit gibt es also auch keine möglichen anderen Erklärungen für den Zustand, in dem er gefunden wurde. Wir werden ziemlich sicher eine Anordnung für Untersuchungshaft bekommen, wenn er morgen einem Richter vorgeführt wird. Deshalb fahren wir herunter, was die Teamstärke angeht. Jens und Katrine bleiben an dem Fall dran, Kim koordiniert die Suche nach der Tatwaffe. Alle erstatten Torsten Bericht. Jens, Katrine, ihr macht morgen mit den Vernehmungen weiter. Wir konzentrieren uns nicht direkt auf die Geliebte, aber wenn ihr herausbekommen könnt, wer sie ist, kann uns das eventuell weiterhelfen. Vielleicht hat die Frau etwas gehört oder gesehen. Ansonsten ein großes Danke an alle für den hervorragenden Einsatz heute. Ja, und dann sollten Sie sich noch etwas näher vorstellen, denke ich, Katrine. Vielleicht sagen Sie uns ein paar Worte über sich?«

Katrine stand auf und wandte sich der Gruppe zu. Wieder waren aller Augen auf sie gerichtet.

Jens schien es fast, als sei sie ein fremdartiges Tier von einem fernen Kontinent, das sich auf einen Bauernhof verirrt hatte. Angestrengt versuchte er, sich auf das zu konzentrieren, was sie sagte, und den Streichelzoo, der vor seinem geistigen Auge vorbeizog, beiseitezuschieben.

»Ja, natürlich. Wie gesagt, mein Name ist Katrine Wraa, und ich habe in England Psychologie studiert und dort auch die letzten Jahre gelebt. Schon während meines Studiums habe ich mich für Criminal Profiling interessiert und hatte später das Glück, mit Caroline Stone, einer der größten Kapazitäten auf diesem Gebiet, zusammenarbeiten zu können. Nach meiner Doktorarbeit habe ich gemeinsam mit Caroline an einigen Fällen sowohl für die englische Polizei als auch fürs FBI gearbeitet. Aber als das Angebot der dänischen Kripo kam, gab's für mich keinen Zweifel.« Sie schaute in die Runde. »Für mich ist es eine große und sehr spannende Herausforderung, die Chance zu bekommen, einige der Methoden meines Fachs in die Polizeiarbeit hier in Dänemark einzubringen.« Sie machte eine kleine Kunstpause. »Profiling ist ein Gebiet, das sehr umstritten ist und über das intensiv diskutiert wird. Nicht zuletzt sind wir Psychologen selbst sehr gut darin, heftig darüber zu diskutieren. Ich wollte mich nicht damit begnügen, auf einem Lehrstuhl zu sitzen und nur über das Wissen zu debattieren, das man angehäuft hat, anstatt die entwickelten Methoden und Erkenntnisse auch in der Praxis und in Zusammenarbeit mit der Polizei anzuwenden. Tja, und so bin ich jetzt hier gelandet.«

Sie wollte schon wieder Platz nehmen, als Per Kragh

sagte: »Vielen Dank, Katrine. Ich glaube, da hat jemand eine Frage an Sie.« Katrine sah Bistrup an, der eine Hand gehoben hatte.

»Ja, ich bin sehr neugierig darauf, was genau für Methoden und Erkenntnisse das sind, von denen Sie da sprechen. Können Sie uns einfachen Polizisten das näher erklären?«, fragte Bistrup.

»Gern, ich werde versuchen, mich kurz zu fassen«, sagte sie und rief im Kopf die Ultrakurzversion ab, obwohl sie Stunden über das Thema hätte reden können.

»Lassen Sie mich zunächst unterstreichen, dass die Wahl der Methoden genau auf die Strategie der Task Force abgestimmt sein wird. Daher möchte ich hier nur kurz die Methoden vorstellen, die ich für die besten halte, die unser Fach zu bieten hat: Opfer-Täter-Profiling, psychologische Obduktion, kognitive Verhörtechnik und geographisches Profiling. Viele glauben, dass wir uns ausschließlich auf das berühmte Täter-Profiling konzentrieren, das unbestritten ein wichtiges Instrument ist – eine kriminelle Handlung sagt immer etwas über die Person aus, die sie begangen hat. Aber ich setze an einem anderen Punkt an. Bevor ich mich an der Erarbeitung eines Profils des mutmaßlichen Täters versuche, beginne ich mit einem gründlichen Opfer-Profiling. Wir müssen wissen, wer der Mensch ist, der ermordet wurde. Welche Teile seiner Persönlichkeit, welche seiner Einstellungen und was in seinem Lebensstil haben ihn in die Extremsituation gebracht, dass ihm ein anderer Mensch das Leben genommen hat? Ein solches Profil verlangt gründliches, systematisches Arbeiten. Die psychologische Obduktion, die ich eben auch erwähnt habe, ist eine andere Art der Analyse.

So wie die Gerichtsmediziner versuchen, die Todesursache festzustellen, versucht man hier, die mentale Verfassung des Toten in der Zeit vor dem Mord zu bestimmen. Dabei ist man natürlich stark von der Mithilfe der Hinterbliebenen und des sonstigen Umfelds des Opfers abhängig, aber auch Mobiltelefone, Briefe, ein PC mit Mail-Account, Facebookseiten und so weiter und nicht zuletzt die Wohnung können nützliche Quellen sein. Außerdem ist es gängige Praxis, das Bewegungsmuster des Ermordeten während der letzten vierundzwanzig Stunden vor seinem Tod nachzuvollziehen, also die einzelnen Orte aufzusuchen, beziehungsweise die Strecke abzugehen oder abzufahren.«

»Geographisches Profiling, sagten Sie, nicht wahr?«, fragte Bistrup skeptisch. »Funktioniert das nicht so, dass man Kreise auf eine Karte malt und dann zu höheren Mächten betet, der Täter möge sich irgendwo in der Nähe aufhalten?« Bistrup und einige der um ihn herum sitzenden Kolleginnen und Kollegen lachten. Katrine lachte ebenfalls, was Bistrup zu irritieren schien.

»Das ist völlig korrekt. Jedenfalls wenn Sie diejenigen fragen, die dieser Methode kritisch gegenüberstehen«, sagte sie und dachte an Caroline, die geographisches Profiling verbissen zurückwies. Einer ihrer härtesten Konkurrenten in England, Robert Baxter, hatte erfolgreich eine selbstentwickelte Software namens *CrimeWare* an die englische Polizei verkauft. Es war einer der Kernpunkte ihrer Auseinandersetzungen gewesen, denn Katrine war offen für das, was diese Methode zur Verbrechensaufklärung beitragen konnte, und hätte sich gerne in der Anwendung von *CrimeWare* schulen lassen. Caroline hatte ihr vorgeworfen, damit die führende Rolle zu untergraben, die ihre Chefin auf dem Gebiet innehatte.

Katrines Lächeln verschwand. »Aber nichtsdestotrotz bescheinigen die Statistiken ihr eine achtzigprozentige Erfolgsquote, was ziemlich hoch ist, wie selbst Gegner der Methode einräumen müssen. Wichtig ist aber zu unterstreichen, dass geographisches Profiling längst nicht bei jeder Art von Kriminalität angewendet werden kann. Es ist eine gute Ergänzung im Fall von Serienverbrechen, sowohl was Raub, Mord, Vergewaltigung und Brandstiftung angeht. Aber in unserem jetzigen Fall taugt diese Methode nicht, da wir schon am Tatort Anzeichen entdeckt haben, wonach sich Opfer und Täter kannten.« Sie nahm Blickkontakt mit Jens auf, der ihr aufmunternd zulächelte. »Hat jemand eine Idee, warum das so ist? Warum geographisches Profiling nicht angewendet werden kann, wenn sich Opfer und Täter kennen?« Sie schaute in die Runde. »Vorschläge?«

»Die Entfernung spielte für Nukajev keine Rolle«, sagte Jens. »Er wäre auch bis ans Ende der Welt gefahren, um Mads Winther umzubringen.«

Katrine nickte.

»Aha, und auf Serienmörder ist sie aber gut anwendbar, Ihre Methode?« Bistrup war jetzt offensichtlich in seinem Element, und Katrine konnte sich schon denken, worauf er mit seiner Frage hinauswollte.

»In Ländern wie den USA, England und so weiter, wo man es in Großstädten mit einer sehr hohen ...« Sie stockte, verdammt nochmal, wie hieß das auf Dänisch? »Bevölkerungsdichte! Also, wenn man es mit einer sehr hohen Bevölkerungsdichte zu tun hat, dann ist diese Methode sehr gut anwendbar, ja. Geographisches Profiling ist glänzend dazu geeignet, einzugrenzen, in welchem Teil einer Stadt man an die Türen klopfen und die Leute fragen sollte, ob sie etwas gehört oder gesehen haben. Und mit einer gewissen Sicherheit kann man auf diese Weise ein Gebiet abgrenzen, in dem der Täter möglicherweise wohnt. Es gibt Untersuchungen, die sehr sichere Methoden zur Bestimmung der Entfernung zwischen der Wohnung eines Täters und dem Tatort aufzeigen für die Arten von Verbrechen, die ich eben genannt habe. Und es gibt Software, die das in konkreten Fällen berechnen kann.«

»Vielen Dank, Katrine«, sagte Per Kragh. »Und hier in unserer kleinen vertrauten Runde kann ich schon mal bekannt geben, dass man sich an verantwortlicher Stelle bereits sehr konkret mit der Anschaffung einer solchen Software beschäftigt, wie Sie sie gerade skizziert haben, Katrine. Sie heißt *CrimeWare* oder so ähnlich.«

Eifriges Murmeln machte sich im Raum breit. Kragh lächelte Katrine zufrieden zu.

Mit einem leisen Schauer dachte sie daran, dass es ihren Bruch mit Caroline für alle Zeiten zementieren würde, wenn die dänische Polizei loszog und *CrimeWare* kaufte, kurz nachdem sie, Katrine, in Dänemark angefangen hatte.

Bistrup saß da, hatte die Arme vor der Brust verschränkt und warf Kraghs Rücken missmutige Blicke hinterher.

Armer kleiner verbitterter Mann, dachte Katrine.

*

Das Feuer knisterte im Kaminofen, und im Ferienhaus war es allmählich etwas wärmer geworden. Die Heizung funktionierte immer noch nicht richtig, und Katrine hatte im Laufe des Tages natürlich völlig vergessen, die Ferienhausagentur oder einen Heizungsmonteur anzurufen.

Sie hatte die Push-ups und Sit-ups nachgeholt, zu denen sie heute Morgen nicht gekommen war, nicht zuletzt, um sich aufzuwärmen. Danach hatte sie eilig ein paar Nudeln mit Gemüse, Chili und Parmesan zusammengerührt und saß nun mit dicken Wollsocken an den Füßen und in eine Wolljacke gehüllt in dem Korbsessel vor dem Kaminofen, aß die Pasta und trank ein Glas Rotwein.

Draußen war es sehr stürmisch. Äste schlugen gegen eine der Wohnzimmerwände. Nachdem sie gegessen hatte, zog sie sich etwas über, ging hinaus und band sie mit einem Seil so zusammen, dass sie die Wand nicht mehr erreichen konnten. Das Geräusch störte sie. Lenkte sie ab von ihren Gedankengängen. War unheimlich, würden manche vielleicht meinen. Aber sie hatte keine Angst, allein hier draußen zu sein.

Wieder machte sie es sich vor dem Ofen bequem. Sie hatte Lise getroffen, an ihrem ersten Arbeitstag. War das zu fassen? Es war so unwahrscheinlich. Und sie war Hebamme geworden! Nicht gerade das, worauf Katrine getippt hätte. Aber andererseits – worauf hätte sie bei Lise eigentlich getippt? Damals war es unmöglich zu sagen. Lise hätte alles und nichts werden können.

Sie hoffte inständig, dass Lise nicht versuchen würde, Kontakt mit ihr aufzunehmen. Sie fühlte sich noch überhaupt nicht bereit, in alten Wunden zu stochern.

Sie zwang ihre Gedanken in Richtung des Mordfalls.

Aslan Nukajev.

Sie sah den Mann vor sich, der auf dem Sofa gelegen hatte. War er der Mörder, den sie suchten?

Die Wut, mit der die Tat ganz offenkundig ausgeführt worden war, stand in krassem Kontrast zu seinem apathischen Zustand. Aber dafür gab es natürlich Erklärungen: der Alkohol, ein aggressiver Rausch. Es konnte eine unmittelbare Reaktion auf die Tat sein, ein Schockzustand.

Es war ganz entscheidend, dass er morgen zu sich kam und sie sich seine Erklärung anhören konnten.

Und wenn er gestand? Dann würde sie vermutlich mit anderen Aufgaben betraut werden. Dann wäre es vorbei damit, Mads Winther genauer kennenzulernen. Sie musste zugeben, dass das Ärztepaar ihre Neugierde geweckt hatte.

Vibeke und Mads Winther.

Wie waren sie gewesen als Ehepaar? Was für eine Persönlichkeit war er gewesen? Die Menschen, mit denen sie heute gesprochen hatten, hatten ihn als einen warmen und offenherzigen Charakter beschrieben, was im Gegensatz zu der unterkühlt zurückhaltenden Frau stand, mit der er verheiratet gewesen war. Katrine hatte die Vernehmung von Vibeke Winther auf dem Weg nach Hause im Wagen noch einmal abgehört. Ihr Eindruck hatte sich bestätigt; Vibeke war außerordentlich gut darin, nicht mehr als unbedingt nötig von sich preiszugeben und ihr Gegenüber nicht an sich heranzulassen.

Sie druckte ihre Fotos von dem Toten aus, verteilte sie auf dem Boden vor dem Kaminofen, ging in die Hocke und schaute sie lange an.

Es gab noch etwas, das ihr Interesse an Mads Winther geweckt hatte. Es waren auffallend wenige negative Aussagen über ihn aufgenommen worden. Oftmals erwähnten Hinterbliebene und andere, die das Opfer gekannt hatten, wenigstens ein oder zwei Eigenschaften oder Angewohnheiten, die nicht gerade vorteilhaft waren, obwohl es vielen Menschen instinktiv schwerfiel, schlecht über Tote zu sprechen. War Mads Winther der perfekte Mann gewesen? Nun ja, wenn man mal von dem Detail absah, dass er wohl nichts hatte anbrennen lassen. Ob es ein längeres Verhältnis gewesen war? Oder ein einmaliger Seitensprung? Schlagartig wurde ihr klar, dass es jetzt irgendwo eine Frau gab, die nicht wusste, dass ihr Geliebter brutal ermordet worden war. Es sei denn, sie hatte ihn selbst ins Jenseits befördert. Oder er hatte sich mit einer Prostituierten vergnügt.

Sie goss sich noch ein Glas Wein ein und sah in die Flammen.

Die »Frauen-stechen-von-oben-zu«-Theorie.

Sie lächelte. Bistrups Beleidigungen hatten ihren Ehrgeiz natürlich angespornt, und es wäre eine ganz besondere Genugtuung, recht zu haben. Aber abgesehen von dieser etwas infantilen Motivation war sie ohnehin nicht bereit, die Theorie im Fall Winther schon ganz abzuschreiben. Sie *war* signifikant.

Per Kragh war nicht der Einzige, der über ein Schubladensystem verfügte, dachte sie und beschloss, ihre These einer Mörder*in* so weit zu verfolgen, wie es möglich war, und wenn es damit enden würde, dass sie sich noch lächerlicher machte, als sie es ohnehin schon getan hatte. Lag sie richtig, würde der Triumph umso süßer schmecken.

Eine klassische Caroline-Reaktion, erinnerte sie sich und dachte daran, wie sie früher in dieser Phase eines Falles mit Caroline zusammen im nächsten Pub gesessen und Theorien und andere Fälle diskutiert hätte, die ähnlich gelagert waren wie der, mit dem sie sich gerade beschäftigten. Caroline hätte aus ihrem ungeheuren Wissensschatz doziert. »Trau keinem Wissenschaftler, der nicht eine riesige Bibliothek sein eigen nennt UND nicht jede einzelne Seite darin kennt.« Je nachdem, wie es um das Klima zwischen ihnen und dem jeweiligen Ermittlerteam bestellt war, wären sie entweder allein oder Teil einer Gruppe gewesen, die sich auf dem Weg nach Hause noch ein Pint gönnte. Sie hatte Englands Pubkultur zu schätzen gelernt. Es war immer ein interessanter Balanceakt, einerseits beim Bier ›one of the guys‹ zu sein und sich vertraulich auszutauschen – und gleichzeitig als Psychologin und Profiling-Expertin respektiert zu werden.

Tatsächlich hatte Jens gefragt, ob sie noch auf ein Bier mitkommen wollte, als sie fertig gewesen waren. Er hatte enttäuscht ausgesehen, als sie antwortete, sie sei zu müde und hätte noch ein ganzes Stück zu fahren. Stattdessen verabredeten sie, morgen nach Feierabend eine Runde zu laufen.

Sie zog ihren Laptop heran. Ian hatte eine Mail geschickt, und sie spürte ein sehnsüchtiges Ziehen im Magen. Den ganzen Tag über war sie so beschäftigt gewesen, dass sie kaum einmal an ihn gedacht hatte. Eilig schrieb sie eine Antwort und versprach, am nächsten Tag anzurufen.

Die Müdigkeit traf sie wie ein Hammerschlag. Sie spülte den Teller ab, putzte die Zähne und beeilte sich, ins Bett zu kommen.

*

Jens ging unter die Dusche, bevor er sich hinlegte. Simone schlief schon.

Er seufzte tief. Er machte sich solche Sorgen um sie und kam zurzeit überhaupt nicht an sie heran. Sie ließ nach vollkommen unvorhersehbarem Muster den Rollladen runter oder hoch. Den einen Tag konnte sie wie ein kleines Mädchen sein, das sich unter einer Decke auf das Sofa kuschelt und einen Film ansehen will. Dann fühlte er eine Vertrautheit zwischen ihnen, die ihn vergessen ließ, dass sie nicht schon immer als Vater und Tochter zusammen gewesen waren. Im nächsten Moment war sie mürrisch und verschlossen oder fauchte, er hätte ja wohl den Grauballe-Mann noch persönlich gekannt, bevor der als Moorleiche ins Museum gekommen sei.

Das war so weit ganz normal für einen Teenager, das war ihm schon klar. Abnabelung und eigene Identität und dieser ganze Kram. Und dass ihre Mutter sie hier zurückgelassen hatte, machte die Angelegenheit ja auch nicht gerade einfacher.

Aber das war nicht das Einzige, was an ihm nagte.

Er hatte Angst, sie könnte plötzlich wieder verschwinden.

Aus seinem Leben verschwinden.

Hatte Angst, dass sie es nicht geschafft hatten, Bande zu knüpfen, die stark genug waren. Vielleicht würde sie in die Welt hinausziehen wie ihre Mutter? Nach Frankreich zurückkehren? Verflixt nochmal. Das Mädchen hatte sich in seinem Hirn, seinem Herz und im Rest seines Innern einquartiert und hielt ihn fest wie in einer Schraubzwinge.

Das warme Wasser rann in weichen, massierenden Strahlen über seinen Körper.

Ein wohliger Schauer durchlief ihn. Er entspannte sich. Versuchte, die Sorgen abzuspülen, doch lagen sie leider nicht außen auf der Haut. Er musste lernen, mit ihnen zu leben. Sein Kollege und guter Freund Lars Sønderstrøm hatte gesagt, das sei alles völlig normal, was er da erzählte. Lars musste es wissen, schließlich hatte er es zu Hause mit drei Teenagern zu tun.

Jens seifte sich ein.

Eine gewisse Psychologin schob sich zu ihm in die Duschkabine. Seit er nach Hause gekommen war, hatte er versucht, sie auf Abstand zu halten. Aber sie war ziemlich aufdringlich. Es war unmöglich, zu widerstehen, und kampflos gab er sich ihr hin.

Er sah, wie das orangefarbene Haar unter den Strahlen nass wurde. Die Locken glätteten sich, und die Haarspitzen schmiegten sich an ihre Schultern. Seine Hände strichen über ihren Bauch. Über die Brüste. Ihren Schoß. Sie wandte sich um und drehte ihm den Rücken zu. Er ließ die Hände über die muskulöse Rückenpartie gleiten. Sie stieß kleine genüssliche Laute aus. Ihre festen Pobacken. Jede von ihnen passte gerade so in eine seiner Hände, genau wie er es sich vorgestellt hatte, nachdem es im Laufe des Tages gar nicht zu vermeiden gewesen war, sie in der ausnehmend gut sitzenden Jeans einer unauffälligen, aber doch gewissenhaften Observation zu unterziehen. Er ging auf die Knie und drehte sie um. Sie empfing seinen Mund. Er stand auf, schob eine Hand unter ihren Schenkel, hob ihr Bein an und drang tief in sie ein.

157

Alles explodierte.

Matt und erlöst lehnte er sich gegen die Wand. Wann war ihm das zuletzt passiert?

Sieh es ein, Jens Høgh, dein Sexleben ist ungefähr so spannend wie ein Fall von Steuerhinterziehung. Eine Schande, dachte er und drehte das Wasser ab.

*

Jens zog die Gardinen in seinem Schlafzimmer zurück und schaute hinaus in den dunklen Wintermorgen. Der Winter dauerte jetzt schon eine gefühlte Ewigkeit. Er sehnte sich nach Licht und Wärme. Vielleicht sollte er zusammen mit Simone verreisen. Eine Woche gemeinsam Ferien machen, ein paar tolle Dinge erleben? Wie aus dem Nichts tauchte ein verwirrendes Bild auf; er, Simone und Katrine an einem Strand. Schnorcheln in Ägypten? Du spinnst, Jens Høgh, dachte er. Du weißt ja nicht mal, ob es jemanden in ihrem Leben gibt. Und trotzdem träumst du von Familienurlaub mit Kind und Psychologin. Ganz schön daneben, mein Freund. Außerdem würde das Geld dafür hinten und vorne nicht reichen, stellte er seufzend fest.

Er ging in Simones Zimmer, um sie zu wecken. Der Wecker wirkte bei ihr einfach nicht. Sie schlief den tiefen Schlaf der Teenager. Die Zeit, in der sie wuchsen.

Nach dem dritten Versuch schaffte sie es endlich in die Senkrechte und stakste wie betäubt ins Badezimmer. Er setzte Kaffeewasser auf und stellte Frühstück auf den Tisch. Schmierte ihr ein Sandwich, das schon jetzt unter »Nicht-angerührt-werden«-Verdacht stand.

Nach ein paar weiteren Monaten in Herlev hatte er eingesehen, dass es ein großer Fehler gewesen war, umzuziehen. Nicht nur, weil er sich ein Reihenhaus allein nicht leisten konnte. Er passte einfach nicht in die Phalanx der Familien mit Kleinkindern und ihren bestens bestückten Fuhrparks aus Kinderwagen, Buggys, Dreirädern und Laufrädchen. Es war, als habe er ein paar Stufen übersprungen. Die anderen Familien waren Mitglieder eines Klubs, zu dem er keinen Zutritt hatte.

Er hatte Geld dabei verloren, war aber heilfroh gewesen, dass sie die Wohnung nicht verkauft, sondern nur untervermietet hatten.

Sie frühstückten an dem kleinen Klapptisch in der Küche. In dem Versuch, die Dunkelheit etwas freundlicher zu gestalten, hatte er eine Kerze angezündet.

»Hast du heute Nachmittag schon was vor?«, fragte er.

Sie schüttelte nur stumm den Kopf. Blätterte in der Zeitung zur Seite mit dem Fernsehprogramm. Dann sah sie ihn an, und ihr schönes Gesicht machte eine plötzliche Verwandlung durch. Die Augen wurden groß und rund, und plötzlich schaute ihn die kleine Simone an. Na gut, was darf's diesmal sein?, dachte er und hielt ein Lächeln zurück.

»Ach so, doch. Fatima und ich haben uns überlegt, ein bisschen shoppen zu gehen, bei *Fields*. Die haben ein echt krasses Paar Winterstiefel! Kann ich die haben? Please? Ich glaube, die sind sogar runtergesetzt.«

»Du hast doch Winterstiefel, Simone.«

»Aber die bei *Fields* sind einfach *so* cool.«

»Und was kostet was *so* Cooles?«

»Also ganz billig sind sie nicht, aber ich kann sie bestimmt auch noch nächstes Jahr anziehen.«

»Nächstes Jahr brauchst du zwei Nummern größer, wenn du so weitermachst.«

»Ja, ja! Ich werd schon nicht bis Größe fünfundvierzig wachsen, versprochen!« Sie verdrehte die Augen zur Zimmerdecke, so dass das Weiße zum Vorschein kam.

»Na schön, was heißt ›nicht ganz billig‹ in Zahlen?«

»Na ja«, setzte sie an und lächelte einschmeichelnd. »Tausendachthundert.«

»Simone! Also ehrlich!« Er klang ein wenig verbittert. »Du weißt doch genau, dass das viel zu teuer ist, verflixt nochmal!«

»Och, Papa, und wenn ich dafür jeden Tag abwasche und staubsauge?«, versuchte sie flehend.

»Wenn mich nicht alles täuscht, mein Frollein, sollst du das ja eigentlich schon machen, um dir dein Taschengeld zu verdienen. Jetzt hör mal zu: In ein, zwei Jahren kannst du dir einen Job für nachmittags nach der Schule suchen, und dann kannst du ja sparen und dir diesen teuren Schnickschnack selber zulegen.«

»Man kriegt ja keine Arbeit, klar? Die Finanzkrise und das alles, da herrscht doch die reinste Jugendarbeitslosigkeit«, sagte sie mürrisch und wandte den Blick wieder zur Zimmerdecke.

»Im *Netto* suchen sie immer Aushilfen für die Pfandflaschen.« Die Mandelaugen machten die nächste Umdrehung. »Und Fatima? Kriegt sie von ihren Eltern etwa solche teuren Sachen?«

»Ja, ihr Bruder hat ihr eine richtig teure Jacke gekauft. Und er ist *nicht* kriminell geworden, seit du das letzte Mal gefragt hast«, sagte sie tiefbeleidigt, stand auf und verschwand in ihrem Zimmer.

160

Er seufzte.

Ein paarmal hatte er sie wegen Fatimas Familie ausgefragt und anfangs darauf bestanden, sie dort abzuholen. Simone war es jedes Mal peinlich gewesen, wenn er das Angebot von Fatimas Vater, auf eine Tasse Tee hereinzukommen, mit einem »Danke, sehr gern« annahm. Simone hatte ihm vorgeworfen, viel zu misstrauisch zu sein, was Fatimas Familie anging, nur weil sie aus Somalia waren, und hatte sich darüber aufgeregt, dass »die Dänen doch alle Rassisten« waren und nicht begriffen, was eine multikulturelle Gesellschaft überhaupt war.

Geduldig hatte er zugehört und seiner wütenden Tochter dann erklärt, er sei ganz sicher kein Rassist, wolle aber die Eltern ihrer Freundin gern kennenlernen. Schließlich habe er auch mal mit Emmas Eltern Rotwein getrunken, als sie bei ihrer Freundin übernachten wollte und man ihm ein Glas anbot, als er mit ihrem Bettzeug vor der Tür stand. Und er wundere sich eben einfach nur darüber, wie sich Fatimas Brüder die ganzen Sachen leisten konnten. Wollte wissen, was das für Jobs waren, die sie in die Lage versetzten, die ganzen Klamotten und den anderen teuren Kram zu kaufen, mit dem sie herumliefen. Er hätte dasselbe gefragt, wenn es Emmas Brüder gewesen wären.

Jens seufzte noch einmal, räumte den Tisch ab und putzte sich die Zähne. Er mahnte Simone zur Eile, damit sie nicht zu spät zur Schule kam. Dann war sie an der Tür.

»Bis heute Abend, Simon«, rief er und hoffte, der Spitzname würde sie ein wenig besänftigen. Ungefähr in neun von zehn Fällen musste sie lächeln, manchmal bestimmt auch gegen ihren Willen, weil sie es »voll krass« fand, wenn er sie mit dem Jungennamen ansprach. Aber diesmal schien es Fall zehn zu sein. Die Worte trafen auf ihren Rücken, der keine Antwort gab.

*

»Ich hab eben mit diesem Psychiater gesprochen, der Nukajev gestern eingewiesen hat.« Jens schüttelte verärgert den Kopf. »Wir können ihn heute nicht vernehmen. Sein Zustand ist noch zu schlecht.«

Katrine und Jens standen zusammen mit Bistrup in Per Kraghs Büro.

»Mist!«, entfuhr es dem Chef der Mordkommission.

Katrine betrachtete Jens einen Augenblick. Er wirkte heute etwas reserviert. Vermied Augenkontakt. Sie schob den Eindruck beiseite; es konnte etwas Privates sein, das sie nichts anging.

»Also gut, ich möchte, dass ihr die gestrigen Ermittlungen auf den neuesten Stand bringt; Telefonlisten, Suche nach dem Messer, Zeugen und so weiter.«

»Ich spreche mit Tom«, sagte Bistrup.

»Haben die Techniker Proben von Winthers Bett in seinem Krankenhausbüro genommen?«, fragte Katrine.

»Das weiß ich wirklich nicht«, antwortete Bistrup. »Aber wie Per ja gestern schon sagte, werden wir die Frage, mit wem Mads Winther seine Frau betrogen hat, ja nun nicht weiterverfolgen ...«

»Nein, aber es liegt doch auf der Hand, dass wir das untersuchen müssen, wenn wir wissen wollen, wo er sich am Sonntagabend nach 21 Uhr befunden hat. Wenn es eine Übereinstimmung gibt zwischen dem, was bei der Obduktion festgestellt wurde, und dem Bett ...« Katrine sah Per Kragh an.

»Das ist völlig richtig«, räumte Kragh ein. »Torsten, wenn noch keine Proben genommen wurden, sorgst du dafür, dass das nachgeholt wird.«

»Und ich würde sehr gern sobald wie möglich seinen PC durchgehen«, setzte Katrine nach.

»Gut, und Katrine, bitte recherchieren Sie auch Nukajevs Vorgeschichte genauer; wann er ins Land gekommen ist, was sich in Tschetschenien abgespielt hat und so weiter. Haben wir mit den Familien gesprochen?«

»Er hat keine Familie, jedenfalls nicht in unserem Land«, antwortete Bistrup.

»Na schön, schauen Sie, was Sie herausfinden können, Katrine«, sagte Per Kragh. »Ein psychiatrisches Gutachten können wir erst erstellen, wenn Anklage erhoben wird.«

»Okay«, nickte sie.

»Und dann müssen wir die Hebamme vernehmen.«

»Sie kommt um halb zehn hierher«, sagte Jens.

»Bestens, sie muss uns die ganze Geschichte erzählen, von der Geburt bis jetzt. Wir brauchen Zeitpunkte, Art, alles, was sie uns über Nukajevs Drohungen sagen kann. Wir dürfen nichts auslassen, um die Sache so lückenlos wie möglich zu untermauern, bis wir ihn verhören können.«

»Was die Vernehmung von Lise Barfoed angeht, muss ich passen«, meldete sich Katrine wieder zu Wort.

»Helfen Sie mir bitte noch mal auf die Sprünge, in welcher Beziehung stehen Sie zu ihr?«

»Wir waren Freundinnen während unserer Zeit am Gymnasium.«

Kragh sah Katrine nachdenklich an. Dann fragte er: »Ist es nicht seltsam, dass sie ihre Vorgesetzte nicht darüber informiert hat, dass sie bedroht wurde?«

»Inge Smith ist nicht ihre Vorgesetzte. Die Hebammen haben eine Chefhebamme.«

»Es kann ja sein, dass sie es einigen Kolleginnen erzählt hat«, meinte Jens. »Aber das alles kann ich sie ja gleich fragen.«

Bei dieser Vernehmung hätte Katrine gern Mäuschen gespielt. Aber das war leider nicht machbar.

*

»Ich habe mit der Gerichtspsychiatrie gesprochen«, sagte Katrine über die Schreibtische hinweg zu Jens, der in seinen Bildschirm vertieft war.

»Ja? Und?«

»Ich kann mit dem Psychiater sprechen, der die Nukajevs untersucht hat, als sie ins Land gekommen sind. Also habe ich mir gedacht, ich fahre rüber, während du Lise vernimmst.«

»Gute Idee. Dann treffen wir uns später einfach wieder hier.« Er sah sie über seinen Computer hinweg kurz an. Sie lächelten sich unbeholfen zu.

Hm, was kann seit gestern passiert sein?, fragte sie sich verwundert, als sie zur Tür hinausging.

Katrine hielt mit der einen Hand ihren Mantel vor der Brust zusammen und zog mit der anderen die gefütterte Kapuze über den Kopf, während sie zu ihrem Wagen ging. Heute herrschten wieder Minusgrade. Der geschmolzene Schnee, der von gestern noch übrig war – weiter oben im Norden war es noch eine ganze Menge, hier in der Stadt lag fast nichts mehr –, hatte sich über Nacht in spiegelglattes Eis verwandelt. Man musste sehr aufpassen, nicht auszurutschen. Sie beeilte sich, zu ihrem Auto zu kommen.

Es hatte sie heute Morgen zehn Minuten gekostet, die Scheiben freizukratzen. Die Kälte erinnerte sie an die Probleme mit der Heizung draußen im Ferienhaus. Sie hatte die Nummer der Agentur in ihrem Telefon gespeichert, holte es hervor und rief an.

»Sonne-und-Strand-Ferienhäuser-was-kann-ich-für-Sie-tun?«, leierte eine monotone Stimme.

Sie stellte sich vor und schilderte ihr Problem. Nein, also davon stand nichts in den Unterlagen, jedenfalls hatten die Leute, die das Ferienhaus im Herbst als Letzte gemietet hatten, nichts angegeben. Aber er könne ihr die Nummer des Monteurs geben, mit dem sie immer zusammenarbeiteten, dann könnte sie ihn ja selbst anrufen. Danke, das werde sie dann tun. Und, ach ja, wo er sie gerade am Telefon habe, sagte der Mann von der Agentur, ob sie sich schon entschieden habe, wie es mit dem Haus weitergehen solle, also auf lange Sicht? Denn es sei ja wahnsinnig nachgefragt wegen der schönen Lage, und eine Familie, die schon seit Jahren jeden Sommer komme und immer ziemlich früh buche, habe bereits für nächstes Jahr angefragt, weil man jetzt nicht mehr online buchen konnte, weil er es ja aus dem Buchungssystem genommen habe. Nein, leider, sie habe sich noch nicht entschieden, sagte Katrine, sie könne daher noch nichts sagen. Tja, trotzdem vielen Dank, er werde das dann zunächst mal so an die Familie weitergeben, die aber sicher schon enttäuscht sein werde, sehr enttäuscht. Ja, das tue ihr auch leid, aber so sei das nun einmal, sagte sie. Dann rief sie den Monteur an und machte einen Termin für halb sieben morgen früh aus.

Ihr fiel ein, dass sie die Bilder von der Leiche wegräumen musste, die sie gestern überall auf dem Boden verteilt hatte, damit der Monteur keinen Schock bekam. Sollte in der Zwischenzeit ein Einbrecher in das Haus einsteigen, hatte er eben Pech gehabt. Es war ein gängiger Witz unter den Psychologen ihres Fachs, dass ein Blick auf ihre Buch- und Filmsammlungen jeden noch so hartgesottenen Einbrecher in die Flucht schlagen würde.

Sie startete den Wagen und fuhr Richtung Blegdamsvej. Die Gerichtspsychiatrie lag direkt gegenüber dem Reichskrankenhaus.

*

Jens sah Katrine nach, wie sie durch die Tür verschwand. Bei der Erinnerung an sein Duschbad gestern Abend stieg ihm die Röte in die Wangen. Sogar heute Morgen hatte er an sie gedacht. Er musste versuchen, sich diese Gedanken aus dem Kopf zu schlagen. Was in aller Welt sollte eine Frau, die in England gelebt und eine internationale Karriere und alles Mögliche hinter und vielleicht auch noch vor sich hatte, schon mit ihm anfangen? Einem ganz gewöhnlichen Bullen, der noch dazu ein ausnehmend langweiliges Privatleben als Single-Vater führte.

»Hübsche Partnerin, die du da hast«, kam eine vertraut tiefe Stimme von der Tür zum Nachbarbüro hinter ihm. Er drehte sich um. »Und gesunde Gesichtsfarbe, die du da hast!« Jemand lachte verschmitzt.

»Ja, besser als ihr Vorgänger sieht sie allemal aus.« Jens lachte Lars Sønderstrøm, seinem früheren Partner, kameradschaftlich zu, der mit seiner breiten Statur beinahe den gesamten Türrahmen ausfüllte. Lars, den alle nur Sønderstrøm nannten und der die größten Hände hatte, die Jens je gesehen hatte. Sie waren viele Jahre lang Partner gewesen, bis man dem Mann mit den Schaufelhänden eine Stelle als mittlere Führungskraft im NEC angeboten hatte, einem Sonderdezernat der dänischen Kripo, das alle anderen Dezernate je nach Bedarf unterstützte.

»Schneller Abschluss des Winther-Falls, hört man?«

»Ja, kann man so sagen. Mord aus Rache, wie's aussieht. Aber die Enden müssen wir erst noch zusammenkriegen, wenn wir diesen Tschetschenen endlich verhören können.«

»Und die ›Frauen-stechen-von-oben-zu‹-Theorie?«

Jens sah Sønderstrøm fragend an. Der lachte.

»Torsten ist mir gestern über den Weg gelaufen. Er fühlt sich wohl ... hm, sagen wir mal ... etwas herausgefordert von deiner neuen Psychologin, um es freundlich auszudrücken.«

»Tja, vielleicht sollte man ihm eine Therapie anbieten?«, sagte Jens und gab sich alle Mühe, dabei ernst dreinzublicken. Einen Moment später brachen sie beide in Gelächter aus bei der Vorstellung, wie unangenehm Bistrup eine solche Situation wäre. Sønderstrøms Bauch hüpfte dabei fröhlich auf und ab.

»Sag mal, kann es sein, dass du dir ein Wohlstandsbäuchlein zugelegt hast, seit du im Chefsessel sitzt?«

»Na ja«, sein ehemaliger Partner zog den Bauch ein wenig ein, schob dafür die Brust raus und klopfte sich mit einer seiner Bärenpranken auf die Gegend unterhalb des Rippenbogens.

»Du solltest mitkommen zum Laufen. Zehn Kilometer, mit Psychologin! Heute Nachmittag.«

»Psychotherapie und Laufen auf einmal? Willst du mich umbringen?«

»Ganz im Gegenteil, mein Freund, ich versuche, dein Leben zu retten!«

»Du hast ja recht«, seufzte er. »Aber bevor wir uns ins Fitnessprogramm stürzen, kann ich dir noch verraten, dass wir auf dem PC des Doktors nichts gefunden haben, was für euch von Interesse sein könnte. Das wollte ich dir nur schnell sagen, aber ihr bekommt natürlich auch noch einen Bericht; es gibt eine externe Festplatte und einen nagelneuen Laptop. Auf der Festplatte liegen jede Menge Artikel und Fachliteratur. An privaten Dokumenten haben wir ein paar Familienfotos, viele von den Kindern. Der Laptop wurde noch gar nicht benutzt, und einen alten haben wir nirgends gefunden. Könnte sein, dass er sich einen ganz neuen E-Mail-Account einrichten wollte. Oder er hatte einen Online-Account, Hotmail oder so. Aber wie gesagt, den neuen hatte er noch gar nicht benutzt.«

»Und er hat also keine Kontakte, Mails und so weiter abgespeichert?«

»Nein, und das könnte schon auf online hindeuten.«

»Aber seine Frau muss doch seine Mailadresse kennen?«

»Das müsst ihr *sie* fragen.«

»Hm. Und was ist mit seinem Computer im Krankenhaus? Habt ihr davon eine Kopie gezogen?«

»Nein, das ist ein Thin Client.«

»Aha«, sagte Jens. »Klingt seltsam, kommt mir aber irgendwie bekannt vor.«

»Kann gut sein. Das ist ein PC, der keine eigene Festplatte hat, alles liegt auf einem Server. Auf so einem Rechner haben die Leute keine privaten Dateien, also gibt's da nichts, wovon wir eine Kopie ziehen könnten.«

»Soso, und um mir das mitzuteilen, erscheinst du in höchst eigener Person?«

»Na ja, ich wollte nur mal hören, ob bei euch alles okay ist, und wie's so läuft.«

Jens sah ihn misstrauisch an. Seit er zum NEC gewechselt war, wollte Sønderstrøm ziemlich oft »nur mal hören, wie's so läuft«. Irgendetwas steckte dahinter. Er vermisst uns, dachte Jens zufrieden.

»Tja, dann hatten die Computer vom Herrn Doktor also nicht sonderlich viel Fleisch auf den Rippen. Aber meine Psychologin würde sich das bestimmt trotzdem gern ansehen. Das geht doch, oder?«

»Wüsste nicht, was dagegen spräche. Eine Kopie ist hier auf der Harddisk.« Lars legte sie auf den Tisch, kratzte sich am Kinn, wo er sich einen kleinen Spitzbart hatte wachsen lassen, und fragte dann beiläufig: »Wie läuft's so mit Simone?«

»Wahrscheinlich demnächst der Grund meines allzu frühen Ablebens.« Er erzählte von den Stiefeln und ihrer morgendlichen Laune.

»Ja, manchmal haben sie Probleme zu verstehen, dass Geld nicht auf Bäumen wächst. Aber meistens hilft es, wenn sie selber welches verdienen. Halte durch!« Damit trottete Sønderstrøm davon.

Jens sah ihm nach. Ein Anruf des Kollegen am Empfang riss ihn aus seinen Gedanken.

»Hier unten steht eine Lise Barfoed für dich.«

»Ja, ich komme runter und hole sie ab.«

Lise Barfoed stand am Eingang, und obwohl sie in einen Lammfellmantel eingepackt war, trat sie frierend von einem Fuß auf den anderen. Es herrschten Minusgrade, doch schien heute zum ersten Mal seit ein paar Wochen die Sonne. Sie trug eine große schwarze Sonnenbrille.

»Kommen Sie bitte, hier entlang.« Sie gingen quer über den großen Rundhof und die Treppen hinauf zu seinem Büro. Er deutete auf den Stuhl neben seinem Schreibtisch. Sie hängte ihren Mantel auf einen Kleiderbügel, den er ihr reichte, sank auf den Stuhl und nahm widerstrebend die Sonnenbrille ab. Auch heute waren ihre Augen geschwollen und rot unterlaufen, dennoch sah sie phantastisch aus. Sie war eine außergewöhnlich schöne Frau.

Lise Barfoed spähte zu dem leeren Stuhl hinter dem Schreibtisch, der dem von Jens gegenüberstand.

»Sitzt da Katrine?«

Er nickte. »Ja, aber sie ist unterwegs und kümmert sich um andere Dinge.«

»War schon seltsam, als wir uns gestern wiedergetroffen haben«, murmelte Lise und schüttelte den Kopf. »Total surreal.«

»Sie sind zusammen mit ihr aufs Gymnasium gegangen?«

»Ja. Ich weiß nicht ... Was hat sie erzählt?«

»Was gibt's denn zu erzählen?«

Sie zuckte mit den Schultern. »Na ja, wir waren damals dauernd zusammen, haben alles Mögliche unternommen. Und dann, nach dem Abi, war plötzlich alles vorbei.«

»Was war passiert?«

»Sie ist nach England gegangen.«

»Aber deshalb muss man ja den Kontakt nicht abbrechen.«

»Nein.« Sie sah ihn an und zögerte. »Nein, ich weiß

170

nicht ... Vielleicht ist es am besten, wenn sie es selbst erzählt.«

»Ja, das wird sie auch noch ... hat sie jedenfalls gesagt.«

»Und mit dieser Sache hat es ja auch nichts zu tun.«

»Da haben Sie recht.« Er sah sie forschend an. Er hätte jetzt zu gern gehört, was dahintersteckte. Das Ganze klang ja fast schon mysteriös.

Von einem Moment auf den anderen änderte sich Lises Gesichtsausdruck. Sie sah aus, als könne sie sich kaum zurückhalten, und dann platzte sie förmlich heraus: »Okay, wenn sie es ja sowieso erzählt, wie Sie sagen. Ihr Freund hat Selbstmord begangen.«

»Selbstmord?« Überrascht rutschte Jens auf seinem Stuhl nach vorne. Er hatte eine Geschichte über einen Streit unter Freundinnen erwartet, irgendeinen Zickenkrieg, vielleicht wegen eines Jungen, Eifersucht oder etwas Ähnliches. Aber Selbstmord?

»Ja.«

»Warum?«

»Weil sie mit ihm Schluss gemacht hatte.«

»Und das war der Grund, dass der Kontakt zwischen Ihnen und ihr abbrach?«

»Ja.«

»Aber gerade in so einer Situation braucht man seine Freunde doch besonders.«

»Ja! Aber offenbar brauchte sie *mich* nicht!« Sie saß mit verschlossener Miene da. Es lag eine ganze Welt aus Enttäuschung in ihren Worten. »Sie hat keinen Gedanken daran verschwendet, dass es für mich auch nicht leicht war. Und dass ich vielleicht sie gebraucht hätte, um mit ihr über das zu sprechen, was geschehen war. Jon war auch *mein* Freund!« Sie hielt sich eine Hand vor die Brust. »Ich war vollkommen am Boden zerstört. Noch lange Zeit danach bin ich zur Therapie gegangen.« Tränen liefen ihr über die Wangen.

Jens ließ ihr Zeit. Sie nahm ein Taschentuch aus ihrer Handtasche, trocknete die Augen und putzte die Nase.

»Aber sie brauchte wohl Abstand zu allem, was mit Jon zu tun hatte, zu mir, den anderen Freunden von der Schule, diesem Sommer damals – einfach zu allem eben. Das ist jedenfalls die beste Erklärung, die mir bisher eingefallen ist.«

»Das klingt plausibel.« Jens wartete ab, vielleicht würde sie noch mehr erzählen, doch das schien nicht der Fall zu sein. Er beschloss, in der Angelegenheit nicht weiter nachzubohren. »Gut«, er räusperte sich, »kommen wir dann also zur Sache. Zunächst zu Ihnen: Sind Sie verheiratet?«

»Ja, bin ich, mit Jakob Strand, und wir haben zwei Töchter, Tilde und Marie, acht und eineinhalb Jahre alt.«

»Schön. Sprechen wir über Mads Winther.«

Sie lächelte, während ihr wieder Tränen in die Augen stiegen.

»Ja, Mads.« Sie sah hinunter auf ihre Hände. Dann schaute sie Jens an. »Er war ein unglaublich guter Arzt. Fleißig, kompetent, vertrauenerweckend. Es ist so sinnlos.«

»Wie lange haben Sie mit ihm zusammengearbeitet?«

»Das müssen bald drei Jahre sein.«

»Erzählen Sie mir von den Nukajevs und der Geburt. Was ist da passiert?«

»Ja.« Sie atmete tief ein. »Sie waren bei mir im Vorbereitungskurs, ich kannte sie also schon ein wenig. Das erleichtert immer alles ein bisschen, man muss sich nicht ganz neu auf die Leute einstellen. Ich weiß ja nicht, was Sie schon gehört haben, also erzähle ich einfach, was ich weiß, ja?«

Jens nickte.

»Besonders was Taisa Nukajev anging, war es von Vorteil, dass ich sie schon vorher kennengelernt hatte. Sie war eine ungewöhnlich introvertierte Frau. Sprach sehr wenig und wirkte stark traumatisiert, jedenfalls auf mich. Das und die Tatsache, dass sie aus Tschetschenien geflüchtet waren ... da lag es nahe, dass sie einiges durchgemacht hatten. Aber darüber hat sie mir nie etwas erzählt. Ich habe ihr gesagt, mir sei bewusst, dass sie schrecklichen Dingen ausgesetzt war und dass sie jederzeit mit mir reden könne, falls es etwas gebe, was ich für sie tun könnte. Oder wenn irgendetwas, das ich tat, ein Problem für sie sei. Aber ich hatte immer den Eindruck, das Beste, was ich für sie tun konnte, war, sie damit in Ruhe zu lassen. Sie war ganz sicher nicht der Typ, dem es hilft, über das zu sprechen, was ihn belastet.«

Jens nickte und bat sie, fortzufahren.

»An dem Abend, als es passierte, kam ich auf Station und sah im Belegungsplan, dass sie im Kreißsaal war. Ich habe natürlich gleich gesagt, dass ich diese Geburt gerne übernehmen würde. Nichts deutete darauf hin, dass es Komplikationen geben würde. Das heißt, einmal habe ich Mads gerufen, um sich den CTG-Streifen anzusehen«, sie zeigte mit einer erklärenden Geste auf ihren Bauch, »also die Herzfrequenz des Kindes. Während der Wehen fiel sie stark ab und brauchte ziemlich lange, um sich wieder zu stabilisieren. Mads blieb eine Zeitlang dabei, aber sie erholte sich wieder, und der Rest war dann sozusagen Dienst nach Vorschrift, und wir holten ein gesundes Kind auf die Welt, an dem alles dran war. Einen kleinen Jungen. Sie musste nicht genäht werden, und wir waren schnell mit allem fertig, der Krankenpfleger und ich, so dass sie etwas Ruhe haben konnten. Ich hatte den Eindruck, dass sie am liebsten allein sein wollten. Es war alles sehr ... aufwühlend und auch sehr schwer für sie.« Sie sah Jens eindringlich an.

»Als ich eine halbe Stunde später zurückkam, um nach den beiden zu sehen ...« Sie schüttelte den Kopf und starrte ausdruckslos vor sich hin. »Ich verstehe nicht, dass sie niemanden gerufen haben. Sie muss heftige Schmerzen gehabt haben. Und als ich ihren Bauch abgetastet habe ... Da hatte sich jede Menge Blut gesammelt, das jetzt aus ihr herauslief. Und wir konnten es nicht stoppen. Auch nicht, als sie in Narkose war und Mads versuchte, sie weiter oben zu nähen, um es da aufzuhalten, wo es herkam – ein tiefer Riss. Er hat dann die Gebärmutter entfernt, aber inzwischen waren noch weitere Komplikationen aufgetreten.«

Lise Barfoed schwieg lange.

»Dann haben wir sie verloren.«

»Das muss furchtbar gewesen sein.«

»Einfach schrecklich. Ein Drama für die Familie Nukajev und tragisch für alle, die hilflos daneben standen.«

»Aber Sie haben dann mehrmals mit Aslan Nukajev gesprochen?«

»Ja, er ist dann ja erst mal noch eine Zeitlang auf der Station geblieben. Man hat mit ihm gesprochen und einen

Psychologen geholt. Das Kind wurde auf die Neugeborenenstation gebracht. Anfangs wollte er den Jungen bei sich behalten, aber das ging nicht lange. Es war alles zu viel für ihn.«

»Und danach?«

»Er hat dann im Krankenhaus übernachtet, und am nächsten Tag wollte er nach Hause. Mit dem Kind.« Sie schüttelte resignierend den Kopf. »Aber er war überhaupt nicht in der Verfassung, sich um einen Säugling zu kümmern. Es war furchtbar. Für ihn war es ja, als würde er jetzt auch noch seinen Jungen verlieren. Aber es war ganz einfach nicht zu verantworten. Daran gibt es für mich bis heute keinen Zweifel.«

»Also ist er ohne Frau und ohne Kind wieder nach Hause in eine leere Wohnung gekommen?«

»Ja. Man hat ihm Gespräche mit uns angeboten, also mit denen, die dabei waren, insbesondere aber mit Mads und mir.«

»Und er hat das Angebot angenommen?«

»Ja, aber es war von Anfang an so, als würde er nicht verstehen, was wir sagten. Er war geradezu ... Er konnte einfach nicht akzeptieren, dass sie tot war. Und er verstand nicht, dass Mads ihr Leben nicht retten konnte. Mir kam es tatsächlich so vor, als würde Nukajev ihn anklagen, er habe seine Arbeit nicht gut gemacht, habe nicht alles getan oder so ähnlich. Ich weiß nicht ... vielleicht ist das was Kulturelles.«

»Aber dann hat er angefangen, Mads Winther aufzusuchen?«

»Ja, es begann alles damit, dass er einfach unangemeldet auf der Station auftauchte. Aber wir konnten ja nicht zulassen, dass er da zu jeder passenden und unpassenden Zeit herumlief. Also erklärte Mads ihm, er solle vorher anrufen, wenn er mit ihm sprechen wolle, dann würden sie einen Termin ausmachen. Und er hat ihm zugeredet, die Sitzungen bei dem Psychologen wieder aufzunehmen. Die hatte er nämlich abgebrochen. Aber dann tauchte Nukajev plötzlich bei Mads zu Hause auf, stand auf dem Bürgersteig vorm Haus und wartete auf ihn.«

»Und was sagte er?«

»Laut Mads weinte er manchmal, und dann tat ihm alles leid. Dann wieder war er aggressiv und bedrohte Mads, wünschte ihm alles Unglück und Böse dieser Welt an den Hals.«

»Hat er gedroht, ihn umzubringen?«

»Er sagte so was wie ›Du verdienst es zu sterben, weil du sie hast sterben lassen‹, solche Dinge eben.«

»Und zuletzt spielte sich das also meistens vor dem Haus der Winthers ab?«

»Ja.«

»Zu jeder möglichen Tages- und Nachtzeit?«

»Ich glaube schon.«

»Wissen Sie, wie oft das vorgekommen ist?«

»Nein.«

»Hat er nicht daran gedacht, die Polizei einzuschalten?«

»Ich glaube nicht. Er ging davon aus, dass sich das schon alles wieder geben werde. Und er, also Nukajev, wirkte bei all dem ja auch irgendwie ... ja, fast harmlos. Etwas armselig. Deshalb hat Mads einfach versucht, möglichst wenig Aufhebens darum zu machen. Aber wir haben natürlich hin und wieder darüber gesprochen, weil wir ja beide in die Sache verwickelt waren.«

»Was hat Nukajev zu Ihnen gesagt, wenn er Sie aufgesucht hat?«

»Tja, das fing ja erst letzte Woche an. Ich habe nicht verstanden, wieso ... so lange Zeit danach. Er war ziemlich betrunken.«

»Was sagte er?«

»Er sagte, ich sei auch verantwortlich für ihren Tod. Und dann dasselbe, was er zu Mads gesagt hat. Dass wir ihr Leben hätten retten müssen, dass er wegen uns seine Frau und seinen Sohn verloren hätte. Ich sagte ihm, er hätte seinen Sohn doch nicht verloren. Dass er sich zusammenreißen und kämpfen müsste, gerade wegen seines Sohns. Und dass er dann sicher bald wieder mit ihm zusammen sein könnte, vorausgesetzt, er höre auf, uns zu verfolgen. Das sei das Mindeste, was er tun müsse, um seinen Sohn wieder zu sich holen zu dürfen.«

»Und was hat er darauf geantwortet?«

»Eigentlich nichts. Es war wie bei den anderen Gesprächen, ich glaube, er hörte gar nicht richtig, was wir sagten.«

»Sie müssen doch Angst gehabt haben, wenn er Ihnen ... nun ja, auflauerte? Hat er Sie auch zu Hause aufgesucht?« Er schaute in die Papiere. Eine Adresse in Birkerød, nördlich von Kopenhagen.

»Ja, er stand auf einmal auf dem Bürgersteig, nachmittags, irgendwann letzte Woche.« Sie dachte nach. »Das muss am Mittwoch gewesen sein. Merkwürdig«, sagte sie nachdenklich. »Eigentlich hatte ich keine Angst, als er plötzlich vor mir stand, aber jetzt, nach dem, was passiert ist ... Wenn ich mir vorstelle, was er mir hätte antun können ... Die Mädchen waren doch im Haus.« Lise Barfoed schüttelte den Kopf, sichtlich schockiert von dem Gedanken. »Aber er wirkte so ... hilflos. Ich weiß, das klingt absurd, wenn man bedenkt, dass er danach einen Mord begangen hat.« In einer ratlosen Geste breitete sie die Hände aus. »Man dachte ›Armer Kerl‹, nicht ›Hilfe, was wird er mir jetzt gleich antun?‹. Verstehen Sie, was ich meine?«

Jens nickte.

»Aber ganz so harmlos war er dann ja wohl doch nicht«, sagte sie leise.

»Nein, das kann man nicht gerade sagen.«

»Sind Sie denn sicher ... Ich meine ... Sind Sie sicher, dass er es war?«

»Vieles deutet darauf hin, aber wir wissen es noch nicht mit Sicherheit.«

»Na, da kann ich ja wirklich froh sein, dass man ihn so schnell erwischt hat. Sonst würde ich mich doch nicht mehr sicher fühlen.«

»Sie können ganz beruhigt sein. Er ist in sicherem Gewahrsam.« Jens sah Lise Barfoed an. Sie tat ihm ein wenig leid, aber er musste sie fragen. »Das ist reine Routine, aber ich muss Sie das fragen. Was haben Sie Sonntagabend gemacht?«

Sie schniefte.

»Das ist schon in Ordnung, natürlich müssen Sie das. Jakob, mein Mann, ist verreist, eine Geschäftsreise in die USA, und weil ich diese Woche viele Schichten habe, haben wir gedacht, es sei das Beste für die Mädchen, wenn sie die ganze Woche bei meinen Schwiegereltern bleiben. Also habe ich sie Sonntagabend dort raufgefahren. Wir haben zusammen gegessen, ein bisschen ferngesehen und sind dann bald ins Bett gegangen.«

»Sie haben also bei Ihren Schwiegereltern übernachtet?«

»Ja, sie haben ein großes Haus mit Gästezimmern für uns und Jakobs Bruder. Er wohnt mit seiner Familie in Jütland. Sie freuen sich immer sehr, wenn wir zu Besuch kommen.«

»Und wo wohnen Ihre Schwiegereltern?«

»Espergærde.«

»Und als Nächstes sind Sie aufgestanden und zur Arbeit gefahren?«

»Ja, die Kinder sind dann zu Hause geblieben, also bei meiner Schwiegermutter. Tilde durfte mal einen Tag die Schule schwänzen«, sagte Lise und lächelte.

»Gut«, er machte eine Pause, um den Themenwechsel vorzubereiten, den er jetzt vorhatte. »Etwas ganz anderes. Es deutet vieles darauf hin, dass Mads Winther ein Verhältnis mit einer anderen Frau hatte.«

»Ach!«, sagte Lise Barfoed ungläubig. »Mads? Nein, wissen Sie was, ich glaube, jetzt sind Sie doch ganz schön auf dem Holzweg. Wissen Sie eigentlich, wie viel ihm seine Familie bedeutet hat?«

»Nein, aber Sie können mir sicher etwas darüber sagen?«

»Sie hatten Probleme, Kinder zu bekommen. Langwierige Fruchtbarkeitsbehandlung und so weiter. Und dann hatten sie endlich Glück ...« Sie lächelte und schüttelte den Kopf. »Er war einfach nur glücklich, dass er endlich Vater werden sollte. Stellen Sie sich das mal vor«, sagte sie und hob die Hände, um ihren Worten Nachdruck zu verleihen. »Sie holen Tausende von Kindern auf die Welt und sehen all die strahlenden Elternpaare – und Ihnen ist es nicht vergönnt, dieses Glück selbst zu erleben!« Sie gestikulierte lebhaft mit Händen und Armen, während sie

179

sprach. »Einmal habe ich sogar mit ihm darüber gesprochen, in einer ruhigen Nachtschicht, wenn ich mich richtig erinnere, in der wir ausnahmsweise mal etwas Zeit hatten, uns hinzusetzen und ein bisschen zu plaudern. Es schien, als müsse er sich ein bisschen das Herz erleichtern, und wir hatten schon immer gut miteinander reden können. Und ich muss sagen, seine Frau tat mir richtig leid, als ich hörte, was er mir erzählte. Sie hatte während der Behandlung eine ernste Anorexie entwickelt.« Lise sah Jens direkt an. »Und es klang so, als sei es ihr auch nach der Geburt sehr schlecht gegangen. Postnatale Depression. Tatsächlich hörte es sich für mich so an, als sei sie eine Zeitlang selbstmordgefährdet gewesen.«

*

Sie lässt die Hand langsam durch das Wasser des Aquariums in ihrem Zimmer gleiten. Die Finger streifen die kleinen glatten, schwarzen Körper. Jetzt dreht sie die Hand, formt sie zu einer Schale und wartet darauf, dass einer der Fische hineinschwimmt. Es fühlt sich so schön an, sie zu berühren.

Da ist einer. Sie schließt die Hand um ihn, und er ist darin gefangen. Er zappelt heftig und kämpft, um freizukommen. Sie nimmt die Hand aus dem Wasser. Jetzt zappelt er noch stärker.

Seltsam, dass er es nicht ertragen kann, über Wasser zu sein, während sie es nicht ertragen kann, unter Wasser zu sein.

Sie muss die Hand geschlossen halten, damit er nicht auf den Boden fällt. Nach einiger Zeit hört er auf zu zappeln. Sie sieht ihn an. Untersucht ihn. Er liegt ganz still in ihrer Hand. Sie legt ihn wieder zurück ins Wasser.

Er schwimmt nicht mehr.

Das überrascht sie nicht, das wusste sie schon, dass er das nicht tun würde. Sie fängt noch einen und wiederholt die Prozedur.

Sie tut so, als habe sie nicht bemerkt, dass sie tot sind. Aber bestraft wird sie natürlich trotzdem.

*

»Tag, alle zusammen«, sagte Bistrup und betrat Bent Melbys Büro.

»Tag, Torsten.« Melby sah von einem der Stapel Papiere auf seinem Schreibtisch auf. Langeweile würde die nächsten Jahre ganz sicher nicht das Problem im Leben des Leiters der neuen Task Force sein. »Ihr habt im Fall des Arztmordes eine Verhaftung vorgenommen, wie man hört?«

»Jaja, war ein Klacks, glasklar Mord aus Rache.« Er nickte in Richtung der Papierstapel. »Und du bist dabei, deine Truppe zusammenzustellen?«

»Die Mannschaft ist so gut wie aufgestellt, nur noch ein paar Flügelflitzer, und wir können das Spiel anpfeifen.«

»Bin gespannt, wie das mit der neuen Psychologin bei euch klappt.«

»Tja ...« Bent zögerte angemessen lange. »Ich auch.«

Bistrup fühlte sich sichtlich wohl in seiner Haut. »Sieht so aus, als würden Høgh und sie richtig gut harmonieren«, sagte er ernst. »Ein Spitzenteam, wenn du mich fragst.«

»Aha? Hm, gut zu wissen. Ich hab mir tatsächlich schon den Kopf zerbrochen, wen ich ihr als Partner zuteile. Nicht dass ich sie da draußen als Frontkämpferin einsetzen will, aber in die Ermittlungsarbeit eingebunden sein muss sie ja schon, wenn dieser ganze Psychokram überhaupt irgendeinen Sinn ergeben soll.«

»Perfect match, die beiden, wie mir scheint«, sagte Bistrup und machte eine ausladende Armbewegung.

»Danke für den Tipp«, erwiderte Melby.

»Wir sehen uns, Bent.« Bistrup hob kurz die Hand und verabschiedete sich.

Bye, bye, Høgh, dachte er. Viele Grüße an die Hells Angels und die netten Jungs von der AK81-Gang.

*

»Ist bei dem Besuch in der Gerichtspsychiatrie etwas herausgekommen?«

Sie saßen in der Kantine und aßen. Katrine hatte sich für drei verschiedene Sorten Heringsbrötchen entschieden, die sie mit großem Appetit verzehrte. Jens kaute auf seinen von zu Hause mitgebrachten Stullen herum und schielte neidisch auf ihr Tablett.

»Mm«, gab sie von sich und machte ein Zeichen, sie müsse erst zu Ende kauen, um den Mund freizubekommen. Er lächelte beim Anblick ihrer offensichtlichen Freude über das Wiedersehen mit dieser dänischen Spezialität.

»Ja, nachdem wir uns irgendwann einig waren, dass ich tatsächlich bei der Polizei bin und sie deshalb mir gegenüber nicht an die Schweigepflicht gebunden sind, ging's eigentlich sehr gut. Aber für die Bürger dieses Landes ist es ja beruhigend, dass man hier extrem bewusst mit Datenschutz und Rechtssicherheit umgeht.«

»Sehr beruhigend.«

»Ziemlich üble Geschichte, mit der wir hier zu tun haben, Folter und sexuelle Misshandlungen, die Details müssen wir jetzt nicht ausbreiten.«

»An beiden verübt?«

Sie nickte. »Ja, beide wurden missbraucht und gequält. Und beide waren sehr bedacht darauf, dass der andere nichts davon erfuhr. In ihrer Kultur gibt es sehr genaue Grenzen, was Ehepartner sich gegenseitig mitteilen. Sexuelle Übergriffe sind da ein absolutes Tabu. Ich kann mir vorstellen, dass es mit einem weiteren Zusammenleben so gut wie unvereinbar ist, wenn so etwas herauskommt, aber das ist erst mal nur meine eigene Interpretation. Sie würden jedenfalls niemals darüber reden. Frauen sprechen mit Frauen über Frauenangelegenheiten und umgekehrt. Es gibt viele Geschichten über Ausschluss aus der Familie, Selbstmord und so weiter. Eine äußerst effektive Art der Folter also, muss man sagen; unfassbar demütigend und zerstörerisch, nicht nur für das Individuum, sondern für die ganze Familienstruktur.«

»Was für arme Menschen, sie haben gelebt wie zwei einsame Inseln im selben Meer«, warf Jens ein.

»Eigentlich ein sehr treffendes Bild«, sagte Katrine ein wenig überrascht über seine Metapher. Sie drehte ihr Wasserglas zwischen den Fingern. »Und was machen wir jetzt?«

»Wir haben heute Nachmittag noch ein paar Vernehmungen, unter anderem Winthers Au-pair-Mädchen.«

»Klingt gut«, sagte sie und biss herzhaft in das Brötchen mit Bismarckhering, Zwiebeln und Kapern. Bezaubernder Mundgeruch für den Rest des Tages, dachte Katrine und überlegte, ob sie Kaugummi dabeihatte. Das Au-pair-Mädchen – perfekt! Wenn jemand wusste, ob Mads Winther zu Hause Damenbesuch empfangen hatte, dann sie.

»Tja, und dann bleibt nur zu hoffen, dass Nukajev bald vernehmungsfähig ist.«

»Ja, das wäre gut.«

»Übrigens habe ich mit Lise Barfoed gesprochen, wie du ja weißt«, sagte Jens.

»Ach ja, erzähl!«

Jens schilderte ihr die Vernehmung in groben Zügen.

»Hat sie mehr über Nukajevs Drohungen gegen sie gesagt?«

»Nein, sie hat eigentlich nur noch mal wiederholt, dass er sie letzte Woche abgepasst und bedroht hat.«

»Hm, eine Eskalation seiner Besessenheit also.«

»Davon müssen wir ausgehen. Natürlich habe ich sie auch gefragt, ob sie etwas darüber weiß, mit wem Mads seine Frau betrogen hat – ob es eine Kollegin gewesen sein könnte und so weiter. Es klang, als hätten sie auf einigermaßen vertrautem Fuß miteinander gestanden, sie und Winther. Aber wahrscheinlich hat man ja auch ein etwas besonderes Verhältnis, wenn man so etwas erlebt.«

»Und?«

Jens schüttelte den Kopf. »Es fiel ihr sehr schwer, das zu glauben. Sie sagte, dass er für seine Familie gelebt habe – dass er ein richtiger Familienmensch war. Und dass er sich im Übrigen große Sorgen um seine Frau machte. Im Zusammenhang mit der Fruchtbarkeitsbehandlung hat sie Magersucht bekommen, und nach der Geburt wurde sie depressiv.«

»Hm.« Katrine zerkaute den letzten Bissen. »Vibeke hat ihn nicht gerade als einen ausgemachten ›Familienmenschen‹ beschrieben. Bei ihr klang es so, als seien sie beide sehr karriereorientiert gewesen.«

»Tja. Aber die Frage ist ja, ob es überhaupt relevant

ist, wenn wir uns darüber den Kopf zerbrechen«, sagte Jens, der eindeutig das Interesse an dem Thema verloren hatte.

»Hm. Wie auch immer, jedenfalls hatte sie keine Vermutung, ob es eine von den Kolleginnen gewesen sein könnte?«

»Nein, nicht die geringste.«

»Du sagtest, es schien so, als wären sie vertraut miteinander. Nur so ein Gedanke, aber kann sie es vielleicht selbst sein? Also dass sie eine Affäre mit ihm gehabt hat?«

»Das glaube ich nun nicht«, antwortete Jens. »Sie wirkt wirklich erschüttert über diese ganze Nukajev-Geschichte. Und auf mich macht sie grundsätzlich nicht den Eindruck, als sei sie … Ja, sie hat so was wie Menschenkenntnis eben. Was eine Hebamme wohl auch haben muss, stelle ich mir jedenfalls so vor.«

»Das alles schließt ja nicht aus, dass sie eine Affäre mit ihm gehabt haben kann.«

»Nein, nein, das stimmt natürlich. Ich glaube es nur nicht.«

»Na gut, aber das lässt sich ja durch eine DNA-Probe klären.«

»Ja, wenn es denn Grund dazu gibt. Wenn Nukajev gesteht, haben wir ja keinen Anlass, in Winthers Privatleben herumzuschnüffeln.«

»Nein, natürlich nicht«, sagte Katrine schnell. »Natürlich nicht.«

Einen Augenblick lang saßen sie schweigend da.

»Werdet ihr den Kontakt wieder aufnehmen, du und Lise? Also jetzt, wo du wieder in Dänemark bist?«, fragte Jens.

»Ich weiß es nicht. Auf jeden Fall müssen wir erst mal diese Sache hier zu Ende bringen.«

»Na ja, vermutlich ist da ja nicht mehr allzu viel Ermittlungsarbeit, die mit ihr zu tun hat.«

»Nein, vermutlich nicht«, sagte Katrine mit unergründlichem Ausdruck.

Jens schien es, als sei sie durchaus froh, eine Entschuldigung dafür zu haben, den Kontakt nicht wieder aufzunehmen. Er hätte Katrine gern nach dem gefragt, was Lise Barfoed ihm erzählt hatte. Nach dem, was damals zwischen ihnen passiert war. Nach dem Freund, der Selbstmord begangen hatte.

»Wollen wir los?«, fragte sie und stand auf.

Lieber ein andermal, dachte er. »Ja.«

Sie trugen ihre Tabletts zum Abräumwagen.

»Ach ja, ich habe die Vernehmung übrigens aufgezeichnet«, sagte er leichthin. »Hatte noch so ein altes Diktiergerät mit Kassette und so.«

»Aha?« Unfreiwillig hüpfte Katrines Stimme auf der Tonleiter ein paar Sprossen nach oben.

»Du kannst es dir ja noch mal anhören, wenn du meinst, es könnte relevant sein.«

Sie nickte stumm.

*

»Ah, da sind ja Høgh und Darling!« Bistrups Lächeln war unerträglich provokant, und Katrine biss sich auf die Unterlippe vor Ärger darüber, dass er auf ihren zweiten Familiennamen gestoßen war, den sie so sehr hasste. Das Team hatte sich zur Lagebesprechung in Kraghs Büro versammelt.

»Darling?« Jens glich einem einzigen großen Fragezeichen. »Ist das dein neuer Stil, Torsten, zur Abwechslung mal nett sein?«

Katrine schwieg. Sollte der »Leiter der Ermittlungen« doch sehen, wie er da wieder herauskam.

»Das ist Katrines wunderschöner zweiter Familienname, wie ich zufällig erfahren habe.«

»Ist das wahr?«, fragte Jens mit breitem Lächeln.

Sie atmete tief durch.

Sie hätte ihn löschen lassen sollen.

Warum hatte sie es nicht getan? Aus Rücksicht auf ihren Vater. Es war sein Nachname. Ein alter englischer Name. Er passte nur nicht wirklich gut nach Dänemark.

»Ja, das stimmt. Aber ich benutze ihn nicht«, sagte sie entschieden, »und ich ziehe es vor, wenn andere das auch nicht tun.«

Bistrup fuhr ungerührt fort: »Lasst mal hören, wo ihr euch herumgetrieben habt, seit wir uns das letzte Mal in dieser schönen Runde zusammengefunden haben.«

Jens referierte die wichtigsten Punkte der Vernehmung Lise Barfoeds.

»Und Miss Darling?«

»Ich habe das Schicksal der Nukajevs recherchiert«, sagte Katrine, »und das ist wahrlich keine Gute-Nacht-Geschichte. Im Jahr 2000 wurden sie von russischen Soldaten verhaftet und verschwanden für ein halbes Jahr im Gefängnis. Beide waren schwersten Folterungen ausgesetzt, Vergewaltigung, in Taisas Fall Gruppenvergewaltigung, Elektroschocks, Atemreduzierung mit Gasmasken; dabei wird die Luftzufuhr mittels eines Ventils auf ein Minimum heruntergefahren. Nachdem man sie freigelassen hatte, sind sie 2001 nach Dänemark geflüchtet und waren bis 2003 im Lager Sandholm, wo sie dann auch eine Aufenthaltsgenehmigung bekommen haben. Beide haben – hatten – sehr stark mit posttraumatischem Stress zu kämpfen und waren mehrfach im Zentrum für Folteropfer in Behandlung. Taisa hat in Grosny in der staatlichen Verwaltung gearbeitet, aber ich konnte nicht herausfinden, was genau sie dort gemacht hat. Aslan war Lehrer und hat anscheinend ein ausgezeichnetes Ohr für Sprachen, weshalb er auch so gut Dänisch spricht, obwohl es ungeheuer schwierig ist, überhaupt etwas Neues zu lernen, wenn man so stark traumatisiert ist, wie sie es sind – waren.« Katrine holte Luft. »Besonders Aslan wurde über einen längeren Zeitraum medikamentiert, und es war harter Stoff, den er schlucken musste. Alles in allem ergibt sich das Bild eines sehr, sehr kranken und psychisch instabilen Mannes, was auch den komaähnlichen Zustand bei seiner Verhaftung erklärt. Er kann als Reaktion auf die Realisierung einer Vorstellung gesehen werden, die er seit längerer Zeit gehabt hat. Wenn mich meine etwas eiligen Recherchen nicht täuschen, dann gibt es in Tschetschenien ein muslimisches Gesetz, das man ›Adat‹ nennt. ›Adat‹ bedeutet so viel wie ›alles‹ und ist eine Art Gesetz oder Kodex für Anstand, Vergebung und Strafe. Kurz zusammengefasst: Man gehört einem Klan an – jeder gehört einem Klan an –, und wenn ein Mitglied des einen Klans das eines anderen umbringt, muss das gerächt werden – oder vergeben. Dabei kann die Tat ohne weiteres schon mehrere Generationen zurückliegen. Wenn es zwischen zwei Mitgliedern unterschiedlicher Klans zur Vergebung kommen soll, trifft man sich auf dem Marktplatz oder an einem ähnlichen Ort, der groß genug für alle Mitglieder beider Klans ist. Dabei kommen nicht selten tausend Menschen oder sogar mehr zusammen. In der Mitte des Platzes wird ein Stuhl aufgestellt. Der Bruder des Opfers, der Vater oder die Mutter kommen und rasieren den Täter ...«

»Ist das primitiv«, schnaubte Bistrup verächtlich.

»... zum Zeichen der Vergebung. Alle – und das heißt wirklich *alle*«, sagte Katrine mit Nachdruck, »geben sich die Hand. Und damit ist der Frieden zwischen den zwei Klans wiederhergestellt. Genauso kann ein Mord auch viele Jahre oder eben sogar Generationen, nachdem er begangen wurde, noch gerächt werden. Auf den ersten Blick könnte dieser Brauch Hintergrund für Nukajevs Motiv sein, also Rache. Falls er unser Mann ist«, sagte sie abschließend. »Ich würde aber gern erst noch mehr darüber wissen.«

»Ich glaube, das reicht«, ergriff Bistrup das Wort. »Es ist ja deutlich herauszuhören, dass es sich dabei um eine äußerst primitive Form von Auge um Auge, Zahn um Zahn handelt, die nichts, aber auch gar nichts in unserem dänischen Rechtsstaat zu suchen hat. Verschwenden Sie also nicht noch mehr Zeit damit.«

»Ausgezeichnet«, sagte Kragh. »Wir verfolgen die Theorie eines anderen Täters weiter, bis wir Nukajev verhören können. Trotz aller schwerwiegenden Indizien müssen wir in Betracht ziehen, dass Nukajev theoretisch auch erst zum Tatort gekommen sein kann, als Winther bereits tot war. Wir können es nicht wissen, und wir gehen bei den weiteren Ermittlungen auch davon aus, dass wir es nicht wissen.«

*

Normalerweise will Malene nicht mit ihr spielen, aber Maja, Malenes beste Freundin, kann heute nicht.

Sie weiß sehr wohl, dass Malene nur ja gesagt hat, weil ihr nichts Besseres einfällt, das sie machen könnte. Das Gefühl, ausgegrenzt zu sein, das sie jeden Tag hat, will zu ihrer Enttäuschung nicht verschwinden, obwohl sie Malene jetzt für sich allein hat. Sie ist nur ein schlechter Ersatz. Also muss alles so spannend sein, dass Malene gern noch mal mit ihr spielen will. Und das nächste Mal sogar lieber als mit Maja. Das wäre toll, wenn Malene und sie zusammenhalten würden und Maja die wäre, die draußen bleiben muss. Maja ist so doof! Gibt immer mit ihrem blöden Papa an, der Direktor ist.

»Wollen wir an der Kiesgrube spielen?«, fragt sie.

Sie weiß, dass ein paar von den Jungs aus der Straße heute Nachmittag dort sind. Sie gehen auf eine andere Schule, und Malene kennt sie nicht. Es ist spannend, mit ihnen zu spielen. Aber sie erzählt niemandem, was sie machen.

Sie hofft, dass es Malene auch gefallen wird. Sie selbst liebt es. Ist jeden Tag da, stundenlang. Dort hat sie Frieden.

Nicht alle Kinder dürfen an der Kiesgrube spielen. Es kann gefährlich sein. Aber sie darf schon, wenn sie nur von den Abbruchkanten wegbleibt, die sehr tückisch sein können. Von oben sieht es so aus, als könne man bis ganz an die Kanten herangehen. Aber die Bagger haben den Kies unter der Oberfläche abgegraben. Der Boden kann leicht nachgeben, und dann bricht man ein und wird von dem nachrutschenden Schutt begraben, haben die Erwachsenen gesagt. Da darf man nicht langgehen, wenn man zu den Stellen will, wo es richtig spannend ist. Auch wenn es eine Abkürzung ist.

Zum Glück hat Malene auch Lust, zur Kiesgrube zu laufen und da zu spielen.

Als sie ankommen, sind die Jungen schon da. Niemand sonst kennt die Spiele, die sie hinter der Halde bei den Bäumen spielen. Es kribbelt im Bauch vor Spannung.

Sie verabreden ein Spiel mit den Jungen. Malene und sie sind zwei Schwestern, die vor einem bösen Mann davonlaufen, der sie gefangen gehalten hat. Die beiden Jungen sollen erst der böse Mann und sein Gehilfe sein. Sie sollen versuchen, die Mädchen zu fangen und sie wieder zurück in das unheimliche Haus des Mannes zu schleppen. Danach sollen sie ihre Retter sein, die sie befreien und mitnehmen in ihr schönes großes Haus, in dem sie wohnen. Dort sollen sie den Schwestern einen Heiratsantrag machen, und dann wird eine prächtige Doppelhochzeit gefeiert.

Die beiden Mädchen flüchten vor dem bösen Mann, der sie gefangen gehalten und schlimme Sachen mit ihnen gemacht hat. Die Jungen sind aufgeregt, sie finden das Spiel auch spannend, und rennen hinter den Mädchen her. Die Mädchen kreischen und flüchten zusammen den Hang hinunter. Die Jungen brüllen und sind dicht hinter ihnen. Malene greift nach ihrer Hand, und sie spürt, dass ihr ganzer Körper vor Anspannung zittert.

»Hier, wir verstecken uns.« Sie führt sie um die kleine Halde herum, die von Bäumen und Büschen umgeben ist. Ein gutes Versteck, wenn man Verstecken spielt. Und eine gute Stelle, um sich gefangen nehmen zu lassen.

Sie sind gerade auf der anderen Seite der Anhöhe, als die Jungen sie einholen. Jeder packt eine von ihnen, stellt sich hinter sie und hält ihre Arme von hinten fest im Griff.

»Glaubt ja nicht, ihr könnt uns entwischen«, brüllt der eine Junge und verstellt seine Stimme so, dass sie tief und erwachsen klingt.

191

Die Mädchen kreischen und tun so, als ob sie Angst hätten. Sie schauen sich an und lachen. Malene sieht aus, als würde ihr das Spiel bis jetzt richtig Spaß machen. Deshalb will sie gern, dass es noch ein bisschen spannender und wilder wird. Sie versucht, sich loszureißen.

»Lasst uns los«, ruft sie. »Wir wollen euch nicht heiraten!«

»Wie schade, aber wir wollen euch heiraten!«

Sie kämpft weiter, und ihr Bewacher drückt sie auf den Boden. Er setzt sich rittlings auf sie und hält ihre Arme zur Seite ausgestreckt fest. Malene sieht mit weitaufgerissenen Augen zu. Sie versucht, sich loszureißen, um ihrer Schwester zu helfen.

»Halte durch, Schwester, ich komme und helfe dir.«

»Hilf mir, Schwester, du musst mich befreien! Sie werden sonst schlimme Sachen mit mir machen!«

»Lasst sie frei«, sagt Malene in flehendem Ton zu ihren Bewachern. Aber es hilft nichts.

Auch sie wird jetzt von dem Jungen, der sie festgehalten hat, auf den Boden gedrückt, und er setzt sich genau auf sie wie sein Kamerad.

»So, jetzt haben wir sie«, sagen sie zueinander. »Jetzt kommen sie nie wieder frei. Ihr gehört uns.«

Sie kann das Kribbeln im Bauch jetzt kaum noch aushalten. Was werden sie jetzt machen? Sie weiß sehr gut, was sie tun würden, wenn sie allein wären. Sie haben das Spiel schon viele Male gespielt. Sie liebt es, wenn sie diesen Punkt erreichen, an dem sie von ihnen festgehalten wird. Dann wechseln sie sich ab, Sachen mit ihr zu machen, und sie tut so, als würde sie sich wehren.

Jetzt zieht der eine Junge seinen Gürtel aus der Hose und bindet ihre Hände zusammen. Dann bindet er sie an einen

Baum. Sie könnte sich leicht befreien, wenn sie wollte. Aber sie will nicht. Die drei wissen, dass es ein Teil des Spiels ist.

Sie machen das Gleiche mit Malene. Sie fesseln sie mit dem Gürtel des anderen Jungen, einem Militärgürtel aus Stoff. Ihre Hände sind richtig fest zusammengebunden. Die Mädchen strampeln mit den Beinen und spielen ihre Rollen weiter.

»Lasst uns frei, ihr bösen Männer«, schreit Malene und wirft den Kopf heftig von einer Seite auf die andere.

»Wir müssen euch eine Lektion erteilen«, sagt der eine böse Mann. »Damit ihr nicht wieder weglauft.«

»Verschont uns, bitte!«, rufen sie wie aus einem Mund.

»Wir fangen mit der da an«, sagen sie, und der eine setzt sich auf ihren Bauch. Der andere zieht ihr die Hose herunter. Sie windet sich unter dem Gewicht. Ihr Herz hämmert, ihr ganzer Körper summt.

Sie stehen auf, nachdem sie ihr die Lektion erteilt haben. Sie hat so getan, als sollten sie aufhören, aber in Wirklichkeit hätte es ihr gefallen, wenn sie noch weitergemacht hätten. Sie lassen sie an den Baum gebunden liegen.

»Jetzt bist du dran«, sagt der eine und setzt sich auf Malene.

»Nein«, sagt Malene, und plötzlich klingt ihre Stimme ganz anders als vorher. »Nein, ich will nicht mehr.«

»Du wirst deine Lektion schon lernen, genau wie deine Schwester«, sagt er, und der andere zieht ihr die Hose aus.

»Nein, ich will nicht!« Malenes Stimme ist jetzt schrill. »Sag ihnen, sie sollen aufhören, jetzt sofort!« Ihre Augen sehen sie flehend an. »Ich will nicht, dass sie das mit mir machen. Ich mag das nicht.«

Scham beißt in ihre Wangen, sie werden feuerrot. Sie hat geglaubt, Malene würde ihr Spiel gefallen. Dass sie es genauso schön finden würde wie sie. Was wird Malene jetzt von ihr denken, wenn sie das Spiel eklig findet? Mit einem Mal fühlt sie sich schmutzig und widerlich.

Sie fassen Malene an. Der eine hält ihre Beine fest. Der andere fasst sie an. Seine Finger verschwinden in ihr. Der andere will es auch mal versuchen. Malene windet sich von einer Seite zur anderen und versucht verzweifelt freizukommen.

»Das sage ich meiner Mutter«, weint Malene. »Das sage ich! Und dann werdet ihr sehen, was …«

Sie sieht stumm auf das, was die Jungen mit Malene tun. Ist wie gelähmt. Das hat sie nicht gewollt. Sie sollten zwei Schwestern sein, die gefangen genommen wurden. Es sollte ein Spiel sein, ein heimliches Spiel, ihr Geheimnis, das Malene bestimmt spannend finden würde. Und dann würden sie oft zusammen spielen, sie alle vier. Sie ist wütend auf Malene. Sie macht alles kaputt!

Die Jungen hauen ab.

Sie sieht Malene an, die daliegt und weint.

»Mach mich los«, sagt sie flehend.

»Wirst du es sagen?«

»Ich sage es meiner Mutter.«

»Das darfst du nicht!« Ein eisiger Schauer läuft durch ihren Körper. Wenn Malene es ihrer Mutter sagt, wird die ihre Mutter anrufen. Das darf nicht sein. Das wäre das Schlimmste, was passieren könnte.

Malene sieht sie flehend an. Sie denkt nach. »Na gut, wenn du mich losbindest, verspreche ich, es nicht zu sagen.«

»Du versprichst es?«

»Ja.«

Sie glaubt ihr nicht. Sie glaubt ihr wirklich nicht. Malene sagt das nur, um freizukommen. Danach wird sie direkt nach Hause laufen und alles verraten. Sie wird erzählen, was die

Jungen mit ihnen gemacht haben. Und dass sie es mit sich machen gelassen hat. Dass sie selbst, Malene, versucht hat, sich zu befreien – und sie ihr nicht geholfen hat. Dann wäre sie ein schmutziges Mädchen. Eklig und widerlich.

»Okay, aber nur unter einer Bedingung«, sagt sie.

»Und welche?«

»Wir gehen zusammen zu mir nach Hause.«

»Ich will nicht mit dir zusammen gehen. Ich will zu mir nach Hause, alleine«, heult Malene. »Ich will nicht mehr mit dir spielen.«

»Dann binde ich dich nicht los.«

»Also gut«, schnieft sie. »Dann gehen wir eben zusammen.«

Zögernd löst sie den Gürtel. Was soll sie machen, wenn Malene jetzt wegläuft?

Jetzt kommt sie auf die Beine. Sie stehen da und sehen sich stumm an.

Später kann sie sich nicht mehr erinnern, wie sie auf die Idee gekommen ist. Alles ist einfach von selbst geschehen. Die eine Eingebung der anderen gefolgt.

Es war ja nur ein Vorschlag, dass sie die Abkürzung nehmen sollten, um schneller nach Hause zu kommen. Es war, als habe sie vergessen, dass der Weg verboten war.

Sie rannten los. Malene lief auf der Seite zur Kante hin.

Hat sie sie wirklich gestoßen? Sie kann sich kaum noch erinnern.

Je mehr sie darüber nachdenkt, umso sicherer ist sie sich, dass sie es nicht getan hat.

Und trotzdem ...

Sie muss ein paar Tage nicht zur Schule, darf zu Hause bleiben, bis sie sich erholt hat.

Sie langweilt sich in dem großen, hallenden Haus. Mutter

ist da. Misstrauisch fragt sie, ob sie Malene gewarnt hat, nicht zu nah an die Kante zu gehen.

Natürlich hat sie das, antwortet sie. Und erzählt, wie sich alles abgespielt hat. Oder wie es sich im Großen und Ganzen abgespielt hat.

Je öfter sie die Geschichte erzählt, desto mehr Zweifel kommen ihr, was wirklich passiert ist; sie haben gespielt, haben Spaß gehabt, nur sie beide. Aber Malene wollte nicht auf sie hören. Sie wollte unbedingt bis zur Kante und hinuntersehen. Sie wollte sehen, wie weit es bis nach unten ist. Ja, so ist es gewesen.

Sie erzählt, wie sie selbst so weit gegangen ist, wie sie sich traute, und versucht hat, Malene zu überreden, von der Kante wegzukommen.

Aber als die Kante unter Malene nachgab, musste sie sich ja in Sicherheit bringen. Sonst wäre sie auch eingebrochen und verschüttet worden. Und es geht dort wirklich tief nach unten. Malene versank unter dem Schutt.

Mutter kann nicht verstehen, dass sie so lange da draußen gespielt haben. Es war ja schon spät, als sie nach Hause gelaufen kam und um Hilfe rief. Es hat so Spaß gemacht, erklärt sie. Und sie hatten schon verabredet, sich morgen wieder dort zu treffen und zusammen zu spielen. Dann weint sie wieder ein bisschen. Jetzt hat sie niemanden mehr, der mit ihr spielt.

Mutter sagt nichts.

Ihr Vater sagt, Malene sei selbst schuld. Sie hätte auf sie hören sollen, als sie ihr gesagt hat, dass die Kante gefährlich ist.

Er hat recht, denkt sie. Malene ist selbst schuld.

*

»Bitte nehmen Sie doch Platz«, sagte Jens freundlich zu dem verschüchterten philippinischen Mädchen. Es war schwierig, ihr Alter zu schätzen, sie konnte alles zwischen siebzehn und fünfundzwanzig sein. Es gab viele erwachsene Frauen, die Mann und Kinder hatten und in den Westen gehen mussten, um als Au-pair-Mädchen zu arbeiten und Geld nach Hause zu schicken. Zwar standen diese Arrangements nicht immer in hundertprozentigem Einklang mit Aufenthaltsrecht und Steuergesetzen, doch darum ging es jetzt nicht. Es galt, das Mädchen so weit zu beruhigen, dass es überhaupt etwas aussagen würde.

Maria weinte und zitterte wie Espenlaub. Jens legte beschwichtigend eine Hand auf ihre Schulter. Seine Kollegen hatten gestern schon versucht, sie zu vernehmen, hatten aber aufgeben müssen. Sie hatte sich die Augen aus dem Kopf geweint, und es war unmöglich gewesen, auch nur ein Wort von dem zu verstehen, was sie sagte.

Scheu fuhr sie zusammen. Gütiger Himmel, dachte Jens und zog seine Hand gleich wieder zurück. Maria drückte sich gegen die Lehne des Stuhls und schaute auf ihre Hände, die sie im Schoß gefaltet hielt.

»Wir müssen Ihnen einige Fragen stellen, Maria.«

Sie nickte.

»Wie lange sind Sie schon bei Mads und Vibeke Winther?«

»Ein Jahr und zwei Monate«, sagte sie zögernd und mit starkem Akzent.

»Arbeiten Sie gern für die Winthers?«

»Ja, es ist gut. Ich mag die Jungen sehr, Anton und Viktor.« Ihr Gesicht hellte sich ein wenig auf, als sie ihre Namen nannte.

»Wie war die Stimmung in der Familie?«

Sie schüttelte den Kopf und kniff die Augen zusammen. »Ich verstehe nicht.«

»Waren sie glücklich, Mads und Vibeke? Waren sie glücklich miteinander?«

»Ja, ja, sehr glücklich.« Eifriges Nicken.

»Ist Ihnen in den letzten Wochen etwas Besonderes aufgefallen? Ist zu Hause irgendetwas passiert?«

»Nein, nichts. Sie arbeiten viel, aber das tun sie immer.«

»Können Sie uns etwas über den Abend sagen, an dem Mads ermordet wurde? Ist da etwas Ungewöhnliches geschehen?«

Sie schüttelte den Kopf. »Nein, nein, nichts.«

»Erzählen Sie von dem Abend.«

»Mads ist zur Arbeit. Ich habe die Kinder ins Bett gebracht und das Babyfon mitgenommen. Vibeke, sie musste früh aufstehen. Deshalb. Aber das tue ich oft. Das ist okay.«

»Sie sehen oft nachts nach den Kindern?«

»Ja. Vibeke und Mads arbeiten sehr viel. Ich kümmere mich um die Kinder, wenn sie nachts aufwachen.«

Klingt, als würde sie etwas mehr als dreißig Stunden die Woche arbeiten, dachte Jens. Kürzlich war ein Missbrauchsfall in den Medien gewesen, deshalb kannte er die tarifvertraglich festgelegte Arbeitszeit. Oft wurden Aupair-Mädchen als billiges Hauspersonal ausgenutzt.

»Haben Sie gehört, wann Mads nach Hause gekommen ist?«

»Ja, ich habe gehört, wie die Tür aufging, als er nach Hause kam. Und dann bin ich eingeschlafen. Danach habe ich nichts mehr gehört, ich war sehr müde«, sagte sie mit einem kleinen, ganz eigenen Zug um die Mundwinkel.

»Wissen Sie, wie spät es war, als er nach Hause gekommen ist?«, fragte er und schickte ein kurzes Stoßgebet gen Himmel, sie möge auf die Uhr gesehen haben.

»Ja. Es war elf Uhr.«

Yes!

»Sie haben nicht gehört, dass er noch mal nach draußen gegangen ist?«

»Nein.«

»Und Sie haben keine Stimmen oder Rufe aus dem Garten gehört?«

»Nein. Mein Zimmer liegt auf der anderen Seite vom Haus. Und ich schlafe sehr fest!«

»Aber die Kinder können Sie doch hören?«

»Ja, ja, die Kinder kann ich gut hören«, versicherte sie. »Das Babyfon liegt ja direkt neben meinem Kopf.«

Katrine sah die kleine Frau forschend an. »Wie haben Sie Mads und Vibeke erlebt? Waren sie glücklich?«, fragte sie freundlich.

»Ja! Sehr glücklich«, sagte sie und nickte heftig.

»Haben sie sich auch schon mal gestritten?«

»Nein, überhaupt nicht. *Sehr* glückliche Ehe«, sagte sie allzu feierlich.

»Gab es etwas bei Mads und Vibeke, worüber Sie sich gewundert haben?«

Sie schüttelte den Kopf. Sehr heftig. Viel zu heftig. Maria war keine begabte Lügnerin.

»Sind Sie sicher?«

»Ja!«

»Maria«, sagte Katrine plötzlich im scharfen Ton einer

altmodischen, übellaunigen Grundschullehrerin, die eine ungehorsame Schülerin zur Ordnung ruft. Maria zuckte zusammen. »Ich kann verstehen, dass Sie Mads und Vibeke gern schützen wollen, aber die Polizei darf man nicht belügen. Und ich glaube, dass Sie jetzt gerade lügen!« Das hier hat nicht besonders viel mit kognitiver Verhörtechnik zu tun, dachte Katrine ein wenig beklommen.

»Ich lüge nicht«, sagte Maria entschieden.

»Man kann Sie dafür ausweisen und nach Hause schicken.«

Maria sah Katrine an, Angst sprach aus ihren Augen.

»Haben Sie irgendetwas gesehen oder gehört, Maria?«, fragte Katrine.

Sie begann wieder zu weinen. »Ich habe versprochen ...«

»Das wissen wir, aber dieses Versprechen gilt hier nicht. Es macht Sie nicht zu einem schlechten Menschen, wenn Sie mit uns sprechen.« Katrine entschloss sich, den Druck zu erhöhen. »Es geht hier um Mord. Ein Mann ist tot! Mads ist tot!« Sie war das rosarote Stillleben leid, das jeder von diesem Mann zeichnete. »Hatte Mads manchmal Besuch von anderen Frauen?«

»Nein, nein.« Wieder schüttelte Maria eifrig den Kopf.

Katrine studierte sie eingehend.

Dann nahm die kleine Frau ihren Mut zusammen und sagte: »Als ich angefangen habe ... Vibeke ging es sehr schlecht. Konnte sich nicht um die Kinder kümmern. Ich habe alles gemacht.«

»Was meinen Sie mit ›schlecht‹?«

»Sie hat nicht gegessen, war sehr dünn, noch dünner als jetzt. Sie ist viel gelaufen.«

»Wie viel?«

»Jeden Tag. Viele Stunden. Das tut sie immer noch.«

»Aber warum dürfen Sie das nicht sagen? Es ist nicht verboten, viel zu laufen. Da ist doch noch was anderes. Jetzt kommen Sie schon!« Katrine ließ nicht locker.

Maria schluchzte so heftig, dass nur schwer zu verstehen war, was sie sagte. »Vibeke hate Angst. Sie hatte Angst vor Messern und allen anderen scharfen Sachen in der Küche. Ich musste alles in mein Zimmer bringen und die Tür abschließen«, brachte sie heraus. »Das ganze erste Jahr, das ich da bin, hole ich sie aus meinem Zimmer, wenn ich Essen mache und danach ... wieder zurück. Aber letzte Woche sie sagt zu mir, dass sie jetzt gesund ist und alles wieder an seinen Platz zurück soll.«

Untröstlich brach Maria in sich zusammen.

*

Jens und Katrine saßen an ihren Schreibtischen und sahen sich an.

»Eine Witwe mit Angst vor Messern und galoppierender Anorexie«, stellte Katrine fest. »Wir müssen wohl noch einmal rausfahren und mit Vibeke Winther sprechen.«

»Puh«, stöhnte Jens. »Sprich mit uns, Nukajev, sprich mit uns.«

Und als ob sein Gebet von höheren Mächten erhört worden wäre, öffnete sich im selben Moment die Tür, und Bistrup betrat ihr Büro.

»Nukajev wurde in Untersuchungshaft überstellt und in die Psychiatrie in Bispebjerg eingewiesen. Und er hat inzwischen angefangen zu reden. Angeblich hat er gesagt, Winther habe sein Schicksal verdient.«

»AHA!?«, machten Katrine und Jens im Chor.

Bistrup schaute skeptisch von einem zur anderen. »Und warum ist das für euch so überraschend?«

»Nun ja, wir haben gerade ein paar ganz interessante Dinge über die Witwe gehört«, antwortete Jens und berichtete, was Maria ihnen über Vibeke Winther erzählt hatte.

»Hm, ja. Aber jetzt haben wir so etwas wie ein Geständnis, und das von einem Mann, der Winther verfolgt hat und mit Blut an den Händen aufgefunden wurde. Er ist zu Bewusstsein gekommen und meint anscheinend, es gehöre auf die Titelseiten, dass Winther den Tod verdient hatte. Allerdings hat er selber fast sämtliche Überschriften in Beschlag genommen, es steht in allen Morgenzeitungen.«

»Für mich hört sich das so an, als sei er immer noch nicht wieder ganz beieinander«, sagte Jens. »Was ist mit dem Messer?«

»Daran kann er sich nicht erinnern. Übrigens ist herausgekommen, dass er einen Antrag gestellt hatte, seinen Sohn aus dem Säuglingsheim zu holen und mit nach Hause zu nehmen. Er ist letzte Woche abgelehnt worden. Man meinte, er sei nicht imstande, sich um den Jungen zu kümmern. Außerdem war die Rede davon, das Kind solle in eine Pflegefamilie gegeben werden. Das könnte ja gut das auslösende Moment für den Mord gewesen sein.«

»Ja, klingt jedenfalls plausibel«, stimmte Jens zu.

»Können wir ihn verhören?«, fragte Katrine.

»Stellen Sie sich vor, Frau Doktor, das ist doch tatsächlich der Grund, warum ich hier bin«, sagte Bistrup mürrisch.

*

Sie waren gerade in die Bernstorffsgade abgebogen, als Jens' Telefon klingelte. Er setzte das Headset auf.

»Jens Høgh.«

»Hej, Jens, hier ist Anja, Simones Klassenlehrerin.«

Mist! Sogleich stellte sich ein mulmiges Gefühl ein. Anja war eine jüngere und sehr engagierte Lehrerin, eine, der es wirklich wichtig war, Schülern mit Problemen zu helfen. Und Schülerinnen. Sie mache sich ernstlich Sorgen, weil Simone immer häufiger die Schule schwänze, hatte sie ihm gesagt.

»Tja, es tut mir leid, aber Simone und Fatima machen mal wieder die letzte Stunde blau.«

»Okay, danke, dass Sie angerufen haben. Ich werde mich der Sache annehmen.« Er sah Katrine entschuldigend an. »Ich muss jetzt erst mal sehen, dass ich meine widerspenstige Tochter zähme, die schon wieder die Schule schwänzt.« Er schaffte es gerade noch, nach links in die Tietgensgade abzubiegen. »Wir machen einen kurzen Abstecher nach Vesterbro. Hoffe, das ist in Ordnung.«

»Natürlich«, sagte Katrine. »Macht sie sonst noch was? Also Ärger?«

»Ich glaube nicht, aber die Götter wissen, dass ich sie am liebsten mit einer Überwachungskamera ausstatten und ihr ein GPS ans Bein binden würde.«

»Glaubst du wirklich, das würde etwas helfen?

»Nein«, seufzte er. »Das glaube ich natürlich nicht.«

Jens versuchte, Simone anzurufen, erreichte aber nur ihre Mobilbox. Danach rief er seine Eltern an, Ellen und Steen. Sie wohnten in Valby und hatten Simone von Anfang an mit offenen Armen aufgenommen. Schon des Öfteren hatte er Simone zu ihnen gebracht, wenn er Dienst zu »ungünstigen Zeiten« hatte, wie das in der Verwaltungssprache hieß. Beide waren schon pensioniert und hatten daher viel Zeit für ihre Enkelin.

»Könnt ihr heute Nachmittag Simone nehmen, und kann sie bis zum Abendessen bei euch bleiben?«, fragte er seinen Vater und berichtete kurz von dem Bravourstück, das seine Tochter einmal mehr abgeliefert hatte. »Gut, vielen Dank.«

Fluchend fuhr Jens die Ingerslevsgade hinunter.

»Hat sie das schon öfter gemacht?«

»Ja, das kann man wohl sagen«, seufzte er. »Das Schlimmste dabei ist, dass das für sie alles kein Problem ist.«

Jens kurvte in die Godsbanegade und gab Gas. Dann entdeckte er Simone, die ihnen zusammen mit ihrer Freundin ganz entspannt auf dem Bürgersteig entgegenkam.

Er bremste scharf, hielt am Straßenrand und sprang aus dem Wagen. Katrine konnte sehen, dass er fuchsteufelswild war.

»Ihr habt wohl den Stundenplan nicht richtig gelesen, was?«, rief er ihnen zu und sah Simone wütend an, die eine beleidigte Miene aufsetzte.

»Dänisch ist ausgefallen«, sagte sie trotzig.

»Netter Versuch, Frollein, aber Anja hat mich eben angerufen und gesagt, ihr seid vor der Dänischstunde plötzlich verschwunden. Und die findet jetzt gerade in diesem Moment statt, ganz nach Plan! Und zu der werde ich euch jetzt zurückfahren. Los, ins Auto. Auf der Stelle! Ich *habe* dir gesagt, dass du mich nicht anlügen sollst, Simone!«

Widerwillig und vor sich hin nörgelnd stiegen die Mädchen ein.

Das hübsche dunkelhaarige Mädchen mit dem deutlich französischen Einschlag, den großen mandelförmigen, dunklen Augen und einem aufgesetzten Schmollmund ließ sich sauertöpfisch auf den Rücksitz fallen. Von der anderen Seite stieg ihre Freundin Fatima ein.

»Wer issen die?«, erkundigte sich Simone in einem Slang, der, während Katrine im Ausland gelebt hatte, Perserdänisch getauft worden und unter Jugendlichen stark verbreitet war, und zeigte auf Katrine.

»Simone, sprich ordentlich!«, fuhr Jens sie wütend an. »Das ist Katrine Wraa, meine neue Kollegin.«

»Hej, Simone«, sagte Katrine und drehte sich zu dem Mädchen um, das nicht antwortete, sondern demonstrativ aus dem Fenster schaute. Ihre Kleidung ist ... ausdrucksstark, dachte Katrine. Hohe Doc-Martens-Schnürstiefel, Strumpfhose mit großen Löchern unter einem neongrünen Tüllrock und einer Secondhand-Karojacke.

»Und hej, Fatima.«

»Hej«, kam es leise von dem dunkelhäutigen Mädchen, dass etwas zurückhaltender gekleidet war und ihr Haar unter einem hübschen Tuch versteckt hielt.

Katrine dreht sich wieder um. Okay, dachte sie, nicht meine Baustelle.

Jens wendete den Wagen und fuhr Richtung Schule.

»Und wenn die Schule für heute zu Ende ist, bewegst du dich sofort rüber nach Valby zu Ellen und Steen«, sagte Jens und versuchte dabei, den Blick seiner Tochter im Rückspiegel zu fixieren.

»Aber Fatima und ich wollten noch shoppen gehen!«

»Du gehst zu Ellen und Steen, verstanden? Keine Diskussion!«

»Na schön, aber ich will da nicht übernachten!«

»Ich komme um sieben, dann essen wir alle zusammen, und danach fahren wir zwei nach Hause.«

»Okay«, sagte sie missmutig.

»Wenn du Hausaufgaben aufhast, dann frag Ellen, ob sie dir hilft.«

Die mandelförmigen Augen rollten.

Jens brachte den Wagen vor der Schule zum Stehen. Die Mädchen stiegen aus.

»Fette Haarfarbe«, sagte Simone in der Sekunde, bevor sie die Tür zuschlug, zu Katrine. Überraschende Entwicklung, dachte Katrine mit einem Lächeln.

Jens blickte ihnen nach, bis sie im Schulgebäude verschwunden waren.

»Ich übersetze mal kurz: ›fett‹ bedeutet so was Ähnliches wie ›krass‹ und ist heute so ungefähr das, was wir früher ›cool‹ und davor ›dufte‹ genannt haben, aber das wusstest du sicher schon, oder?«

»Ich hatte gehofft, dass es etwas in der Richtung ist.«

»Wollte nur sichergehen, dass du nicht denkst, meine charmante Tochter hätte dich mehr beleidigt als unbedingt notwendig.«

»Da kannst du ganz beruhigt sein. Hübsches Mädchen, muss ich schon sagen.«

»Ja, ein bisschen was hat man ja schließlich auch dazu beigetragen«, sagte Jens lächelnd, während er den Wagen wendete und Richtung Bispebjerg-Krankenhaus fuhr.

*

Sie ist froh darüber, dass sie umgezogen sind. Das ist jetzt schon ein paar Jahre her. Ihre frühere Nachbarin hat sie im-

mer mit so einem merkwürdigen, mitleidigen Blick angesehen, der ihr nicht behagte. Einmal hat sie sie sogar angesprochen. Mitten auf dem Bürgersteig kam sie auf sie zu und fragte mit bekümmerter Miene: »Ist alles in Ordnung bei dir zu Hause?« Das fand sie seltsam.

Und nach der Sache mit Malene wurde es verboten, an der Kiesgrube zu spielen. Das war schade.

Sie hat einen aufblasbaren Swimmingpool bekommen, weil sie so lange gequengelt hat, bis ihr Vater endlich nachgab. Es ist ein brütendheißer Sommer, alle stöhnen unter der Hitze.

Der Pool steht im Garten hinter dem Haus, und sie darf nur dann rein, wenn ein Erwachsener zu Hause ist. Sie sind so bescheuert – behandeln sie wie ein kleines Baby.

Aber man kann ja nicht sehen, ob sie im Wasser gewesen ist, oder? Wenn sie kein Handtuch benutzt und wenn sie ihre Badesachen versteckt oder – noch besser – wenn sie einfach gar nichts anzieht. Dem Wasser können sie es ja nicht ansehen, ob sie drin war. Sie findet es einfach nur peinlich, dass sie nicht allein ins Becken darf. Als ob sie nicht auf sich selbst aufpassen könnte. Es ist die Mutter. Sie ist völlig hysterisch, was Wasser angeht. Genauso wie sie bei allen möglichen anderen Sachen hysterisch ist. Sie hasst die Mutter!

Sie hat aber tatsächlich selbst ein merkwürdiges Verhältnis zum Wasser, das muss sie zugeben. Es zieht sie an, stößt sie aber gleichzeitig auch ab. Wenn sie im Becken sitzt, kommt es vor, dass sie Panik bekommt, von einem Augenblick auf den anderen, ein albdruckartiges Verlangen nach Luft. Als würde etwas sie verschlingen. Dann muss sie raus, schnell und sofort. Aber bei dieser Hitzewelle siegt der Drang nach Abkühlung.

Henrik, der älteste Sohn der Nachbarn, ist fast drei Jahre älter als sie und geht aufs Gymnasium. Die Jungen aus ihrer eigenen Klasse sind solche Mamasöhnchen. Aber Henrik ist genau richtig; nicht zu alt, aber auch kein Zahnspangenträger mehr. Es ist ja nicht so, dass sie auf diese alten Schweine stehen würde, die sich gern an jungen Mädchen vergreifen!

Und dass er eine Freundin hat ... was soll's? Seit ihre Brüste wachsen, glotzt er ihr gern und lange nach, wenn sie auf dem Bürgersteig vorbeigeht, Nachbars kleines Mädchen. Und sie sorgt dafür, dass er auch ordentlich was zu glotzen hat. Streckt sie richtig raus, geht eine Idee wippender als gewöhnlich. Einmal ist er ihr mit seiner Freundin zusammen entgegengekommen. Die ist fuchsteufelswild vor Eifersucht geworden und hat ihn angekeift. Sie freute sich.

Sie weiß, dass jetzt keine Erwachsenen zu Hause sind, weder bei ihr noch bei ihm. Und sie weiß, dass er im Garten liegt und sich sonnt. Das hat sie von ihrem Fenster im ersten Stock aus gesehen.

Noch im Haus legt sie alle Kleidung ab, wickelt sich ein Handtuch um den Körper und geht nach draußen. Das Handtuch lässt sie auf der Terrasse fallen, spaziert hinüber zum Becken und gleitet völlig nackt und mit einem langen und lauten »Aahhh« hinein. Im Wasser dreht sie sich auf den Rücken und räkelt sich mit den Armen über dem Kopf hin und her. Beim Gedanken daran, dass er jetzt da drüben stehen und sie sehen kann, spürt sie ein Prickeln am ganzen Körper. Sie legt sich so, dass sie durch die schmalen Schlitze ihrer fast geschlossenen Augen zum Garten der Nachbarn hinübersehen kann.

Kurz darauf läuft alles wie erwartet. Sie kann ihn erkennen, wie er hinter der Hecke steht, und beginnt ihr kleines Spiel. Beginnt, sich selbst zu streicheln. Lässt die Hände langsam über ihre kleinen, festen Brüste gleiten. Sie kann förmlich spüren, wie er ganz nah an die Hecke herantritt, um sie besser sehen *zu können. Sie schiebt ihre Hände weiter nach unten, bis in den Schoß, streichelt sich dort weiter.*

Dann richtet sie sich auf und sieht, wie er von der Hecke zurückweicht. Aber er geht nicht weg. Sie wendet und dreht sich, so dass er sie von allen Seiten ausgiebig betrachten kann.

»Henrik?«

Die Vorstellung ist vorbei. Seine Freundin ist gekommen. Aber sie hat gewonnen. Er bleibt stehen, verschlingt sie mit gierigen Blicken. Sie geht jede Wette ein, dass er sie für ›ne scharfe Braut‹ hält, viel schärfer als seine Freundin, diese linkische Tussi mit Zahnspange.

*

»Normalerweise würden wir ihn zum Verhör aufs Präsidium bringen, aber dazu ist er noch nicht in der Verfassung«, sagte Jens auf dem Weg zum Bispebjerg-Krankenhaus.

»Nein, das ist er sicher nicht.«

»Waren Sie schon mal in einer Krankenhauspsychiatrie?«

Sie nickte.

»Das ist kein Kindergeburtstag.«

»Nein.«

Sie bogen auf den Parkplatz des Krankenhauses ein. Hinter den Mauern klangen die Geräusche der Stadt nur gedämpft zu ihnen, so als kämen sie von weit weg. Es war, als betrete man eine andere Welt. Jens mochte Krankenhäuser nicht. Sie riefen bei ihm immer ein Gefühl der Machtlosigkeit und Enge hervor.

Sie wandten sich an die Sekretärin der Station, auf der Nukajev lag, und wurden gebeten, im Besprechungsraum

Platz zu nehmen, wo sie ihn verhören könnten. Sie setzten sich beide auf eine Seite des Tisches und warteten eine Zeitlang. Dann kam ein jüngerer Arzt herein.

»Tja, also, wir waren kurzfristig gezwungen, noch einmal zu überdenken, ob es ratsam ist, dass Sie unseren Patienten verhören. Zwischenzeitlich hat sich sein Zustand erheblich verschlechtert, und daher wird es heute leider nichts mit einem Verhör. Das ist aus ärztlicher Sicht nicht zu verantworten.«

»Ist er wieder ohnmächtig geworden?«, fragte Jens verärgert. Das hier brachte ihn allmählich auf die Palme.

»Ja, es ist völlig unmöglich, Kontakt mit ihm aufzunehmen.«

»Aber er hat doch heute schon etwas gesagt, oder?«, setzte Jens nach.

»Ja, er hatte Wahnvorstellungen. Er habe zum Arzt gehen wollen, und da habe schon alles auf den Titelseiten der Zeitungen gestanden.« Der Arzt breitete bedauernd die Arme aus. »Solche Sachen eben.«

»Aha, solche Sachen eben!« Jens zog die Mundwinkel bedauernd nach unten und sah Katrine an. »Dann müssen wir wohl artig sein und wieder nach Hause fahren.«

»Können wir ihn denn vielleicht wenigstens sehen? Es ist so, dass ich noch nicht allzu lange in Dänemark tätig bin. Deshalb würde ich mir gern einen Eindruck verschaffen, wie Sie auf diesem Gebiet in der Praxis arbeiten«, sagte sie entschuldigend.

»Ach so, schon in Ordnung. Wo haben Sie denn gearbeitet?«

»In England.

»Das klingt interessant. In der Psychiatrie?«

Katrine spürte, wie Jens unruhig von einem Fuß auf den anderen trat, in der Absicht, das Gebäude direkt wieder zu verlassen. Sie erklärte so kurz wie möglich, in welchen Bereichen sie bislang gearbeitet hatte. »Daher wäre es sehr interessant für mich, in so viele Ecken und Winkel des Systems hier in Dänemark wie möglich hineinzuschnuppern.«

»Ja, schon klar. Tja, also, ich wüsste nicht, was es schaden könnte, wenn wir ihn uns mal anschauen, auch wenn es am Rande des Zulässigen ist. Aber Sie sind ja schließlich Psychologin«, sagte er.

»Schön zu hören, dass man das auch mal zu schätzen weiß«, sagte sie.

Der Arzt warf einen abschätzigen Blick auf Jens. Offenbar nahm er an, Jens gehöre zu den Vertretern der Ordnungsmacht, die Psychologen dahin wünschten, wo der Pfeffer wächst.

Jens beeilte sich, diesen Eindruck zu korrigieren. »Auch ich weiß die Arbeit von Frau Doktor Wraa zu schätzen – und die ihrer Kollegen natürlich ebenso.« Er lächelte von einem Ohr bis zum anderen und sah dabei zunächst sie und dann den Arzt an. »Ein ungeheuer wertvoller Beitrag zu unseren Ermittlungen, ja, zur Arbeit des gesamten Polizeiapparates.«

Die Psychologin und der Psychiater ignorierten seine Bemühungen und schritten in raschem Tempo einen langen Flur hinunter, bevor sie vor einer Tür haltmachten. Im oberen Teil der Tür war eine Glasscheibe angebracht. Katrine sah hindurch, nachdem zunächst der Psychiater einen Blick in das Zimmer geworfen hatte und dann zurückgetreten war.

Jens stellte sich hinter Katrine. Sie richtete ihre ganze Aufmerksamkeit auf Nukajev und betrachtete ihn intensiv. Jens gab sich die größte Mühe, nicht an die Erscheinung zu denken, die sich gestern Abend zu ihm unter die Dusche geschoben hatte, konnte sich aber kaum auf etwas anderes konzentrieren. Da hatte sie auch mit dem Rücken zu ihm gestanden, und …

Katrine erkannte Nukajevs leeren, stieren Blick wieder, den sie schon bei vielen Insassen der Gefängnispsychiatrie gesehen hatte; Spiegelbild eines Verstandes, der auf eine unbekannte Frequenz umgeschaltet hatte. Augen, die bei anderen instinktiv Unsicherheit auslösten, weil man sofort sah, dass hier die gängigen Regeln menschlichen Verhaltens außer Kraft gesetzt waren. Man wusste nicht, was einen erwartete. Eigentlich sind Geisteskranke rasend interessant, dachte sie. Eine Zeitlang hatte sie mit dem Gedanken gespielt, in die Psychiatrie zu gehen. Es gab ja in vielen Punkten Überschneidungen, und gerade bei Haftinsassen, also der Zielgruppe, mit der sie arbeitete, einen überproportional hohen Bedarf an psychiatrischen Gutachten.

»Hat er die Hebamme erwähnt?«, fragte Jens.

»Die Hebamme? Nein, nicht dass ich wüsste. Aber er ist sehr fixiert auf den Arzt. Um ihn kreisen alle seine Gedanken.«

»So? Ich hätte doch gedacht, dass er auch von ihr sprechen würde. Er hat sie nämlich auch aufgesucht, zu Hause, also die Hebamme, die bei der Geburt seines Sohnes dabei war.«

»Nein, davon habe ich nichts gehört, und ich bin derjenige, der die meiste Zeit bei ihm drinnen war.«

»Hm. Bitte geben Sie uns unbedingt Bescheid, falls er etwas über sie sagt«, bat Katrine.

Der Arzt nickte.

»Gut. Können Sie uns sonst noch etwas über ihn erzählen? Hat er noch irgendetwas gesagt oder getan?«, fragte Jens und richtete den Blick wieder auf Nukajev.

Der Arzt schüttelte den Kopf. »Wir brauchen mehr Zeit, um ihn zu untersuchen und eine Diagnose zu stellen«, erklärte er.

*

Sie hat eine Verabredung mit Henrik.

Er kommt heute Nachmittag herüber, um »den Pool zu testen«. Sie wissen beide, was »den Pool testen« bedeutet. Es gab keinen Zweifel, wie es zu verstehen war, als sie gestern Abend an der Hecke darüber gesprochen haben. Ein lauer Sommerabend, an dem sie ein winziges Top mit Spaghettiträgern trug. Der eine war heruntergerutscht, und sie ließ ihn da, wo er war.

Also beginnen sie damit, den Pool zu testen.

Heute hat sie einen Bikini an. Der kann vermutlich trocknen, bevor die Eltern nach Hause kommen. Es ist drückend heiß. Henrik ist ja eigentlich schon erwachsen, und da ist es doch wohl in Ordnung, wenn sie ins Wasser geht, mit ihm. Aber eigentlich sollen sie nicht wissen, dass er hier ist. Etwas in ihr sträubt sich heftig dagegen, dass ihre Eltern erfahren, was sie mit Jungs so alles anstellen kann, wenn sie will. Es sind zwei Welten, die nicht aufeinandertreffen dürfen. Sonst fühlt sich alles schmutzig und ekelhaft und nicht mehr schön und prickelnd an.

Es fällt ihr schwer, sich vorzustellen, dass ihre Eltern überhaupt noch ein Sexualleben haben, nachdem sie sie bekom-

men haben – wenn sie also wirklich sie und nicht irgendein anderes »Miststück« bekommen haben, das jetzt irgendwo bei Eltern wohnt, die eigentlich ihre Eltern sind. Ihre richtigen Eltern. Diese Vorstellung hatte sie schon, als sie noch ganz klein war.

»Gehen wir rein und trinken eine Tasse Tee?«, fragt er.

Eine Tasse Tee, du lieber Gott!

»Meinst du nicht, es ist zu heiß für Tee?«, erwidert sie und legt dabei neckisch den Kopf schief.

»Ja, jetzt, wo du es sagst. Wie wär's dann mit was Kaltem?«

»Mm«, macht sie, steht auf und sorgt dafür, dass ihre Brüste bei dieser Bewegung einen Moment direkt vor seinem Gesicht baumeln.

Er folgt ihr auf dem Fuß. Auf der Terrasse trocknen sie sich hastig ab und gehen hinein.

»Bluna?«, fragt sie

»Ja, danke.«

Sie nimmt die Flasche aus dem Kühlschrank, holt zwei Gläser aus dem Hängeschrank und will gerade eingießen, als er plötzlich direkt hinter ihr steht und seine Hände über ihren Busen gleiten lässt.

»Du willst wohl doch nichts zu trinken?«, lacht sie.

»Doch, doch«, sagt er und dreht sie mit einer schnellen Bewegung herum. Jetzt stehen sie sich ganz dicht gegenüber und können den Atem des anderen spüren. »Aber erst will ich ein bisschen von dir vernaschen.«

Sie lächelt. Er redet wie in einem Film, aber das ist egal. Sie legt den Kopf etwas zurück, öffnet die Lippen ein klein wenig und sieht ihm direkt in die Augen. Sie küssen sich. Er küsst gut. Steckt ihr nicht einfach seine harte Zunge in den Mund. Seine Zunge ist sanft und verspielt. Er schmeckt sehr gut.

»Komm«, sagt sie, nimmt seine Hand und führt ihn die Treppe hinauf in ihr Zimmer.

Sie stehen im Zimmer und berühren sich. Er zieht ihr den nassen Bikini aus und streift seine Badehose ab. Sie sieht ihn neugierig an und legt ihre Arme um ihn.

Er hebt sie hoch und legt sie aufs Bett, streichelt sie überall. Das hier hat er ganz sicher schon öfter getan. Sie stöhnt. Es ist genau so, wie sie es sich mindestens tausend Mal vorgestellt hat. Dann legt er sich auf sie. Sie kann ihn zwischen den Beinen spüren.

»Dein erstes Mal?«

»Mm«, sie nickt zustimmend.

»Ich werde vorsichtig sein.«

Und dann geschieht es.

Fasziniert fühlt sie, wie er in sie eindringt und in ihr ist. Es ist weder besonders schön noch besonders unangenehm. Es ist einfach … so, wie es wohl sein soll.

Bis die Tür zu ihrem Zimmer auffliegt. Und ihre Mutter auf der Schwelle zum Vorschein kommt.

»Was in aller Welt … Was macht ihr da?!«

Mist! Sie hat nicht daran gedacht, die Tür abzuschließen. Hat angenommen, die Mutter würde erst viel später kommen. Sie fahren vom Bett hoch und bedecken sich mit allem, was in Reichweite ist.

»Was in aller Welt ist das für eine … Sauerei? Was, du bist das? Du bist doch der Junge von nebenan! Sie ist minderjährig. Ein Kind!« Rasend vor Wut packt sie seinen Arm. Er steht da und versucht, in die nasse Badehose zu kommen. Wenn nicht gerade die Hölle los wäre, sähe es richtig komisch aus.

Die Scham brennt auf ihren Wangen. Auf dem Weg aus dem Zimmer begegnet sie dem Blick der Mutter. Rennt einfach ins

Badezimmer und schließt sich ein. Sie will schreien, schreien bis ihr die Stimme versagt. Ich hasse euch! Ich hasse euch! Ich hasse euch! Aber sie kann nicht. Die Laute wollen nicht heraus.

Sie weigert sich, zum Abendessen nach unten zu kommen, schleicht sich hastig auf ihr Zimmer, als sie die Gelegenheit bekommt. Schließt sich ein und macht nicht auf, ganz egal, womit sie drohen. Sie würden Henrik bei der Polizei anzeigen. Sie sei minderjährig, und das, was sie getan haben, sei verboten. »Solche Sauereien« mache man in ihrem Alter nicht, wie die Mutter sagt.

Wenn sie doch nur verschwinden würde. Für immer.

*

»Sollten wir nicht noch mal zu Vibeke Winther fahren und mit ihr über ihr angespanntes Verhältnis zu Messern sprechen?«, sagte Katrine zu Jens, als sie wieder im Auto auf dem Parkplatz vorm Bispebjerg-Krankenhaus saßen. »Es ist ja schon ziemlich auffällig, dass sie in Verbindung mit ihrer postnatalen Depression ausgerechnet diese Form von Phobie entwickelt hat und dann ihr Mann mit einem Messer umgebracht wird. Kurz nachdem alle Messer wieder zurück in ihre Küchenschubladen gewandert sind. Das ist doch ein sonderbarer Zufall, oder nicht?«

»Ja, da hast du recht. Aber ist es nicht ganz normal, dass man solche Phobien ... also dass man vor ganz bestimmten Dingen Angst hat, wenn man sich mit so einer Geburtsdepression herumschlägt?«

»Ganz normal‹ ist wohl übertrieben. Aber Zwangsvorstellungen können sich als Teil einer depressiven Reaktion auf eine Geburt durchaus einstellen. Das kann manchmal sogar ziemlich heftig werden, zum Beispiel Zwangsvorstellungen darüber, dass man seinem Kind oder sich selbst etwas antun könnte. Sie können so dominant werden, dass sie das Verhalten der betroffenen Person völlig beherrschen. Dann werden die Orte vermieden, die die Zwangsvorstellungen heraufbeschwören. Manche erstellen sich ein kompliziertes Regelsystem, um ihre Ängste zu kontrollieren. Ich tippe mal, dass es bei Vibeke sehr ernst gewesen sein muss, wenn sie schon alle Messer aus der Küche hat entfernen lassen.«

»In Ordnung«, sagte Jens, »wir sollten uns natürlich nicht zu sehr auf eine Richtung festlegen, das ist schon klar, aber wir dürfen andererseits auch die ziemlich schwerwiegenden Indizien gegen Nukajev nicht vergessen.«

»Was, wenn er es nicht war?«

»Ja, natürlich, aber trotzdem: Er war überall voller Blut, als wir ihn gefunden haben, höchstwahrscheinlich Winthers Blut. Er hat ein Motiv, und er hat Winther seit Monaten verfolgt.«

»Die Tatwaffe ist noch nicht gefunden worden.«

»Das ist wahr.«

»Theoretisch kann er ja, so wie Kragh gesagt hat, erst in Frederiksberg aufgetaucht sein, nachdem Winther schon tot war.«

»Und was soll er dann da gemacht haben? Sich über einen toten Mann geworfen und sich mit seinem Blut eingeschmiert haben?«

»Warum nicht? Er stand unter Alkoholeinfluss und war in einem Zustand, der sich möglicherweise als eine Art Psychose oder pathologischer Rausch herausstellt – also ist es nicht undenkbar.«

Jens schwieg. »Das ist alles ganz schön weit herge-holt ...«

»Schon möglich. Ich habe nur so ein deutliches Gefühl, dass ...«

»Aha«, sagte Jens und lächelte. »Ich dachte, Gefühle spielen bei deiner Arbeit keine Rolle?«

»Okay, touché«, sagte sie und setzte ein schiefes Grin-sen auf. »Aber du musst doch zugeben, dass Vibeke den Eindruck macht, als würde sie uns etwas verschweigen? Hör zu«, sagte sie eindringlich, »was, wenn sie gerade ent-deckt hatte, dass er sie betrogen hat? Sie streiten, und aus irgendeinem Grund landen sie im Garten. Sie sticht ihn nieder, lässt das Messer verschwinden, nimmt ihre Schlaf-tablette ... den Rest kennen wir.«

»Verdammt gute Schauspielerin!«, sagte Jens.

»Soll es ja geben, wäre nicht das erste Mal.«

»Und die Kinder ...? Der kranke Junge?«

»Dieser Mord ist im Affekt geschehen. Ganz egal, wen wir verdächtigen, es geht eindeutig um Mord im Affekt.«

»Ja, aber das passt einfach nicht dazu, dass sie ansons-ten so extrem beherrscht ist.«

»Gerade das passt sehr gut zusammen«, protestierte Katrine. »Sie ist der Typ, der jähzornig werden und von einem Moment auf den anderen explodieren kann. Alles ist entweder oder. Schwarz oder weiß. Alles oder nichts. Deshalb hat sie Angst vor sich selbst. Sie hat Angst da-vor, was sie in ihrem Jähzorn anrichten könnte. Und das ist nichts, was wir uns zusammenreimen, das ist etwas, das wir tatsächlich *wissen*. Vielleicht versucht sie, es mit Selbstmedikamentierung in den Griff zu kriegen, Zugang zu Psychopharmaka hat sie ja durch ihre Arbeit.«

Stille. Beide starrten sie schweigend durch die Frontscheibe.

»Also gut«, sagte Jens schließlich und sah Katrine an, die ihm daraufhin ebenfalls das Gesicht zuwandte. Eine kurze Weile blickten sie sich an. »Dann müssen wir wohl doch schon wieder nach Frederiksberg«, fuhr er fort. Katrine nickte. Jens startete den Wagen und reihte sich in den Verkehr am Tuborgvej ein.

Sie hatten gerade die Borupsallee überquert, als Katrines Telefon klingelte. Die Nummer, die auf dem Display angezeigt wurde, kannte sie nicht.

»Katrine Wraa.«

»Hej, Katrine, hier ist Lise.«

Verdammt!

»Hej, Lise«, sagte sie und schaute zu Jens, der ihren Blick mit interessierter Miene erwiderte, als er hörte, mit wem sie sprach. »Wie geht's dir?«

»Nicht so gut, glaube ich.« Die Stimme war brüchig. »Es ist einfach so unfassbar. Manchmal weiß ich gar nicht mehr, was ich tun und lassen soll.«

»Wo bist du?«

»Auf der Arbeit.«

»Dort haben Sie doch sicher Verständnis, wenn du dich krankmeldest und nach Hause gehst?«

»Wir sitzen hier ja alle im selben Boot«, antwortete Lise. »Alle hier auf Station stehen immer noch unter Schock. Wir können es einfach nicht begreifen. Und eigentlich ist es sogar besser, hier zu sein, wo alle wissen, wie es einem geht, als zu Hause zu sitzen und die eigenen vier Wände anzustarren. Gestern Abend zu Hause ... ich hab mich einfach nur schrecklich gefühlt.«

»Ja, das kann ich gut verstehen. Ich meine nur ... du bist ja nun doch in einer etwas anderen Situation als die anderen auf eurer Station; Nukajev hat dich ja auch verfolgt.«

»Ja, Gott sei Dank sitzt er hinter Schloss und Riegel. Sonst würde ich mich überhaupt nicht mehr auf die Straße trauen.«

»Nein, das ist doch klar.«

»Stell dir mal vor, ich wehrlos auf dem Bürgersteig, meine beiden Mädchen nur ein paar Schritte weg im Haus ... einfach entsetzlich.«

»Haben sie etwas gehört? Oder ihn gesehen?«

»Nein, zum Glück nicht. Nicht auszudenken, wie traumatisch das für sie gewesen wäre. Furchtbar. Besonders für Tilde, meine Große. Sie hat wirklich eine lebhafte Phantasie, und ich wage gar nicht dran zu denken, was sie sich wegen der ganzen Geschichte ausmalt.«

»Tatsächlich wäre es gut, wenn sie die Möglichkeit hätte, über das zu reden, was sie sich ausmalt – oder es zu zeichnen. Damit sie nicht wer weiß wie viele Bilder im Kopf mit sich herumschleppen muss.«

»Ja, sicher, das machen wir natürlich auch. Aber vielleicht sollte ich lieber mal mit ihr zum Psychologen gehen.«

»Na ja, du kannst ja auch erst mal noch etwas abwarten, sehen, wie sie die nächsten Tage reagiert.«

»Ja, du hast recht. Tut wirklich gut, mit dir zu sprechen«, seufzte Lise erleichtert. »Es ist so seltsam – es kommt mir vor, als wäre es erst letzte Woche gewesen, dass wir uns gesehen und gequatscht haben.«

»Ja.« Katrine wusste nicht, was sie sagen sollte. Wenn ihr doch nur etwas einfiele, das Gespräch zu beenden, irgendein guter Grund. Aber ihr Gehirn war beunruhigend frei von Gedanken.

Ein unangenehmes Schweigen stellte sich ein.

»Dann bist du also Psychologin geworden, so, wie du es dir immer gewünscht hast.«

»Ja, so ist es.«

»Und hast bist jetzt in England gewohnt?«

»Ja.«

»Aber warum bist du nach Dänemark zurückgekommen? Ich meine, wenn man im Bereich Kriminalität arbeitet, muss es doch in England viel spannender sein. Da drüben passiert doch viel mehr, oder?«

»Ja, schon, aber ich wollte gerne zurück und versuchen, wieder in Dänemark zu leben. Und als sich plötzlich die Chance ergab ...«

»Ah! Headhunter und dieses ganze Zeugs, cool. Wo wohnst du denn jetzt eigentlich?«

»Oben im Ferienhaus.«

»Ach?«, sagte Lise schnell.

»Ja, ich muss mir ja überlegen, was ich mit dem Haus anfangen soll.«

»Ja.«

Wieder peinliche Stille.

»Ich, ähm«, Lise zögerte ein wenig. »Ich würde mich wirklich freuen, wenn wir uns mal treffen könnten. Also natürlich nur, wenn du Lust hast«, fügte sie hastig hinzu.

»Ja«, sagte Katrine unsicher. Ihr Herz hämmerte. Dazu hatte sie nun gar keine Lust. Es kam alles viel zu nah an sie heran. Ging viel zu schnell.

»Es hat mir immer leidgetan, dass ... dass wir den Kontakt verloren haben«, fuhr Lise fort.

Das war sehr diplomatisch formuliert, nachdem Katrine die Verbindung zwischen ihnen von einem Tag auf den anderen abgeschaltet hatte. Sie hatte nie zurückgerufen, hatte nie die Briefe beantwortet, die Lise nach England geschickt hatte.

»Ich muss jetzt erst mal mit diesem Fall zu Ende kommen. Das ist für mich im Augenblick das Wichtigste.«

»Ach so, ich dachte, es sei alles aufgeklärt?«

»Tja, da ist noch jede Menge Papierkram zu erledigen und so weiter. Außerdem wird es noch eine Gerichtsverhandlung geben, in der du vielleicht auch als Zeugin aussagen musst.«

»Ja, sicher, das mache ich natürlich, kein Problem, nur verstehe ich nicht, was das mit … Na ja, das kannst du besser beurteilen.« Sie klang enttäuscht.

Katrines Gewissen färbte sich schwarz. Sie tat es wieder. Wies sie zurück. Aber sie *konnte* nicht! Noch nicht.

»Und ich habe zurzeit mit der neuen Arbeit sowieso alles Mögliche um die Ohren.«

»Ja, klar, sicher. Meld dich einfach. Soll ich dir meine Nummer geben?

»Ich speichere sie gleich, sie wird ja angezeigt.«

»Ausgezeichnet, prima. Na dann … ich hoffe, wir reden bald mal wieder.«

»Ja.«

Sie verabschiedeten sich.

In der Zwischenzeit hatten sie Frederiksberg erreicht. Katrine blickte zum Seitenfenster hinaus, nahm aber kaum wahr, was sie sah.

»Sie hat mir von deinem Jugendfreund erzählt«, sagte Jens leise.

»Aha?«, sagte sie überrascht. »Hat sie das?«

»Es muss ziemlich schlimm für dich gewesen sein?«

»Ja.« Sie sah ihn kurz an. »Ja, das war's tatsächlich.« Schaute schnell wieder weg. »Das ist etwas, das einen verfolgt.«

»Ja, das glaube ich.«

»Na denn«, sagte sie resolut und machte deutlich, dass das Thema damit bis auf weiteres abgeschlossen war. »Wollen wir?«

Er nickte. Hätte gern noch etwas gesagt. Etwas Kluges und richtig Verständnisvolles. Doch er suchte vergeblich nach den passenden Worten.

*

Unruhiges Herz.

Sonntagnachmittag.

Sie war bei der Konfirmationsvorbereitung. Heute mussten sie in die Kirche, zusammen, die ganze Klasse. Es wurden Kreuzchen in einer Liste gemacht und der ganze Zinnober, schwänzen war nicht drin. Sie haben Psalmen gesungen. Gääähn – was für absurd langweilige Musik. Ihre Pfarrerin ist eine wirklich peinliche alte Frau mit Lippenstift an den Zähnen, die glaubt, sie hätte das Vertrauen der Jugendlichen gewonnen. Hinter ihrem Rücken lachen sie über sie.

Unruhiges Herz.

Zwei Wörter aus einem der Psalmen haben sich festgebissen. Irritieren sie. Und jetzt gehen sie ihr im Kopf herum, wieder und immer wieder, wie bei einer LP, wenn die Nadel an einem Kratzer hängen bleibt.

Unruhiges Herz.

Sie glaubt nicht an das, was die Pfarrerin erzählt. Nichts von alldem. Es sagt ihr nichts. Sie glaubt wirklich nicht, dass es einen Gott geben kann, der eine so durchgeknallte Welt geschaffen hat. Mal ehrlich – seht sie euch doch an! Das spricht ja wohl für sich. Wenn es einen Gott gibt, dann muss er Sadist sein und die Erde ein Experiment, in dem die Menschen dazu ausersehen sind, sich selbst zu zerstören, denkt sie. Und Gott will einfach nur zusehen, wie lange sie dazu brauchen.

Nein, Gott ist eine Idee, etwas, das man erfunden hat, um sich Hoffnung einreden zu können, das Ganze ergäbe trotz allem irgendeinen Sinn.

Unruhiges Herz.

Jetzt geht sie in dem stillen Haus herum. Sie könnte genauso gut durchsichtig sein. Oder ein Gespenst. Das würde nicht den geringsten Unterschied machen. Es merkt sowieso niemand, ob sie da ist oder nicht. Niemand sieht sie. Sie ist wie immer nicht im Blickfeld des Augenarztes. Und die Neurologin hat zum Glück immer viel damit zu tun, ihre Bücher und Artikel zu schreiben, über Menschen, die einen Riss in der Schüssel haben. Da könnte sie auch gleich über sich selbst schreiben. Das einzige Gute, was über ihre Mutter gesagt werden kann, ist, dass sie aufgehört hat, sie zu schlagen, seit sie gleich groß sind. Das letzte Mal, als es passiert ist, hat sie zurückgeschlagen. Die Mutter machte auf dem Absatz kehrt und verschwand ohne ein Wort. Danach war Schluss.

Der Schrei in ihr rast wie nie zuvor.

Durch einen Zufall hat sie herausgefunden, wie sie ihn zum Schweigen bringen kann. Für eine Weile. Aber sie ist auf unsicherem Terrain unterwegs, kann dieselbe Methode nie ein zweites Mal anwenden: Hand auf die heiße Herdplatte, mit dem Fahrrad stürzen, sich mit dem Brotmesser schneiden. Den Schmerz hat sie sich verbissen.

So was hat sie nicht mehr getan, seit sie ein kleines Mädchen war, das von den Erwachsenen getröstet werden wollte. Jetzt kann sie sich ihre Eltern nicht weit genug vom Leib halten. Bekommt Brechreiz nur bei ihrem Anblick. Verspürt einen fast unbändigen Drang zu schreien, in die Welt zu schreien; ihr seid nicht meine Eltern. Ich hasse euch!

Unruhiges Herz. Können diese zwei verfluchten Wörter sie denn zur Hölle nochmal nicht endlich in Ruhe lassen?

Unruhiges Herz, was fehlt dir nur?

Ihr wird traurig zumute. Sie machen etwas mit ihr. Die zwei kleinen Wörter. Und sie weiß nicht, was sie anfangen soll mit dem, was sie mit ihr machen.

Sie wird wütend. Ist aufgebracht über ihre Ohnmacht. Lasst mich endlich zufrieden.

Sie schließt sich im Badezimmer ein. Weiß nicht, was sie da draußen soll. Setzt sich auf die Toilette. Sie fühlt sich einsam. Immer. Allein. Innen drin.

Obwohl sie oft mit ein paar von den Älteren aus der Schule zusammen ist. Trinken, feiern, rauchen – und sie ist immer dabei, wenn es etwas Neues auszuprobieren gilt. Hat Hasch geraucht, hat's mit Henrik getan. Das volle Programm. Die anderen finden sie »ganz schön cool« und »echt hart drauf«. Gut, sie dabeizuhaben, wenn die Party so richtig abgehen soll. Jeder kennt sie. Eine Wildkatze. Rrrr.

Aber wenn die anderen sie doch anscheinend gut leiden können, warum hat sie dann diesen maßlosen Hass auf sich selbst?

Ihr Blick fällt auf die Rasierklinge ihres Vaters. Sie weiß, dass es Frauen gibt, erwachsene Frauen, die sich alle Haare vom Körper rasieren. Sie bekommt Lust, es auszuprobieren. Dann hätten die anderen wieder was über sie zu reden, wenn sie beim nächsten Mal alles abrasiert hätte. Das hat von den anderen noch keine ausprobiert.

Aber nicht mit dem ekelhaften Rasierzeug ihres Vaters. Wenn sie es nur ansieht, ist sie kurz davor, sich zu übergeben. Vielleicht hat er irgendwo noch eine unbenutzte Klinge liegen. Ob man es damit nicht mal versuchen könnte, vorsichtig natürlich?

Im Schränkchen unter dem Spiegel findet sie ein paar noch verpackte Klingen. Sie spürt eine unbekannte Spannung. Lässt den Finger über das papierdünne Blatt gleiten. Betrachtet fasziniert, wie es ganz leicht in ihr Fleisch schneiden könnte, als wäre es nichts.

Sie sieht sich im Spiegel an. Und erschrickt über das, was sie erblickt. Es ist, als wäre es jemand anderer, den sie darin sieht. Ein fremdes Gesicht. Nicht nur, weil sie so dünn geworden ist, weil sie den Drang zu essen überwunden hat und zufrieden spürt, wie sie Woche für Woche abnimmt. Verschwindet. Da ist etwas in ihren Augen, das sie noch nie gesehen hat. Ein Glimmen.

Sie bekommt Angst, aber sie verdrängt sie. Starrt zurück. Schneidet ein paar hässliche Grimassen. Die Augen sind so anders. Die Haut ist grau. Der Mund ist verzerrt.

Innen drin zerreißt es sie in tausend Stücke. Der Schrei rast wie noch nie in ihrem Leben, aber kein Laut verlässt ihren Mund.

Sie weint, aber keine Träne steigt ihr in die Augen. Seht mich doch, will sie schreien, sprecht doch mit mir! Aber sie weiß genau, dass es zu spät ist.

Viel zu spät.

Sie sieht auf ihre Handgelenke. Die blauen Adern liegen deutlich sichtbar unter der Haut. Sie könnte sie mit einem ein-

zigen schnellen Schnitt durchtrennen. Hier drinnen liegen bleiben. Sie würden nichts bemerken. Man soll Pulsadern der Länge nach aufschneiden. Sie hat die Mutter sagen hören, dass es denen nicht gelingt, die quer schneiden. Dann geht es zu langsam.

Was für eine Befriedigung wäre das.

Da ist nur ein Problem. Sie wäre nicht dabei, wenn sie es erklären mussten. Warum ihre Tochter sich entschlossen hat, Selbstmord zu begehen. Dass sie so fürchterliche Eltern sind, dass ihre eigene Tochter ihnen das Schlimmste angetan hat.

Wenn sie diesen Triumph nicht erleben kann, dann ergibt alles keinen Sinn.

Unruhiges Herz, was fehlt dir nur?

Sie lässt die eine Hand über ihren Bauch gleiten. Spürt, wie die Haut auf die Berührung reagiert. Sie schaut zu, wie die Rasierklinge in der anderen Hand wie von selbst einige Millimeter tief in die Haut über ihrem Bauch eindringt. Aber das ist genug. Der Schmerz ist brennend heiß und scharf. So, wie es zu erwarten war. Er füllt das Loch aus.

Schmerz übertönt den Schmerz. Der Schrei verstummt.

Sie sieht die Fremde im Spiegel an, die ihr geholfen hat, und sagt danke.

*

Katrine und Jens gingen zum Gartentor und schauten in den Garten, der zu der großen grauen Villa gehörte. Er unterschied sich von den anderen Gärten in der Straße, wo immer noch unberührte weiße Flecken aus Schnee und Eis zu sehen waren. Der Garten der Winthers dagegen wirkte wie zerstört, die Schneereste zertrampelt und die Stellen, wo die Leiche gefunden worden war und die Ermittler und Gerichtsmediziner gearbeitet hatten, brutal vom Schnee befreit. Wo Mads Winthers toter Körper gelegen hatte, flatterte noch immer rotweißes Absperrband in einem Viereck, und auch das Zelt stand noch dort.

Sie gingen zur Haustür und klingelten.

Es war deutlich sichtbar, dass Maria nicht gerade glücklich über das Wiedersehen war.

»Hej, Maria«, sagte Jens und lächelte der nervösen jungen Frau beruhigend zu. »Wir möchten gerne mit Vibeke sprechen.«

»Sie ist nicht zu Hause. Sie läuft«, antwortete Maria. »Eine große Runde«, fügte sie hinzu.

Sie läuft, dachte Jens. Gestern ist ihr Mann ermordet worden, und sie absolviert mal eben einen Halbmarathon. Aber ein Alkoholiker hörte ja wohl auch nicht mit dem Trinken auf, wenn ein Unglück über ihn hereinbrach. Ganz im Gegenteil. Das hier war offenbar eine genauso starke Sucht.

»Wissen Sie, wann sie zurückkommt?«

Maria schüttelte den Kopf.

»Na ja, ich glaube, dann warten wir einfach hier auf sie«, sagte Jens und machte einen Schritt vorwärts.

»Ich weiß nicht …«, sagte Maria verunsichert und schob die Tür ein Stück weiter zu. »Ich muss in die Stadt und für das Abendessen einkaufen.«

»Das ist schon in Ordnung«, sagte er insistierend. »Sie brauchen sich gar nicht um uns zu kümmern, wir setzen uns einfach ins Wohnzimmer und warten auf Vibeke.«

Zögernd öffnete Maria die Tür und trat zur Seite. Unsicher blickte sie von einem zur anderen.

Sie hängten ihre Mäntel an die Garderobe im Flur.

»Aber vielleicht können Sie uns noch zeigen, wie und wo sie bis vor kurzem die Messer und alles andere weggeschlossen haben?«, fragte Jens.

»Hier lang.« Mit kleinen, schnellen Schritten setzte sie sich in Bewegung.

Sie kamen in eine große, moderne Wohnküche, von der sie gestern nur im Vorbeigehen einen Blick erhascht hatten. Es war ein Haus, das Platz bot, man selbst zu sein, dachte Jens. Es konnten ohne weiteres mehrere Personen gleichzeitig zu Hause sein, ohne sich begegnen zu müssen.

Maria zeigte auf einen massiven Holzblock für Küchenmesser. Jens trat näher heran und studierte ihn. Die Techniker hatten die Messer natürlich mitgenommen und alles hier drin untersucht. Keinerlei menschliche Blutspuren. Hier war Essen zubereitet und keine Mordwaffe abgespült worden. Im Badezimmer hatten sich überhaupt keine Spuren irgendwelchen Bluts gefunden. Aber nach ihrem Gespräch im Auto hatte Jens das Ganze noch einmal gründlich durchdacht, um sicher zu sein, dass sie nichts übersehen hatten.

»Gab es noch anderswo Messer, in den Schubladen vielleicht?«, fragte er.

Maria zog einen breiten Schubkasten auf, der jede Menge Platz für Küchengeräte aller Art bot. Darin gab es mehr Utensilien, als Jens in seiner ganzen Küche beherbergte.

»Hier lagen auch viele verschiedene Messer«, sagte Maria.

»Aha«, entgegnete Jens. »Sind Sie so freundlich und zeigen uns, wo Sie alles hingebracht haben?«

Nervös sah sie zum Küchenfenster hinaus nach draußen. Augenscheinlich hatte sie Angst, Vibeke könnte nach Hause kommen und ihr Verrat auffliegen.

»Das ist schon okay«, sagte er beruhigend zu ihr.

»Den hier«, sie zeigte auf den Holzblock, »habe ich einfach so mitgenommen. Die anderen Messer habe ich hier drin zusammengepackt.« Sie nahm eine Falttasche, die nach professioneller Kochausrüstung aussah, aus einer der Schubladen, faltete sie zusammen, klemmte sie unter den Arm und sah Jens demonstrativ an.

»So eben, okay?«

»Hm«, er sah nachdenklich aus. »Und dann haben sie alles in Ihrem Zimmer eingeschlossen?«

»Ja.«

»Und seit wann lagen die Sachen wieder in der Küche?«

»Seit letzter Woche.«

»Und was hat man Ihnen gesagt, warum sie jetzt wieder dahin zurücksollten, wo sie hergekommen waren?«

»Ich weiß nicht«, sie zuckte mit den Schultern. »Es war einfach so. Vibeke wollte es so haben. Sie sagte, sie war krank, und nun ist sie wieder gesund. Danach wirkte sie auch ein bisschen ... erleichtert.«

»Gut, danke.« Er schaute die junge Frau an und wollte sagen, dass sie jetzt gehen könne. Sein Blick blieb einen Moment an ihr hängen. Klein, jung, geschmeidiger Körper. Feste, hochsitzende Brüste, guter Hintern. Sie war ja im Haus ... Zum Teufel! Konnte sie es sein, mit der Winther ein Verhältnis gehabt hatte? Konnte es so einfach sein? Hatte er es mit dem Au-pair-Mädchen getrieben? Warum hatten sie nicht früher daran gedacht?, fragte er sich und hätte sich beinahe mit der flachen Hand gegen die Stirn geschlagen.

»Maria, da ist noch etwas anderes, wonach wir Sie fragen müssen«, sagte er in ernstem Ton. Katrine sah ihn gespannt an. »Hatten Sie ein Verhältnis mit Mads?«

Maria schaute ihn verständnislos an und kniff die Augen ein wenig zusammen, wie sie es tat, wenn sie Probleme mit der ihr immer noch leidlich fremden Sprache hatte. Dann, von einem Moment auf den anderen, änderte sich ihr Gesichtsausdruck. Jetzt hatte sie verstanden. Sie schlug beide Hände vor den Mund und stieß einen erschreckten Laut aus.

»Nein, nein, nein«, brachte sie mühsam hervor und brach gleich darauf schluchzend zusammen.

Tröstend legte Katrine einen Arm um sie.

»Ist ja schon gut, Maria«, sagte sie zu der zitternden Frau. »Kommen Sie, setzen wir uns erst einmal ins Wohnzimmer.« Katrine führte sie in das Zimmer, in dem sie gestern mit Vibeke gesprochen hatten, und sie setzten sich aufs Sofa. Maria schien untröstlich. Katrine hielt noch immer einen Arm um sie.

Sie hörten, wie eine Tür geöffnet und geschlossen wurde, und kurz darauf konnten sie Vibeke nebenan im Flur hören. Sie schnaufte, und ihre Atemgeräusche machten deutlich, dass ihr Puls im Hochfrequenzbereich war.

Katrine und Jens sahen sich an. Jens zuckte mit den Schultern.

Vibeke betrat das Wohnzimmer und schrie beim Anblick der beiden unerwarteten Gäste und der weinenden Maria kurz erschrocken auf.

»Entschuldigen Sie, dass wir Sie erschreckt haben, das war nicht unsere Absicht«, sagte Jens.

»Was in aller Welt haben Sie mit ihr gemacht?«, fragte Vibeke atemlos und zeigte auf Maria. »Sie ist ja völlig aufge-löst!«

»Wir haben Maria gebeten, uns zu erzählen, was sie am Sonntagabend und am Montagmorgen gehört hat«, sagte Jens ruhig. »Und es war selbstverständlich nicht leicht für sie, alles noch einmal zu durchleben.«

»Na, dann hoffe ich mal, Sie haben erfahren, wonach Sie gefragt haben«, erwiderte Vibeke. »Geh du jetzt am besten erst mal in dein Zimmer«, wandte sie sich an Maria, nach-dem Jens zustimmend genickt hatte. »Dann kannst du dich ein bisschen beruhigen.« Maria verschwand schnie-fend aus dem Raum.

»Wollen Sie auch mit mir sprechen?«, fragte Vibeke.

»Ja«, antwortete Jens. »Das würden wir tatsächlich sehr gern.«

»Ich muss erst nach oben und kurz unter die Dusche, sonst hole ich mir eine Erkältung.«

»Wir warten hier.«

Zehn Minuten später kam Vibeke herunter und nahm ihnen gegenüber Platz.

»Ich komme gleich zur Sache«, begann Jens.

»Ja, das wäre mir auch sehr recht«, entgegnete sie.

»Vibeke«, sagte Jens. »Wir wissen, dass Sie ein sehr ... an-gespanntes Verhältnis zu scharfen Gegenständen haben.«

Verblüfft starrte sie ihn an.

»Können Sie uns etwas darüber erzählen, wie es dazu gekommen ist?«

»Und warum in aller Welt sollte meine Krankheit – im Übrigen ein Kapitel, das abgeschlossen ist – Sie interes-sieren?«

»Das interessiert uns aus verschiedenen Gründen.«

»Das ist keine besonders erhellende Auskunft.«

»Es tut mir leid«, sagte Jens. »Wir müssen alles untersuchen, das uns im Zusammenhang mit dem Mord von Bedeutung erscheint. Und bis auf weiteres ist es nicht möglich, den Verdächtigen zu verhören.«

»Dann sollte man wohl abwarten, bis es möglich ist.«

»Genau, und bis dahin sind wir gezwungen, alle denkbaren Alternativen in Betracht zu ziehen.«

»Großartig«, sagte sie. »Wenn es also denn so sein soll. Ich hatte eine kurzfristige postnatale Reaktion, die sich sekundär in verschiedenen Angstsymptomen manifestierte.« Sie klang, als würde sie eine Patientendiagnose in ein Diktiergerät sprechen, schien es Jens. »Um diese Symptome nicht unnötig zu provozieren und in Anbetracht der Tatsache, dass ich Ruhe und Erholung brauchte, habe ich ein Au-pair-Mädchen angestellt und es gebeten, Messer und andere scharfe Gegenstände aus unserer Küche zu entfernen.« Sie hob leicht die Augenbrauen. »Das ist, wie gesagt, ein abgeschlossenes Kapitel.«

»Wann wurden die Symptome erstmals festgestellt?«, fragte Katrine bewusst im gleichen distanzierten Stil, um es Vibeke zu erleichtern, mit ihnen zu sprechen.

»Als die Jungen ungefähr drei Monate alt waren.«

»Haben Sie sich sofort in Behandlung begeben?«

Vibeke Winther blickte Katrine mit einem Ausdruck an, von dem Katrine hoffte, er möge bedeuten, dass sie abwog, ob sie die ganze Geschichte erzählen sollte. Wenn auch nur, um die beiden Ermittler auf ihrem Wohnzimmersofa wieder loszuwerden.

»Ja.«

»Sowohl medikamentöse als auch kognitive Therapie?«

»Beides, ja«, antwortete sie kühl. Offenbar hatte sie beschlossen, ihnen keinen Zutritt zu ihrer Privatsphäre einzuräumen.

»Aber wenn ich richtig verstanden habe, wurden die Messer erst letzte Woche an Ort und Stelle zurückgebracht?«, fragte Jens.

»Das ist richtig«, antwortete Vibeke. »Ich habe die Rückführung der mit den Angstsymptomen korrespondierenden Gegenstände nach und nach vorgenommen, um keinen Rückfall zu provozieren. Diese Vorgehensweise hat keinerlei Komplikationen nach sich gezogen. Bis jetzt.« Sie sah Jens kühl an. »Jetzt bringen Sie dies offensichtlich mit dem Tod meines Mannes in Verbindung. Messer gleich Messermord«, sagte sie. Ihre Stimme war jetzt frostig. »Das scheint mir ein bisschen simpel.« Sie sah Katrine, der sie ansonsten kaum Aufmerksamkeit widmete, vorwurfsvoll an. Schlechte Arbeit, Frau Psychologin, sagte ihr Blick.

»Vibeke«, sagte Jens ernst. »Manchmal ist unser Job richtig beschissen.«

Sie sah ihn überrascht an.

»Wir müssen Leuten, die sich in der schlimmsten Situation ihres Lebens befinden, unangenehme Fragen stellen. Und neun von zehn Mal stellen wir diese unangenehmen Fragen den falschen Leuten. Und warum? Weil wir nicht wissen, wie die Dinge in diesem Netz aus Geschichten, die wir zu hören bekommen, wirklich zusammenhängen. Dennoch ist und bleibt es unsere wichtigste Aufgabe, den Schuldigen zu finden.«

Vibeke Winther sah Jens kalt an. »Und ich bin gern bereit, Ihnen bei Ihrer Arbeit zu helfen, so gut ich kann. Aber Sie müssen mir auch nachsehen, dass ich nicht im-

234

mer gleich die Relevanz von dem erkennen kann, worauf Sie sich stürzen.«

»Natürlich, das verstehen wir gut«, sagte Jens.

Keiner von ihnen sagte etwas. Alle dachten sich ihren Teil.

Schließlich gab Jens durch eine Geste zu verstehen, dass sie aufbrechen wollten. »Wir finden selbst hinaus«, sagte er.

Vibeke antwortete nicht.

Sie gingen zum Wagen und stiegen ein. Jens startete den Motor, damit die Heizung ansprang, fuhr aber nicht los.

»Gut gedacht, das mit Maria«, sagte Katrine.

»Musste man versuchen«, erwiderte er.

»Ich glaube schon, dass sie die Wahrheit sagt.«

»Glaube ich auch. Und wir haben eine DNA-Probe von ihr, das wird sich also klären. Mann, wenn das nur nicht so lange dauern würde!«

»Das würde vieles einfacher machen. Aber hör zu«, sagte Katrine. »Wenn Vibeke Winther ihren Mann wirklich umgebracht hat, wie hätte sie dann gestern Morgen das Messer verschwinden lassen können? Die Techniker hätten es doch gefunden.«

»Vielleicht hat sie es einfach verdammt gut versteckt. Oder ist irgendwohin gefahren und hat es weggeworfen. Oder sie ist gelaufen! Weil sie nicht riskieren wollte, dass jemand hört, wie der Wagen anspringt. Sie joggt doch wie eine Wahnsinnige«, sagte Jens. »Weite Entfernungen sind ja überhaupt kein Problem für sie. Bis rüber zum Damhus-See sind es nur ein paar Kilometer, Peanuts für eine Läuferin wie sie. Und niemand hätte gehört oder bemerkt, dass sie weg war. Das Au-pair-Mädchen hört ja anscheinend nur das Babyfon, wenn sie schläft.«

Sie sahen sich an.

»Das erklärt allerdings immer noch nicht Nukajevs Zustand«, sagte Jens. »Und wir sind keinen Schritt weiter, was Winthers heimliche Geliebte angeht.«

»Wenn er eine Geliebte hatte und es nicht eine einmalige Vorstellung war.«

»Wenn er eine Geliebte hatte ...«, wiederholte Jens nachdenklich. »Wem vertraut man sich an, wenn man außer Haus was laufen hat?«

»Seinem besten Freund?«

»Sollten wir uns nicht mal mit Thomas Kring unterhalten?«

»Absolut«, sagte Katrine.

Sie fuhren zurück zur Stadt.

Katrine versank in ihren eigenen Gedanken. Es war deutlich zu sehen, dass Vibeke Winther litt und es ihr schwerfiel, Hilfe zu akzeptieren. In der Zeit, nachdem das mit Jon passiert war, hatte Katrine selbst Panikattacken gehabt. Es war schrecklich gewesen; ein paarmal war sie sicher gewesen, dass sie jeden Moment sterben würde, so galoppierte ihr Herz, so schnürte sich ihr Hals zusammen, bis es ihr schwarz vor Augen wurde. Später, während ihres Psychologiestudiums, hatte sie die Mechanismen hinter den körperlichen Reaktionen verstanden. Es war schockierend, dass sich das Gehirn faktisch verändern konnte, wenn sich permanente Angst darin einnistete: Der Hippocampus, der die Konzentrationsfähigkeit und das Gedächtnis beeinflusste, schrumpfte dann ganz einfach. Was wiederum einen sich selbst verstärkenden Teufelskreis in

Gang setzte, denn ein geschwächter Hippocampus machte den Kranken anfälliger gegenüber Stress und anderen äußeren Einwirkungen. In einer Verhaltenstherapie hatte sie daran gearbeitet, ihre Gedanken zu verändern, die mit ihr durchgingen, wenn sie einen Angstschub kommen fühlte. Es hatte ihr geholfen, danach hatte sie keine Angstanfälle mehr gehabt.

Bis sie versucht hatte zu tauchen.

*

»Sie wurden ja schon von einem meiner Kollegen vernommen«, konstatierte Jens, nachdem sie sich Winthers Freund Thomas Kring vorgestellt hatten. Kring war ebenfalls Arzt und betrieb eine eigene Kinderwunsch-Praxis in einer herrschaftlichen alten Villa in der Frederiksbergallee. Im Wartezimmer spähte Jens zu dem Raum hinüber, in den eine freundliche Arzthelferin gerade einen unzufrieden dreinblickenden Mann führte. Drinnen lag ein großer Stapel Pornohefte, wie er sehen konnte. Jens hatte Mitgefühl für seinen Geschlechtsgenossen. Es war ganz sicher keine erbauliche Situation.

»Das ist richtig, aber wenn ich noch etwas beitragen kann, will ich das gern tun. Folgen Sie mir bitte, hier entlang.«

Sie gingen ihm nach und kamen in sein Büro, das mit stilvollen modernen Möbeln eingerichtet war. Thomas Kring nickte ihnen verbindlich zu und bat sie mit einer Handbewegung, Platz zu nehmen. Er war im gleichen Alter wie Mads Winther, Anfang vierzig, sah aber älter aus. Seine außerordentlich selbstzufriedene Ausstrahlung irritierte Jens.

»Wir würden gern etwas mehr über Vibekes und Mads'
Beziehung wissen«, fuhr Jens fort.

»Aha?« Thomas Kring war sofort auf der Hut. »Und warum das, wenn ich fragen darf? Ich dachte, in der Sache sei
bereits jemand verhaftet worden.«

»Wir müssen uns im Zusammenhang mit den Ermittlungen ein Bild von dem Umfeld machen, in dem der
Mord passiert ist«, antwortete Jens.

»Hm.« Thomas Kring blickte ihn nachdenklich an, bevor er sagte: »Nun denn. Auf welchem Stand bewegen wir
uns denn, wenn Sie sagen, dass Sie mehr über die Beziehung wissen wollen?«

»Nun ja, wir wissen bereits, dass Mads mindestens einmal mit einer anderen Frau als seiner Ehefrau Geschlechtsverkehr hatte, nämlich an dem Abend, als er starb. Und
nun kam uns der Gedanke, Sie könnten vielleicht etwas
darüber wissen, da Sie ja einer seiner engsten Freunde
waren, wie wir erfahren haben.«

Thomas Kring seufzte. »Diese beiden Menschen«, sagte
er und zog die Mundwinkel zu einem ärgerlichen Gesichtsausdruck nach unten, »haben so viel durchgemacht.
Wenn jetzt auch noch ihre Ehe in den Schmutz gezogen
und ihre Beziehung zur Schau gestellt wird ...«

»Davon kann überhaupt nicht die Rede sein«, beeilte
sich Katrine zu sagen. »Die Polizei stellt nichts zur Schau.
Uns geht es nur darum, Theorien, die sich aus konkreten
Indizien ergeben, zu entkräften oder zu bestätigen.«

»Wissen Sie etwas darüber?«, wiederholte Jens und
setzte eine moderat grimmige Miene auf.

Sie studierten beide genau Thomas Krings Gesichtsausdruck. Der schwieg und zuckte nicht einmal mit der Wimper. Doch er zögerte so lang, dass ihnen das bereits etwas erzählte.

»Nun denn«, sagte er endlich. »Mir ist nichts darüber bekannt, dass Mads in letzter Zeit eine Affäre gehabt hätte.« Er strich sich mit einer Hand in kreisenden Bewegungen über Mund und Kinn.

»In letzter Zeit? Das heißt ...?«

»Dass er früher mal eine hatte, ja.«

»Wissen Sie, wer die Frau war?«

»Nein, da kann ich Ihnen nicht helfen.«

»Er hat doch sicher von ihr gesprochen, einen Namen genannt oder ... Besonderheiten?«

Kring dachte nach. »Leider nein. Ich kann jedoch nicht erkennen, was das mit dem Mord zu tun haben soll, muss ich sagen. Es ist schon ein paar Jahre her.«

»Es wäre nicht das erste Mal, dass ein Motiv ein paar Jahre zurückliegt.«

»Ja, da haben Sie wohl recht.« Sorgfältig legte Kring die Fingerspitzen aneinander und spitzte ein wenig die Lippen. »Es war, bevor sie die Zwillinge bekamen. Und danach war Schluss. Wenn Sie mich fragen, dann war das ein verhältnismäßig ... nun ja, unschuldiger Seitensprung, den es zu dieser Zeit brauchte, um eine ansonsten gute Ehe zu kurieren, der ein wenig der Wind entgegenblies. Das kann uns allen ja mal passieren, nicht wahr?«

Keiner von ihnen verspürte besondere Lust, diese für den Arzt offenbar selbstverständliche Tatsache zu kommentieren.

»Und Sie haben überhaupt keine Ahnung, wer sie war?«, fragte Katrine verwundert. »Wir würden sehr gerne mit ihr sprechen, egal, wie lange es her ist.«

»Bedaure.« Wieder zog Thomas Kring die Mundwinkel leicht nach unten und schüttelte den Kopf. »Keine Ahnung.«

»Er hat also nie gesagt, wie sie hieß oder wie er sie kennengelernt hatte?«, bohrte Katrine nach. Mit einer Miene, die unmissverständlich klarmachte, wie schwer es ihr fiel, das zu glauben, registrierte Jens.

Kring schüttelte den Kopf.

»Glauben Sie, es könnte eine Kollegin gewesen sein?«

Sehr gut, Katrine, dachte Jens vergnügt, beiß diesem arroganten Kerl ruhig ordentlich in die Wade.

»Ich habe wirklich nicht die geringste Ahnung.«

»Was ist mit dem Au-pair-Mädchen?«

»Jetzt hören Sie aber …« Thomas Kring wurde es zu viel. »Was denken Sie eigentlich von ihm? Er war Herrgott nochmal keiner, der es seinem kleinen philippinischen Au-pair-Mädchen besorgte, wenn ihm danach war. Jetzt geht's wirklich zu weit! Hören Sie auf, einen anständigen Mann in den Dreck zu ziehen!«

Katrine sah ihn ruhig an. »Und Vibeke hat nie etwas gemerkt?«

»Anscheinend nicht«, sagte Kring aufgebracht. »Und ich hoffe mal, Sie haben wenigstens so viel Feingefühl, es ihr nicht ausgerechnet jetzt zu sagen!«

»Das kommt natürlich darauf an, wie sich die Sache weiterentwickelt«, entgegnete Jens. »Sie haben gesagt, die beiden hätten ziemlich viel durchgemacht. Können Sie uns etwas mehr darüber erzählen?«

»Nun ja, ich habe die Problematik ihrer Kinderlosigkeit all die Jahre hindurch ja sozusagen aus nächster Nähe mitbekommen«, sagte Thomas Kring langsam und deut-

240

lich, als würde er jedes Wort genau abwägen. »Wenn ich etwas benennen müsste, das in ihrer Beziehung problematisch war, dann ist es das. Aber um es kurz zu machen, blieb mir das Vergnügen vorbehalten, die Schwangerschaft zu bewerkstelligen«, sprach er weiter. »Es ist sicher nicht vielen Menschen vergönnt, ihren Freunden auf diese Weise helfen zu können.«

»Warum war es so schwer für die beiden, Kinder zu bekommen?«, wollte Katrine wissen.

»Entschuldigen Sie bitte, aber ich weiß wirklich nicht, in welchem Zusammenhang diese Frage mit Mads' Tod stehen soll«, erwiderte Kring jetzt wieder leicht verärgert.

»Es ist unsere Aufgabe, das zu beurteilen«, sagte Jens. Dieser Typ ging ihm zunehmend auf die Nerven.

»Sie werden verstehen, dass ich nicht ins Detail gehen kann, was Ursachen und Behandlung betrifft, aber ich kann so viel sagen, dass Vibeke bestimmte physiologische Probleme hatte und es mir gelang, hier ein Mittel zu finden.«

»Und die Magersucht?«

»Die Tatsache, dass sie eine außerordentlich schlanke Frau ist, war natürlich eine Herausforderung. Sie hat wohl schon immer mit Anorexie zu kämpfen gehabt, mal mehr, mal weniger«, sagte er. »Aber in Verbindung mit der Fruchtbarkeitsbehandlung wurde es schlimmer. Kontrollverlust«, fuhr er mit einer Miene fort, die andeutete, dass dies alles erkläre. Dennoch machte er sich der Polizei zu Ehre die Mühe, seine Aussage zu vertiefen. »Nun bin ich ja kein Psychologe«, sagte er mit einem Lächeln zu Katrine, »oder Experte auf diesem Gebiet, aber nach meiner Theorie, auf Basis meiner langjährigen Praxiserfahrung, kann der Verlust der Kontrolle über den eigenen Körper – die Tatsache, dass man nicht in der Lage ist, schwanger zu werden, obwohl man es will – in den Zwang umschlagen, auf andere Weise die Kontrolle über seinen Körper zurückzugewinnen.«

Der Mann spricht ja wie ein Lexikon, dachte Jens.

»In Vibeke Winthers Fall ist es das Lauftraining, das überhandgenommen hat. Ich habe versucht, sie zu überzeugen, die Sache etwas herunterzufahren, aber sie war nicht gerade begeistert davon, sich die Meinungen anderer zu diesem Thema anzuhören. Was man vielleicht verstehen kann, wenn man es genau betrachtet. Aber offen gesagt«, er beugte sich vor, »wir sprechen hier von einer Frau, deren Mann auf brutale Weise ermordet wurde. Sollten Sie sich nicht lieber darauf konzentrieren, als sich mit ihren Essstörungen und lange zurückliegenden Fruchtbarkeitsproblemen zu beschäftigen?«

»Gab es in dieser Sache Meinungsverschiedenheiten zwischen Ihnen und Mads?«, fragte Jens anstelle einer Antwort.

»Nein«, erwiderte Kring ohne Zögern. »Die gab es nicht, wie ich Ihnen mit Sicherheit sagen kann!«

»Können Sie uns auch mit Sicherheit sagen, wo Sie Sonntagabend gewesen sind?«

»Das habe ich bereits Ihren Kollegen gesagt.«

»Wären Sie so freundlich, unser Wissen darüber ein wenig aufzufrischen?«

Thomas Kring sah Jens irritiert an. »Ich war in der Oper, mit meiner Frau und einem befreundeten Ehepaar. Auf dem Nachhauseweg sind wir noch auf einen Wein eingekehrt und dann gegen eins ins Bett gegangen.«

»Danke«, sagte Jens und beendete damit die Befragung.

Sie verließen die Praxis und standen wieder auf der Frederiksbergallee.

Hier in der Stadt war der Schnee längst von den Straßen verschwunden. Katrine wurde von der tiefstehenden Sonne geblendet und blinzelte gegen das Licht, was ihr beunruhigend gut stand, wie Jens fand.

Er fühlte den Drang, alle Teile des Puzzles durchzumischen und neu zusammenzusetzen.

»Nach diesem Besuch bei Doktor Frankenstein sollten wir uns die kleinen grauen Zellen ein wenig durchpusten lassen«, sagte er und nickte in Richtung des Frederiksbergpark. Sie setzten sich in Bewegung. »Sauerstoffmangel«, fügte er erklärend hinzu und deutete auf seinen Kopf.

Katrine lächelte. »Du hast einen neuen besten Freund, was?«

»Das kannst du laut sagen.«

»Ich wüsste gerne, ob die beiden wirklich so gute Freunde waren, wenn es drauf ankam«, sagte sie etwas ernster. »Warum weiß er nicht, mit wem Winther seine Frau betrogen hat? Man würde seinem besten Freund doch etwas über sie erzählen? Wenigstens mal ihren Namen erwähnen? Ich glaube nicht, dass er uns alles gesagt hat, was er weiß.«

»Moment mal, zu glauben, dass alle lügen, ist mein Job«, sagte Jens.

»Jaja, schon gut, sorry!«, entschuldigte sie sich scherzhaft und spürte, dass nicht mehr viel fehlte, und sie hätten den vertraut neckischen Ton wieder erreicht, der sich schon gestern zwischen ihnen eingestellt hatte.

»Aber ja, das würde man wahrscheinlich.« In raschem

Tempo gingen sie an der Kunsteisbahn vorbei und kamen zu dem kleinen Platz am Eingang des Parks. »Hey«, rief Jens plötzlich. »Warte mal, es kann doch sein, dass *die* beiden was laufen hatten?«

»Jetzt meinst du aber den Kinderwunschmediziner und die Ärztin und nicht ...« Sie brachen in Gelächter aus. »Du liebe Zeit, das wäre jedenfalls ganz schön abgedreht«, fuhr sie fort. »Aber dann wäre er wohl nicht so liebenswürdig gewesen, dafür zu sorgen, dass sie die Zwillinge bekommen?«

»Und was, wenn es erst nachher angefangen hat? Und dann haben sie ihn zusammen aus dem Weg geschafft?«

»Ich weiß nicht recht ...«, sagte Katrine. »Auf Vibekes Handy gab es keinerlei Kontakt zu ihm. Und das ist ja in solchen Fällen ein sehr beliebtes Kommunikationsmittel.«

»Na ja, wichtiger ist sowieso erst mal, herauszufinden, mit wem Winther was laufen hatte«, sagte Jens. »Ob wir dann noch ein bisschen tiefer graben, welche Rolle Vibeke gespielt hat, können wir dann immer noch entscheiden.«

Katrine nickte. »Vielleicht sollten wir bei den Hebammen anfangen?«, überlegte sie laut. »Ist doch gut vorstellbar, dass da ein paar dabei waren, die den Herrn Doktor in Versuchung geführt haben.«

»Ja, ist es«, stimmte Jens zu und sah im selben Moment Lise Barfoed vor seinem geistigen Auge. Es gab nicht viele Männer, die sie nicht hätte in Versuchung führen können. Höchstens Eunuchen – vielleicht.

»Machen wir noch einen Abstecher zum Reichskrankenhaus?«, fragte Katrine.

Jens schaute auf die Uhr und dachte an Simone. Er musste sie erst in ein paar Stunden abholen.

»Lass uns noch ein paar Minuten gehen«, sagte er.

»Ja, gut.« Katrine atmete tief ein. Der Atem stand ihnen in kleinen weißen Wölkchen um die Köpfe. Die Sonne ging allmählich unter, zu dieser Jahreszeit wurde es sehr früh dunkel.

Plötzlich tauchte aus dem Wirrwarr an Mutmaßungen und Theorien Ian in ihren Gedanken auf. Wie weit das Leben doch schon weg war, das sie eine kurze Zeit zusammen in Scharm gelebt hatten. Mit einem Mal vermisste sie ihn brennend. Aber sie war so beschäftigt gewesen, dass sie gar nicht richtig an ihn gedacht hatte. Vielleicht sollte sie dort unten Winterurlaub machen. Wenn sie es sich überhaupt erlauben konnte, schon Urlaub zu nehmen. Also besser Ostern. Vielleicht konnte er ja auch im Sommer nach Dänemark kommen? Er musste Dänemark von seiner besten Seite kennenlernen, alles andere würde ihn zu Tode erschrecken. Der Gedanke versetzte sie in Hochstimmung, aber nur für einen Augenblick. Im Sommer war Hochsaison in seinem Job, da konnte er unmöglich Urlaub machen. Es schien ein hoffnungsloses Projekt zu sein, sich überhaupt wiederzusehen. Die Traurigkeit traf sie jäh und heftig wie ein Keulenschlag.

Jens kämpfte gegen den überwältigenden Drang an, einen Arm um sie zu legen. Als wäre es Sonntagnachmittag und sie würden einen Spaziergang machen. Zusammen.

»Sag mal ...«, setzte er an, noch bevor er richtig über das nachgedacht hatte, was er sagen wollte. Damn you, Jens Høgh, dachte er. Aber es gab wohl keinen Weg zurück. Innerhalb einer halben Sekunde hämmerte sein Herz wie wild und machte sich jagend auf den Weg hinauf zum Hals und durch ihn hindurch auf seine Zunge. »Gibt es eigentlich jemanden ... also ich meine ... du wohnst alleine ...

denke ich mal?« Hoffe ich mal – so klang es jedenfalls, wie er selbst deutlich hören konnte.

Katrine lächelte und sah ihn an. Und sah durch ihn hindurch, wie er bemerkte, als wäre er durchsichtig, ein Wassermann. Seine Knie jedenfalls schienen in diesem Moment tatsächlich aus Wasser zu bestehen.

»Ja«, sagte sie sanft. »Es gibt tatsächlich jemanden.«

Das Herz rutschte ihm wie ein Stein zurück.

»Und nein, zum zweiten Teil der Frage, wir wohnen nicht zusammen. Er lebt in Ägypten, ist Tauchlehrer, aus Australien. Und in den kalten Norden zu ziehen, davon hält er nicht sehr viel.«

»So? Tauchlehrer?«, sagte Jens tapfer. Ein Australier, dachte er benommen und sah einen Baywatch-Typen vor sich, der sich mit Katrine, die einen winzigen Bikini trug, in azurblauen Wellen vergnügte. Und sie hatte traurig geklungen, als sie gesagt hatte, er halte nicht viel davon, nach Dänemark zu kommen. Also war es das, wovon sie träumte. »Echt fett.«

Katrine lächelte. »Tja, ich weiß nicht«, sagte sie. »Ziemlich schwierig, würde ich eher sagen.«

Wieder kamen sie an der Eisbahn vorbei. Ein Elternpaar in Jens' und Katrines Alter schlitterte mit seiner etwa zehnjährigen Tochter zwischen sich über das Eis. Alle drei lachten lauthals.

Er schaute ihnen nach und schüttelte sich in seiner Winterjacke.

Fuck!

Fuck!

Fuck!

*

»Sind sie heute wieder bei dir gewesen?«, fragte Thomas.

»Ja, sie saßen im Wohnzimmer, als ich vom Laufen zurückkam.«

»Sie sind gerade eben erst hier weggefahren. Du bist doch gestern erst vernommen worden?«

»Sie schnüffeln herum.«

»Glaubst du, sie haben etwas herausgefunden?«

»Nein«, sagte sie. »Das glaube ich definitiv nicht.«

»Pass gut auf dich auf, mein Schatz. Ich komme heute Abend vorbei.«

Thomas klang besorgt. Normalerweise konnte sie die Fürsorge anderer nicht ertragen. Es wirkte klammernd auf sie, die Menschen kamen ihr zu nahe. Als sei es nur ein Vorwand, um ihren Panzer zu durchbrechen und in ihre innere Festung zu gelangen. Und sie mochte es nicht, wenn Leute dort eindrangen. Aber Thomas traf einen reinen Ton in ihrem Wesen.

Das hatte sie nur viel zu spät entdeckt.

»Beeil dich. Ich vermisse dich«, sagte sie. Ein Schluchzen füllte plötzlich ihre Kehle. Sie verabschiedete sich eilig. Konnte dem nicht nachgeben. Nicht jetzt. Nicht bevor er hier war.

Vibeke ließ sich zurück ins Sofa sinken und versuchte, die Angstsymptome zu kontrollieren, die durch ihren Körper galoppierten.

Alles brach hervor. All die alten Bilder in ihrem Kopf. Sie konnte es nicht kontrollieren. Das Problem ist, dachte sie wie schon so viele Male zuvor, dass man die Gedanken und die Bilder schon einmal gehabt hat. Und sie gehen nicht weg. Sie liegen auf der Festplatte, immer parat, wieder gedacht und gesehen zu werden. Aber es sind nur Gedanken, versuchte sie sich klarzumachen.

Ein Gedanke ist nur ein Gedanke.

Aber was, wenn der Gedanke die Macht übernimmt?

Sie war zurück an dem Abend, als alles angefangen hatte. Die erste Panikattacke.

Mads war im Krankenhaus gewesen, arbeiten.

Sie war so müde, dass sie hätte heulen können. Am Abend vorher, als es ihr noch etwas besser gegangen war, hatte sie ein Hähnchen aus der Tiefkühltruhe genommen. Und es war doch wohl auch lächerlich, wenn sie es nicht einmal schaffte, etwas Vernünftiges zu essen zu machen. Sie konnte das Hähnchen in den Ofen stellen, mit ein paar Kartoffeln, Tomaten, Oliven und etwas Öl. Sie würde natürlich nur ein kleines Stück von dem Brustfleisch zu sich nehmen, ohne Haut selbstverständlich, aber das würde Mads nicht bemerken. Was ging es ihn überhaupt an, was sie aß? Er war immer nur so konzentriert darauf, dass sie zunahm. War das etwa sein Körper, gottverdammt?

Danach konnte sie es hoffentlich nutzen, dass die kleinen Tyrannen schliefen, sich mit einer Decke aufs Sofa legen und ein Nickerchen machen.

Schlafmangel.

Es war kein Wunder, dass Schlafentzug als Foltermethode eingesetzt wurde. Es war zweifellos das Schrecklichste, was sie je erlebt hatte. Die Kinder waren drei Monate alt, und sie war verzweifelt.

In extremen Situationen, wenn zum Beispiel beide Kinder gleichzeitig schrien oder sie den einen fütterte und der andere brüllte, war sie kurz davor, aufzugeben. Sie liebte ihre Jungen, aber sie fühlte sich wie eine Gefangene, gefangen in ihrem eigenen Leben.

Sie hatte sich geweigert, mehr als eine Eizelle befruchten zu lassen. Aber die Natur hatte sich von ihrer eigensinnigsten Seite gezeigt und hatte diese Eizelle in zwei Teile gespalten. Welche Ironie.

Sie fühlte sich ausgetrickst und betrogen. Von ihrem eigenen Körper hinters Licht geführt.

Aber Mads war glücklich. Er hatte lange gebraucht, um über seine Befürchtungen hinwegzukommen, dass etwas schiefgehen könnte, besonders am Beginn der Schwangerschaft. Er hatte sich zuerst gar nicht freuen können. Sie war über seine Reaktion so enttäuscht gewesen, dass sie ihn am liebsten geschlagen hätte.

Aber dann hatte sie verstanden.

Wenn sie dieses Kind verlor, würden sie keine bekommen. Natürlich machte er sich Sorgen.

Und später folgten dann die Ängste wegen der Mehrlingsschwangerschaft und dem erhöhten Risiko, das damit verbunden war. Aber er war glücklich darüber, dass sie kein Einzelkind haben würden, wie er selbst eines war. »Sieh dir doch an, was für ein Egoist aus mir geworden ist«, sagte er manchmal mit seinem charmantesten Lächeln.

Ein Kind.

Aber sie wollte ja gerade *ein* Kind. Ein Einzelkind. Egoist oder nicht. Das war ihr egal. Natürlich war ihr klar, wozu diese Haltung sie stempelte. Dann waren sie eben eine Versammlung aus Egoisten, die versuchten, eine kleine Familie zu sein. Was hätte sie sagen können? Nichts anderes, als dass sie ihr Bestes tat. Und sie war nur ehrlich. Andere Menschen taten alles, was sie konnten, um ihren Egoismus zu kaschieren.

Sie hatte über eine Reduktion nachgedacht, hatte aber nicht gewagt, es Mads gegenüber anzusprechen. Indem man ein Kind mit einer Kaliuminjektion direkt in den Embryo tötete, riskierte man, auch das andere Kind zu verlieren. War sie bereit, dieses Risiko einzugehen, jetzt, nachdem es endlich geklappt hatte?

Nein, das war sie wohl nicht.

Sie war so müde. So unfassbar müde. Sie wollte einfach nur ihr altes Leben zurückhaben. Sie wollte arbeiten, laufen, ins Fitnessstudio gehen und am Sonntagnachmittag ein gutes Buch lesen. Sie wollte auf Geschäftsreisen gehen, an wichtigen Sitzungen teilnehmen, bei wichtigen Entscheidungen eine wichtige Rolle spielen. Sie wollte nicht hier sitzen und nur ein wandelnder Kühlschrank und Windelwechsler sein. Mit jedem Tag, der verging, sank ihre Stimmung tiefer. Und an diesem Tag erreichte sie ungeahnte Tiefen.

Sie hatte das Hähnchen aus dem Kühlschrank genommen, wo sie es am Vortag zum Auftauen abgestellt hatte. Dann hatte sie es aus seiner Verpackung befreit und auf das Schneidbrett gelegt. Das große japanische Küchenmesser aus der Schublade geholt, das sie letztes Jahr in Japan von einem ihrer Geschäftspartner geschenkt bekommen hatte.

Als das Hähnchen vor ihr auf dem Schneidbrett lag, beschlich sie beim Anblick der kleinen, so zerbrechlichen Wirbelsäule, da, direkt unter der Haut, ein befremdliches Gefühl. Die kleinen dicken Schenkel, die zur Seite fielen, ekelten sie an.

Ihr war sehr, sehr sonderbar zumute.

Diese Wirbelsäule ... Unbehagen übermannte sie. Es kam ihr vor, als sei sie weit weg, als sei nicht länger sie es, die hier in der Küche stand. Mit einem großen Messer in der Hand. Und mit diesem Tier, das ihr mit einem Mal vorgekommen war wie ... nein, sie musste sich zusammenreißen.

Sie hatte das Messer da angesetzt, wo man den Kopf abgetrennt hatte, und wollte entlang der Wirbelsäule schneiden, um das Hähnchen in zwei längliche Hälften zu zerteilen.

Diese kleine, zerbrechliche Wirbelsäule ... sie hatte es nicht tun können.

Mit einem Schrei hatte sie das Messer weggeworfen und ihren Mageninhalt der Spüle übergeben. Danach hatte sie sich auf dem Tisch abgestützt und die Luft in schnellen, flachen Atemzügen eingesogen. Jetzt reiß dich zusammen, hatte sie gedacht und die Spüle ausgewaschen.

Das Hähnchen beförderte sie in den Mülleimer, ohne es noch einmal anzusehen. Anschließend wusch sie sich gründlich die Hände, wie sie es immer tat, wenn sie mit frischem Geflügel in Berührung gekommen war.

Sie hatte das Babyfon genommen, die Tür zur Küche hinter sich geschlossen, war ins Schlafzimmer gegangen und hatte die Tür zugemacht. Das hier war ein Albtraum. Sie lebte mitten in einem Albtraum. Sie hatte am ganzen Körper gezittert. Und dann hatte sie geweint. Und geweint.

Als sie nicht mehr weinen konnte, hatte sie Mads angerufen.

»Du musst nach Hause kommen.«

»Ich bin mitten in einer komplizierten ...«

»DU MUSST NACH HAUSE KOMMEN. JETZT! HÖRST DU?« Sie hatte nicht sagen können, wie es ihr wirklich ging. Wie auch?

»Ich bin krank, der Magen, habe mich übergeben. Ich kann mich nicht um die Kinder kümmern.«

»Aber Schatz, Vibeke, hier ist niemand, der für mich übernehmen kann. Das ist ganz ... Kannst du nicht meine Mutter anrufen?«

Er hatte sie im Stich gelassen. Er hatte sie mit dem Ganzen alleingelassen, der egoistische Scheißkerl, der ihr zwei Kinder gemacht hatte!

Sie hatte das Gespräch abgebrochen. Es gab immer jemanden, der für einen übernehmen konnte. Dann ruf doch jemanden an, zum Teufel!

Nachher hatte sie sich, immer noch wütend, vor ihren Computer gesetzt. Seine Mutter anrufen? HA! Lieber würde sie sich vierteilen lassen, als dass seine Mutter sie in diesem jämmerlichen Zustand sah.

Sie hatte eine Agentur gefunden, die Au-pair-Mädchen vermittelte, und angerufen. Zum Glück hatte jemand das Telefon abgenommen, obwohl es schon spät am Nachmittag war.

Ja, sie hätte gerne ein Au-pair-Mädchen, danke. Ja, gerne sehr schnell, vielen Dank. Kinder? Tja, sie hatten Zwillinge. Ja, sie wisse sehr wohl, dass die wöchentliche Arbeitszeit eines Au-pair-Mädchens auf dreißig Stunden begrenzt war. Ja, selbstverständlich hatten sie ein ordentliches Zimmer für sie. Ja, sie solle so bald wie möglich anfangen, danke. Von den Philippinen? Ausgezeichnet! Ein Vorgespräch im Büro der Agentur nächste Woche? Ging das nicht schneller? Nicht, sehr schade. Ja dann ... wenn alles nur so schnell wie eben möglich gehen könne, danke!

Als Nächstes hatte sie ihre Putzhilfe angerufen, eine Dame in den Fünfzigern, die einmal die Woche zu ihnen kam und das Haus vollkommen staubfrei wieder verließ. Vibeke wusste nicht viel mehr über sie, als dass sie ebenfalls zwei Kinder hatte, bereits erwachsen, und dass sie Kinder liebte. Sie alberte mit den Zwillingen herum, killekille und kribbel-krabbel, bis es Vibeke manchmal zu viel wurde. Ob sie Interesse hätte, sich den nächsten Monat etwas hinzuzuverdienen, bis sie ein Au-pair-Mädchen bekämen? Nun ja, sie habe seit der Schwangerschaft mit Rückenproblemen zu kämpfen und brauche etwas Entlastung. Es ginge hauptsächlich darum, sich um die Kinder zu kümmern. Ja, es falle ihr fürchterlich schwer, sie hin und her zu tragen.

Ab wann? Tja, also um ehrlich zu sein, befinde sie sich gerade in einer akuten Situation, weil sie auch noch krank geworden sei, der Magen, und Mads sei im Krankenhaus unabkömmlich. Ob sie jetzt gleich kommen könne?

Wunderbar, dann sei man sich also einig, hatte sie erleichtert gesagt, und dann sehe man sich in einer halben Stunde. Ob sie etwas zu essen mitbringen solle? Ja, wenn es keine Umstände mache? Ach, sie habe sowieso gerade einkaufen wollen? Ja dann, sehr gern, und das Geld bekäme sie selbstverständlich gleich zurück.

Der eine der Jungen hatte geweint und seinen Bruder aufgeweckt. Dann hatten beide gebrüllt. Wie mechanisch war sie zu ihnen gegangen, hatte sie aus den Bettchen gehoben und sich mit ihnen aufs Sofa gesetzt. Ihre Tränen hatten sich mit denen ihrer Kinder vermischt.

Später hatte Mads zu seinem eigenen unüberhörbaren Vergnügen beschrieben, wie er spätabends nach Hause gekommen sei und überraschend habe feststellen müssen, dass die Putzhilfe ihr Zuhause eingenommen hatte. Sie hatte die Kinder ins Bett gebracht, ihm mitgeteilt, es stehe falscher Hase mit brauner Soße und Kartoffeln in der Mikrowelle, er brauche sich nur alles heiß zu machen, und ach ja, Vibeke habe eine Schlaftablette und ein Schmerzmittel für ihren Rücken genommen und schlafe tief und fest, und sie habe ihr versprechen müssen, ihm zu sagen, dass Vibeke sich heute Nacht nicht um die Kinder kümmern könne. Und das war ja auch schrecklich mit dem Rücken und dann mit zwei so kleinen Kindern. Aber nun werde sie ja jeden Tag kommen, bis ihr Au-pair-Mädchen dann in ein paar Wochen da sei.

»Ja, das ist wirklich schrecklich«, hatte er noch völlig baff hervorgebracht. Die Geschichte hatte damit geendet, dass er sich gefragt habe, ob er sich vielleicht im Haus geirrt habe. Woraufhin er laut und ausgiebig gelacht hatte.

Er hatte nichts verstanden.

Aber das hatte Thomas. Er hatte alles verstanden.

*

»Wir können dann also jetzt vorbeikommen? Gut, wir sind in zehn Minuten da«, sagte Jens in sein Handy. Dann wandte er sich zu Katrine: »Okay, wir probieren es erst noch mal bei Inge Smith und fragen, ob sie etwas weiß oder Gerüchte gehört hat.«

»Und ansonsten hören wir uns einfach auf der Entbindungsstation um?«

»Genau, das ist zumindest ein Anfang. Eine Stichprobe, sozusagen. Wir schauen uns an, was dabei herauskommt, und sprechen dann das weitere Vorgehen mit Torsten ab. Wir können ja zum jetzigen Zeitpunkt nicht von der gesamten Entbindungsstation DNA-Proben nehmen ...«

»Apropos ...«

»DNA?«

»Nein, Torsten ...«

»Herrje!«, sagte Jens und griff gleichzeitig zum Telefon, um den Leiter der Ermittlungen über die neueste Entwicklung im Fall Winther zu unterrichten. Mit einem tiefen Seufzer beendete er das Gespräch.

»Kann der nicht bald in Vorruhestand gehen oder so was?!«

»Du kannst es ihm ja bei Gelegenheit mal vorschlagen«, meinte Katrine.

»Ja sicher, warum nicht!?«

Sie kurvten ein wenig herum, bis sie einen Parkplatz gefunden hatten. Ein Helikopter landete auf dem Dach des hohen Gebäudes.

»Faszinierend, nicht?«, sagte sie und sah hinauf. »Sie retten Leben, und wir ...«

»Ja, was tun wir eigentlich? Laufen herum und schauen, was die Leute unter ihre Teppiche gekehrt haben.«

»Hm, wir sollten vielleicht eine etwas größere Perspektive anlegen, glaube ich.«

»Entschuldigung, was wolltest du eben sagen?«

»Dass wir das auf eine andere Art ja auch tun.«

»Indem wir weitere Verbrechen verhindern, meinst du?«

»Schon, aber auch, was die Angehörigen betrifft. Denen, die zurückbleiben. Ich habe oft erlebt, dass es das ist, was diese Menschen brauchen, um im Leben weitergehen zu können. Dass der Täter gefunden wird.«

»Allerdings fällt einem dieses Gefühl in diesem Fall etwas schwer, oder nicht?«

»Weil die Hinterbliebene diese Gefühle in uns nicht hervorruft.«

»Interessant«, sagte Jens und schaute sie an.

»Ja, eigentlich schon«, sagte Katrine und blickte zurück.

Jens suchte noch immer nach einem Parkplatz. Katrine sah wieder hinauf zu dem Helikopter. Ihre Gedanken wanderten zu ihrem kleinen Spaziergang im Park. Er hatte es gut aufgenommen, dass sie kein Single war. Ja, es gab jemanden, wiederholte sie für sich selbst. Es gab jemanden in ihrem Leben. Aber gab es einen gemeinsamen Platz für sie?

»Da ist ja ein Plätzchen für uns«, rief Jens erfreut und bugsierte den Wagen präzise in eine Parktasche am Juliane Maries Vej.

Schweigend gingen sie nebeneinander her zum Krankenhauseingang und fuhren mit dem Aufzug zur Entbindungsstation. Inge Smith begrüßte sie in ihrem Büro.

»Gibt es etwas Neues?«, fragte sie sofort.

»Wir konnten Nukajev heute leider noch nicht verhören«, antwortete Jens. »Aber wir verfolgen noch ein paar andere offene Enden in dieser Sache.«

»Ja?«

»Ja, und deshalb sind wir gewissermaßen auch hier. Es ist eine etwas schwierige Situation.«

»So?« Inge Smith zog besorgt die Augenbrauen zusammen. »Und was heißt das?«

»Wir wissen, dass Mads Winther am Sonntagabend Geschlechtsverkehr mit einer Frau hatte – und wir wissen, dass diese Frau nicht seine Frau war.«

»Was?«, rief Inge Smith aus. »Ich muss schon sagen! Das kommt nun doch etwas überraschend für mich.« Sie sah erst Jens und dann Katrine an.

»Haben Sie irgendeine Idee, mit wem er … zusammen gewesen sein könnte?«

»Also … ich bin sprachlos«, sagte Inge Smith und klang, als sei sie gerade aus allen Wolken gefallen. »Ich meine … er konnte schon ziemlich charmant sein, wenn er wollte, aber dass er … Haben Sie eine Idee, wer es ist?«

»Nein, wir haben keine Ahnung, es könnte ja theoretisch jede gewesen sein.«

»Ja, also müssen wir fragen«, sagte Inge Smith sichtlich bemüht, sich ein wenig zu sammeln. »Aber wie organisieren wir das?«

»Wir würden gern mit einigen der Hebammen sprechen, die gerade Dienst haben, so diskret wie möglich. Vielleicht bringt uns das auf eine Spur.«

»Diskret?«, fragte Inge Smith und lächelte. »Es mag ja sein, dass Sie sehr diskret vorgehen, daran zweifle ich nicht. Aber Sie sind sich schon darüber im Klaren, dass sich ein solches Gerücht wie ein Lauffeuer verbreitet? Das geht von Mund zu Mund, schneller als Sie mit dem Fahrstuhl wieder im Erdgeschoss sind.«

»Ja, das wird sich schwer vermeiden lassen, ganz egal,

wie wir die Sache anpacken. Wir können nur an die Moral
der Leute appellieren und um Rücksichtnahme auf seine
Familie bitten.«

Inge Smith nickte stumm.

*

»Ja sicher!«, sagte Susanne, eine von zwei Hebammen,
die sie im Stationszimmer angetroffen hatten. »Mads war
eine Sünde wert, ganz ohne Zweifel«, sagte sie und lachte.
»Aber ich habe keine Ahnung, wer die Glückliche sein
könnte. Hast du eine Idee, Susanne?«

Jens schaute auf die Namensschildchen. Susanne und
Susanne. Offenbar ein sehr populärer Name unter Hebammen, dachte er.

Susanne die Zweite, die gerade etwas auf ein Flipchart
mit Namen von werdenden Müttern schrieb, war offenbar eine weniger impulsive Persönlichkeit, die gründlich
nachdachte, bevor sie antwortete.

»Nicht im Entferntesten. Aber ich glaube auch, dass es
eigentlich einfach nur seine Art war. Also diese kleinen
Flirts und so. Manchen gefiel das, andere fanden es nicht
gerade toll.«

Eine dritte Hebamme betrat das Stationszimmer.

»Herr im Himmel! Warum will dieses Kind nicht aus
seiner Mutter raus!?«, stöhnte sie, hielt sich dann aber
kichernd eine Hand vor den Mund, als sie Jens und Katrine sah. Es machte den Eindruck, als hätte sie die Worte
am liebsten zusammen mit dieser Bewegung wieder zu-
rückgeholt. »Ups«, sagte sie.

Katrine lächelte ihr zu.

»Manchmal muss man einfach raus aus dem Brüter und

258

so was loswerden.« Sie atmete tief durch. »Und schon ist man wieder bereit«, sagte sie mit einem übertrieben frischen Lächeln, als wäre sie in einem Werbespot für Aufputschmittel. »Es geht um Mads, nehme ich an?«, fragte sie.

Jens warf einen diskreten Blick auf ihr Namensschild. Unglaublich, aber wahr!, dachte er, Susanne die Dritte. Ob der Vorname früher vielleicht mal Voraussetzung für die Aufnahme an der Hebammenschule gewesen war?

»Ja«, antwortete Katrine. »Haben Sie einen Moment Zeit?« Sie gingen in das Zimmer nebenan. Sie erklärte kurz den Grund ihres Hierseins. »Haben Sie irgendeine Idee, wer es sein könnte? Wir würden natürlich gerne mit der Frau sprechen.«

»Und Sie glauben, es ist eine von uns Hebammen hier auf der Station?«

»Wir wissen es nicht, halten diese Möglichkeit aber für sehr wahrscheinlich.«

»Okay?« Ihre Stimme war plötzlich ein paar Oktaven nach oben geklettert. »Nein, keinen Schimmer«, sagte sie und sah fahrig auf ihre Uhr. »Oh, ich muss zurück in den Kreißsaal.«

Sie weiß etwas!, dachte Katrine.

»Rufen Sie mich an, wenn Ihnen noch etwas einfällt«, sagte Katrine mit Nachdruck. »Es ist wirklich wichtig.«

Einen Augenblick sahen sie sich schweigend an. Katrine las die Worte auf ihrem Namensschild: Susanne Larsen.

»Hier«, eilig schrieb sie ihre Mobilnummer auf einen Zettel und reichte ihn der Hebamme.

»Danke«, sagte die Frau und verließ hastig das Zimmer.

Bingo!, dachte Katrine.

Als sie zurückkam, hatte auch Jens das Gespräch mit Susanne und Susanne gerade beendet.

»Hat sie was gesagt?«, fragte er.

»Nein, aber sie weiß etwas«, flüsterte Katrine eifrig. »Da bin ich ganz sicher. Sie hat meine Mobilnummer, ich habe ihren Namen. Susanne.

»Sehr witzig.«

»Schon gut, Susanne Larsen.«

Sie sprachen noch mit einigen anderen Hebammen, Ärzten und Krankenpflegern, die gerade Dienst hatten, erfuhren aber nichts mehr, das ihnen hätte weiterhelfen können. Also bedankten sie sich und gingen.

»Wir rufen sie an«, sagte Jens. Im selben Moment ging die Tür zu Saal sechs auf, und Susanne Larsen erschien auf dem Flur. Sie kam auf sie zu.

»Ich weiß vielleicht, wer die Frau ist, die Sie suchen«, sagte sie.

*

»Hej, Simone«, sagte Jens in sein Handy. Sie standen wieder unten auf dem Juliane Maries Vej. »Du, ich komme ein bisschen später.«

Katrine konnte sehen, dass ihn ein schlechtes Gewissen plagte. Sie ging ein paar Schritte zur Seite, so dass er das Telefonat in Ruhe zu Ende bringen konnte.

Jens hatte Torsten Bistrup darüber informiert, was sie im Verlauf der letzten Stunden herausgefunden hatten, und man war sich einig geworden, dass Jens und Katrine zu der Frau fahren sollten, von der Susanne Larsen ihnen erzählt hatte.

»Tut mir leid, Liebes, aber wir müssen noch mal los und

mit jemandem sprechen, und danach komme ich sofort und hole dich ab, ja?«

»Ist ja mal wieder typisch!«, sagte Simone mürrisch. »Ich will hier weg. Nach Hause!«

»Tut mir leid.«

Er brach die Verbindung ab, rief seine Mutter an und erklärte die Situation. Verdammter Mist!

*

Eine Frau Mitte dreißig öffnete die Tür, und die Überraschung stand ihr ins Gesicht geschrieben, als sie Jens und Katrine auf ihrer Türschwelle erblickte. Sie war schön, dunkle Haare, ein sehr femininer Typ.

»Mette Rindom?«

»Ja, das bin ich.«

Sie stellten sich ihr vor.

»Wir möchten Sie bitten, für eine Vernehmung mit uns aufs Präsidium zu kommen.«

Ein Mann im gleichen Alter kam hinter ihr zum Vorschein.

»Reine Routine«, fügte Jens hinzu. »Wir sind dabei, frühere Kolleginnen und Kollegen von Mads Winther zu vernehmen«, sagte er in erklärendem Tonfall sowohl zu ihr als auch an den Mann gewandt. Die Frau sah Jens mit einem Ausdruck an, den er nur als Verzweiflung deuten konnte. Gut, dachte er, dann wird es nicht lange dauern, bis sie weichgekocht ist. Hinter dem Paar waren Kinderstimmen zu hören.

»Ich bin gleich so weit«, sagte sie schnell und schob die Tür ein Stück zu.

Sie warteten draußen. Susanne die Dritte hatte ihnen

erzählt, sie habe vor einigen Jahren mit Mads Winther im Hvidovre-Krankenhaus zusammengearbeitet. Zufällig habe sie ihn in einer intimen Situation mit einer Kollegin beobachtet. Aber sie wusste natürlich nicht, ob die beiden immer noch etwas miteinander gehabt hatten, es war ja schon so lange her.

Auf der Fahrt ins Präsidium hatten sie geschwiegen. Der Frau auf dem Rücksitz machte die Situation augenscheinlich schwer zu schaffen. Jens und Katrine hingen ihren eigenen Gedanken nach.

Sie parkten vor dem Polizeigebäude und gingen ins Büro.

»Wann haben Sie mit Mads Winther zusammengearbeitet?«, fragte Jens ohne weitere Umschweife.

Er wirkt müde, dachte Katrine. Sie betrachtete Mette Rindom, die versuchte, den Kopf oben zu behalten. Sie war kurz davor, zusammenzubrechen.

»Das war ...« Sie überlegte kurz. »Ich glaube, Mads hat vor drei Jahren im Reichskrankenhaus angefangen. Ich bin seit sechs Jahren im Hvidovre, also waren wir drei Jahre lang Kollegen.«

»Hm, und wann haben sie begonnen, sich privat zu sehen?«, fragte Jens.

Mette errötete plötzlich und heftig. »Das, äh ... Das war zu einer Zeit, als bei mir zu Hause etwas Sand im Getriebe war. Es ging über ein Jahr, dann habe ich es beendet.«

»Warum?«

»Der Klassiker, würde ich sagen; mein Mann entdeckte eine SMS auf meinem Handy.« Für einen Moment verzog sie das Gesicht zu einer verkniffenen Grimasse. »Er hat ein sehr angemessenes Ultimatum im Hinblick auf unsere gemeinsame Zukunft gestellt. Ich war nicht bereit, ihn und die Kinder aufzugeben. Und übrigens glaube ich auch nicht, dass Mads an mehr als einer Affäre interessiert war. Das war nicht ... so.«

»Was meinen Sie?«

»Tja, es war wohl mehr ein sexuelles Verhältnis als etwas, das zu einer richtigen Beziehung hätte werden können.«

»Und wie hat er reagiert, als Sie Schluss machten?«

»Er ...«, sie senkte den Blick, »er nahm es sehr ... freundlich auf. Tatsächlich hätte er ruhig etwas mehr Enttäuschung zeigen können, wenn ich ganz ehrlich sein soll«, sagte sie mit einem leisen, rauen Lachen.

»Er nahm es etwas zu leicht, wollen Sie das damit sagen?«

»Ja, eigentlich schon.«

»Wo haben Sie sich getroffen?«, schaltete sich Katrine ein.

»Ganz unterschiedlich«, antwortete Mette. »Manchmal in seinem Büro, wenn wir spät arbeiteten. Oder nachmittags bei ihm zu Hause, wenn seine Frau arbeitete und das Haus leer war. Sie war ja viel unterwegs.«

»Und keiner Ihrer Kollegen hat etwas gemerkt?«, hakte Katrine nach.

»Das hatte ich jedenfalls geglaubt«, sagte sie. »Aber jemand muss ja etwas gesehen haben, sonst säßen wir wohl nicht hier.«

Jens nickte.

»Wir waren immer sehr diskret. Mads war sehr auf seinen Ruf bedacht, wie mir schien. Auf eine etwas, wie sagt man ... selbstbezogene Art. Diese Seite von ihm wurde mir erst nach und nach immer deutlicher bewusst, und sie gefiel mir nicht besonders.«

»Sprechen Sie weiter«, sagte Katrine und beugte sich vor. Es war tatsächlich eines der ganz wenigen Male, dass jemand etwas Negatives über Mads Winthers Persönlichkeit berichtete.

»Ich glaube, ansonsten kann ich nichts Schlechtes über ihn sagen, wenn es das ist, worauf Sie aus sind. Ich hatte nur einfach den Eindruck, dass es manchmal nicht normal war, wie sehr er darauf achtete, dass niemand etwas merkte. Es kam mir so vor, als wäre es für ihn schlimmer, wenn jemand anderer etwas mitkriegte, als wenn seine Frau etwas erfuhr.«

»Er war also sehr gut darin, ihre Affäre unter der Decke zu halten?«, fragte Katrine.

»Sehr, sehr gut«, bestätigte Mette ohne Zögern. »Wenn andere dabei waren, also während der Arbeit auf der Station, konnte er mich völlig ausblenden. Wenn ich heute daran zurückdenke, dann war es schon fast unheimlich.«

»Und Ihr Mann? Ist er sehr eifersüchtig?«, ergriff Jens wieder das Wort.

»Natürlich war er eifersüchtig, als er es entdeckte. Wer wäre das nicht gewesen?«

»Und hat er das überwunden, oder nagt es immer noch an ihm?«

Mit einem Mal wurde Mette Rindom leichenblass. »Sie denken doch nicht …?«

»Es ist unsere Aufgabe, an alle Möglichkeiten zu denken. Also, trägt er Ihnen die Sache immer noch nach?«

Sie schüttelte heftig den Kopf. »Nein, überhaupt nicht. Wir haben das hinter uns gelassen und sind sehr glücklich. Wir haben noch ein Kind bekommen. Sie dürfen wirklich nicht glauben ...« Die Tränen, die seit Beginn der Vernehmung latent in ihrer Stimme gelegen hatten, brachen sich jetzt hemmungslos Bahn. Mette Rindom schluchzte.

»Wir müssen wissen, wo Sie und Ihr Mann in der Nacht zum Montag waren«, sagte Jens.

Mette holte ein Taschentuch aus ihrer Handtasche und putzte sich die Nase.

»Wir waren am Sonntag auf einem Familiengeburtstag, sind spät nach Hause gekommen, haben die Kinder ins Bett gebracht, noch ein bisschen ferngesehen und sind gegen elf dann selbst ins Bett gegangen. Ich habe einen sehr leichten Schlaf und wache beim kleinsten Geräusch auf. Deshalb kann ich garantieren, dass Henrik im Laufe der Nacht nirgendwo mehr hingegangen ist. Und ich natürlich auch nicht«, fügte sie entschieden hinzu. »Das ist völlig grotesk, was Sie da unterstellen! Wir haben schon lange nicht mehr von dieser Sache gesprochen. Es ist vorbei!«

Sie fuhren Mette Rindom wieder nach Hause. Wieder saß sie schweigend auf dem Rücksitz. Um ein wenig Konversation zu machen, drehte sich Katrine zu ihr um und fragte: »Kennen Sie viele der Hebammen im Reichskrankenhaus?«

»Ja, ziemlich viele. Unsere Ausbildung hat ja einiges an Praxisanteilen, da lernt man auch viele Kolleginnen kennen.«

»Kennen Sie Lise Barfoed?«, wollte Katrine wissen.

»Ja«, erwiderte Mette verblüfft. »Woher kennen Sie sie denn?«

»Wir sind zusammen aufs Gymnasium gegangen.«

»Sieh an! Wir haben sogar mal eine kurze Zeit zusammengearbeitet, im Hvidovre. Sie ist schon ziemlich rumgekommen.«

»Wie das?«

»Nun ja, ich glaube, sie ist schon auf sämtlichen Entbindungsstationen in der Region gewesen. Klinikhopping, könnte man fast sagen.«

»Aha? Aber jetzt ist sie doch schon länger im Reichskrankenhaus?«

»Tatsächlich? Na, schön, dass sie endlich mal eine Stelle gefunden hat, auf der sie ein wenig zur Ruhe gekommen ist.«

»Ja.«

Sie setzten Mette Rindom vor ihrem Haus ab.

»Denken wir das Gleiche?«, fragte Jens, als sie wieder zurückfuhren.

»Schon möglich«, antwortete Katrine. »Was denkst du denn?«

»Wir müssen ganz einfach rauskriegen, mit wem er Sonntagabend zusammen war.« Jens biss sich auf die Unterlippe. »Mir scheint mehr und mehr, dass wir es mit einem richtigen Schürzenjäger zu tun haben. Aber was war das bloß für ein Verhältnis, das die beiden hatten?«

»Die Winthers?«

»Ja.«

»Eine Institution.«

»Was?«

»Ich weiß nicht ... aber du kennst doch diese Art von Paaren, an die ihre Umgebung besonders hohe Erwartungen hat. Die es zu etwas bringen, die für Verlässlichkeit und Tradition stehen und so weiter und so weiter.«

»Wie die Königsfamilie?«

»Quatschkopf!«

»Ganz ehrlich, ist diese Art von Paaren heute nicht etwas aus der Mode?«

»Hm, vielleicht sind ja noch ein paar Beziehungsdinosaurier übrig? Aber von einem, glaube ich, können wir wohl mit Sicherheit ausgehen – zu Hause wurden seine Bedürfnisse nicht befriedigt ...«

»Aber warum zum Teufel hat er sich dann nicht einfach von ihr scheiden lassen?«

»Wie schon gesagt – eine Institution. Und außerdem hat es etwas mit Narzissmus zu tun, glaube ich, eine leichte narzisstische Persönlichkeitsstörung vielleicht. Es hört sich so an, als sei er ziemlich egozentrisch gewesen. Und anscheinend ein wirklich guter Lügner.«

*

Jens hielt neben Katrines Wagen, der vor dem Polizeipräsidium stand.

»Wird wohl nichts mit dem Laufen heute«, sagte er und klang dabei ehrlich enttäuscht.

»Das holen wir bald mal nach«, meinte Katrine.

»Vorsicht, ich nehme dich beim Wort, Frau Doktor«, erwiderte Jens. »Hast du eigentlich keine Angst, ganz alleine da draußen zu wohnen?« Sie hatte ihm im Laufe des Tages erzählt, wo sie zurzeit wohnte, nachdem er eine Bemerkung über ihren »Monstertruck« gemacht hatte.

»Nein, eigentlich nicht«, antwortete sie und schüttelte den Kopf. »Um diese Jahreszeit ist es sehr friedlich, eben weil keine Menschenseele da ist. Und genau das gefällt mir.«

Jens nickte. An einem Ort zu wohnen, an dem es so still und dunkel war wie in einem dänischen Ferienhausgebiet mitten im Winter, war für ihn schwer vorstellbar.

»Na dann«, er schaute sie an. »Wir sehen uns morgen.«

»Ja. Hoffentlich ist sie nicht allzu sauer – Simone«, lächelte Katrine.

»Das weiß man nie«, sagte er mit einem schiefen Grinsen und zwinkerte. »Sie bringt Spannung in den Alltag.«

Katrine setzte sich in ihren Wagen und sah ihm nach. Er war ein charmanter Mann, dachte sie. Und besonders sein manchmal zwar rauer, aber immer liebevoller Umgang mit der Tochter hatte etwas, das sie berührte.

*

Jens parkte vor dem Haus seiner Eltern in Valby, ging mit schnellen Schritten zur Haustür und klingelte. Dann prüfte er, ob die Tür abgeschlossen war. Hin und wieder ließen sie sie offen, in einem, wie Jens fand, hippieartigen und hoffnungslos naiven Glauben an das Gute in ihren Mitmenschen. Eine Reihe Einbrüche in der Umgebung und Jens' unaufhörliche Ermahnungen hatten aber doch einen gewissen erzieherischen Effekt gehabt.

Ellen öffnete und sah ihn verblüfft an. »Na ...? Hej, mein Junge!«

Er sah genauso verblüfft zurück. »Äh ... hej?«

»Hast du Simones Nachricht nicht bekommen?«

»Simones Nachricht?«, wiederholte er stumpfsinnig. »Nein, hab ich nicht.«

»Sie hat sich selbst auf den Heimweg gemacht und gesagt, sie hätte dir eine SMS geschickt und du hättest geantwortet, es wäre okay.«

Er fühlte sich richtig dumm. Dumm, dümmer, Jens Høgh.

Dann schüttelte er den Kopf. »Sie hat mir keine SMS geschickt.« Er holte sein Telefon hervor und sah zur Sicherheit unter »Eingegangene Nahrichten« nach. Keine SMS von Simone.

»Sie ist nach Hause, sagst du?«

»Ja, wir haben ihr angeboten, sie zu fahren, aber sie wollte sich lieber alleine aufmachen.« Seine Mutter sah besorgt aus. »Es ist ja auch nicht so weit, aber ...«

»Nein, es geht vielmehr darum, dass ihr unsere Absprachen offensichtlich völlig egal sind!«, sagte er verärgert.

»Das tut mir wirklich leid, Junge, ich dachte ja, sie hätte ...« Sie schüttelte den Kopf. »Was denkt sie sich nur?«

»Das ist ja genau das Problem«, sagte Jens. »Sie hat das Denken bedauerlicherweise eingestellt.« Er wählte Simones Nummer. Mobilbox.

»Was meinst du, wo sie sein kann?«

»Ich hoffe wirklich – und zwar für sie! –, dass sie tatsächlich nach Hause ist«, grollte Jens. Er gab seiner Mutter einen flüchtigen Kuss auf die Wange und lief zurück zum Wagen. »Grüß Papa!«, rief er.

Er fühlte sich sehr allein, als er über Valby Bakke fuhr. Und beängstigend schlecht gerüstet, um das alles durchzustehen, was ihm mit Simone wohl noch bevorstand. Warum begriff sie nicht, was es bedeutete, wenn sie so etwas machte?

Er brachte den Wagen gegen alle Vorschriften direkt vor dem Treppenaufgang in der Godsbanegade zum Stehen, stieg aus und nahm drei Stufen auf einmal.

*

Katrine hielt vor einer Sushibar und bestellte »Einmal groß zum Mitnehmen«. Als sie den Preis hörte, schlug sie innerlich drei Kreuze, versuchte aber, sich darauf zu konzentrieren, wie schön es sein würde, gleich vor dem warmen Ofen zu sitzen und die Köstlichkeit mit einem leckeren Glas Chardonnay, den sie noch im Kühlschrank hatte, zu genießen. Das brachte jedoch ihren Magen dazu, so gewaltig zu knurren, dass sie wiederum an etwas ganz anderes denken musste.

Okay, Zusammenfassung!

Sie kramte ihren MP3-Rekorder hervor für den Fall, dass ihr etwas Erhellendes einfallen sollte, obwohl sie daran im Moment zweifelte. Dennoch, es kam nicht selten vor, dass es passierte, wenn sie Auto fuhr oder trainierte. Und dann war es gut, die Idee und ihre Hintergründe gleich präzise formulieren zu können. Sie schaltete das Gerät ein.

»Vibeke Winther«, sagte sie in die Dunkelheit, die über der Autobahn lag und schon bald nur noch von den Scheinwerfern ihres Wagens durchbrochen werden würde. »Weiß wahrscheinlich nicht, dass ihr Mann vor drei Jahren eine längere Affäre hatte. Und wusste jedenfalls nicht, dass ihr Mann am Sonntagabend mit einer anderen Frau zusammen war. Diese Frau müssen wir noch ausfindig machen. Vibeke Winther leidet an Anorexie, hat aber ihre postnatale Depression offenbar überstanden, in deren Verlauf sie zwanghafte Angstschübe entwickelt hatte. Merkwürdig ist die Tatsache, dass alle Messer erst vor einer Woche wieder in der Küche untergebracht wurden. Darauf angesprochen, hat sich Vibeke sehr defensiv verhalten und versucht, meine Kompetenz als Psychologin zu untergraben, indem sie das als zu simplen Gedankengang bezeichnete.

Thomas Kring, Mads Winthers Freund, wusste von der Affäre, hat Mads aber gedeckt. Er hat dafür gesorgt, dass Vibeke durch künstliche Befruchtung schwanger wurde. Wirkt Vibeke gegenüber auch sehr loyal.

Mette Rindom, die eine Affäre mit Winther hatte, meinte, er sei ziemlich von sich eingenommen gewesen. Sehr bedacht auf seinen Ruf. Eine leicht narzisstische Persönlichkeit vielleicht? Versuchen, etwas über seine Eltern und seine Kindheit und Jugend herauszufinden«, sagte sie als Arbeitsauftrag an sich selbst.

»Aslan Nukajev: ist immer noch nicht vernehmungsfähig.« Sie seufzte. »Sehen wir Gespenster? Wenn man alles zusammennimmt, dann ist es wohl ziemlich schwierig, eine andere Erklärung für Nukajevs Zustand bei seiner Verhaftung zu finden, als dass er der Mörder ist. Viele Indizien verweisen auf ihn; das Blut, das Motiv, sein Kollaps; möglicherweise eine Reaktion auf den Mord. Möglicherweise … Noch etwas? Lise …«, sagte Katrine. »Vielleicht weiß sie, mit wem Mads eine Affäre hatte.«

Sie spürte, dass ihr Gehirn leer war. Mehr kam jetzt nicht. Die Antworten mussten in dem Material direkt vor ihren Nasen zu finden sein, aber sie konnten sie nicht sehen. Noch nicht. Machten sie alles vielleicht nur unnötig kompliziert?

Sie schaltete den MP3-Rekorder ab und stattdessen das Radio ein, drehte die Lautstärke hoch. Eine dänische Band, von der sie noch nie etwas gehört hatte.

Die Musik brachte ein Gefühl hoch, das sie seit ihrer Landung vorgestern in Kastrup begleitete. Sie fühlte sich fremd. Würde sie sich hier jemals wieder zu Hause fühlen?

*

Jens stürmte in die Wohnung und riss die Tür zu Simones Zimmer auf.

Sie saß mit unschuldiger Miene und ihrem Laptop auf dem Bett.

»Warum hast du Ellen angelogen?«

»Du behandelst mich wie ein Kleinkind!«, entgegnete sie, ohne den Blick von dem Bildschirm abzuwenden. »Und das geht mir einfach total auf die Nerven. Meine Freundinnen dürfen alle viel mehr als ich.«

»Aber du darfst doch ... Verdammt nochmal, Simone, warum sagst du das denn nicht einfach, anstatt uns alle anzulügen? Wir machen uns doch solche Sorgen! Mir ist schon alles Mögliche im Kopf rumgespukt, was dir passiert sein könnte – ich wusste doch nicht, wo du warst, zum Teufel nochmal!«

Sie zuckte nonchalant mit den Schultern. »Ich hatte keine Lust mehr, da rumzuhängen. Da ist es stinklangweilig. Und du hattest ja wohl mal wieder *keine* Zeit, mich abzuholen, oder was?«

»Ach«, sagte er und fühlte einen erschreckenden Drang, sie zu packen und zu schütteln. Wie sollte er ihr bloß eintrichtern, dass das, was sie tat, egoistisch und unvernünftig war?

»Außerdem glaubst du ja sowieso immer, ich lüge, oder? Dann kann ich es ja auch genauso gut tun!«

»Simone! Das geht jetzt wirklich zu weit!«

»Und du hattest doch zu tun, oder etwa nicht? Also

wollte ich dir nicht zur Last fallen. Erst recht nicht, wenn du mit deiner neuen Kollegin zusammen bist.« Sie sah ihn herausfordernd an.

Er drehte sich auf dem Absatz um und eilte ins Wohnzimmer, bevor er noch etwas tat oder sagte, das er später bereuen würde. Rastlos und ohnmächtig stand er mitten im Zimmer.

Gab es das? Konnte es sein, dass er eine solch rasende Wut auf sie hatte, obwohl sie ihm doch alles bedeutete?

*

Nachdem sie ihr Sushi gegessen hatte, fuhr Katrine ihren PC hoch. Jens hatte ihr das Diktiergerät mitgegeben, mit dem er Lises Vernehmung aufgezeichnet hatte. Falls es relevant war, würde sie es verschriftlichen. Sie schob einen klobigen Schalter auf »On«, und das Band in dem kleinen Gehäuse begann, sich zu drehen. Es war beinahe nostalgisch. Während ihres Studiums hatte sie Unmengen von Interviews verschriftlicht.

»*Ihr Freund hat Selbstmord begangen*«, hörte sie Lise sagen. Sie schaltete das Band sofort wieder aus. Ihre Wangen brannten bei dem Gedanken daran, dass Jens es gehört hatte. So lange her und immer noch diese Scham. Lange saß sie da und sah in das Feuer im Ofen.

Es war ein Zwangsgedanke, das wusste sie wohl. Andere Menschen dachten nicht schlecht über sie deswegen. Es spielte sich nur in ihrem eigenen Kopf ab. Andere verurteilten sie nicht, sie fühlten mit ihr. Selbstmord ist eine persönliche Wahl, sagten sie. Wie hätte sie voraussehen sollen, dass er diese Wahl treffen würde?

Aber sie hätte es vermeiden können, sie in diese Situation zu bringen, in der sich alles zugespitzt hatte. Diese Situation, die ihn über die Kante und in die Hoffnungslosigkeit gestoßen hatte, dachte sie. Das hätte sie ja gekonnt. Also war es ihre Schuld, ihre verdammte Schuld.

Immer wenn sie über das nachdachte, was damals geschehen war, kam sie am Ende an diesen Punkt. Ganz egal, wie viele Stunden und wie viel Geld sie in die Therapie investiert hatte, sie war nicht in der Lage, ihren Gedankengang über das Geschehene zu ändern. Und deshalb war sie irgendwann zu der Erkenntnis gekommen, dass das Einzige, was sie tun konnte, war … zu versuchen, damit zu leben. Sie hatte gehofft, es könnte ihr helfen, hierher zurückzukehren, ihr helfen, Frieden mit der Vergangenheit zu machen. Aber vielleicht war das eine trügerische Hoffnung.

Sie überwand ihren Widerwillen und hörte sich den Rest der Vernehmung an, während sie ihr Bestes tat, um eine emotionale Distanz dazu aufzubauen, dass es Lise war, die da sprach.

»Sie hatten Probleme, Kinder zu bekommen. Langwierige Fruchtbarkeitsbehandlung und so weiter. Und dann hatten sie endlich Glück. Er war einfach nur glücklich, dass er endlich Vater werden sollte. Stellen Sie sich das mal vor, Sie holen Tausende von Kindern auf die Welt und sehen all die strahlenden Elternpaare – und Ihnen ist es nicht vergönnt, dieses Glück selbst zu erleben!«

Katrine hörte sich die Passage ein paarmal an. Jens hatte berichtet, Lise habe Mads einen »Familienmenschen« genannt – doch tatsächlich hatte sie dieses Wort nicht ein einziges Mal benutzt. Es war Jens' ganz persönliche Interpretation dessen gewesen, was Lise erzählt hatte.

Letzten Endes bedeutete das ja nichts, aber immerhin war es ein gutes Beispiel dafür, wie nützlich solche Aufnahmen sein konnten, dachte sie. Alles in allem gab die Vernehmung jedoch nichts her, das sie in eine neue Richtung gebracht hätte.

Stattdessen schloss sie erwartungsvoll die Festplatte an ihren PC an, die Jens ihr gegeben hatte und auf der sich eine Kopie von Mads Winthers Rechner befand.

Bisher hatten einzig und allein die Aussagen von Mette Rindom ein paar Kratzer auf der tadellosen Oberfläche des Arztes hinterlassen. Obwohl ihre Affäre ein ganzes Jahr gedauert hatte, klang es nicht so, als seien sie sich besonders nahe gekommen. Katrine hätte liebend gern mit ein paar Menschen gesprochen, die ihn richtig gut gekannt hatten und im Gegensatz zu seiner Frau und Thomas Kring auch bereit waren, *wirklich* über ihn zu reden. Es gab nur niemanden. Sie hatten die komplette Runde gemacht. Vielleicht hatte er zu der Art von Menschen gehört, denen kaum jemand wirklich nahekam?, grübelte sie. Wenngleich er bei vielen sehr beliebt gewesen war, hatten sie ihn ja anscheinend doch nicht näher oder sogar als Freund gekannt. War er genauso reserviert wie seine Frau gewesen? Nein, alle beschrieben ihn als einen umgänglichen und charmanten Menschen.

Aber er hatte seine Frau betrogen – und das in großem Stil. Das war Fakt. Sein Ruf war ihm überaus wichtig gewesen. Er musste gut darin gewesen sein zu lügen, sonst hätte er seine Affären kaum verborgen halten können. Eine Reihe von Checklisten-Treffern verschiedener Persönlichkeitsstörungen begann sich abzuzeichnen.

Katrine hoffte, dass Mads Winthers digitale Hinterlassenschaften etwas mehr über ihn sagen würden. Doch als sie die ersten Dateien und Dokumente öffnete, begann sie schnell, sich zu wundern. Ganz offensichtlich hatte sie hier nur die Kopie einer externen Festplatte. Warum lag nicht der ganze Rechnerinhalt vor? Insbesondere war sie gespannt darauf gewesen, seine Mailkorrespondenz zu lesen, um sich auf diesem Weg einen Eindruck von seiner Persönlichkeit zu verschaffen. Mit wem hatte er Kontakt? Was schrieb er? Was schrieben andere ihm? Wie war sein Stil? Mit wem tauschte er private Mails aus? Hatte er überhaupt einen privaten Mailverkehr? Und nicht zuletzt hatte sie gehofft, Verabredungen, Telefonnummern und Ähnliches zu finden. Und hier saß sie nun mit einer Festplatte voller Fachartikel, Berichte, Bilder mit den Kindern und Vibeke und Unterlagen eines überschaubaren Privatvermögens. Sie war tief enttäuscht. Warum hatte Jens das nicht gesagt?

Sie fluchte laut.

Aber immerhin hatte sie nun Zeit, die Notizen durchzugehen, die sie notdürftig gemacht hatte. Es waren noch nicht besonders viele. Sie war ja mit Jens hin und her gerast. Aber sie hatte es genossen, draußen an der Front zu sein. Der Gedanke, Tag für Tag in einem Büro hinter einem Schreibtisch festzusitzen, kam ihr gerade unerträglich vor.

Mads Winthers letzter Lebensmonat lag in groben Zügen vor ihr. Einer seiner Söhne war ernsthaft erkrankt, Nukajevs Besessenheit von Mads' Schuld war eskaliert, und er selbst war seiner Frau untreu gewesen, am letzten Abend vor seinem Tod. Vor ungefähr drei Jahren, konnte sie inzwischen hinzufügen, hatte es eine Affäre mit einer

276

Kollegin gegeben, von der seine Frau anscheinend nichts wusste.

Verdammt! Wenn sie doch bloß Nukajev morgen vernehmen konnten. Es wäre wirklich spannend, endlich seine Aussage zu hören.

Das Feuer ging allmählich aus. Sie schaute auf die rötlich schimmernde Glut im Ofen.

Dann fiel ihr wieder ein, dass ja morgen der Monteur kommen sollte. Müde raffte sie die Bilder von dem toten Mads Winther zusammen, die immer noch auf dem Boden verstreut lagen.

Ian!

Sie hatte ganz vergessen, dass sie ihm ja gemailt hatte, sie werde ihn anrufen. Sie griff nach dem Telefon und wählte seine Nummer.

»Hi, I'm not able to answer your call at the moment ...« Seine Stimme ging ihr direkt zwischen die Beine. Hätte sie doch nur zu ihm unter die Decke kriechen können anstatt in ein kaltes und leeres Bett.

»Ich hatte mich schon auf eine halbe Stunde heißen Telefonsex gefreut«, sagte sie und lachte leise. »Aber okay, so bist du noch mal davongekommen. Ruf mich an.«

Ein kleiner Teufel flüsterte in ihrem Ohr; warum hat er nicht angerufen? Oder eine Mail geschickt? Katrine befahl ihm, die Klappe zu halten.

Sie ging ins Bett und stellte den Wecker an ihrem Handy auf fünf Uhr. Sie wollte raus und laufen. Eine lange Strecke.

*

Jens war gerade erst zur Tür hereingekommen. Das Büro war noch verwaist, Katrine noch nicht da.

»Guten Morgen, Jens.« Plötzlich stand Per Kragh im Türrahmen, hinter ihm konnte er Bent Melby ausmachen. Damit war klar, was die Stunde geschlagen hatte.

Mist!

Als ob die Liste unerwünschter Umstände in seinem Leben nicht schon lang genug wäre. Wie Simones ungenauer Umgang mit der Wahrheit. Oder australische Tauchlehrer in Ägypten. Um nur die unerwünschtesten zu nennen.

»Guten Morgen, die Herren«, antwortete Jens und fragte sich, warum er im Doppelpack Besuch aus der Führungsetage bekam. Die anderen Kollegen, die in der Task Force Bandenkriminalität dabei sein sollten, hatten sich mit Kragh begnügen müssen. Was hatten sie vor?

»Ja, du kannst dir sicher schon denken, was uns hierherführt«, begann Kragh.

»Yes«, sagte Jens und verschränkte die Hände hinter dem Kopf.

»Ich hätte dich gerne in meinem Team, Jens«, sagte Bent.

»Ja, also, danke für das Angebot«, antwortete Jens und versuchte, ein Lächeln hervorzuzwingen. Dankend abzulehnen kam nicht in Frage. Das war keine Alternative, die die beiden Herren da vor ihm auf dem Zettel hatten.

»Das klingt doch gut«, sagte Bent formell.

»Nicht dass du denkst, ich wollte dich loswerden, Jens. Es ist ja auch nur für einen begrenzten Zeitraum«, fügte Kragh hinzu.

»Es wäre schön zu wissen, dass ich danach wieder zu Mord zurückkomme«, hakte Jens mit einem vielsagenden Blick auf Kragh nach, der zum Glück nickte.

»Und wie läuft es so mit unserer neuen Kollegin hier?«,

fragte Bent beiläufig und nickte in Richtung Katrines Stuhl. Natürlich, deshalb war er mitgekommen, dachte Jens, um ein bisschen zu schnüffeln.

»Ganz hervorragend, sie hat einen messerscharfen Verstand«, erwiderte Jens. »Das wird schon gut klappen mit ihr im Team.« Der Gedanke tröstete ihn ein wenig. Dass sie weiterhin in derselben Abteilung sein würden. Aber Rocker ... Die Chefs verließen das Büro, und Jens ließ den Kopf auf die Tischplatte sinken.

*

Katrine sah Melby mit Kragh in dessen Büro verschwinden und öffnete die Tür zu ihrem und Jens' Dienstzimmer, wo sich ihr ein überraschender Anblick ihres Kollegen bot.

»Guten Morgen, Jens. Jetzt komm schon, Kopf hoch! Zum Aufgeben ist es ja wohl noch zu früh. Wir werden der Sache schon auf den Grund gehen«, sagte sie munter.

Jens hob den Kopf von der Schreibtischplatte und schaute sie mit dem Blick eines Mannes an, der von allen Plagen der Welt gleichzeitig heimgesucht wird. Katrine lief in die Teeküche und kehrte mit einer Tasse dampfenden Kaffees zurück, die sie vor ihm auf den Tisch stellte. Sie erntete einen dankbaren Blick.

»Danke!«

»Bist du okay?«, fragte sie besorgt.

»Mal abgesehen davon, dass meine Tochter jetzt auch noch damit anfängt, einfach zu verschwinden, und ich gerade ganz offiziell zum Bandenkriminalitätsbekämpfer ernannt wurde, geht's mir ganz prima.«

»Zu verschwinden? Um jetzt mal vorne anzufangen.«

279

»Gestern Abend hat sie meinen Eltern vorgemacht, sie hätte mit mir besprochen, dass sie allein nach Hause gehen darf.« Er starrte resigniert zur Decke. »Ich hätte sie am liebsten geschüttelt und geschrien, dass ich ihr ein Flugticket nach China kaufe, zu Veronique … Manchmal bringt sie einfach meine schlimmsten Seiten zum Vorschein. Schrecklich!« Er sah völlig verzweifelt aus.

»Aber du hast es nicht gemacht«, stellte sie fest.

»Natürlich nicht!«

»Es fällt ihr wohl sehr schwer zu akzeptieren, dass ihre Mutter sie zurückgelassen hat«, sagte sie vorsichtig. »Hast du mal überlegt, ob ihr Veronique nicht mal besuchen könntet?«

»In China? Da sind sie nämlich jetzt. Und bleiben auch noch eine Zeitlang da. Dafür reicht das Taschengeld, das man hier verdient, hinten und vorne nicht.«

»Kommen sie auf ihrer Tournee denn gar nicht nach Europa?«

»Sie waren letzten Sommer hier. Simone war in den Ferien vier Wochen in Frankreich. Ich weiß wirklich nicht … Ich muss wohl versuchen, Veronique zu erreichen, und sie fragen, wann sie wieder hier ist.«

»Gut. Aber sag mal, was wäre denn das Schlimmste, was passieren könnte im Zusammenhang damit, dass Simone dich anlügt?«

»Hast du mal ein paar Stunden Zeit? Dann könnte ich dir die wichtigsten …«

»Hast du mal ernsthaft überlegt, ob du dir nicht zu viele Sorgen machst?«, fragte sie und legte dabei den Kopf etwas schräg.

»Es ist doch der reinste Teufelskreis! Sie hat gesagt, ich

würde ja sowieso glauben, dass sie die ganze Zeit lügt. Also könnte sie es auch gleich machen. Und wenn sich dann herausstellt, dass sie mich wirklich anlügt, dann muss ich ja wiederum besonders aufpassen! Und dann meine Eltern ... frech ins Gesicht gelogen!«

Sie sah ihn an und überlegte kurz. Ja, er konnte vertragen, es zu hören. »Du weißt aber schon, was man über euch Polizisten sagt?«

Er seufzte tief. »Dass wir in unseren Uniformen so toll aussehen?«

»Nein, daran habe ich gerade ausnahmsweise mal nicht gedacht. Und was ich jetzt sage, ist nicht nur eine Redensart, sondern tatsächlich wissenschaftlich bewiesen. Ihr glaubt sehr viel häufiger als andere Berufsgruppen, dass die Leute lügen. Und ihr glaubt auch, ihr wärt sehr viel besser darin als andere, zu durchschauen, dass die Leute lügen.«

»Aber das ist doch klar. Überleg doch mal, mit wem wir es tagtäglich zu tun haben; mit Mördern, Gewalttätern, Dieben, Betrügern.« Er machte eine ausladende Handbewegung in Richtung der anderen Büros. »Mit uns selbst!« Dann sah er sie an. »Und mit Psychologen und solchen suspekten Gestalten!«

Sie knüllte das erstbeste Papier in ihrer Reichweite zu einer Kugel zusammen und warf nach ihm. Er warf zurück, und sie fing es auf.

»Ups, eine Notiz zur Task Force«, sagte sie unschuldig und lächelte.

Er schüttelte den Kopf über sie. »Was uns zu Katastrophe Nummer zwei führt«, sagte Jens. »Ich soll da rauf!« Er schaute hinauf zur Zimmerdecke.

»In den Himmel?« Sie lächelte wieder. »Dafür ist es ja wohl noch ein bisschen früh.«

»Hells Angels!«

Sie lachten beide.

»Mein Beileid«, sagte Katrine.

»Danke.«

»Aber es ist doch zumindest schön, dass wir dann zusammen Engel und andere Schurken bekämpfen«, sagte sie tröstend.

»Mein einziges Licht in der Dunkelheit«, stimmte Jens zu.

»Gut, dann wäre das ja geklärt«, sagte Katrine und setzte eine ernste Miene auf. »Gestern Abend habe ich mich noch ein wenig mit Winthers Laptop beschäftigt. Hurra hab ich da nicht gerade gerufen.«

Schuldbewusst senkte Jens den Blick und schaute auf seine Schreibtischplatte. »Entschuldige.«

»Entschuldige was?«

»Dass ich vergessen habe, dir zu sagen, dass er seinen alten vor kurzem ausrangiert und sich einen neuen gekauft hat. Offenbar hat er die wichtigsten Dateien auf die Festplatte gespeichert, den neuen aber noch so gut wie nicht benutzt.

»Und der alte?«, fragte sie hoffnungsvoll.

»Im Haus haben wir ihn nicht gefunden, und Vibeke wusste auch nicht, was er damit gemacht hat.«

»Und der PC in seinem Büro?«

»Ein Thin Client«, sagte Jens, als sei es das Selbstverständlichste auf der Welt und er in diesen Dingen bestens bewandert. Falls sie fragte, hätte er es ja sogar erklären können …

»Verflucht nochmal!«

Das klang nicht danach, als müsste er es ihr erklären.

»Ja, schlechtes Timing.«

Katrine dachte nach. »Ist es nicht doch möglich, dass er noch irgendwo im Haus liegt?«

»Tja, das KTI hat zu Hause bei Winthers alles auf den Kopf gestellt. Wenn er da gewesen wäre, hätten sie ihn gefunden.«

»Was ist mit seinem Büro im Krankenhaus?«

»Warum sollte er seinen alten – privaten – Laptop da verstecken?«

»Ich weiß es nicht. Ich würde nur zu gerne seine Mailkorrespondenz sehen. Mit wem er Kontakt hatte und worum es in den Mails ging. Und warum hat er den neuen noch nicht benutzt?«

»Vielleicht war er nicht der Typ, der im Privatleben alles per Computer regelt? Vielleicht hat er eher telefoniert? Oder ist in die Kneipe gegangen?«

»Oder hat Brieftauben geschickt?«

»Ja, genau! Nein, ganz ehrlich, ich glaube nicht, dass uns das weiterbringt.«

»Da bin ich nicht ganz bei dir. Ich glaube, das ist wichtig. Wenn der alte Laptop noch existiert, kann er uns sehr viel über Winthers Tun und Lassen über einen längeren Zeitraum erzählen.«

Sie sahen sich an, und ein mentales Armdrücken erfüllte den Raum. Im selben Moment trat Bistrup zur Tür herein.

»Na, dürfen andere vielleicht auch erfahren, worüber hier gerade so intensiv nachgedacht wird?« Er schaute von einem zur anderen.

»Selbstverständlich«, sagte Katrine.

»Ach ja, Glückwunsch zum neuen Job in der Task Force«, sagte Bistrup mit einem breiten Lächeln zu Jens. »Immer gut zu wissen, dass man etwas dazu beitragen kann, die Gesellschaft zum Guten zu verändern, was?«

Jens murmelte etwas Unverständliches und erhob sich mühsam von seinem Stuhl.

Sie folgten Bistrup in den Besprechungsraum, wo bereits Kim Johansen und Per Kragh saßen.

»Gut«, sagte Bistrup. »Zum aktuellen Status im Fall Winther. Die Tatwaffe: Das KTI hat an den Messern in Winthers Haus nur nichtmenschliches Blut gefunden. Daher können wir vermutlich ausschließen, dass eins der Messer aus dem Haus benutzt wurde. Wir suchen also immer noch nach der Tatwaffe. Kim, wie sieht's damit aus?«

Katrine schaute zu Kim, den sie längst »Pitbull« getauft hatte.

»Die Strecke von Nukajevs Wohnung nach Frederiksberg haben wir abgesucht«, bellte er. »Nichts gefunden. Nächste Möglichkeit wär jetzt, den Damhus-See mit Schleppnetzen abzusuchen.«

»Hm«, brummte Kragh. »Gehen wir erst noch mal durch, ob es noch andere Möglichkeiten gibt, bevor wir diesen Aufwand lostreten. Vielleicht haben wir ja etwas übersehen. Gibt es irgendetwas Neues dazu, welchen Weg Nukajev von Frederiksberg nach Nørrebro genommen hat? Zeugen?«

»Keine Zeugen«, beantwortete Bistrup die Frage. »Keine Menschenseele hat ihn gesehen. Aber wir dürfen nicht vergessen, dass es geschneit hat und schon spät in der Nacht zu Montag war. Da sind nicht mehr sonderlich viele Leute auf der Straße.«

284

»Und die Überwachungskameras?«, fragte Katrine. »Er könnte den Zug genommen haben.«

»Er ist auf keiner der Kameras zu sehen, das ist also unwahrscheinlich.«

»Ein Taxifahrer, der sich an ihn erinnert?«

»Nichts.«

»Hat er ein Auto?«, fragte sie.

»Nein«, erwiderte Bistrup mit Nachsicht in der Stimme.

»Moped? Fahrrad?«

»Bei dem Schnee? Das glaube ich kaum«, sagte Bistrup und blickte drein, als halte er Katrine für ein wenig zurückgeblieben.

»Autodiebstähle in der Gegend in der fraglichen Nacht?«, fuhr sie unverdrossen fort.

Bistrup schaute Pitbull an.

»Äh ...«, knurrte der.

»Ja, diese beiden Möglichkeiten sollten wir auf jeden Fall untersuchen«, konstatierte Per Kragh trocken. »Also Moped und Autodiebstahl«, fügte er mit einem Nicken an Pitbull hinzu.

Wuff, dachte Katrine.

»Sagen Sie ma', sind Sie eigentlich Bulle oder Psychologe?«, fragte Pitbull mürrisch.

»Ich dachte, hier geht es darum, den Täter zu finden?«, gab Katrine bissig zurück, verärgert über solches Schubladendenken. Manche Leute hatten die idiotische Einstellung, sie habe sich gefälligst an das zu halten, was mit »Gefühlen« zu tun hatte.

»Natürlich, und nichts anderes«, sagte Per Kragh und sah Kim mit einem »Immer-langsam-mit-den-jungen-Pferden«-Blick an.

Katrine begegnete Jens' Blick. 1–0, sagte er.

Jens ergriff das Wort und berichtete, was sie im Laufe des gestrigen Tages herausgefunden hatten. Mit einem Blick auf Katrine sagte er abschließend: »Außerdem sind wir der Meinung, dass wir nach Winthers altem Laptop suchen sollten, weil der neue, den wir gefunden haben, nicht besonders viel Fleisch auf den Rippen hat.« In kurzen Zügen erklärte er den Zusammenhang.

»Das ist richtig. Es könnte sehr hilfreich für uns sein, ihn uns näher anzusehen – falls es ihn noch gibt«, ergänzte Katrine.

»Und was hoffen Sie darauf zu finden? Ein Tagebuch etwa oder ein Foto von seiner Geliebten?«, fragte Bistrup.

»Ja, Sie haben's erfasst«, sagte sie und lächelte ihn an. »So viel Glück habe ich bisher zwar noch nie gehabt, aber das wäre natürlich die Krönung.«

»Wann bekommen wir eigentlich dieses sogenannte Opferprofil?«, fragte Bistrup unschuldig und malte mit großer Geste Anführungszeichen in die Luft. »Es könnte für uns herkömmliche Ermittler ja doch spannend sein, mal etwas Neues zu lernen? Momentan kommt ja ausschließlich Kollege Høgh in den Genuss Ihrer ... besonderen Fähigkeiten.«

Per Kragh hatte nun offensichtlich genug. Noch bevor Katrine antworten konnte, ging er dazwischen.

»Torsten, du kommst gleich anschließend in mein Büro. Wir müssen uns dringend mal unterhalten«, sagte er scharf.

Katrine betrachtete Bistrup, der ziemlich beleidigt dreinblickte.

»Die Frage ist«, schaltete Jens sich wieder ein, »für welche Strategie wir uns entscheiden, um herauszufinden, mit wem er Sonntagabend zwischen einundzwanzig und dreiundzwanzig Uhr zusammen war.«

Bistrup räusperte sich. »Tom hat Reste von Sperma auf der Liege in seinem Büro im Reichskrankenhaus gefunden. Den Bescheid haben wir eben erst bekommen.«

»Können sie sagen, wie alt diese Reste sind?«

»Sie sind verhältnismäßig neu. Und passen zu dem, das wir bei Winther gefunden haben.«

»Ausgezeichnet«, sagte Kragh und sah Katrine an. »Gibt es sonst noch etwas, das wir angehen sollten?«

»Sein Telefon hat uns nichts gebracht«, sagte sie. »Dabei sind Handys doch mittlerweile der größte Freund des Menschen und haben uns normalerweise viel zu erzählen. Aber wenn es eine länger andauernde Affäre war, können sie vielleicht Prepaid-Telefone benutzt haben. Nur ist bis jetzt noch keins gefunden worden. Ich vermute, wir können nicht mal eben DNA-Proben von ein paar hundert Krankenhausmitarbeiterinnen nehmen und auswerten?« Per Kragh nickte, um Bistrups Mundwinkel zeigte sich ein kaum wahrnehmbarer höhnischer Zug. »Außerdem können wir ja auch nicht hundertprozentig sicher sein, dass es jemand aus der Klinik ist, auch wenn jetzt vieles darauf hindeutet. Möglicherweise ist sein alter Laptop unsere beste Quelle, um die besagte Dame zu finden. Und irgendjemand *muss* irgendwann etwas gesehen haben.«

»Gut«, sagte Kragh zusammenfassend. »Katrine, Jens, ihr macht in dieser Richtung weiter. Stellt fest, ob es nicht ein paar Gerüchte über Winther gibt. Und versucht, den alten Laptop zu finden. Wir treffen uns dann am späten Nachmittag wieder hier und bringen uns auf den neuesten Stand. Ich bin nicht ganz sicher, ob wir weiterhin Ressourcen für diese Spur mit der Geliebten einsetzen sollen. Zieht man alles in Betracht, haben wir den Täter ja vermutlich schon gefunden.«

»Es kann noch einige Zeit vergehen, bis er vernehmungsfähig ist«, warf Katrine ein. »Und in der Zwischenzeit ...«

»Ja, ja, in der Zwischenzeit können andere Spuren kalt werden, wenn er es nicht war«, sagte Kragh. »Und das ist natürlich auch der Grund, warum wir damit vorläufig noch weitermachen. In Ordnung, stoßt alle Türen auf, die bisher nur angelehnt sind. Und laufend Berichte an den Leiter der Ermittlungen, wenn ich bitten darf. Danke«, sagte er mit entschiedener Miene zu Jens, der peinlich berührt den Blick abwandte.

»Ich hab mich gestern doch bemüht, oder?«, flüsterte er Katrine aus dem Mundwinkel zu, als sie den Besprechungsraum verließen.

»Man reißt sich ja auch nicht gerade drum, mit dem Mann zu sprechen«, sagte sie leise.

»Da spricht man sogar lieber mit ...«

»Gangstern?«

»Ja, ganz genau.«

»Dazu hast du ja glücklicherweise bald Gelegenheit.«

»Danke, dass du mich daran erinnerst.«

»Keine Ursache, jederzeit gerne.«

»Wollen wir im Krankenhaus anfangen?«

Sie nickte.

Sie holten ihre Mäntel. Auf dem Weg zur Treppe sahen sie Bistrup, wie er wütend zu Kraghs Büro ging.

*

Es war der dritte Tag hintereinander, an dem sie beim Reichskrankenhaus herumkurvten, um einen Parkplatz zu finden.

»Es heißt, der chronische Parkplatzmangel hier wäre Absicht – damit sich die Leute früh genug aufmachen und rechtzeitig zu ihren Terminen erscheinen«, sagte Jens.

»Tja, aber wo sollte man auch zusätzliche Parkplätze anlegen?«, fragte Katrine. »Unter der Erde sind doch bestimmt schon die Labore und Bestrahlungsgeräte und was weiß ich noch alles untergebracht.«

»Hm.« Er fand einen Platz am Ende des Frederik V. Vej.

Sie passierten gerade den Gunnar-Teilum-Flügel, als Jens' Telefon klingelte. Er schaute auf das Display.

»Anne Mi!«, sagte er laut hinein. »Du hast wohl gespürt, dass wir in der Nähe sind?«

»Aber sicher doch. Ich kann eure good vibrations förmlich fühlen! Im Ernst, seid ihr im Reichskrankenhaus?«, sagte sie freudig überrascht.

»Ja, wir kommen gleich mal rauf.«

Sie gingen in den zweiten Stock, wo die Büros der Gerichtsmedizin lagen. Am Ende eines scheinbar unendlich langen Flurs mit winzigen, zinnsoldatengleich aufgereihten Büros fanden sie Anne Mi.

»Kommt herein.« Sie hatte ein orangefarbenes Tuch um die Korkenzieherlocken gewickelt und sah ganz reizend aus. »Wenn wir überhaupt alle auf einmal hier reinpassen.«

Sie schoben sich in den kleinen Raum und schauten Anne Mi erwartungsvoll an, die versuchte, sich nichts anmerken zu lassen, was ihr aber nicht besonders gut gelang. Sie war kurz davor zu explodieren, so erpicht war sie darauf, zu erzählen, was sie entdeckt hatte.

»Na dann«, sagte sie und rieb sich eifrig die Hände. »Erst mal hat sich gezeigt, dass Vibeke Winther noch Spuren des Schlafmittels im Blut hatte.«

»Ach was!«, rief Jens aus. »Interessant. Dann muss sie die Tablette also später genommen haben, als sie uns gesagt hat.«

»Theoretisch ja. Aber«, fuhr Anne Mi fort und hob den Zeigefinger, »ihr geringes Körpergewicht spielt dabei auch eine Rolle und kann die Halbwertzeit verlängert haben. Plus die Tatsache, dass sie noch andere Stoffe im Blut hatte, ein Antidepressivum und verschiedene Beruhigungsmittel. Aber das ist noch nicht alles«, sagte sie aufgekratzt.

»Okay?«, sagte Katrine.

»In einer der Stichwunden haben wir durch einen wunderbaren Zufall mikroskopische Reste von Blut gefunden, das nicht von Winther stammt.«

»Ja?«, machte Jens überrascht und dachte sofort an Nukajev, bei dem die Gerichtsmediziner keinerlei Wunden gefunden hatten. Woher kam also dieses Blut?

»Nichtmenschliches Blut.«

»Küchenmesser?«, fragte Jens etwas enttäuscht.

»Möglicherweise«, antwortete Anne Mi. »Wir haben hier keine Vergleichsproben und deshalb am Agrarwissenschaftlichen Institut der Uni nachgefragt. Die haben Profile der gängigsten Haus- und Nutztiere, mussten aber ebenfalls passen«, erklärte Anne Mi. »Sie haben die Probe dann an die Kollegen von der Meeresbiologie weitergeleitet, und da hat man dann also festgestellt ...« Sie hob die Stimme deutlich an, um den unmittelbar bevorstehenden Triumph anzukündigen.

»Dass?«, sagte Jens ungeduldig.

»... an dem Messer Fischblut gewesen sein muss.«

»Fischblut?«, riefen sie im Chor aus.

»Jep. Ist mir bisher noch nie untergekommen, wenn mich mein Gedächtnis nicht im Stich lässt. Havmand hat das auch noch nicht erlebt.«

»Der Mörder hat also erst mal einen Dorsch filettiert und ist dann mit dem Messer in den Garten?«

»Ja, klar, nur so kann es gewesen sein, Jens Høgh, du Spürnase. Wahrscheinlicher ist wohl, dass es zu einer Angelausrüstung gehört, oder?«, sagte Anne Mi. »Das würde jedenfalls dazu passen, dass es ein Messer mit einschneidiger Klinge war. Und auch von der Form her einem gewöhnlichen Anglermesser entspricht, wie man es normalerweise in seiner Angelausrüstung hat. So, jetzt habt ihr etwas, womit ihr euch beschäftigen könnt«, sagte sie lächelnd.

Katrine und Jens sahen sich an.

»Hat Mads Winther geangelt?«, fragte Jens.

»Ja, das KTI hat im Geräteschuppen hinterm Haus alles Mögliche an Angelzubehör gefunden«, antwortete Katrine.

»Könnte Nukajev das Messer da hergehabt haben?«

»Und es auf dem Weg nach Hause weggeworfen haben?«

»Wir müssen wohl am besten Vibeke fragen, ob sie weiß, wie viele Messer ihr Mann gehabt hat.«

Sie nickten beide nachdenklich.

Jens sah Anne Mi an. »Du bist einsame Spitze.«

Anne Mi lächelte breit.

»Halt, da ist ja noch eine kleine Sache, die wir hinter uns bringen müssen«, sagte sie zu Katrine. »Eine Blutprobe.«

»Ach ja«, sagte Katrine und zog einen ihrer Ärmel hoch. »Ich bin bereit.«

Anne Mi holte einen kleinen Wagen mit Kanülen und nahm ihr routiniert etwas Blut ab. »So, das hätten wir! Du denkst doch noch an unsere Verabredung zum Essen, oder?«, fragte sie und reichte Katrine eine Visitenkarte.

»Worauf du dich verlassen kannst«, erwiderte Katrine. »Nächste Woche vielleicht? Es ist momentan noch etwas schwierig für mich, Verabredungen zu treffen. Ich habe noch nicht mal eine Visitenkarte ...« Anne Mi reichte ihr ein Stück Papier, und Katrine kritzelte ihre Mobilnummer darauf.

»Und was ist mit mir?«, fragte Jens. »Ich würde auch mal gern essen gehen.«

»Ich lade dich ein, auf ein Heringsbrötchen in der Kantine«, sagte Katrine. »Deine neidischen Blicke gestern waren ja nicht zu übersehen.«

»Yes!«, sagte Jens und ballte triumphierend eine Hand zur Faust.

Dann eilten sie den Flur entlang zum Fahrstuhl.

»Wir schauen noch kurz in Winthers Büro vorbei, und dann geht's weiter nach Frederiksberg.«

*

»Du musst sagen, wenn es etwas gibt, das wir in dieser schweren Zeit für dich tun können. Du bist ja noch mitten in der Schockphase.«

Sie nickt und schnieft und sieht Jørgen an, ihren Klassenlehrer am Gymnasium, der im Nebenfach Psychologie studiert hat und die Gelegenheit nutzt, seine Fähigkeiten zu demonstrieren. Bestimmt steht er manchmal zu Hause vor dem Spiegel und

grübelt darüber nach, welch begabter Psychologe an ihm ver-
lorengegangen ist, denkt sie. Und deshalb muss er jede Gelegenheit, die sich ihm bietet, um ein bisschen zu praktizieren,
beim Schopf packen. Und nun soll sie also das Vergnügen haben. Er hat sich telefonisch gemeldet und angeboten, zu ihr
nach Hause zu kommen, »um ein Gespräch zu führen«, aber sie
hat gesagt, sie wolle lieber zur Schule kommen und reden und
ihren Klassenkameraden in die Augen sehen. Ihr sei bewusst,
dass das ein kritischer Punkt sei, den sie überwinden müsse,
und sie wolle es lieber nicht auf die lange Bank schieben. Er hat
ihre »reife Einstellung zu den Dingen« gelobt, und sie haben
vereinbart, dass sie am nächsten Tag kommen wird. Jetzt sitzen
sie in einem Besprechungsraum neben dem Lehrerzimmer.

»Ich glaube, was ich jetzt am meisten brauche, ist zu Hause
und mit meinem Vater zusammen zu sein. Er und meine Mutter waren so miteinander verbunden, es ist wirklich schwer
für ihn.«

»Er kann sich glücklich schätzen, eine so verständnisvolle
Tochter zu haben«, sagte der verständnisvolle Jørgen. »Aber du
musst dich auch mit deinem eigenen Kummer auseinandersetzen. Es ist immer schwer, seine Eltern so früh zu verlieren,
aber für ein junges Mädchen in deinem Alter ist es natürlich
besonders schwer, die Mutter zu verlieren.«

Er spricht, als stünde er am Lehrerpult, findet sich aber of-
fenbar ganz hervorragend. Sie lässt ihn gern in dem Glauben.
Nickt und senkt den Blick. Lässt den Tränen wieder freien
Lauf. Trocknet die Augen mit einem Tuch aus der Kleenex-
Box, die er auf den Tisch gestellt hat.

»Wie ich gehört habe, warst du mit deiner Mutter unterwegs, eine Art Mutter-Tochter-Urlaub?«, tastet er sich vor. Sicher denkt er, dass es ihr hilft, wenn sie über alles spricht.

»Ja, wir hatten eine etwas schwierige Zeit, Sie wissen schon, Streitereien, Teenie-Aufstand.« Kleines Lächeln. Er lächelt ebenfalls, verständnisvoll. Ja, klar, er hat auch Töchter im Teenageralter. Das ist wirklich harte Arbeit. »Also hat sie vorgeschlagen, dass wir einen Wanderurlaub machen, in Norwegen, nur wir beide. Um wieder zueinanderzufinden. Uns gemeinsam in der Wildnis durchschlagen und uns dabei als gleichwertige erwachsene Frauen begegnen.«

»Das klingt phantastisch. Deine Mutter war eine sehr kluge Frau«, sagt Jørgen einfühlsam.

»Ja, sie war wirklich eine ganz besondere Frau«, antwortet sie aufrichtig. Tatsächlich war der Urlaub ihre eigene Idee gewesen. Es war ihr so einleuchtend vorgekommen.

Jørgen zögert. Sie sieht, dass er gern noch weiterfragen würde, was genau passiert ist, aber er ist nicht sicher, wie weit er gehen darf. Ein Zusammenbruch würde ihm ungelegen kommen. Er ist für sie wie ein offenes Buch, und fast tut er ihr ein bisschen leid.

»Sie wollte unbedingt so weit wie möglich in den Fluss und Lachse fangen, obwohl die Strömung wahnsinnig stark war«, sagt sie und schüttelt den Kopf. »Typisch Mama, wenn sie sich etwas in den Kopf gesetzt hatte, zog sie das auch durch. Und sie hatte sich in den Kopf gesetzt, dass wir frisch gefangenen Lachs zum Abendessen haben würden.«

»Und dabei ist sie dann ausgerutscht und mit dem Kopf auf einen Stein aufgeschlagen?«

»Ja, es ging alles unglaublich schnell. Ich sehe, wie sie wegrutscht, aber die Strömung ist so stark, dass ich sie nicht erreichen kann. Ich kann nicht zu ihr hin, kann ihr nicht helfen. Und dann ist sie weg. Einfach so.« Sie schaut Jørgen ungläubig an, und im Bruchteil einer Sekunde sieht sie es wieder vor sich. Ihre Mutter, die von den Wassermassen mitgerissen wird und versinkt. Fühlt das Gewicht des kalten, nassen Steins in ihrer Hand. Die Geschichte hat sie jetzt schon so viele Male erzählt, dass Lüge und Wahrheit miteinander verschmelzen.

»Ich konnte nur dastehen und zusehen, wie der Fluss sie mitnimmt und sie verschwindet. Ich bin dann noch am Ufer flussabwärts gelaufen und habe geschrien wie eine Verrückte. Hab wohl gehofft, dass vielleicht doch irgendjemand in der Nähe wäre, obwohl wir den ganzen Tag über keinen Menschen gesehen hatten. Aber da war niemand, keine Menschenseele. Irgendwann bin ich stehen geblieben, konnte nicht mehr und wusste nicht, was ich tun sollte. Ich war vollkommen hilflos.«

»Das muss schrecklich gewesen sein.«

»Ganz entsetzlich. Wie ein Albtraum, den man sich nicht vorstellen kann, wenn man ihn nicht erlebt hat.«

Jørgen ist erschüttert. Aber er versteht.

»Sie war fürchterlich zugerichtet, als man sie gefunden hat. Die Strömung hatte sie gegen die Felsen geworfen, und ihre Kleidung war völlig zerrissen. Ich hoffe nur, dass sie gleich bewusstlos wurde, als sie ausgerutscht und auf den Stein aufgeschlagen ist. Sonst ...« Sie lässt den Kopf sinken, schluchzt ein wenig und schüttelt das Bild ab. Sie, mit einem Stein in der Hand.

»Ganz bestimmt ist es so gewesen«, sagt Jørgen.

»Ja«, sagt sie und atmet tief durch. »Es war einfach grauenvoll. Ich weiß, ich muss auch Platz schaffen für meine eigene Trauer. Und deshalb hätte ich gerne etwas Zeit, um alles verarbeiten zu können, was geschehen ist.«

Der Lehrer nickt verständnisvoll. »Das klingt vernünftig, denke ich. Und wir werden es unter diesen Umständen natürlich nicht als Fehlzeit eintragen. Wollen wir erst mal bis Freitag sagen? Dann rufe ich am Sonntag an und höre, wie es dir geht und ob du am Montag wieder zum Unterricht kommst.«

»Wenn doch nur die Beerdigung schon vorbei wäre.«

»Ja, ja, natürlich«, sagt er verlegen, peinlich berührt darüber, dass er daran nicht gedacht hat.

»Können wir vielleicht Ende nächster Woche sagen? Sie wird am Montag beerdigt. Dann habe ich noch ein paar Tage, um darüber hinwegzukommen.«

»Ja, sicher, selbstverständlich«, sagt Jørgen voller Bewunderung für dieses reife junge Mädchen mit dem so hohen Maß an Selbsteinschätzungsvermögen.

Das hier ist nicht schlecht für die Jahresabschlussnoten, denkt sie. Er versucht, sich nichts anmerken zu lassen. Trotzdem sieht sie, dass er sich von ihr angezogen fühlt.

Sie stehen auf. Sie merkt, dass er es auf eine Umarmung anlegt und lässt sich willig an den nach Pfeife riechenden Körper in der Kordjacke ziehen. Für einen Augenblick lässt sie ihn ihren festen Körper spüren.

»Danke dafür, dass du so viel Verständnis für mich hast, Jørgen«, sagt sie und bemüht sich, tiefbewegt zu klingen.

»Wenn es noch etwas gibt, das ich tun kann, sag einfach Bescheid«, sagt er, erleichtert darüber, dass das Gespräch vorbei ist, und gleichzeitig wie magnetisiert von ihr.

»Danke, ich denke daran, wenn ich Hilfe brauche«, sagt sie mit einem dankbaren Lächeln unter den Tränen.

Es ist so leicht für sie.

*

»Na, heute sollten wir uns lieber ordentlich benehmen«, sagte Jens und rief widerwillig Bistrup an, um ihn über die Entdeckung der Gerichtsmedizinerin zu informieren.

»Fischblut? Interessant.«

»Kannst du mal auf der Liste vom KTI nachsehen, wie viele Messer in Winthers Angelausrüstung gefunden wurden?«

»Augenblick.«

Jens konnte hören, wie Bistrup auf der Tastatur seines Rechners herumklapperte.

»Es wurde nur eins gefunden.«

»Ohne menschliches Blut daran?«

»Korrekt.«

»Wir würden Vibeke Winther gern fragen, ob er noch mehr Messer gehabt hat. Vielleicht weiß sie etwas.«

»Okay, klingt, als könnte es sich lohnen, das zu untersuchen.«

»Gut«, sagte Jens. »Wir fahren zu ihr und sehen, was wir rausbekommen. Vorher schauen wir noch auf der Entbindungsstation vorbei.«

Sie gingen quer über den Platz mit dem Springbrunnen, der vor dem großen Krankenhaus lag, und nahmen einmal mehr den Fahrstuhl nach oben.

Auf der Station begegnete ihnen eine ganz andere und sehr viel hektischere Stimmung als die beiden Male, die sie bereits hier gewesen waren. Ein hochgewachsener Mann kam mit wehendem Kittel auf sie zugerannt, bog dann aber in einen der Kreißsäle ab. Gleichzeitig stürmte eine Frau aus dem Saal und in den Bereitschaftsraum. Etwas Akutes war im Gange.

Der Bereitschaftsraum glich einer Kommandozentrale im Zustand höchster Alarmbereitschaft. Eine der Hebammen war dabei, Vorbereitungen für einen Kaiserschnitt bei winzigen Zwillingen zu treffen, wie Katrine aufschnappte, und eine andere besprach den komplizierten Fall einer Gebärenden mit viel zu hohem Blutdruck mit einem der Ärzte. Der Tafel zufolge war die Station voll belegt.

Niemand nahm besonders Notiz von Jens und Katrine. Jens fühlte sich wie der berühmte Elefant im Porzellanladen.

»Tut mir sehr leid«, sagte Inge Smith, die plötzlich in der Tür stand, gefasst, aber augenscheinlich mit ebenso hohem Adrenalinspiegel wie der Rest der Versammlung. »Aber im Moment haben wir einfach keine Zeit für Sie. Alles, was gehen oder kriechen kann, ist auf Deck.«

»Schon in Ordnung«, erwiderte Jens. »Wir kommen später wieder.« Inge hastete an ihnen vorbei in einen der Kreißsäle.

Plötzlich tauchte Lise vor ihnen auf. Sie hatte hektische rote Flecken auf den Wangen und am Hals, ihr blondes Haar war zu einem zerzausten Knoten im Nacken zusammengebunden. Sie sah phantastisch aus.

»Ach?«, machte sie überrascht. »Seid ihr schon wieder hier?«

»Ja«, antwortete Katrine. »Aber ihr habt ja ziemlich zu tun, also ...«

»Hier geht's heute fürchterlich zu. Als hätten sich alle Gebärenden mit großen und kleinen Komplikationen gegen uns zusammengerottet. Ich muss weitermachen.«

Katrine nickte. »Wir finden alleine hin.«

»Wohin?«

»Wir wollen nur noch einen Blick in Mads' Büro werfen. Reine Routine«, fügte sie hinzu. »Und wir stören auch nicht.«

»Okay, wir telefonieren, ja?« Lise formte mit kleinem

Finger und Daumen ein Telefon und hielt es sich ans Ohr.

Katrine nickte und ging Richtung Ausgang. Jens sah ihr nach und machte einen Schritt auf Lise zu.

»Sagen Sie«, begann er gedämpft. »Wir suchen immer noch nach der Frau, mit der Mads Sonntagabend zusammen war.«

»Sie haben noch nicht herausgefunden, wer es war?«, fragte Lise.

»Und Sie haben wirklich keine Ahnung, wer es gewesen sein könnte?«

Sie schüttelte den Kopf. »Hundertprozentig. Nicht die geringste.«

»Hm. Sie melden sich, wenn Sie etwas hören, versprochen?«

»Natürlich«, sagte sie und verschwand in einem der Kreißsäle.

Jens holte Katrine ein.

»Hat sie noch irgendwas Wichtiges gesagt?«

»Nein, leider nicht. Nur, dass sie nicht weiß, wer es sein kann.«

Drüben bei den Büros trafen sie auf dieselbe Sekretärin wie gestern. Wie gestern schloss sie ihnen die Tür auf.

»Kann ich noch etwas für Sie tun?«, fragte sie. »Sonst sagen Sie einfach Bescheid, wenn Sie fertig sind ...?«

»Doch, da ist tatsächlich noch etwas«, sagte Katrine. »Hatte Mads vielleicht manchmal einen tragbaren Computer dabei, wenn er hier arbeitete?«

Die Sekretärin dachte nach. »Ja, ein paarmal schon. Da habe ich gestern gar nicht dran gedacht. Hoffentlich war das kein Problem für Ihre Ermittlungen«, sagte sie besorgt. »Ob er nicht noch irgendwo hier liegt? Ich meine, ich hätte gesehen, dass er ihn hier reingelegt hat«, sagte sie und zog die Schublade eines kleinen Schränkchens neben dem Schreibtisch auf. Die Schublade war leer. »Vielleicht haben Ihre Kollegen ihn mitgenommen?«

Jens schüttelte den Kopf. »Nein, das glaube ich nicht, leider.« Er sah Katrine an. »Wir müssen nach Frederiksberg.«

*

Vibeke Winther war über das Wiedersehen mit Jens und Katrine alles andere als begeistert.

»Wissen Sie, was Mads mit seinem alten Laptop gemacht hat?«, fragte Jens.

»Nein«, antwortete sie. »Danach haben mich Ihre Kollegen schon gefragt. Ich kann mir höchstens vorstellen, dass er ihn zu einem Gebraucht-IT-Händler oder so etwas gebracht hat. Ich habe ihn jedenfalls nicht gesehen, seit er sich den neuen gekauft hatte«, sagte sie und zuckte mit den Schultern.

»Welcher Händler könnte das sein?«

»Ich habe keine Ahnung. Um solche Dinge hat sich Mads gekümmert.«

»Okay. Eine andere Sache: Wir haben draußen im Gartenschuppen eine Angelrausrüstung gefunden. Hat Mads geangelt? Also hobbymäßig?«

»Ja«, sagte Vibeke und zog die Augenbrauen zusammen. »Warum?«

»Die Gerichtsmedizin hat Spuren von Fischblut gefunden, die vermutlich von der Tatwaffe stammen.«

Ein gequälter Ausdruck huschte über Vibekes Gesicht. Eine zweideutige Reaktion, dachte Katrine. Hatte sie es schon gewusst? Und fragte sich nun nervös, was sie finden würden? Oder war es die Tatsache, so brutal mit einem solch konkreten und buchstäblich blutigen Detail konfrontiert zu werden?

»Die Techniker haben nur ein Anglermesser in seiner Ausrüstung gefunden. Wissen Sie, ob er noch mehr Messer besaß?«

»Nein, weiß ich nicht«, sagte sie kurz angebunden und sah Jens an. »Aber ich weiß, dass ich ihm vor vielen Jahren ein Anglermesser zu Weihnachten geschenkt habe.« Sie rechnete im Kopf rückwärts. »Vor fünf Jahren war das.«

»Aha«, sagte Jens. »Und wann haben Sie es zum letzten Mal gesehen?«

»Vor fünf Jahren.«

»Vor fünf Jahren?«

»Ja.«

»Ist er oft zum Angeln gefahren?«

»Oft? Ich weiß nicht. Er ist schon mal zum Øresund gefahren, auf Dorsch, besonders im Winter. Im Mai war er lieber an der Nordküste, dort steht um diese Zeit der Hornhecht. Und dann war er mal in Norwegen, Lachs.«

»Aha. Und wer war dabei?«

»Früher ist er mit einigen alten Studienfreunden losgezogen, die letzten paar Jahre aber nur noch allein. Da konnte er besser entspannen.«

»Und wann war er das letzte Mal angeln?«

»Das war im November. Zum ersten Mal seit der Geburt der Jungen.«

»Wo bewahrte er sein Angelzeug auf?«

»Draußen im Gartenhäuschen.«

»Wir würden uns da gerne mal ein bisschen umsehen.«

»Gehen Sie einfach rein, es steht offen.«

»Es ist nie abgeschlossen?«

»Nein.«

Sie gingen zu dem Gartenschuppen, der an die Rückseite der Garage stieß. Jens öffnete die Tür, und sie betraten einen bestens ausgestatteten Schuppen, der alles an Gartengerätschaften beherbergte, was man sich als Hausbesitzer nur wünschen konnte. Jens wurde ganz flau bei dem Gedanken an seine kurze Karriere als Hausbesitzer und Hobbygärtner in Herlev. Gut, dass er schnell wieder umgesattelt hatte. Dachrinnen säubern und Rasen mähen – auch wenn es keine übermäßig große Fläche gewesen war – gehörte nicht direkt zu seinen Talenten. Auf einem Regal stand eine große Werkzeugkiste, daneben drei Angelruten. Jens öffnete die Kiste, und sie blickten auf ein Wirrwarr aus Haken, Blinkern und anderem Zeugs.

»Sieht nicht so aus, als hätten die Techniker was übersehen.«

»Nein. Aber was ist mit dem Laptop? Er könnte ihn ja auch hier deponiert haben. Lass uns nachsehen.«

Der Raum war problemlos überschaubar; die meisten Sachen standen ordentlich eingeräumt in dem großen Regal. Als sie auch einen Stapel Pappkartons in einer der Ecken überprüft hatten, konnten sie sicher sein, dass der Laptop nicht da war.

»Okay, hier ist wohl nichts zu holen«, sagte Jens. Sie gingen wieder hinaus in den Garten und zurück zum Haus. Auf ihr Klingeln öffnete diesmal Maria. Beim Anblick von Jens und Katrine stand ihr der Schrecken ins Gesicht geschrieben.

»Ich hole Vibeke«, sagte sie schnell und verschwand.

Einen kurzen Augenblick später tauchte Vibeke auf.

»Wir haben nichts gefunden«, informierte Jens sie.

»Aber wenn Ihnen noch etwas einfällt, wo der Laptop sein könnte, dann rufen Sie uns bitte an«, sagte Katrine. Vibeke nickte. Sie verabschiedeten sich, gingen hinunter zur Straße und stiegen ins Auto.

*

Auf der Fahrt zurück ins Präsidium grübelten sie schweigend vor sich hin.

»Sehr viel schlauer sind wir jetzt auch nicht«, seufzte Jens endlich. »Aus dem Schuppen kann ja ohne weiteres ein Messer verschwunden sein.«

»Was wir brauchen, ist ein guter, altmodischer Durchbruch«, sagte Katrine. »Ich würde wirklich zu gern diesen Computer in die Finger kriegen, aber der ist wohl auf Nimmerwiedersehen in irgendeinem Händler-Lager verschwunden. Denkst du, es besteht die Möglichkeit, dass …«

Jens' Telefon klingelte. »Entschuldigung«, sagte er bedauernd und klemmte sich einen der Kopfhörer ins Ohr. »Jens Høgh.«

»Hier ist Stina Christensen. Ich rufe aus dem *Fields*-Einkaufscenter an. Haben Sie eine Tochter namens Simone … ähm, Balloche?«

»Ja, habe ich«, antwortete er, schloss kurz die Augen und lauschte mit ungefähr derselben Erwartung, die man an eine Wurzelbehandlung beim Zahnarzt knüpft, auf das, was jetzt wohl kommen würde. Besonders beunruhigte ihn das Wort »Einkaufscenter«.

»Sie sitzt hier bei mir. Sie hat versucht, ein Paar Stiefel zu stehlen.«

»Wo ist das genau?«, fragte Jens verbittert und erfuhr, um welches Schuhgeschäft im *Fields*-Center es sich handelte. »Ich bin in einer Viertelstunde da.« Resigniert schaute er Katrine an. »Ich muss noch einen Umweg machen. Simone arbeitet jetzt zielgerichtet an einer kriminellen Karriere!«

Katrine hob fragend die Augenbrauen. Rasch erzählte Jens von den teuren Stiefeln, um die sie ihn angequengelt hatte und die sie sich jetzt also anderweitig hatte besorgen wollen.

Katrine nickte. »Natürlich.« Sie fuhren gerade am Hauptbahnhof vorbei. »Du kannst mich ja am Polititorv absetzen.«

»Gut.«

Nach zweihundert Metern hielt Jens am Straßenrand. Katrine stieg aus.

»Wir reden später«, sagte er. Sie nickte und schlug die Tür zu.

Jens jagte weiter Richtung Amager. Den Kalvebod Brygge entlang und über die Sjællandsbro.

Zum Teufel! Er wünschte Veronique dahin, wo der Pfeffer wächst. Doch dann fiel ihm ein, dass sie ja schon da war. Wo der Pfeffer wächst, zumindest ungefähr. Und dass er jetzt gerade sehr froh gewesen wäre, sie wäre hier. Er fühlte sich so verdammt allein mit dem Ganzen.

*

Langsam ging Katrine zum Gebäude des Polizeipräsidiums zurück. Was sollte sie tun, wenn sie wieder in ihrem Büro saß? Bot der Laptop wirklich die Chance auf einen »altmodischen Durchbruch«? Wie lief das überhaupt bei diesen Gebrauchthändlern? Wurden die Dinger dort ausgeschlachtet? Nein, wohl kaum, eher wurden sie ja wohl wiederverkauft ... Dann gab es vielleicht doch eine Chance. Aber Vibeke wusste nicht, bei welchem Händler Mads seinen Laptop gelassen hatte. Punkt eins war also herauszufinden, ob es einen Laden für gebrauchte IT-Geräte in der Nähe des Winther'schen Domizils gab.

Er könnte ihn ja auch selber verkauft haben. Aber ob Vibeke davon nicht etwas mitbekommen hätte? Vielleicht hatte er ihn auch verschenkt? Wer konnte etwas darüber wissen, wenn nicht Vibeke? Der Einzige, der ihr einfiel, war Thomas Kring. Sie würde ihn anrufen, wenn sie wieder im Büro war. Andererseits, überlegte sie, lag die Frederiksbergallee ja nicht allzu weit weg. Sie konnte auch eben bei seiner Praxis vorbeigehen. Kurz entschlossen änderte sie das Ziel und beschleunigte ihre Schritte in Richtung Vesterbro und Frederiksberg.

Eine Viertelstunde später stand sie unten vor Thomas Krings Kinderwunsch-Praxis. Sie klingelte, und eine Sprechstundenhilfe ließ sie herein.

»Er hat gerade eine Patientin«, sagte sie.

»Was meinen Sie, wie lange es dauert? Es ist wichtig.«

»Sie sind von der Polizei, sagen Sie?«

»Ja, mein Kollege und ich waren gestern schon mal hier und haben mit ihm gesprochen.« Am vorigen Tag war eine andere Sprechstundenhilfe da gewesen, erinnerte Katrine sich.

»Hm, normalerweise haben Sie doch einen Ausweis, oder?«, fragte sie mit wachsamer Miene, als bestünde ihr Job darin, Thomas Kring vor verdächtigen Frauenzimmern zu beschützen.

»Leider habe ich keinen«, erklärte Katrine geduldig und versuchte, Ruhe zu bewahren. »Denn ich bin keine Polizistin, sondern Psychologin. Und erst seit ein paar Tagen bei der Polizei. Deshalb habe ich noch nicht mal Visitenkarten.« Ihr wurde klar, dass das, was sie da sagte, nicht gerade glaubwürdig klang. Die letzten Tage hatte Jens' Dienstausweis auch sie legitimiert, weshalb Katrine an solche Formalitäten überhaupt nicht gedacht hatte.

Skeptisch schaute die Sprechstundenhilfe Katrine an und schien die Situation abzuwägen. »Okay«, sagte sie dann gnädig. »Ich frage ihn, ob er für einen Augenblick unterbrechen kann.«

Sie klopfte an eine Tür, öffnete sie und sprach mit gedämpfter Stimme mit dem Arzt. Mit einem fast ärgerlichen Gesichtsausdruck wies sie Katrine an, sie könne Platz nehmen und warten, der Herr Doktor sei für sie da, sobald er mit seiner Patientin so weit sei.

Fünf Minuten später erschien Kring und begrüßte Katrine.

»Womit kann ich der Ordnungsmacht heute dienen?«, sagte er. Mit einem strengen Ausdruck um die Mundwinkel verschwand die Sprechstundenhilfe in einem Hinterzimmer. »Und wo ist denn Ihr Partner?«

»Er wurde anderweitig aufgehalten«, erwiderte Katrine. »Wir suchen nach Mads Winthers Laptop – also dem alten, den neuen haben wir uns bereits angesehen.«

»So, so«, sagte Thomas. »Da haben Sie aber Glück, der steht tatsächlich bei mir zu Hause. Ja, ich hatte mitbekommen, dass Mads sich einen neuen zulegen wollte, und da habe ich ihn gefragt, ob ich den alten für meinen Sohn Lukas haben könnte.«

306

Katrine fühlte, wie eine gespannte Erwartung ihren Körper erfüllte. Jetzt passiert etwas, dachte sie. Jetzt wird eine Tür aufgestoßen.

»Allerdings ... sind da wohl Ihre Techniker gefragt«, fuhr Kring fort und hob die Augenbrauen. »Er war nämlich so freundlich, die Festplatte zu formatieren, und außerdem hat Sohnemann schon alle möglichen Spiele geladen. Falls mal Freunde zu Besuch kommen. Wenn Sie mitkommen wollen ...? Wir wohnen oben, dann können Sie das gute Stück gleich mitnehmen.«

Von hundert auf null in einer dreiviertel Sekunde, dachte Katrine und hoffte innig, dass die IT-Spezialisten ihren Job verstanden.

*

Triumphierend nahm Katrine Mads Winthers tragbaren Computer aus der Einkaufstüte, die ihr Thomas Kring gegeben hatte, um ihn zu transportieren, und legte ihn vor Per Kragh auf den Schreibtisch. »Jetzt müssen die Kollegen nur noch die Festplatte wiederherstellen«, sagte sie eifrig. »Und mit etwas Glück finden wir eine Spur der Frau, mit der Winther am Sonntagabend zusammen war.«

Kragh nickte. »Gute Idee, Kring danach zu fragen«, sagte er anerkennend. »Ich spreche mit dem NEC. Wissen Sie, wann Jens wieder da ist? Er hat vorhin angerufen und erzählt, was passiert ist.«

»Nein, ich habe nicht wieder mit ihm gesprochen.«

»Okay. Nicht so einfach, seine Tochter. Bleibt die Frage, wie wir Sie heute Nachmittag am besten einsetzen. Eine Festplatte wiederherzustellen, dauert ja einige Zeit, soweit ich weiß.«

»Ich kann ja einen Bericht über unsere Vormittagsermittlungen schreiben«, schlug sie vor.

»Vormittagsermittlungen? Schönes Wort, gute Idee ...«

»Durchbruch in der Irrenanstalt!« Plötzlich stand Bistrup in der Tür und sah Per und Katrine tatendurstig an. »Sie haben gerade angerufen und meinen, wir können Nukajev jetzt verhören.«

»Gut«, sagte Kragh. »Ein Geständnis käme uns gerade recht.«

»Ja, vielleicht ist das Ganze ja doch nicht so kompliziert«, sagte Bistrup und warf einen Blick auf Katrine.

»Torsten, du und Kim übernehmt das.« Er schaute Katrine an. »Aber es wäre eine gute Idee, wenn Sie mitfahren, Katrine. Dann bekommen Sie gleich von Anfang an und aus erster Hand mit, was Nukajev sagt.«

Es war nicht auszumachen, wer von den beiden missmutiger dreinblickte.

»Und der Laptop?«, versuchte Katrine mit leiser Hoffnung.

»Nun ja, ich denke, wir warten erst mal ab und entscheiden später, ob wir dafür noch Ressourcen vom NEC in Anspruch nehmen«, sagte Kragh. »Die Kollegen haben im Augenblick jede Menge mit einem Pädophilenring zu tun.«

Katrine brachte Mads Winthers Laptop in ihr Büro, legte ihn auf den Schreibtisch und trabte widerstrebend hinter Bistrup her, der nach Pitbull rief.

Phantastisch, dachte sie. Fucking phantastisch!

*

Sie wurden zu demselben kleinen Besprechungsraum geführt wie tags zuvor, doch diesmal saß dort Aslan Nukajev und wartete. Katrine betrachtete ihn. Er ließ die Schultern hängen und hielt die Hände im Schoß gefaltet. Seine Kleidung schien zwei Nummern zu groß zu sein und hing an ihm herunter. Er wirkte ungepflegt, seine Haut war grau. Er machte den Eindruck, als sei er aufnahmefähiger als gestern, aber es war deutlich zu sehen, dass es dem Mann, den sie da vor sich hatten, alles andere als gutging. Es waren besonders die Augen, ihr glasiger Schimmer und ihr gleichzeitig aggressiver wie resignierter Ausdruck.

Außer Nukajev waren eine vom Gericht bestellte Anwältin und ein Dolmetscher anwesend. Letzterer, um Missverständnisse zu vermeiden, falls Nukajevs Dänisch nicht ausreichen sollte.

»Ich würde das Gespräch gerne aufzeichnen, wenn Sie einverstanden sind«, sagte Katrine und sah Nukajev an, der mit den Schultern zuckte. Sie blickte zu der Anwältin, die nickend zustimmte. Katrine legte ihren Rekorder auf den Tisch.

»Wie Sie sicher wissen«, begann Torsten Bistrup und schaute Nukajev mit ernstem Blick an, »sind wir hier, um Ihre Aussage in Verbindung mit dem Mord an dem Arzt Mads Winther aufzunehmen, der sich in der Nacht von Sonntag auf Montag ereignet hat. Ich möchte Sie daher bitten, uns mitzuteilen, was Sie von Sonntagabend bis Montagmorgen gemacht haben.«

»Ich kann mich nicht an sehr viel erinnern. Ich war sehr betrunken.«

»Aha«, sagte Bistrup skeptisch. »Aber Sie können uns doch sicher wenigstens erklären, wie es zugegangen ist, dass wir Sie vorgestern mit Blut an Händen und Kleidung in Ihrer Wohnung aufgefunden haben?«

»Nein«, Nukajev schüttelte den Kopf.

»Sie behaupten, sich auch daran nicht erinnern zu können?«, fragte Bistrup ungläubig.

»Das behaupte ich nicht. Ich kann mich schwach erinnern, dass ich dort hin bin, aber danach an nichts mehr.«

»Aha, wie passend«, sagte Bistrup. »Erzählen Sie uns, was Sie Sonntagabend getan haben. Wann haben Sie sich auf den Weg zu Mads Winthers Haus gemacht?«

»Ich weiß nicht, wie spät es war.«

»Aber Sie haben sich jedenfalls auf den Weg gemacht? Wann? Am Abend?«

»Auf jeden Fall war es dunkel.«

»Aber danach können Sie sich passenderweise an nichts mehr erinnern?«, setzte Bistrup nach.

»Die Wahrheit ist, dass ich nicht weiß, was passiert ist. Da ist ein schwarzes Loch in meinem Kopf.« Nukajev fasste sich mit einer Hand an den Kopf.

»Aber Sie hatten den Plan gefasst, ihn umzubringen?«

Nukajev schwieg.

»Oder etwa nicht?«, hakte Bistrup nach. »Hören Sie, wir wissen, dass Sie Mads Winther über Monate hinweg verfolgt haben, und Sie wurden am nächsten Tag blutverschmiert aufgegriffen. Da ist es doch naheliegend, dass wir annehmen, dass Sie es waren, der Mads Winther vor seinem Haus niedergestochen hat, meinen Sie nicht?«

»Ich weiß es nicht, wie gesagt. Ich erinnere mich nicht.« Nukajev sah Bistrup eindringlich an, bevor er fortfuhr. »Dieser Mann konnte meine Frau nicht retten. Ich habe allen Boden unter den Füßen verloren, wegen ihm. Meine Frau, meinen Sohn. Ich war sehr wütend und hatte viele Fragen an ihn. Und ich meine nicht, dass er mir das Ganze

310

besonders gut erklärt hat. Deshalb habe ich ihn immer wieder aufgesucht. Ich konnte nicht aufhören, ich konnte keinen Frieden finden in meinem Kopf.«

»Mit anderen Worten: Sie haben ihn niedergestochen und versuchen jetzt mit der Behauptung durchzukommmen, Sie seien betrunken gewesen. Paragraph 16, pathologischer Rausch, darauf wollen Sie doch hinaus, habe ich recht?«

»Ich habe keine Ahnung, wovon Sie reden«, sagte Nukajev und zuckte mit den Schultern. »Ich wünschte, ich könnte mich erinnern«, fügte er hinzu und hielt eine Hand vor die Brust. »Aber mein Kopf ist einfach nur ... völlig leer!«

»So, so. Na, da sind wir ja froh, dass wir unsere neue Psychologin dabeihaben«, sagte Bistrup und sah zu Katrine. »Dank ihr wissen wir einiges über tschetschenische Sitten und Bräuche.«

Nukajev blickte Katrine gleichgültig an. Sie senkte verlegen den Blick und fühlte eine plötzliche, aber heftige Unruhe darüber, wie Bistrup ihre oberflächlichen Recherchen über Recht und Gesetze in Tschetschenien hier und jetzt einzusetzen beabsichtigte.

»Unter anderem, dass es so eine Art Gesetz ... wie heißt das noch mal?«

»Adat«, sagte Katrine leise.

»Ja, genau, dass es also dieses Adat gibt, wonach es für euch in Ordnung ist, sich zu rächen und Selbstjustiz zu üben – Auge um Auge, nennen wir das in Dänemark – und andere für so wenig wie ein falsches Wort umzubringen. Aber hier in unserem dänischen Rechtssystem gibt es so etwas nicht.«

Sowohl der Dolmetscher als auch Nukajev schauten zuerst Bistrup und dann Katrine mit unverhohlener Verachtung an.

»Adat«, sagte Nukajev langsam und hielt dabei Katrines Blick fest, »gilt nur zwischen tschetschenischen Muslimen.«

Katrine wünschte, die Erde möge sich augenblicklich unter ihr auftun und sie verschlingen. Fuck – warum hatte sie daran nicht gedacht? Verdammt schlechte Arbeit, Katrine.

Tschetschenien war ein muslimisches Land. Sie hatte nicht überprüft, ob Adat auch religionsübergreifend galt und angewendet wurde. Sie hatte sich mit gefährlichem Halbwissen zufrieden gegeben. Und – was noch gefährlicher war – es jemandem wie Torsten Bistrup an die Hand gegeben.

»Adat gilt nicht gegenüber Christen oder gegenüber Menschen, die nur ihre Arbeit tun. Es gilt auch nicht zwischen Männern und Frauen«, fuhr Nukajev fort.

»Schon möglich«, sagte Bistrup

»Es tut mir sehr leid«, sagte Katrine. »Ich habe das nicht gründlich genug recherchiert. Es tut mir außerordentlich leid.«

Nukajev blickte sie stumm an. Und sie spürte deutlich Bistrups beißenden Seitenblick.

Sie beugte sich vor und sah Aslan Nukajev direkt an. »Genau wie Sie sind wir sehr interessiert daran, dass Sie sich wieder erinnern können, was passiert ist. Ein Mann ist tot. Er hinterlässt seine Frau und zwei kleine Jungen, die nun ohne ihren Vater aufwachsen müssen. Also – können Sie sich an das erinnern, was Sie vorher an diesem

Tag, also am Sonntag, gemacht haben?«, fragte Katrine. »An irgendetwas?«

»Seit meine Frau tot ist, kann ich den einen Tag nicht mehr vom anderen unterscheiden. Sie sind alle eins.«

»Dann erzählen Sie uns von Ihren Gewohnheiten an einem ganz normalen Tag«, erwiderte sie ruhig. »Versuchen Sie, so viele Details wie möglich zu berücksichtigen. Lassen Sie sich Zeit«, fügte sie hinzu und sah aus den Augenwinkeln einen kurzen Moment zu Torsten Bistrup hinüber.

Nukajev seufzte leise und begann. Er sprach langsam. »Wenn ich aufwache, habe ich Angst. Immer«, sagte er, während sein Gesicht tiefe, ehrliche Angst spiegelte. »Also, wenn ich überhaupt geschlafen habe. So ist es seit vielen Jahren. Seit dem Gefängnis und der Folter. Ich kann mich nicht bewegen, liege einfach nur steif da, starr vor Angst. So bleibe ich liegen, bis ich aufstehen kann.« Er suchte zögernd nach den richtigen Worten. »Es wurde ein wenig besser, als wir vom Lager Sandholm in unsere eigene Wohnung zogen. Aber jetzt ... nach dem Tod meiner Frau, kann ich nicht mehr. Wenn es mir tagsüber etwas besser geht, gehe ich runter zum Laden. Er gehört Mohammed. Er fragt nach meinem Sohn und betet für mich. Er gibt mir oft ein bisschen was zu essen, aber ich habe keinen Appetit.« Er legte eine Hand auf den Bauch und schüttelte den Kopf. Katrine dachte, dass dieser Teil seiner Aussage jedenfalls zu seiner Erscheinung passte. Er war dünn, fast schon dürr. »Es fällt mir sehr schwer, zu essen. Ich kann nichts ...«

»Mal abgesehen davon, dass es kein Problem für Sie war, Mads Winther zu verfolgen und ihm aufzulauern«, fuhr Bistrup barsch dazwischen.

»Ja«, sagte Nukajev. »Manchmal habe ich Mads Winther besucht.«

»Manchmal?«, fragte Bistrup hart. »Sie haben den Mann mehrere Monate hindurch geradezu verfolgt. Sie haben ihm im Krankenhaus und auch zu Hause aufgelauert.«

Nukajev antwortete nicht.

»Warum haben Sie das getan?«

»Er blieb in meinem Kopf«, antwortete Nukajev aufbrausend und von Bistrups aggressivem Ton provoziert. »Ich konnte den Gedanken nicht loswerden, dass es seine Schuld war! Warum konnte er meine Frau nicht retten?«

»Und dann haben Sie es am Sonntagabend nicht mehr ausgehalten. Jetzt sagen Sie uns endlich, was Sie da gemacht haben!«, rief Torsten Bistrup ungeduldig.

Katrine fluchte innerlich. Wenn Sie doch nur die Chance bekäme! Sie wusste, dass sie Nukajev helfen konnte, seine Erinnerung wiederzufinden, zu sortieren und dann hervorzuholen, was er tatsächlich am Sonntagabend getan hatte. Eben hatte er bereits begonnnen, Erinnerungsmuster aus einer Masse ineinanderfließender Tage zu filtern. Sie konnte versuchen, ihn dahin zu bringen, dass er den Sonntag von den anderen Tagen unterscheiden konnte. Aber so etwas brauchte Zeit. Und bedurfte Vertrauen, einer ganz anderen Stimmung, als Bistrup sie erzeugte. Sie spürte, dass der Mann auf der anderen Seite des Tisches sich tatsächlich nicht erinnern konnte, was er an dem fraglichen Abend gemacht hatte, aber bereit war, zusammenzuarbeiten.

»Wenn ich aufgestanden bin, fange ich an zu trinken«, gestand er beschämt.

»Wie viel haben Sie am Sonntag getrunken?«

»Keine Ahnung. Eine Flasche Whisky vielleicht. Ich trinke keinen Wodka, der ist für diese verdammten russischen Schweine. Ich glaube, ich hatte auch eine Flasche dabei, als ich los bin. Und von da an ... alles nur noch Nebel. Ich kann mich nicht erinnern, was passiert ist, bis ich hier aufgewacht bin.« Nukajev schüttelte resignierend den Kopf.

Katrine war geneigt, ihm zu glauben.

Bistrup hatte sich auf seinem Stuhl zurückgelegt und die Arme vor der Brust verschränkt. Plötzlich beugte er sich über den Tisch und sah Nukajev in die Augen. »Das ist ja wirklich eine ganz rührende Geschichte«, sagte er. »Nur glaube ich Ihnen kein Wort. Ich glaube Ihnen nicht, dass Sie sich an nichts erinnern können. Wie haben Sie ihn dazu gebracht, nach draußen in den Garten zu kommen? Wie oft haben Sie auf ihn eingestochen?«

»Ich kann mich nicht erinnern.« Ausdruckslos erwiderte Nukajev Bistrups bohrenden Blick.

»Aber Sie müssen sich doch erinnern können, ob sie zweimal oder zwanzigmal zugestochen haben, Mann!?«

Nukajev schüttelte wortlos den Kopf. »Ich weiß es nicht.«

»Was ist danach passiert?«

»Ich bin hier aufgewacht.«

»Sind Sie den ganzen Weg zurück nach Nørrebro zu Fuß gegangen?«

»Auch das weiß ich nicht. Aber ich bin den Weg früher schon gegangen, also vielleicht ...«

»Woher hatten Sie das Messer?«

»Ich weiß nicht.«

»Angeln Sie?«

»Was?«

»Fische fangen ... mit einer Angel?« Bistrup fuchtelte mit den Armen, als halte er eine Angelrute und werfe einen Köder aus.

»Nein«, sagte Nukajev mit Ekel in der Stimme.

»An dem Messer war Fischblut. Wie erklären Sie sich das?«

»Wirklich, ich weiß es nicht.«

»Aber Sie haben ein Messer von zu Hause mitgenommen?«

»Das glaube ich nicht.« Langsam schüttelte Nukajev den Kopf. »Aber ich weiß, dass ich zu Hause kein Messer habe, an dem Fischblut klebt. Ich esse keinen Fisch.«

»Sie *glauben* nicht, dass Sie ein Messer mitgenommen haben? Sie klingen nicht sehr überzeugend«, sagte Bistrup. »Also haben Sie es aus dem Schuppen geholt?«

»Was für ein Schuppen?« Nukajevs Gesicht glich einem einzigen großen Fragezeichen.

»Mads Winther bewahrte seine Angelausrüstung in dem Geräteschuppen im Garten hinter seinem Haus auf.«

»Ich weiß nicht, wovon Sie da reden.« Rat- und hilflos breitete Nukajev die Hände aus.

Wieder beugte sich Bistrup zu ihm vor. »Wie erklären Sie sich, dass Sie Blut an Händen und Kleidung hatten, als wir Sie gefunden haben?«

»Auch das weiß ich nicht.«

»Verstehen Sie, dass es uns etwas schwer fällt, Ihnen zu glauben?«

Nukajev antwortete nicht.

»Haben Sie der Hebamme auch aufgelauert? Lise Barfoed?«, fragte Bistrup brüsk und ließ sich wieder gegen die Stuhllehne fallen.

»Nein«, entgegnete Nukajev ohne Zögern. »Nein, das habe ich nicht. Sie ist eine Frau. Ich kann nicht ... Hand anlegen an eine Frau.«

»Lise Barfoed sagt, Sie hätten sie bedroht. Vor ihrem Haus.«

»Ich habe sie nicht bedroht. Ich weiß nicht mal, wo sie wohnt.«

»Aber Sie könnten auch nicht Hand an einen Christen legen?«

»Nein.«

»Und Mads Winther war – soweit ich weiß – Christ.«

»Ich weiß ja nicht, ob ich Hand an ihn gelegt habe.«

»Sie sind Muslim?«

»Ja, natürlich«, antwortete Nukajev irritiert.

»Und Muslime trinken für gewöhnlich nicht, wenn ich richtig informiert bin?«

Nukajev sah beschämt auf seine Hände, die er noch immer im Schoß hielt.

»Aber Sie haben die letzten paar Monate hindurch regelmäßig und so massiv getrunken, dass Sie sich an eine ganze Reihe von Handlungen und Ereignissen nicht mehr erinnern können.«

Nukajev sagte nichts.

»Ich bin nicht sicher, ob Sie mir an dieser Stelle folgen können; aber es ist tatsächlich sehr schwer für uns, auch nur ein Wort von dem zu glauben, was Sie sagen«, sagte Torsten Bistrup siegesgewiss.

Katrine konnte sich nicht erinnern, jemals ein schlechteres Verhör miterlebt zu haben.

*

Bistrup und Pitbull liefen mit langen Schritten zurück zum Wagen. Katrine bemühte sich, ihnen auf den Fersen zu bleiben.

»Meine Empfehlung wäre, ein Verhör am Tatort vorzunehmen«, sagte Katrine und tat ihr Bestes, ihre Wut unter Kontrolle zu halten und professionell zu klingen.

Gänzlich unbeeindruckt, als wäre sie nicht da, redeten die beiden weiter. Sie ignorierten sie einfach völlig.

»Wenn wir ihn raus nach Frederiksberg bringen, sind die Chancen größer, dass er sich wieder an den Abend erinnert, zumindest in Bruchstücken«, beharrte sie. »Wenn wir es richtig anpacken, dann ist er, glaube ich, gerne bereit, mit uns zusammenzuarbeiten.«

Torsten hielt abrupt an und drehte sich zu Katrine um, so dass sie einen Schritt zurücktreten musste, um nicht Nasenspitze an Nasenspitze mit ihm zu stehen. Sie konnte sein Aftershave riechen. Ein vulgärer Geruch setzte sich in ihren Nasenlöchern fest.

»Sie kapieren wirklich überhaupt nichts, oder?«, herrschte er sie an. »Sie glauben wirklich, der Typ da drin will kooperieren und versuchen, sich zu erinnern, *wenn wir ihm nur ein bisschen helfen*? Ich sag Ihnen jetzt mal was: Dieser Kerl da drinnen«, aggressiv zeigte Torsten auf das Gebäude, aus dem sie gerade gekommen waren, »weiß ganz genau, dass er mit seiner ... Krankengeschichte nur sagen muss, er sei zu betrunken gewesen, um sich an irgendetwas zu erinnern, und damit durchkommt. Bei solchen Typen hilft nur eins: maximaler Druck. Und ich glaube leider nicht, dass ich Kragh empfehlen kann, Sie weiter an den Verhören zu beteiligen. Sie tragen nicht gerade positiv zu den Ermittlungen bei! Ach ja, und wo wir schon mal dabei sind, es wäre schön, wenn Sie zukünftig Ihre Hausaufgaben ordentlich machen würden, bevor Sie Ihren Kollegen halbgares Zeugs vorsetzen und sie nachher im Verhör mit nacktem Arsch dastehen lassen!«

Er machte auf dem Absatz kehrt und stürmte weiter in Richtung Wagen. Die Fahrt zurück zum Präsidium ging in bedrückendem Schweigen vor sich.

*

»Er war's! Ich garantiere euch, dass er unser Mann ist«, sagte Torsten Bistrup. »Wenn so ein alter Spürhund wie ich eine Fährte aufnimmt, kann man sich verdammt nochmal darauf verlassen«, fuhr er an Kragh gewandt fort, als sei offensichtlich, dass es nichts mehr zu diskutieren gab.

Katrine saß auf einem der beiden Stühle vor Kraghs Schreibtisch und schaute Bistrup an, der an den Türrahmen gelehnt dastand und deutlich den Eindruck vermittelte, als habe er zu viel zu tun, als dass er sich hätte setzen und seine kostbare Zeit mit albernen Diskussionen über Dinge verschwenden können, die längst geklärt waren. Wenn er morgen noch mal rüberfuhr und Nukajev vernahm, würde er ihnen ein hieb- und stichfestes Geständnis präsentieren.

Schon komisch, überlegte Katrine, dass ein Wort wie »Fährte«, ausgesprochen von einem Polizisten, als triftiger Grund akzeptiert wurde, eine Spur zu verfolgen, während ein Begriff wie »Intuition«, ausgesprochen von ihr, einer Psychologin, als reichlich schwammige Grundlage für welche Art von Ermittlungen auch immer angesehen wurde.

»Aber es hilft der Sache natürlich nicht gerade, wenn

man mittendrin mit Heckenschützen aus den eigenen Reihen zu kämpfen hat«, ergänzte er.

»Wie bitte?«, fragte Kragh.

»Wenn man sich eine Strategie für ein Verhör zurechtgelegt hat und einem dann jemand in die Parade fährt. Na schön, ich rede jetzt mal Klartext, okay? Ich halte nichts von diesem ganzen Mist mit ›er muss nur noch mal in den Garten und dem gleichen Vogelgezwitscher lauschen und dann erinnert er sich plötzlich wieder, was passiert ist‹. Nein, entschuldigt bitte, ich habe tatsächlich auch mal einen Kursus zu diesem kognitiven Ringelpietz mit Anfassen gemacht, und ich meine, das Ganze wird *weit* überschätzt!«

Abwartend sah Katrine Per Kragh an. Wie würde er reagieren? Altes Pavianmännchen fordert junges Weibchen heraus, das auf sein Territorium drängt. Und altes Pavianmännchen ist jüngerem Pavianmännchen unterstellt. Ein von der Evolution nicht vorgesehener Kampf. Torsten Bistrup war von der Sorte, die meinte, dass es ihn daher auch hier nicht geben würde. Vermutlich war er schon Ermittlungsleiter Mord gewesen, als Kragh, noch grün hinter den Ohren, wie er es nennen würde, seine Karriere auf Führungsebene begonnen hatte. Immerhin, offenbar hatte irgendjemand früh genug erkannt, dass Bistrup nicht als Führungskraft geeignet war, das war ja immerhin etwas, dachte Katrine. Typen wie er als Vorgesetzte waren der reine Horror, chaotisch, cholerisch, egozentrisch und selbstgerecht.

Kragh sah Katrine ruhig an. »Kann ich Ihre Einschätzung hören?«

»Wenn wir ihn für ein Verhör nach Frederiksberg bringen, würde er sich vermutlich an mehr erinnern können, als er es jetzt kann, was auf jeden Fall ein Fortschritt für uns wäre. Mag sein, dass Sie nichts davon halten«, sagte sie und wandte sich jetzt direkt an Torsten Bistrup, »aber es ist wissenschaftlich belegt, dass es unserem Gedächtnis auf die Sprünge hilft, wenn wir an den Ort kommen, an dem die Dinge geschehen sind.« Sie sah von einem zum anderen. »Sind Sie nicht einmal selbst an einen Ort zurückgekommen, an dem Sie lange nicht waren, zum Beispiel auf einen Spielplatz oder in ein Versteck, wo Sie in Ihrer Kindheit oft gewesen sind, und auf einmal sind Ihnen Situationen oder Menschen eingefallen, an die Sie dreißig Jahre lang nicht gedacht haben?« Sie schaute Bistrup an und konnte es sich nicht verkneifen, ein »Dreißig, vierzig Jahre« hinzuzufügen.

»Natürlich«, sagte Kragh.

Bistrup gab vom Türrahmen her ein verächtliches Schnauben von sich.

»Das ist ein simpler Zusammenhang und in keinster Weise fragwürdig. Aber ich kann natürlich nichts garantieren«, sagte Katrine. »Alkohol in so großen Mengen kann fatale Auswirkungen auf das Gedächtnis haben. Und in seinem allgemeinen psychischen Zustand …«

»Und als Nächstes schlagen Sie dann vor, ihn zu hypnotisieren?«, knurrte Bistrup.

»Torsten!«, sagte Kragh und sah ihn grimmig an.

»Das ist prinzipiell auch eine Möglichkeit«, antwortete Katrine sachlich, fest entschlossen, die Diskussion ungeachtet seiner Provokationen auf einem professionellen Niveau zu halten. »Ich würde es allerdings vorziehen, wenn wir erst einmal sehen, wie weit wir mit einem ganz gewöhnlichen Verhör draußen in Frederiksberg kommen.«

Kragh nickte. »Okay«, sagte er entschieden. »Okay, so machen wir es. Torsten, du hast sicher noch reichlich zu tun. Katrine, Sie und Jens fahren morgen mit Nukajev rüber zum Haus der Winthers.« Er gab zu verstehen, dass die Besprechung zu Ende war. Bistrup verschwand augenblicklich.

»Es ist natürlich wichtig, dass wir Vibeke Winther vorher benachrichtigen. Am besten ist sie gar nicht zu Hause, wenn wir mit Nukajev dort sind«, sagte Katrine.

»Ja, sicher. Kümmern Sie sich bitte darum?«

»Ja, mach ich.« Sie stand auf, ging zur Tür und zögerte eine Mikrosekunde. Wenn sie fragen wollte, ob es in Ordnung war, Winthers Laptop mit nach Hause und unter die Lupe zu nehmen, dann war jetzt der richtige Zeitpunkt. Aber sie riskierte natürlich, dass Kragh es ablehnte. Es war sogar sehr wahrscheinlich, dass sie ihn gar nicht aus dem Polizeipräsidium entfernen durfte. Sie konnte den Gedanken fast nicht ertragen. Ob man nicht ein Auge zudrücken würde, wenn sie ihn mitnahm, ohne zu fragen? Sie konnte es ja nicht besser wissen, sie war ja trotz allem noch ganz neu bei der dänischen Polizei.

Und danach vielleicht auch schon am Ende bei der dänischen Polizei, dachte sie mit einem leichten Schaudern. Nur heute Abend, morgen bringe ich ihn wieder mit zurück, dachte sie. Sie würde es riskieren.

*

Katrine streifte in dem kleinen Flur ihre Stiefel ab, kickte sie in eine Ecke und ließ direkt ihren eigenen und auch Mads Winthers alten Laptop hochfahren. Sie hoffte inständig, dass bei diesem Unternehmen etwas herauskommen würde. Erst danach zog sie ihren Mantel aus und zündete das Feuer im Kaminofen an. Die Heizung funktionierte wieder, nachdem der Monteur am Morgen da gewesen war, doch ein wenig wohlige Ofenwärme würde ihr guttun, befand sie.

Winthers tragbarer PC startete ohne Probleme. Zwar hatte Thomas Krings Sohn seinen neuen Reserverechner schon ordentlich mit Ballerspielen aller Art bestückt, aber sie erinnerte sich, dass die IT-Spezialisten der Kriminaltechnik in einem früheren Fall gesagt hatten, man könne Daten in der Regel immer wiederherstellen, man brauche nur etwas Geduld. Wie lange es dauere, hänge ganz entscheidend davon ab, wie viele Male die Festplatte formatiert worden sei.

Sie suchte eine Weile im Netz nach Informationen, wie man eine Festplatte wiederherstellte, konnte aber nicht so recht überschauen, wie sie die Sache anzupacken hatte. Ganz so ausgeschlafen war sie trotz allem doch nicht, was Computer anging.

Sie loggte sich in einen Chat ein, in dem eigentlich immer einige ihrer früheren Kollegen anzutreffen waren, und hoffte, sie würde Dave zu fassen kriegen, der auch Psychologe war, aber gleichzeitig ein echter Computerfreak, der mit Rechnern so ziemlich alles anstellen konnte. Allerdings war er ausnahmsweise gerade nicht online. Ob er etwa Zugang zu einem analogen Lebensstil gefunden hatte? Sie durfte nicht vergessen, ihn damit ein bisschen aufzuziehen.

Das Telefon klingelte. Ian. Ihr Herz machte einen Satz.

»Hi, love«, sagte er und klang, als ginge es ihm bestens. »How are you?«

»Ich vermisse dich!«

»Ich dich auch.«

»Was hast du gemacht die letzten Tage?«

Sie erzählte kurz vom Mord an Mads Winther und den Ermittlungen.

»War's der Butler? Früher war der Mörder immer der Butler ...«

»Quatschkopf! So was haben wir hier heutzutage überhaupt nicht mehr, höchstens ein Au-pair-Mädchen, aber das ist nur eins fünfzig groß, und es war ein gutgebauter Kerl.«

»Hm.«

Sie plauderten über die Touren, die Ian in den letzten Tagen unternommen hatte. Das Leben dort unten war für Katrine bereits weit weg und verschwamm zu einer unwirklichen Erinnerung. Sie verabredeten, in ein paar Tagen wieder zu telefonieren.

Rasch bereitete sie sich ein einfaches Abendessen zu und behielt dabei sowohl ihr Mailfach als auch den Chatroom im Auge. Sie zog die Gardinen zu. Sie hatte es noch nie gemocht, wenn ihr die Leute ins Zimmer sehen konnten. Ziemlich bescheuert, hier oben war ja sowieso keine Seele. Bisher hatte sie in keinem der Nachbarhäuser Licht gesehen. Wie erwartet hatte sie auch den Garten bis jetzt nicht bei Tageslicht gesehen, zu diesen Zeiten war sie einfach noch nicht zu Hause gewesen. Am Wochenende würde sie Gelegenheit haben, draußen herumzulaufen. Einen Spaziergang am Strand zu machen. Dem Meer in die Augen zu sehen.

Wieder klingelte ihr Telefon, und sie zuckte erschrocken zusammen. »Jens Høgh« stand im Display.

»Hej, Jens«, sagte sie und konnte hören, dass sie überrascht und froh zugleich klang.

»Hej, Katrine.« Er hingegen hörte sich einigermaßen niedergeschlagen an.

»Wie ist es mit Simone gelaufen?«

»Es hat ihr einfach nur leidgetan. Es schien, als würde sie das Ganze wirklich bereuen. Aber ich weiß wirklich nicht ... Mannomann, das ist alles so schwierig!«

»Du wirst Vertrauen in sie haben müssen. Je stärker sie deine Zweifel und dein Misstrauen spürt, umso schlimmer wird es werden. Ein Teufelskreis.«

»Wenn du das sagst, klingt das alles so verdammt richtig. Und so einfach.«

»Ich sage ja nicht, dass es einfach ist. Ich sage nur, was ich glaube, was richtig ist. Ich weiß durchaus, dass das alles andere als einfach ist.«

»Ja, ist schon klar«, seufzte er. »Ich habe nachgedacht über deine Idee, dass wir Veronique besuchen könnten. Vielleicht sollte ich es einfach tun. Konto überziehen, und ab geht's. Für Simone.«

»Das würdest du bestimmt nicht bereuen.«

»Wahrscheinlich. Ach, entschuldige, ich quatsche zu viel. Ich wollte nur hören, was heute noch gelaufen ist?«

»Wir haben plötzlich grünes Licht bekommen und konnten Nukajev verhören. Aber er hat eine totale Gedächtnislücke nach seinem Alkoholabsturz.«

»Hm. Wer war dabei?«

»Bistrup und dieser ... wie heißt er noch mal? ... Pitbull?«

Jens lachte. »Kim Johansen. Du hattest also das Vergnügen, Bistrup zu erleben, wenn man ihn von der Kette lässt.«

»Das zweifelhafte Vergnügen, ja.«

»Den Mann sollte man den Rockern vorwerfen.«

»Kein Einspruch, euer Ehren. Aber ich habe mich auch zum Idioten gemacht.«

»Was soll das bedeuten?«

Sie erzählte kurz von ihrer schlampigen Recherche im Zusammenhang mit Adat.

»Hm, ja, das ist natürlich schlecht gelaufen. Und wie soll's jetzt weitergehen?«

»Ich konnte Kragh überreden, dass wir Nukajev morgen noch mal draußen in Frederiksberg verhören«, sagte sie, »in der Hoffnung, dass er sich dann vielleicht an das ein oder andere erinnern kann. Zum Glück ist Nukajev einverstanden, dass ich das mache. Ich glaube, ich konnte ihn überzeugen, dass mir mein Fehler wirklich leidgetan hat.«

»Interessant«, sagte er, klang dabei aber skeptisch. »Aber wenn er so voll wie eine Strandhaubitze war, gibt es dann überhaupt eine Chance, dass ihm noch was einfällt?«

»Sicher ist das natürlich nicht, aber eine Chance gibt es auf alle Fälle. Und wenn es nur ein paar Erinnerungsfetzen sind. Jedenfalls verbessern wir die Chancen, wenn wir ihn hinbringen. Das Gedächtnis ist kontextabhängig, und indem wir ihn an den Ort des Geschehens zurückbringen, schaffen wir die nötigen cues.«

»*Cues?*«

»Ja, so eine Art Schlüssel für die verriegelten Schubladen, könnte man sagen. Das hast du doch bestimmt schon mal erlebt, nach einer Party zum Beispiel: Du hast ein paar Gedächtnislücken, und dann tauchen plötzlich ein paar Fetzen wieder auf, wenn irgendjemand erzählt, was den Abend alles los war?«

»Tja, man hat schon so einiges erlebt, damals, als man noch auf Partys ging, so vor ungefähr zweihundert Jahren.«

»Nur haben wir ja niemanden, der ihm diese cues geben könnte. Also ist der Ort die einzige Möglichkeit. Wenn wir Glück haben, erinnert er sich an etwas, wenn er dort ist.«

»Diese Formulierung solltest du besser nicht benutzen, wenn Torsten dabei ist. Also das mit dem Glück.«

»Da hast du wahrscheinlich recht. Für ihn ist meine Glaubwürdigkeit sowieso schon auf dem Nullpunkt.«

Jens gähnte. »Na ja, ansonsten können wir ja wohl auch nicht allzu viel tun, oder?«

»Nein ...«, sagte sie zögernd und schaute auf Mads Winthers Rechner. Sollte sie ihm erzählen, was hier gerade im Gange war?

»Oder doch?«

Nein, es war wohl am besten, wenn sie nur ihren eigenen Job aufs Spiel setzte. Es wäre nicht fair, ihn in ihre zweifelhaften Aktivitäten hineinzuziehen.

»Schlafen wir mal drüber und sehen dann morgen, was wir sonst noch tun können.«

»Okay, aber ... äh ...« Jetzt war er es, der so klang, als wolle er noch etwas sagen, habe es sich dann aber doch anders überlegt. Er räusperte sich. »Ja, dann sehen wir uns also morgen.« Seine Stimme klang plötzlich etwas rau. Und sanft zugleich. Als wolle sie die Hand nach ihr ausstrecken.

»Ja, bis morgen.« Sie verabschiedeten sich.

Katrine sah das Telefon an. Sie spürte, was vorging. Und wusste nicht recht, was sie davon halten sollte.

In dem Chatroom-Fenster auf ihrem Schirm bewegte sich etwas. Dave hatte sich eingeloggt.

»Na, fängst du schon ein paar böse Killer, honey?« Sie »Darling« zu nennen, traute er sich schon länger nicht mehr.

»Leider noch nicht!« Mit ein paar kurzen Sätzen weihte sie ihn in den Fall ein – und in ihr vermutliches Dienstvergehen. »Ich kann das nicht einfach so links liegenlassen, Dave, und ich habe wirklich das Gefühl, dass ich kein klares Bild von dem Opfer kriege. Wir haben bis jetzt nur leicht an der Oberfläche gekratzt, und keiner in seiner Umgebung ist besonders gesprächig.«

»Und jetzt willst du also gern wissen, wie du seinen Laptop wieder ans Laufen bekommst, den er selbst formatiert hat? Und den du mit nach Hause genommen hast?«

»Ja, genau.«

»Weil dir dein Chef nicht erlaubt hat, die IT-Ressourcen der wunderbaren dänischen Kriminalpolizei zu nutzen?«

»Besten Dank, dass du mich daran erinnerst!«

»Klingt nicht gerade nach einer steilen Karriere, wenn du mich fragst.«

»Keine Sorge, wenn ich Ratschläge für meine Karriere bräuchte, würde ich dich ganz bestimmt nicht fragen, precious«, schrieb sie und fügte einen Smiley hinzu. »Außerdem«, fuhr sie fort, »was soll man machen, wenn man nicht anders kann?«

»Tja, wenigstens haben wir dich dann bald wieder hier in England«, antwortete er trocken. »Also gut, gehen wir gleich mal auf Skype, dann erklär ich dir alles.«

Sie loggten sich beide ins Internettelefon ein und setzten ihre Unterhaltung fort.

»Du musst ein kleines Programm herunterladen, ich schicke dir den Link«, sagte Dave. »Es dauert circa vierundzwanzig Stunden, es durchlaufen zu lassen. Alle Laufwerke müssen gescannt werden, und das braucht Zeit.«

»Vierundzwanzig Stunden!?«, rief sie. Mist! Sie war davon ausgegangen, das Corpus Delicti morgen wieder zurückbringen zu können. Andererseits ... der Fokus in ihrem Fall lag gerade woanders. Der Laptop würde nicht vermisst werden.

Ein paar Augenblicke später kam Daves Mail an, mit dem Link zu einer Webseite, auf der sie die Software bekommen konnte. Während sie den Download startete, sprachen sie noch weiter über den Mordfall Mads Winther.

»Dauert es wirklich ein paar Wochen, bis man das Ergebnis einer DNA-Probe bekommt?«, fragte er schockiert. »Sag mal, bist du sicher, dass du schon in Dänemark und nicht mehr in Ägypten bist?«

»Sehr komisch, Dave. Und noch komischer ist, dass sie hier überlegen, die gesamte dänische Polizei mit Crime-Ware auszurüsten.«

»Oha«, sagte Dave mit ernster Stimme. »Dann ist es definitiv aus zwischen dir und Big C.«

»Ja, ich weiß ...«

Nachdem sie das Programm komplett auf ihren Rechner geladen hatte, brannte sie es auf eine CD, die sie in Mads Winthers Laptop schob. Dave führte sie durch die Installation. Kurz darauf begann Winthers Computer, die Daten wieder herzustellen, die sein ehemaliger Besitzer überschrieben hatte. In vierundzwanzig Stunden würde sich zeigen, ob sie ihr etwas Interessantes über den toten Arzt erzählen konnten.

*

Katrine lag im Bett, schloss die Augen und sah alles vor sich; die Abifete, die stolzen Eltern, die Fahrt hierher mit der Clique, Lise. Und Jon, der so viel von ihrer Beziehung wollte. Viel zu viel, viel zu schnell.

Sie war schon seit einiger Zeit dabei gewesen, sich von ihm zu lösen. Aber sie hatte auch einige Zeit gebraucht, sich einzugestehen, dass es so war, wie es war.

Für ihre Freunde gehörte ihre Beziehung längst zu den etablierten Fakten. Und für sie selbst wohl auch. Sie waren die gesamte Zeit auf dem Gymnasium über zusammen gewesen. Ein Paar. Ein Paar, an das man schon Erwartungen knüpfte. Das würde schon halten, mit den beiden. Ihre Eltern trafen sich, gingen zusammen aus, auch ohne Jon und Katrine, und waren irgendwann befreundet.

Eine Institution.

Anfangs war es in Ordnung. Nach und nach bekam sie Klaustrophobie.

Ein Gespräch kurz vor der letzten Prüfung brachte das Fass zum Überlaufen. Jon begann davon zu reden, dass sie nach den Sommerferien zusammenziehen sollten. Sie war ausgewichen, hatte sich herausgeredet, sie habe zurzeit zu viel im Kopf. Aber tatsächlich hatte sie es in genau diesem Moment schon gewusst. Es war Schluss.

Er wollte das ganz traditionelle Paket, und zwar komplett. Sie wollte Abenteuer. Es ging einfach nicht zusammen.

Die große Frage blieb, wann sollte sie es ihm sagen? Vor ihnen lag die Party ihres Lebens, der süße, berauschende Duft der Freiheit. Auf eine Art hätte sie den Rausch gern mit ihm geteilt. Und es ging ihr ja nicht darum, die neuge-

330

wonnene Freiheit zu nutzen, um in die Welt zu stürzen und einen nach dem anderen abzuschleppen. Sie hatte es nicht eilig. Also beschloss sie, ihren bevorstehenden gemeinsamen Sommer nicht zu ruinieren. Sie würde noch warten.

Niemals zuvor und niemals danach hatte sie eine so falsche Entscheidung getroffen.

Katrine wälzte sich im Bett herum. Rollte sich zusammen.

In der Nacht, als sie hier gefeiert hatten, saßen sie am Feuer, und er hatte unaufhörlich von der Zukunft gesprochen. Von ihrer Wohnung und wie schön es sein würde, jeden Morgen gemeinsam aufzuwachen. Sie hatte geschwiegen. Er hatte sie gedrängt. Was sprach dagegen? Sie war wieder ausgewichen, aber er hatte gespürt, dass etwas nicht in Ordnung war. Sie waren beide schon ein bisschen betrunken gewesen. Sie hatte sich dann ein bisschen abseits gehalten und mit Lise über alles geredet. Lise hatte sie unterstützt, hatte gesagt, sie sei zu jung, um sich fest zu binden. Dass das Leben erst jetzt so richtig losgehe, Reisen unternehmen, feiern und ihre Freiheit genießen. Lise und Katrine hatten sich gegenseitig hochgeschaukelt, hatten sich unüberwindlich und riesengroß gefühlt.

In dieser Stimmung war sie wieder zu Jon gegangen. Und plötzlich hatte sie es gesagt. Dass es aus war. Obwohl sie es so nicht gewollt hatte. Natürlich nicht, nicht so.

Er verschwand, ging hinunter zum Strand. Allein.

Sie fühlte sich schrecklich. Und gleichzeitig schimmerte etwas wie Erleichterung draußen am Horizont auf. Das Leben würde sich wieder öffnen.

Es tat ihr schrecklich leid für ihn. Aber sie wusste, dass sie das Richtige tat. Er brauchte jemand anders als sie. Er brauchte ein Mädchen, das nicht diesen Hunger nach mehr hatte.

Morgen würden sie reden. Sie würde all die richtigen Dinge sagen. Dass sie immer noch Freunde waren. Dass es sie immer geben würde im Leben des anderen. Dass er etwas ganz Besonderes für sie bedeutete. Die erste lange Beziehung. Das würde immer etwas ganz Besonderes bleiben. Sie hatte ihn noch lieb. Aber eben mehr als einen Freund.

Aber als es Morgen wurde, war es zu spät.

*

»Lassen Sie sich ruhig Zeit«, sagte Katrine zu Aslan Nukajev, der unsicher in Mads Winthers Garten blickte. Es war Vormittag, der Winterhimmel hing schwer und hellgrau direkt über ihnen. Nukajev schaute sie an und nickte. Sie standen unten auf dem Bürgersteig. Jens und die beiden Beamten, die sie begleiteten, hielten sich unauffällig im Hintergrund, worum Katrine sie gebeten hatte. Vibeke Winther hatte das Haus bereits vor einiger Zeit verlassen.

»Versuchen Sie, es sich vorzustellen; Sie kamen am Sonntag hierher.«

Nukajev ging auf dem Bürgersteig ein paar Schritte erst in die eine, dann in die andere Richtung. Blieb stehen und sah die vormittagsstille, von Villen gesäumte Straße hinunter.

»Ich erinnere mich, dass ich hierhergekommen bin. Danach weiß ich nichts mehr«, sagte er mutlos.

»Das ist okay«, sagte sie ruhig. »Versuchen Sie, sich weiter zurückzuerinnern. Wie sind Sie hierhergekommen?«

Er bemühte sich, schüttelte aber den Kopf.

»Sind Sie hinauf zur Tür gegangen und haben geklingelt?«

Resignierend hob er die Arme und ließ sie dann kraftlos sinken, so dass sie wie tot an seinem Körper herabbaumelten. »Ich weiß es nicht.«

»Wo haben Sie die anderen Male gestanden, als Sie hier waren und mit ihm gesprochen haben?«

»Hier unten«, antwortete er und deutete auf ein Stück des Bürgersteigs. »Ich habe oben am Haus geklingelt, und dann ist er mit mir hier unten hingegangen. Wir haben hier gestanden und miteinander geredet, und dann ist er wieder reingegangen.«

Sie gingen zur Haustür und von dort in den Garten zu der Stelle, an der man Mads Winther gefunden hatte.

»Was wollten Sie durch Ihre Gespräche mit ihm erreichen? Ich will es nur gerne verstehen«, fügte sie eilig hinzu.

Der Tschetschene sah an ihr vorbei. Sein Blick ging ins Nichts, wie es schien. »Ich konnte nicht verstehen, dass er sie nicht gerettet hatte. Und solange man nicht versteht, ist man wütend und ohnmächtig. Ich meinte, es wäre seine Schuld, dass ich sie verloren hatte; meine Frau, die schon so viel Leid erleben musste. Und jetzt, als wir ganz neu anfangen wollten ... war stattdessen endgültig alles vorbei.«

Er sah Katrine an, sein Gesicht eine Landkarte, auf der Täler und tiefe Schluchten aus Leid und Not eingegraben waren.

»Meine Frau ist von russischen Soldaten vergewaltigt worden«, sagte Nukajev plötzlich mit demselben wilden Blick, den Katrine auch schon tags zuvor hatte aufflackern sehen. »Gruppenvergewaltigung. Viele Male.« Sein Gesicht verzerrte sich, als würde er in diesem Augenblick selbst gequält und habe heftige Schmerzen. »Sie brachten mich in den Raum nebenan. Ich habe es ihr nie gesagt«, seine Augen füllten sich mit Tränen, die ihm einen Wimpernschlag später über die Wangen liefen. »Ich musste mit anhören, wie sie schrie. Ich flehte sie an, sie sollten mich erschießen, uns beide erschießen, anstatt uns in diese Hölle zu schicken. Wenn sie gewusst hätte, dass ich alles wusste ... sie hätte die Schande nicht überlebt.« Er schaute Katrine an, als überlege er, ob er ihr noch mehr erzählen sollte. »Sie hatten mir einen Handel angeboten. Sie würden sie verschonen, wenn ich etwas für sie tat.«

All das Leid, das er in diesem Moment mit Katrine teilte, traf sie unvorbereitet, machte sie wehrlos. Und sie ließ es zu und fühlte in ein paar grässlichen, gleißenden Blitzeinschlägen, wie es sein musste, gefangen zu sein, gedemütigt und missbraucht zu werden.

»Ich sollte meine eigenen Landsleute foltern.«

Lautlos liefen Tränen über ihre Wangen.

So standen sie sich gegenüber. Es war ihr gleichgültig, was die Polizisten dachten. Das hier war kein Verhör mehr. Es war etwas anderes, etwas Größeres. Vielleicht war es nicht professionell, aber auch das war ihr gleichgültig. Sie musste ihm folgen und ihn verstehen.

»Aber ich konnte es nicht.«

Aslan schlug beide Hände vors Gesicht und atmete stoßweise. Abrupt nahm er sie wieder weg und fuhr fort.

334

»Meine Frau hatte immer Schmerzen, nachdem sie ihr das angetan hatten. Immer. Im Körper«, er hielt sich beide Hände vor den Bauch, »und in der Seele.«

»Es tut mir alles so fürchterlich leid«, sagte Katrine verzweifelt.

»Sie hatte immer Schmerzen«, wiederholte er und wirkte jetzt wie besessen, Katrine noch etwas zu erzählen. »Sie hasste das Krankenhaus. Es erinnerte sie daran, wie wir ins Gefängnis gebracht wurden«, sagte er und schüttelte den Kopf.

Die Schwangerschaft und das Warten auf die Geburt mussten Erinnerungen an die Ungewissheit und die Ohnmacht ausgelöst haben, die sie im Gefängnis und unter der Folter durchgemacht hatten, dachte Katrine.

»Sie konnte es nicht ertragen, untersucht zu werden. Jedes Mal musste ich sie überzeugen, dass es notwendig war, dorthin zu gehen. Für unser Kind. Wenn sie Schmerzen hatte, glaubten wir, dass es wohl so sein musste. Und deshalb habe ich die Hebamme nicht gerufen, als Taisa nach der Geburt diese Schmerzen bekam.« Nukajevs Gesicht begann, unkontrolliert zu zucken.

»Es war meine Schuld. Ich hätte die Hebamme rufen sollen. Aber ich habe nichts getan. Ich dachte, ich würde sie schonen. Stattdessen habe ich sie umgebracht. Wie hätte ich damit leben sollen? Ich war gezwungen zu denken, dass es seine Schuld war. Er war es doch, der ihr Leben in seinen Händen gehabt hatte. Und er hat sie nicht gerettet. Können Sie das verstehen?«, sagte er verzweifelt. »Er hat nichts falsch gemacht. Ich war es, ich habe meiner Frau nicht geholfen. So wie ich ihr im Gefängnis nicht geholfen habe ... Aber daran habe ich seit damals nicht denken können. Es tat zu weh, und so hatte ich es weggeschoben, aus meinem Kopf herausgeschoben.«

Sie nickte still. »Ich verstehe.«

Schweigend standen sie eine Weile da.

Katrine dachte, dass seine Erklärung durch und durch Sinn ergab. Hier ging es nicht um irgendeinen kulturellen Kodex oder ungeschriebene Gesetze über Rache und Vergebung. Es war sehr viel … einfacher als das. Und menschlicher. Nukajev hatte seine Schuldgefühle auf Mads Winther projiziert, um sich vor dem Gedanken zu schützen, dass er selbst das Leben seiner Frau hätte retten können, wenn er nur Hilfe geholt hätte.

Und jetzt hatte er es geschafft, diese Projektion zu erkennen und aufzulösen.

Aber sie wussten immer noch nicht, was sich am Sonntagabend zwischen den beiden Männern abgespielt hatte.

Aslan Nukajev schaute noch einmal auf die Stelle, an der Mads Winthers Leiche gelegen hatte. Katrine folgte seinem Blick

Würden sie es je erfahren?

*

In Schweigen versunken fuhren sie zurück zum Bispebjerg-Krankenhaus.

Katrine und Jens brachten Aslan Nukajev zurück auf seine Station. Ein Krankenpfleger wartete bereits, um ihn in sein Zimmer zu bringen. Mit einem unergründlichen Ausdruck schaute Aslan Katrine an.

»Ich werde nie imstande sein, mich um meinen Sohn zu kümmern«, sagte er traurig. »Und ich glaube nicht, dass ich damit leben kann.«

Er drehte sich um und ging zusammen mit dem Krankenpfleger den Gang entlang, noch bevor Katrine etwas antworten konnte.

*

»Er hat sich an nichts erinnert«, sagte Katrine. »Das ist eine echte Amnesie, nichts, das er uns nur vormacht.«

Per Kragh sah sie eindringlich an. »Sie glauben also, er sagt die Wahrheit?«

»Davon bin ich überzeugt«, antwortete sie. »Ich glaube, es ist tatsächlich so, wie er sagt. Er kann sich nicht erinnern, was da draußen vor sich gegangen ist. Damit ist aber nicht gesagt, dass er es nicht war.«

»Offen gestanden bin ich der Ansicht, das hier geht allmählich zu weit«, schaltete sich Bistrup ein. Katrine konnte sehen, dass er versuchte, sich zu beherrschen. »Der Mann ist so schuldig wie ein Sünder in der Hölle«, fuhr er fort. »Ja, natürlich, es ist schrecklich, dass er gefoltert wurde, mein tiefstes Mitgefühl«, er neigte den Kopf. »Aber er hat ein Motiv, hat zugegeben, am Sonntagabend am Tatort gewesen zu sein, hatte Blut an den Händen, und sobald wir die DNA-Probe haben, wird sich höchstwahrscheinlich herausstellen, dass es das Blut des Toten ist.«

Per Kragh sah Bistrup nachdenklich an. »Torsten hat recht«, sagte er schließlich. »Es gibt sehr starke Indizien.«

»Ja«, räumte Katrine ein. »Das ist mir auch klar, da sind wir völlig einer Meinung. Aber lassen Sie uns trotzdem mal dieses gedankliche Experiment durchspielen, nur ganz kurz, dass er es tatsächlich nicht war. Dann verschwenden wir jetzt gerade wertvolle Zeit, was dem wahren Täter die Möglichkeit gibt, seine Spuren weiter zu verwischen.«

»Was schlagen Sie also vor, Katrine?«, fragte Kragh.

»Ich schlage vor, dass Jens und ich parallel die Ermittlungen zu den alternativen Möglichkeiten fortsetzen.«

Per Kragh dachte nach. »Gut«, sagte er dann. »Sie beide bekommen noch den Rest dieses Tages. Wenn sich aber bis morgen früh keine gravierenden neuen Gesichtspunkte ergeben oder ein Durchbruch in irgendeine Richtung, kann ich das nicht länger bewilligen.«

Katrine und Jens nickten zustimmend und standen auf, um zu gehen.

»Und im Übrigen«, sagte Kragh. »Am Montag findet die erste Strategiesitzung der neuen Task Force statt. Der Startschuss wurde ein wenig vorverlegt. Da sind noch eine ganze Menge Berichte, und ich erwarte, dass ihr die bis dahin durchgearbeitet habt. Ihr solltet euch also morgen nichts vornehmen.«

Fügsam wie Schulkinder nickten sie und verschwanden mit diesem wenig erbaulichen Bescheid eilig in ihr Büro.

*

»Verdammt nochmal!«, rief Katrine laut, als sie wieder in ihrem Dienstzimmer waren. Diskret schloss Jens die Türen zu den beiden Nachbarbüros.

»Also gut«, sagte er. »Dann müssen wir jetzt eben megaeffektiv sein. Wir haben nur noch heute, und ich weiß nicht, wie du das siehst, aber ich würde wirklich gern wissen, ob irgendwas dran ist an dem, womit wir uns die letzten Tage herumgeschlagen haben.«

Sie sahen sich an. Katrine spürte das Adrenalin durch

ihren Körper pumpen, als hätte man ihr intravenös eine Extradosis verabreicht. »Also, was haben wir?«, fragte sie und gab selbst die Antwort. »Seine Affäre ist unsere heißeste Spur.« Nickend gab Jens ihr recht. »Es ist zwingend notwendig, dass wir zum Teufel nochmal endlich rauskriegen, mit wem er Sonntagabend zusammen war.«

»Noch mal im Krankenhaus ein bisschen auf den Busch klopfen?«, schlug Jens vor.

»Das ist so … zufällig. Es ist ja gar nicht sicher, ob die betreffende Person überhaupt Dienst hat … Nein, wir müssen mit jemandem sprechen, von dem wir wissen, dass er einen guten Draht zu ihm hatte, und ihn ein bisschen in die Mangel nehmen.« Ein Gedanke nahm in Katrines Kopf Gestalt an. Eine Idee, die sie sich vor ein paar Tagen noch nicht einmal in ihrer wildesten Phantasie hätte vorstellen können.

Sie sah Jens an. »Oder sie. Ich könnte mit Lise reden.«

Er runzelte die Stirn. »Aber du hast doch selbst gesagt, dass du zu nah an …? Ist es nicht besser, wenn ich das übernehme? Dann ist es eine ganz gewöhnliche Vernehmung.«

Sie schüttelte kategorisch den Kopf. »Die zwei Mal, die du mit ihr gesprochen hast, hat sie nichts gesagt«, hielt Katrine dagegen. »So wie ich das sehe, gibt es drei Möglichkeiten: Entweder weiß sie es ganz einfach nicht, oder sie will jemanden decken.«

»Und die dritte Möglichkeit?«

»Sie ist es selbst.«

*

Ihre Handflächen waren feucht, und ihr Puls hämmerte, während ihre Finger Lises Nummer in das Handy eintippten.

»Lise Barfoed.«

»Hej, Lise, hier ist Katrine.« Es gelang ihr, eine leidlich lockere Tonart anzuschlagen.

»Himmel! Heeej, Katrine!«, rief Lise erfreut.

»Bist du auf der Arbeit?«

»Nein, ich hab später Nachtschicht – stöhn! Ich liege hier und versuche, ein bisschen zu entspannen.«

»Aha. Na ja, ich bin auf dem Weg nach Hause, um in Ruhe ein paar Berichte zu lesen, und da dachte ich, ich könnte ja vielleicht auf einen Sprung vorbeikommen?«

»Das wär ... wunderbar. Ich freue mich riesig! Ich setze uns gleich mal Kaffee auf. Wann kannst du hier sein?«

»Tja«, sie sah auf ihre Uhr und dann Jens an, der dem Gespräch von seinem Platz aus folgte wie ein Trainer von der Seitenlinie. »Wenn ich gleich losfahre, kann ich wohl in einer halben Stunde da sein. Das ist doch in Birkerød, oder?«

»Ja, richtig. Phantastisch – bis gleich!«

Katrine drückte die Taste mit dem roten Hörersymbol. »Sie hat sich sehr gefreut.«

»Na, das klingt ja prima. Hast du eine Strategie?«

Katrine nickte. »Strategie ›Freundin‹. Die alte Freundin, die zurückkommt und sich versöhnen will. Vielleicht entsteht wieder die alte Vertrautheit zwischen uns.«

»Kommst du damit klar?«, fragte er besorgt.

»Ich habe keine Ahnung, wie sich unser Verhältnis auf längere Sicht entwickeln wird«, antwortete sie. »Aber mit ihr sprechen muss ich sowieso, da führt kein Weg dran vorbei. Es ist sicher nicht ganz astrein, aber ich glaube, sie ist momentan unsere beste Chance, dahinter –«

»Okay, ruf mich an, sobald du bei ihr weg bist, ja?«

»Jaja. Was machst du in der Zwischenzeit?«

»Ich denke, ich nehme Vibeke Winther noch mal etwas genauer unter die Lupe. Ich weiß noch nicht genau, wie, aber wir sollten uns wohl ihr Umfeld und besonders ihr Verhältnis zu Messern noch einmal näher ansehen.«

»Daran habe ich auch schon gedacht«, sagte Katrine. »Wir reden dann nachher.«

»Jep!«

*

»Du kannst dir gar nicht vorstellen, wie ich mich gefreut habe, als du angerufen hast!«

Sie standen sich ein wenig unschlüssig gegenüber, bevor Lise die Arme ausstreckte und Katrine an sich zog.

»Ich dachte, es geht schon in Ordnung. Ab morgen habe ich sowieso nichts mehr mit dem Fall zu tun.«

»Aha?«, sagte Lise. »Das musst du mir erzählen. Komm, häng deinen Mantel hier auf, ich habe uns Espresso gemacht. Willst du ihn lieber als Latte oder als Macchiato?«, fragte Lise, während Katrine ihr durch das Einfamilienhaus, das vor kurzem renoviert worden sein musste, wie deutlich zu erkennen war, in eine große, modern eingerichtete Wohnküche folgte.

»Latte, danke.« Was ihr Mann wohl macht?, dachte Katrine, vom Gehalt einer Hebamme kann man sich das hier jedenfalls nicht leisten.

Lise nahm zwei Kartons aus dem Kühlschrank und streckte sie Katrine entgegen. »Entrahmt oder nicht?«

»Mit Vollmilch, danke«, antwortete Katrine und lächelte. »Sonst schmeckt er ja nach nichts.«

»Typisch du«, sagte Lise und musterte Katrine einmal kurz von oben bis unten. »Und man sieht dir immer noch nichts an … Ungerecht ist das!«

»Na, na, ich tue ja auch ein bisschen was dafür, dass ich mir ab und zu was gönnen kann.«

»Dazu habe ich überhaupt keine Zeit«, erwiderte Lise, schüttete etwas Milch in eine kleine Edelstahlkanne und schaltete die Maschine ein. »Ich verweigere einfach die Nahrungsaufnahme«, lachte sie. »Nein, Quatsch, aber man merkt schon, dass der Stoffwechsel mit zunehmendem Alter nicht mehr so gut funktioniert, nicht wahr? Und dann noch ein paar Geburten, puh … Na, aber zur Feier des Tages gönn ich mir auch mal Vollmilch.«

Routiniert bereitete sie zwei perfekte Caffè Latte zu und reichte einen davon Katrine.

»Ziemlich professionell, muss ich schon sagen«, lobte Katrine.

»Nach dem Gymnasium habe ich fünf Jahre lang in einem Café gearbeitet, bevor ich an der Hebammenschule angefangen habe.«

»Wirklich? Na, merkt man jedenfalls«, sagte Katrine und schaute auf das Muster in der Milch, ein Blatt mit gleichmäßigen, schönen Bögen. »Wie lange wohnt ihr schon hier?«, fragte sie.

»Das müssen jetzt fast vier Jahre sein. Die Zeit verfliegt! Aber erzähl mal, wie ist es so, wieder in Dänemark zu sein?«

»Saukalt!«

Sie lachten und setzten sich auf zwei Barhocker am

Ende einer großen Kochinsel, die mitten im Raum stand und von einem leicht erhöhten Tresen abgeschlossen wurde. Katrine erzählte kurz von Ian und Scharm. Ein wenig über England. Es fühlte sich beinahe an wie damals. Lises energisches Wesen war immer noch das gleiche. Katrine erinnerte sich noch gut an die Dynamik, die während der Schulzeit zwischen ihnen bestanden hatte. Sie waren wie zwei Magnete gewesen; die eine der Gegenpol der anderen, aber gleichzeitig stark voneinander angezogen.

»Warum um alles in der Welt bist du weg aus Ägypten?«, fragte Lise.

»Langfristig hätte es nicht funktioniert, das war mir von Anfang an klar. Noch ein paar Monate, und ich hätte mich zu Tode gelangweilt, meine Arbeit und die Herausforderungen vermisst. Und dann kam eben dieses Angebot. Ich musste es einfach versuchen.«

»Ich stell mir das unheimlich spannend vor, Mörder und Schwerverbrecher jagen und fangen und so, und du bist immer mittendrin! Hast du schon mal einen Serienmörder überführt?«, fragte sie ein wenig ängstlich und fasziniert zugleich.

»Ja, einen schon.« Katrine blickte auf die Platte des Tresens. »In England.«

»Du bist so cool. Ich wusste, dass du etwas ganz Besonderes machen würdest!«

Katrine sah sie an und nahm ihren Mut zusammen. »Entschuldige«, sagte sie leise, »dass ich damals einfach verschwunden bin.«

Lise schwieg.

Katrine sprach weiter. »Ich war ... ich musste einfach nur weg.«

Sie konnte Lises traurigen Gesichtsausdruck kaum ertragen. Was für eine Freundin war sie eigentlich gewesen, mir nichts, dir nichts abzuhauen, ohne ein Wort zu sagen? Ihr Gewissen war schwärzer als jemals zuvor. Ihr Verhalten war gefühllos gewesen. Als hätte sie es Lise vorgeworfen, dass sie ihr geraten hatte, mit Jon Schluss zu machen. Lise musste schreckliche Schuldgefühle gehabt und gleichzeitig fürchterlich gelitten haben, nachdem Katrine den Kontakt von heute auf morgen abgebrochen hatte. Aber nach Jons Tod hatte sie nur noch einen Gedanken im Kopf gehabt: Flucht. Einfach nur weg.

»Das ist doch okay. Ich bin froh, dass wir darüber reden können. Es ist immer wie ein Knoten im Magen gewesen.«

»Es tut mir unglaublich leid. Ich weiß nicht ...«

»Komm, ganz ruhig. Wir müssen ja auch nicht gleich übertreiben, was?«

Sie sahen sich an. Die Traurigkeit schien leise zu verdampfen. In diesem Moment kam es Katrine sonderbar und unwirklich vor, dass sie damals einen so unbändigen Drang gespürt hatte, Lise wegzustoßen. Stattdessen hätten sie sich gegenseitig durch die schlimme Zeit helfen können, die folgte. Lise hätte sie ermutigt, nicht alles so unendlich schwer zu nehmen. Hätte sie ermahnt, sich nicht mit all den Selbstvorwürfen zu belasten. Und sie hatte ja nur das Beste für ihre Freundin gewollt, als sie Katrine unterstützt hatte, sich von Jon zu trennen. Es war das einzig Richtige gewesen. Und es gab nur einen Menschen, dem sie vorwerfen konnte, den denkbar schlechtesten Zeitpunkt gewählt zu haben: sich selbst.

Zum Teufel, sie hatte die ganze Sache nur noch viel komplizierter gemacht.

Und in diesem Augenblick meldete sich ihr schlechtes Gewissen noch einmal, diesmal allerdings aus einem ganz anderen Grund, dem Grund, warum sie hier war.

»Und was genau ist jetzt deine Aufgabe in dieser Sache mit Mads?«, fragte Lise, als habe sie Katrines Gedanken gelesen.

»Tatsächlich habe ich im Fall Winther gar nicht mehr allzu viele Aufgaben«, antwortete Katrine und sah auf ihre Tasse. »Noch ein bisschen Papierkram, und dann wird's nächste Woche ernst mit der Task Force gegen Bandenkriminalität.«

»Ich habe einen Kollegen, dessen Sohn bei diesen Bandenkriegen erschossen wurde.«

»Ach?«, rief Katrine, überrascht, dass ihre zukünftige Aufgabe plötzlich so greifbar wurde.

»Furchtbar.« Lise schüttelte den Kopf.

»Ja … das tut mir leid.«

Sie schwiegen eine kurze Weile.

»Aber dieser Aslan Nukajev … der wird jetzt wegen Mordes angeklagt, oder?«, fragte Lise dann.

»Das wird er vermutlich, ja.«

»Vermutlich?«

»Es sieht danach aus.«

»Hat er nicht gestanden?«

»Er hat nicht gestanden, nein.«

»Aber er ist in Untersuchungshaft?«

»Ja, das ist er. Beziehungsweise in der geschlossenen Psychiatrie.«

»So?«, Lise sah gleichermaßen besorgt und verwundert aus. »Wäre schon gut zu wissen, wenn er vielleicht auf einmal wieder vor einem auf dem Bürgersteig stehen könnte.«

345

»Ja, eigentlich solltest du immer auf dem Laufenden gehalten werden – ich muss zugeben, dass ich mit diesen Abläufen noch nicht so vertraut bin ...«

»Aber ich kann doch davon ausgehen, dass ich Bescheid kriege, oder?«

»Das wirst du ganz sicher«, sagte Katrine mit fester Stimme. »Und ich kann es mir nicht anders vorstellen, als dass man dir Polizeischutz anbietet, wenn es wirklich nötig werden sollte. Er hat dich ja schließlich auch verfolgt.«

»Ja, das kann man wohl sagen – er hat direkt da draußen gestanden.« Sie zeigte auf die Straße, die vor dem Haus vorbeiführte. »Was zum Henker geht eigentlich in so jemandem vor, den Leuten zu Hause aufzulauern? Echt unheimlich!«

»Ja, das ist schon grenzüberschreitend, da muss ich dir recht geben.«

»Und wie siehst du das Ganze?«

Katrine zögerte. Was konnte sie, was durfte sie sagen? Sie dachte an das Gespräch mit Nukajev, das sie immer noch beinahe physisch spüren konnte. Sein Schicksal. Das Schicksal seiner Frau. Vielleicht würde es beruhigend auf Lise wirken, wenn sie ihr davon erzählte? Aber Katrine unterlag der Schweigepflicht. Es ging nicht.

»Du tust ja ganz schön geheimnisvoll«, sagte Lise. »Aber das ist schon in Ordnung, du hast ja Schweigepflicht und diesen ganzen Kram. Das kenne ich ja auch. Ich hoffe nur ganz einfach, dass ihr genug habt, um ihn festhalten zu können.«

»Ich habe heute noch mit ihm gesprochen«, sagte Katrine, »und ich bin überzeugt, ganz gleich wie die Sache weitergeht, dass du dir wegen Aslan keine Gedanken mehr zu machen brauchst. Hoffentlich kann dich das ein bisschen beruhigen.«

»Ja«, sagte Lise und sah Katrine nachdenklich an. »Okay, auf dein Wort war immer Verlass.« Sie überlegte einen Moment. »Und was genau tust du nun eigentlich in so einem Fall?«

»Da gibt's so einiges«, erwiderte Katrine. »Verschiedene Dinge. Jetzt fahre ich zum Beispiel gleich nach Hause und sehe mir Mads' Laptop genauer an.«

»Ach? Ich dachte, du bist Psychologin und keine IT-Spezialistin?«, sagte Lise und nahm einen Schluck Kaffee. Ein wenig Schaum blieb auf ihrer Oberlippe zurück, den sie mit der Zungenspitze ableckte.

»So ein Rechner kann ja viel über seinen Besitzer verraten. Mails, Bilder, Dokumente, Internetverlauf ...«

Täuschte sie sich, oder war Lise tatsächlich eine Spur blasser geworden? Katrine sah sie forschend an. Lise senkte den Blick auf ihre Tasse und rührte mit dem langen Kaffeelöffel darin herum. Dann sah sie wieder auf.

»Wie war eigentlich dein Verhältnis zu ihm?«

Lise lächelte breit und beugte sich vertraulich zu Katrine. »Ich fand ihn supersüß, zum Vernaschen, und das fanden alle anderen übrigens auch.« Für einen Moment hatte Lise diesen flirtenden Ausdruck in den Augen, mit dem sie früher den Jungs den Kopf verdreht hatte, wie sie wollte. Dann wurde sie wieder ernst und fuhr fort. »Und er war wirklich ein toller Kollege. Und ich bin *sehr* glücklich mit Jakob, dem Vater meiner Kinder«, fügte sie mit einem langen und vielsagenden Blick hinzu und deutete mit einem Nicken auf ein Schwarzweißbild in Plakatgröße, das ästhetisch auf einer großen, weißen Wandfläche angebracht war. Zwei kichernde Mädchen schauten in den Raum.

Katrine nickte und lächelte. »Deine Töchter?«

»Ja, meine beiden Prinzessinnen.«

»Unglaublich, wie ähnlich sie dir sind!«

»Ja, ich kann sie wohl nicht verleugnen.«

»Sehen sie ihrem Vater genauso ähnlich?«, fragte Katrine.

»Ja, das tun sie tatsächlich«, antwortete Lise und lächelte.

»Was macht Jakob eigentlich?«

»Er ist Vertriebsleiter in einer Softwarefirma«, entgegnete Lise stolz.

»Wie lange kennt ihr euch schon?«

»O Gott, lass mal sehen ... seit ich im Café gearbeitet habe. Eines Tages kam er herein und hat mich einfach zu sich nach Hause eingeladen, sein neuestes Kraut ausprobieren.« Lise legte den Kopf in den Nacken und lachte. »Und das klang irgendwie nach ziemlich viel Spaß.«

»Kraut?«

»Ja, er hat zu Hause auf der Fensterbank Hanf angebaut. Er machte damals ein bisschen auf Hippie. Studierte Biologie und wollte den Regenwald retten. Da kann man mal wieder sehen, was aus den Leuten wird, oder?« Lise sah sich mit einer ausladenden Geste um.

»Und was wurde aus der Biologie?«

»Er hatte einen Fahrradunfall, wurde angefahren und am Kopf verletzt. Danach konnte er sich nicht mehr konzentrieren und bekam beim Lesen sehr schnell Kopfschmerzen. Also musste er die Biologie aufgeben. Aber dann startete er seine zweite Karriere, von der Pike auf, wie man so sagt, als Verkäufer in einem Handyladen. Es zeigte sich, dass er ein Verkaufstalent war. Und dann ging es immer weiter, Beförderungen Schlag auf Schlag, Fortbildungen und so weiter, und jetzt ... tja, jetzt sind wir hier!«

»Das muss eine große Erleichterung gewesen sein, dass er das weggesteckt und sich wieder so aufgerappelt hat«, sagte Katrine verständnisvoll.

»Ja, das kannst du laut sagen.«

Jetzt war es Katrine, die sich ein wenig zu Lise beugte. »Sag mal, wie war Mads denn eigentlich so als Mensch? Alle sagen, er war den lieben langen Tag so nett und so freundlich und so herzensgut. Aber er muss doch auch ein paar Schattenseiten gehabt haben? Die haben wir doch alle«, fügte sie hinzu.

»Tja«, setzte Lise an. »Das ist schwer zu sagen, jedenfalls für mich. So gut kannte ich ihn ja nun auch wieder nicht. Außerdem bin ich wohl eher jemand, der andere lieber ein bisschen studiert, als gleich so eng mit ihnen zu sein, du weißt schon, erst einmal beobachten, wie sie reagieren und so.«

Plötzlich änderte sich Lises Gesichtsausdruck. Sie sah traurig aus. »Entschuldige«, sagte sie und schüttelte den Kopf. »Das geht mir noch so nah ... Manchmal vergesse ich einfach, dass er tot ist. Es ist so unwirklich. Als würde gleich die Tür aufgehen, und er kommt ins Stationszimmer. Als wäre das Ganze nur ein böser Traum.«

»Das ist doch okay«, beeilte sich Katrine zu sagen. »Entschuldige, ich hätte dich nicht danach fragen sollen.«

»Nein, nein, lass nur, ist schon gut, ich muss nur ...« Lise dachte nach. »Man kann, glaube ich, sagen, dass er ein etwas egoistischer Typ war«, sagte sie endlich.

»Inwiefern?«

»Also ... er konnte es gut überspielen, aber ich glaube, er war ziemlich eitel. Und auch empfindlich. Und er war ziemlich stur, auch was fachliche Dinge anging. Aber so verflixt charmant dabei! Diese Typen kennst du doch auch, oder? Die kommen mit Sachen durch, da können andere nicht mal von träumen.«

»Ja, diesen Typ kenne ich gut«, sagte Katrine, während kurz nacheinander verschiedene Bilder auf ihrer Netzhaut erschienen. Unter anderem ihre frühere Chefin. Ein charmanter Soziopath?, dachte sie und sah den attraktiven Mads Winther vor sich; flirtend, vielleicht manipulierend? »Wir sind ja bei euch auf Station gewesen und haben gefragt, ob jemand etwas darüber wusste, dass er eine Affäre hatte, weil wir mit der Betreffenden natürlich gern reden würden«, sprach sie weiter und scannte dabei Lises Mimik so genau wie möglich.

»Hm«, sagte Lise zurückhaltend. »Ich habe davon gehört. Ihr wisst, dass er am selben Tag mit einer Frau zusammen gewesen ist, richtig? Und dass es nicht seine Ehefrau war?«

»Richtig, und es kann ja durchaus sein, dass diese Frau etwas gesehen hat, das für uns relevant sein könnte.«

»Ja, wer weiß ...«

»Hast du eine Idee, wer es sein könnte?«

»Ich? Nein, hab ich nicht. Das habe ich ja schon Jens, also deinem Kollegen, gesagt, am Montag und gestern. Aber ich habe Gerüchte gehört, dass da auch etwas mit einer aus dem Hvidovre lief?«

»Ja, das ist schon etwas länger her. Wir haben mit ihr gesprochen, das war vorbei.«

»Aha? Na ja, man weiß ja nie. Das kann sie jetzt natürlich leicht behaupten!«

Auch, dachte Katrine im selben Moment und spürte, wie dieses winzig kleine *auch* im Satz zuvor jetzt einen Schauer bei ihr auslöste, der vom Scheitel die Wirbelsäule hinunterlief.

Lise hatte gesagt, ›Aber ich habe Gerüchte gehört, dass da *auch* etwas mit einer aus dem Hvidovre lief ...‹ In diesem kleinen *auch* lag ein Wissen darüber, dass es nicht die Frau aus Hvidovre sein konnte, mit der Mads Winther vergangenen Sonntag zusammen gewesen war.

Woher konnte Lise dieses Wissen haben?

Ein Anflug von Aggression war in ihrer Stimme mitgeschwungen, als sie es gesagt hatte. Eifersucht?

Katrine schaute Lise an und spürte selbst, dass sich ihr Gesichtsausdruck ganz offensichtlich besorgniserregend verändert haben musste.

»Stimmt etwas nicht?«, fragte Lise.

*

Anfangs war Jens völlig leer im Kopf. Null Ideen. Wie sollte er die Sache anpacken? Er entschied sich, erst einmal mit einer Tasse Kaffee zu beginnen und ging hinüber in die Küche. Zurück an seinem Schreibtisch, griff er sich einige der Berichte, die er über die Vernehmungen von Vibeke Winther geschrieben hatte.

Nicht lange, und Katrine tauchte in seinen Gedanken auf. Ihr Widerwille, mit Lise Barfoed zu sprechen, war massiv. Es war schon ein kleines Opfer von ihr, nach Birkerød zu fahren und mit ihrer alten Freundin zu reden. Er hätte gern gewusst, wie die ganze Geschichte mit dem

Selbstmord und Lise zusammenhing. Vielleicht würde er sie ja eines Tages zu hören bekommen.

Er ging auf Google. *Messer + Angst. Messer + Zwangsstörung. Postnatale Depression.* Las ein paar Artikel an, bis ihm ganz miserabel darüber zumute war, wie schrecklich es den Frauen ging, die daran erkrankten.

Wie es wohl Veronique nach der Geburt von Simone gegangen war?, überlegte er. Er dachte an die Bilder in dem Album, das sie mit nach Dänemark gebracht hatten. Simone so klein und so süß. Und proper. Bilder von Mutter und Tochter, auf denen Veronique glücklich und stolz aussah. Der Gedanke daran tröstete ihn. Aber er würde selbst nie die Chance haben, eine solche Zeit mit ihr zu erleben. Es war zu spät, und das hatte er Veronique wohl immer noch nicht ganz verziehen, wie er deutlich spürte.

Sollte er wirklich fliegen? Nach China? Wenn sie es doch war, die ihn und ihre gemeinsame Tochter zurückgelassen hatte?

Komm schon, Høgh, zurück zur Sache, ermahnte er sich.

Er sah Vibeke Winther vor sich. Diese unglaublich kontrollierte und gefasste Frau. Fast ein menschlicher Eiszapfen.

Wo arbeitete sie noch mal? In irgendeinem großen Pharmakonzern, Medico-irgendwas ... Er googelte ihren Namen und war ein paar Augenblicke später auf der Internetseite von MedicoZym. Er überflog die Informationen über die Mitarbeiterin Dr. Vibeke Winther, Ausbildung, Aufgabenbereiche, bla, bla, bla ... Kontaktdaten, Mail, Telefonnummer, Mobilnummer. Die Mobilnummer ...

Sønderstrøm zog ihn gerne mit seiner beinahe schon autistischen Fähigkeit auf, sich Zahlen zu merken. Aber es stimmte. Hatte er eine Telefonnummer auch nur einmal benutzt, war sie in der Regel noch lange danach in seinem Gedächtnis gespeichert.

Jens kramte die Übersicht der Wintherschen Nummern hervor, von denen sie Anruflisten hatten, und verglich. Die Nummer auf der Internetseite hatten sie nicht erfasst. Also war das hier ein Firmentelefon. Vibeke Winther hatte zwei Handys.

Zum Teufel!

Er überprüfte es noch einmal. Sie hatten von dem MedicoZym-Handy keine Anrufliste. Jens griff nach dem Hörer und bestellte bei der Telefongesellschaft einen Ausdruck. Ja, es war dringend, sehr sogar. Seine Mailadresse? Ach ja, natürlich, klar konnten sie die bekommen, so ging es ja am schnellsten.

Während er wartete, überlegte Jens, welche Ansatzpunkte es noch geben könnte. Wonach konnte er sonst noch suchen? Doch es fiel ihm nichts ein, keinerlei glänzende Ideen materialisierten sich in seinem nicht gerade sauerstoffüberversorgten Hirn. Stattdessen starrte er wie gebannt auf seinen Mail-Eingang.

Zehn Minuten später verkündete ein leises »Pling«, dass sein Warten ein Ende hatte. Eilig öffnete er die angehängte Datei und ließ den Blick gespannt über die aufgelisteten Nummern gleiten ... da, eine Mobilnummer tauchte immer wieder auf, sowohl Anrufe als auch SMS. Er stutzte, zog die Brauen zusammen und zählte flüchtig – bis zu fünfzig am Tag! Und es war nicht Mads Winthers Nummer, wie er zur Sicherheit kurz überprüfte. Es war nicht nur die letzten Tage so gegangen, sondern über die gesamten drei Monate, die er hier vor sich hatte.

Er ließ sich im Netz die Nummer zuordnen: Sie gehörte Thomas Kring. Ganz offensichtlich war die Verbindung zwischen ihm und Vibeke Winther wesentlich intensiver, als es bisher den Anschein gehabt hatte.

Jens wählte Katrines Nummer, aber sie hatte die Mobilbox eingeschaltet. »Hier spricht Katrine Wraa. Ich bin zurzeit nicht erreichbar. Bitte hinterlassen Sie Ihren Namen und Ihre Rufnummer, ich rufe zurück.«

»Jens hier«, sagte er. »Ruf mich an, wenn du bei Lise Barfoed fertig bist. Es gibt Neuigkeiten über Vibeke Winther und Thomas Kring.«

*

»Nein«, sagte Katrine ganz ruhig und lächelte Lise an. »Alles in Ordnung. Ich frage mich nur gerade, wie man die Menschen, die man liebt und die einen auch lieben, so belügen kann. Wie kann man das aushalten und damit leben? Immerzu täuschen und lügen, das muss eine enorme Belastung sein.«

»Ja, kaum zu begreifen, was?«, sagte Lise verwundert. »Wie man sich da noch im Spiegel ins Gesicht sehen kann. Du, ich muss mal eben für kleine Mädchen. Bin gleich wieder da.«

Katrine dachte fieberhaft nach … Sollte sie auf Konfrontationskurs gehen? Lise direkt fragen, ob sie es war, die den Sonntagabend mit Mads Winther verbracht hatte? Andererseits hatte sie durch dieses klitzekleine Wort ja schon eine Antwort auf die Frage bekommen, wegen der sie hergekommen war. Und plötzlich war sie sich gar nicht mehr sicher, ob sich Lise ihr tatsächlich anvertrauen würde. So oder so, wenn sie es war, dann konnten sie es mit einem

DNA-Test feststellen, ohne gleich das halbe Reichskrankenhaus untersuchen lassen zu müssen. Was sowieso nicht genehmigt werden würde, wie sie stark annahm. Das hier war die perfekte Lösung. Mission completed.

Ohnehin war zwischen ihnen noch viel Sand im Getriebe. Und eine Vernehmung durchzuführen, war definitiv nicht ihre Sache, sondern die der Ermittler. Sie würde das Ganze mit Jens und Kragh besprechen, wenn sie zu Hause war.

Lise kam zurück. Katrine beschloss, nicht zu abrupt aufzubrechen. Noch eine Viertelstunde Smalltalk, und dann weg hier, dachte sie.

»In deinem Job begegnet man bestimmt vielen unterschiedlichen Menschen, oder? Ich dachte nur eben an das, was du vorhin gesagt hast, Menschen studieren und so weiter«, sagte Katrine.

»O ja.« Lises feingeschwungene Augenbrauen schossen weit nach oben. »Da trifft man alle möglichen Arten.«

»Die Schmerzgrenze muss doch zum Beispiel sehr individuell sein, oder?«

»Absolut individuell! Bei manchen ist die Schmerzgrenze so niedrig, dass man sie am liebsten gleich unter Vollnarkose setzen würde, wenn sie nur zur Tür reinkommen – man sieht einfach sofort, dass es sowieso darauf hinausläuft: PDA, Tropf, Glocke, und dann am Ende ein akuter Kaiserschnitt, weil es dem Kind schlechtgeht!«

»Wie bist du eigentlich darauf gekommen, Hebamme zu werden?«, fragte Katrine und nahm einen Schluck Kaffee.

»Nun ja, das ist schon eine merkwürdige Geschichte«, antwortete Lise. »Ich habe Tilde zu Hause bekommen, ganz ungeplant, und nur Jakob war da, der die ganze Zeit

355

in wilder Panik herumrannte. Ich hab das trotzdem ziemlich gut hingekriegt, und da dachte ich mir, dass ich das mit dem Kinderkriegen anscheinend im Griff habe. Und dann kam mir der Gedanke, dass Hebamme das Richtige für mich sein könnte. Bei Tildes Geburt war ja keine dabei gewesen, aber ich konnte mir gut vorstellen, diese Rolle zu übernehmen. Ja, ich weiß auch nicht ... jedenfalls war es nicht so, dass ich seit Jahren davon geträumt hätte und es mein größter und innigster Wunsch gewesen wäre, wie bei vielen anderen auf der Hebammenschule. Die haben ein Riesenaufhebens darum gemacht, dass sie im Wasser oder an einer Palme hängend geboren hatten.«

Gegen ihren Willen musste Katrine lachen.

Lise lächelte und fuhr fort. »Also, das war alles nicht so ganz durchdacht, aber es schien mir ... richtig zu sein, auf die eine oder andere Art.« Das Letzte sagte sie mit unüberhörbarer Ironie und malte dabei mit den Händen Anführungszeichen in die Luft.

»Und das war's dann?«

»Bis auf weiteres – ja. Aber ich weiß natürlich nicht, ob es in zwanzig Jahren immer noch genau das Richtige ist, tagein, tagaus Kinder aus ihren Müttern herauszuholen. Aber die Leute sind immer so unfassbar glücklich und dankbar und wissen zu schätzen, was man für sie tut. Außerdem habe ich mir überlegt, eine Ausbildung zur Leitenden Hebamme zu machen.«

»Aber bei der zweiten Geburt bist du doch hoffentlich in den Genuss gekommen, eine Hebamme dabeizuhaben?«

Lise lächelte.

»Nein, leider nicht. Es gab sogar noch weniger Personal.«

»Was soll das denn heißen?«

»Ich war ganz alleine.«

»Du warst bei der Geburt ganz alleine?«, fragte Katrine ungläubig. »Also alleine im Krankenhaus, oder wie?«

Lise schüttelte den Kopf. »Hier. Im Schlafzimmer.« Sie zeigte auf eine Tür am Ende des Flurs. »Es ging auf einmal alles so schnell. Bis ins Krankenhaus hätte ich es nicht mehr geschafft, und Jakob war unterwegs und hatte keine Möglichkeit, rechtzeitig hier zu sein.«

»Du lieber Himmel, das muss ja beängstigend gewesen sein!«

»Eigentlich nicht«, sagte Lise und sah dabei bewundernswert ruhig aus. »Auf seine Weise war es sogar ... sehr schön.«

»So ganz die Urfrau, die hinaus in die Natur geht und ihr Kind alleine zur Welt bringt?«

»Ja, in dem Stil etwa«, lachte Lise. »So wie du das sagst, klingt es ja noch schlimmer als bei diesen Kolleginnen auf der Hebammenschule.«

»Ups!«

Katrine spürte ihr Handy in ihrer Tasche vibrieren. Sie schaute auf das Display. *»Kragh«* erschien in der kleinen Anzeige. Sie sah Lise entschuldigend an. »Ich muss da eben mal drangehen«, sagte sie, stand auf und ging nach nebenan ins Wohnzimmer. »Hej, Per.«

»Katrine, schlechte Neuigkeiten.« Augenblicklich stieg eine unheilverkündende Unruhe in ihr auf. Er klang viel zu ernst.

»Ja?« Ihr Puls wurde etwas schneller. Sie starrte in den dunklen Garten hinter Lises Haus.

»Nukajev ist geflohen. Ich hätte Sie und Jens gern

hier im Präsidium. Wir müssen rauskriegen, wo er sein könnte. Umgehend!«

*

»Wir werden das Haus überwachen lassen«, sagte Katrine zu Lise und versuchte, so beruhigend wie möglich zu wirken. »Dann könnt ihr euch sicher fühlen, bis er wieder festgenommen wird.«

Sie hatte Per kurz gesagt, wo sie war, und dass sie ihm den Grund für ihren Besuch bei Lise Barfoed erklären würde, sobald sie zurück im Präsidium war. Vorläufig sollte sie in Birkerød bleiben, bis ein Streifenwagen der Polizei Nordseeland eintreffen würde. Als die Beamten vorfuhren, erklärte Katrine ihrer Freundin, sie müsse los, um die Kollegen bei der Fahndung nach dem flüchtigen Untersuchungshäftling zu unterstützen.

»Okay«, sagte Lise und bemühte sich, tapfer auszusehen.

»Es wird nicht lange dauern, bis wir ihn finden – er ist weder physisch noch psychisch in guter Verfassung. Außerdem braucht es einen guten Plan und Hilfe, sich versteckt zu halten, und er hat keins von beidem.«

»Aber er kann sich doch überall verstecken ... in irgendeinem Schuppen zum Beispiel? Oder von mir aus auch in einem verlassenen Ferienhaus?«

»Er wird sehr bald Geld und etwas zu essen brauchen. Und er muss sich aufwärmen. Außerdem hat er in diesem Land kein Netzwerk aus Familie oder Freunden. Das hält er nicht lange durch.«

»So eine Scheiße!« Lise kaute auf ihren Fingernägeln. Sie schien wirklich Angst zu haben.

358

»Wo sind die Kinder?«, fragte Katrine.

»Bei Jakobs Eltern. Sie schlafen da. Ich habe ja Nachtschicht.«

»Bist du sicher, dass du arbeiten gehen willst?«

»Ja, ja«, antwortete sie. »Allemal besser, als hier zu sitzen und Däumchen zu drehen und darauf zu warten, dass er kommt. Das halte ich *absolut* nicht aus!«

*

Als Katrine im Präsidium ankam, herrschte eine angespannte, hektische Atmosphäre. Soweit sie überblicken konnte, waren außer ihr selbst, Jens, Pitbull und Bistrup noch weitere sechs Mitarbeiter auf die Fahndung angesetzt.

Einige schauten auf eine Karte, andere hingen am Telefon und stimmten die Suche mit den nächsten Polizeidienststellen ab, und einer schrieb eine Suchmeldung für die landesweiten Nachrichtensender. Inmitten dieser Betriebsamkeit stand Per Kragh mit einem Mann mit rasierter Glatze, der sich schon allein durch seinen tadellos sitzenden Anzug von den übrigen Menschen im Raum unterschied. Als sie näher kam, konnte sie hören, dass es sich offenbar um eine Art Medienberater handeln musste, der dabei war, Kragh einen Crashkurs in öffentlichem Krisenmanagement zu geben.

»... man Sie fragen wird, wie das hier um alles in der Welt passieren konnte, und dann ist es wichtig, dass Sie keine Verteidigungshaltung einnehmen, sondern ruhig antworten: dass es eine Untersuchung geben wird und dass alle verfügbaren Kräfte daran arbeiten, den Mann so schnell wie möglich ...«

Sie wartete, bis der Berater am Ende seiner Instruktionen angelangt war, und trat zu Per Kragh. »Was ist passiert?«

Kragh sah sie völlig verblüfft an. »Ich wünschte, das würde mir endlich mal jemand erklären. Alles, was ich bisher gehört habe, ist, dass er auf eine andere Station verlegt werden sollte, und dabei ist es ihm wohl irgendwie gelungen, abzuhauen. Niemand weiß, wie das passieren konnte. Aber es wird eine Untersuchung geben.«

Katrine konnte es kaum glauben. »Aber ... er wirkte so ... erschöpft. Vollkommen entkräftet.«

»Tja, anscheinend hatte er irgendwo noch ein paar Kraftreserven gebunkert. Und Lise Barfoed, wie geht es ihr?«

»Sie war natürlich sehr erschrocken über die Nachricht.«

»Und Sie waren bei ihr zu Hause?«

»Ja.«

»Seltsamer Zufall. Aber vielleicht war es ganz gut, dass Sie es von Ihnen erfahren hat.«

»Ja, ich denke schon«, sagte Katrine. »Und außerdem habe ich wahrscheinlich eine Information von ihr bekommen, nach der wir lange gesucht haben.«

»Was Sie nicht sagen! Raus mit der Sprache.«

»Ich glaube, sie ist es, mit der Winther Sonntagabend zusammen war.«

»Was!?«, rief Kragh aus. »Ich muss schon sagen! Und das haben Sie aus ihr rausgekitzelt oder wie?«

»Hm, ja, kann man so sagen ...« Sie erklärte, wie es vor sich gegangen war.

»Gut, vielleicht verhören wir sie morgen früh dazu. In

der jetzigen Situation spielt das ja eine weniger wesentliche Rolle. Mit dieser Aktion tut sich Nukajev nun wirklich keinen Gefallen.«

»Ja, ich muss sagen, das wundert mich sehr«, sagte Katrine überzeugt. Was um alles in der Welt hatte Nukajev vor?

Der Laptop ... sollte sie es Kragh sagen? Nein, sie musste das Ganze erst einmal mit Jens besprechen und hören, was er herausgefunden hatte.

»Was meinen Sie, wie sieht es mit einem geographischen Profiling aus? Würde das was bringen?«

»Nun ja«, sagte sie ruhig, denn sie merkte, dass er, wie sie es befürchtet hatte, unter dieser Form von Druck etwas unsicher reagierte. »Es ist nun einmal so, dass diese Methode am besten geeignet ist für ...«

»Jaja, für Fälle, in denen sich Täter und Opfer nicht kennen. Das habe ich neulich schon mitgekriegt. Aber könnten Sie es nicht trotzdem versuchen?«

»Doch«, sagte sie beruhigend und überzeugend. »Ganz sicher, wir sollten es versuchen. Es gibt eine Variante, die geeignet ist«, sagte sie und konnte beinahe spüren, wie ihre Nase wuchs.

»Sehr gut.« Per Kragh sah erleichtert aus und ging in sein Büro.

Eilig marschierte Katrine über den Flur in Richtung ihres Büros. Ihr Zimmerkollege war schon da.

*

»Was hat er sich bloß dabei gedacht?«, sagte Katrine zu Jens. Es ergab einfach keinen Sinn, dass Nukajev jetzt flüchtete.

»Er ist wohl verzweifelt. Entweder hat er Angst, dass man ihm etwas anhängt, das er nicht getan hat. Oder er war es wirklich und ist nicht bereit, dafür geradezustehen«, antwortete Jens.

»Im Krankenhaus sagte er noch etwas ...«

»Das mit dem Jungen?«

»Ja, genau, er könnte nicht damit leben, dass er nie imstande sein wird, sich um seinen Sohn zu kümmern.«

»Vielleicht sollten wir eine Streife zum Säuglingsheim schicken? Es liegt ein Stück weiter nördlich.«

»Ich glaube nicht, dass das notwendig ist«, sagte Katrine. »Ich glaube, die größte Gefahr stellt er für sich selbst dar.«

»Hm«, machte Jens. »Mir gefällt das nicht, ich frage Kragh.« Er stand auf und verließ das Büro.

Einen Augenblick später war er wieder zurück.

»Wir schicken einen Wagen hin. Wie ist es eigentlich mit Lise gelaufen?«

Katrine resümierte das Gespräch und wiederholte wörtlich, wie Lise sich verplappert hatte.

»Schau einer an!« Jens stieß einen leisen Pfiff aus. »Sie war es also ... Sie ist eine abgebrühte Lügnerin, deine Freundin.«

»Ja, so viel steht mal fest. Wir wissen natürlich nicht, ob das schon besonders lange ging, aber uns hat sie zumindest schon mal ganz schön an der Nase herumgeführt.«

»Ja. Und was jetzt? Das hat ja momentan nicht oberste Priorität, im Gegenteil, sie bekommt Polizeischutz und steht unter Druck. Und Nukajevs Verhalten ... Ich weiß wirklich bald nicht mehr ...«

»Nein, aber ... ähm ... ich bin da noch an etwas anderem dran.«

»So?«

»Sein alter Laptop.«

»Der, den du bei Thomas Kring gefunden hast? Über den gibt es übrigens auch interessante Neuigkeiten, also über Kring«, sagte Jens geheimnisvoll.

»Ah ja? Klingt spannend, aber … also … ich habe den Laptop mit nach Hause genommen …«

»Was!? Weiß Kragh davon?«

Sie schüttelte den Kopf.

Jens lachte. »Du hast es ja faustdick hinter den Ohren.«

»Kann sein, dass dir da ein paar Leute zustimmen würden.«

»Aber hat er nicht alles gelöscht, bevor er ihn Kring gegeben hat?«

»Ja, schon, aber im Moment läuft ein spezielles Programm drüber, um die Festplatte wiederherzustellen.« Sie schaute auf die Uhr. »Sollte eigentlich inzwischen fast so weit sein.«

»Okay?«, sagte Jens und sah sie verblüfft und gleichzeitig etwas bewundernd an.

»Ich kann ihn durchsehen, wenn ich nach Hause komme.«

»Aber wir wissen ja jetzt, mit wem er den Sonntagabend verbracht hat«, sagte Jens, plötzlich skeptisch darüber, wohin Katrines Vorhaben eigentlich führen sollte.

»Stimmt schon, und vielleicht bringt es uns auch gar nichts. Aber ich möchte es einfach mal versuchen. Und dann muss ich morgen sehen, wie ich da wieder rauskomme. Aber was wolltest du sagen wegen Thomas Kring?«

Jens schaute leicht triumphierend. »Nun ja, ich hatte

einen hellen Moment, und es ärgert mich ein bisschen, dass ich den nicht schon vor drei Tagen hatte.«

»Ja? Und? Die Spannung steigt!«

»Vibeke Winther und Thomas Kring haben eine Affäre. Und zwar schon ziemlich lange!«

»Okay?« Jetzt war die Reihe an Katrine, leise zu pfeifen. »Verflixt nochmal! Damit haben ja plötzlich sowohl Kring als auch Vibeke selbst ein Motiv.«

»Genau. Aber Kraghs Ansage ist eindeutig – Nukajev finden und keine Ressourcen mehr damit verschwenden, anderswo Staub aufzuwirbeln. Es bringt keine Pluspunkte, wenn ein psychisch instabiler Mordverdächtiger entwischt und frei herumläuft.«

»Na gut, also erst mal all hands on deck für die Fahndung, und den Rechner sehe ich mir dann heute Abend an.«

Jens nickte.

*

Zwei Stunden später lief die Fahndung nach dem flüchtigen Tatverdächtigen auf vollen Touren. Kragh schickte Katrine und Jens nach Hause. Ausgehend von dem, was sie über ihn wussten, hatte Katrine eine Übersicht über Nukajevs wahrscheinlichste Fluchtstrategien erstellt.

»Aber ich fürchte, das wird keine große Hilfe sein«, sagte sie. »Die Orte wurden alle überprüft oder werden noch überwacht, und bisher ist er nicht aufgetaucht.«

»Morgen werden wir ihn finden«, sagte Kragh und klang sehr überzeugt. »Bei dieser Kälte kann er sich nicht allzu lange verstecken.«

»Nein, das Wetter macht es besonders schwierig für ihn«, stimmte Jens zu.

Katrine und Jens zogen ihre Mäntel an und gingen die Treppe hinunter. Jens begleitete Katrine noch bis zum Wagen.

»Ruf an, wenn du was findest, okay?«, sagte er.

»Ja, sicher, mach ich«, sagte Katrine. »Wir sehen uns morgen.«

»Und fahr vorsichtig, die Straßen sind spiegelglatt. Heute Nacht sollen es minus acht Grad werden.«

»Brr«, machte Katrine und schauderte in ihrem dicken Wintermantel.

*

Langsam rollte Katrine den rabenschwarzen Weg durch das Ferienhausgebiet hinunter und parkte in ihrer Einfahrt. Die nächsten vierundzwanzig Stunden werden nervenzerreißend spannend, dachte sie, während sie zum Haus ging.

Sie trat ein, schloss die Tür und ging sogleich zu Mads Winthers Laptop. Yes! Es sah so aus, als habe die Software ihre Arbeit abgeschlossen. Sie setzte sich aufs Sofa und öffnete als Erstes das Mailprogramm. Mit ein paar schnellen Klicks stellte sie fest, dass mehrere tausend Mails sorgfältig in verschiedenen Verzeichnissen abgelegt waren.

Ein kurzer Überblick über Winthers »Eigene Dateien« zeigte, dass er eine Unmenge an Textdokumenten und Bildern abgespeichert hatte. Einige waren identisch mit denen auf der externen Festplatte, die sie bereits durchgesehen hatte; sie erkannte sie an den Dateinamen.

Katrine fühlte sich wie ein kleines Mädchen am Weihnachtsabend und rieb sich vor Freude beinah die Hände. Jetzt sind es nur wir beide, Mads Winther, nur du und ich.

Sie ging wieder zu den E-Mails. Im Eingangsfach waren noch ein paar hundert Nachrichten angezeigt. Sie begann mit der neuesten, scrollte dann weiter nach unten und überflog dabei die Betreffzeilen und den Inhalt.

Er hatte anscheinend jede Menge Newsletter aus aller Welt abonniert. Es ging um Ärztefachliches. Und ums Angeln. Dann ein paar persönliche Mails von Thomas Kring; in der letzten fragte er, ob eine seiner Patientinnen zu einem Beratungsgespräch zu Mads ins Krankenhaus kommen könne. Katrine öffnete den Ordner »Gesendete Objekte«. Mads schrieb zurück, es sei kein Problem, sie möge sich wie immer einfach an die Aufnahme in der Entbindungsstation wenden, dann werde man ihn rufen. Es schien so, als sei das etwas, das sie öfter machten, aber daran war nichts Ominöses, dachte Katrine.

In einer anderen Mail schrieb Kring über eine neue Behandlungsmethode bei Leukämie, an der einer seiner Bekannten in den USA arbeitete und die es sich näher anzusehen lohnte. Wieder klickte Katrine in die Mails, die Mads verschickt hatte. Er bedankte sich und schrieb, er werde den Bekannten kontaktieren, aber dass sie auch die Methoden im Auge behielten, die zurzeit in China vorangetrieben würden.

Ein paar Wochen vorher hatte Thomas Kring gemailt, dass er und seine Frau die Verabredung zum Abendessen am kommenden Wochenende leider absagen müssten. Katrine fragte sich, wie es gewesen sein musste, wenn sie sich bei solchen Pärchenabenden alle vier gegenübergesessen hatten. Wohl nicht ganz so entspannt für Thomas und Vibeke?

Der Ton der beiden Männer in ihrem Mailaustausch

war entspannt, aber auch ein wenig distanziert. Sie waren fast ... höflich zueinander, dachte Katrine.

Es gab auch ein paar Mails von Mads' Mutter, die einige Bilder schickte, die sie von den Kindern gemacht hatte, als sie zuletzt auf sie aufgepasst hatte. Anton und Viktor. Katrine schaute die beiden Jungen an, die von einem Ohr bis zum anderen lachten und mit ihrer Oma Lebkuchen vertilgten.

Ein Ordner hieß »Angeln« und enthielt den Mailverkehr mit zwei, nein, drei Männern, mit denen Mads anscheinend früher hin und wieder zum Fischen gefahren war. Ihren Mailsignaturen zufolge waren sie Ärzte auf unterschiedlichen Fachgebieten und alle an Krankenhäusern in der Hauptstadtregion beschäftigt. Wahrscheinlich Freunde aus dem Medizinstudium. Zuletzt hatten sie auf verschiedene Art und Weise zum Ausdruck gebracht, wie leid ihnen die Sache mit Viktors Erkrankung tat. Sie hatten einzeln auf eine Mail geantwortet, die Mads an alle drei geschickt und in der er von der Diagnose berichtet hatte.

Ein halbes Jahr früher hatten sie darüber geflachst, wann Mads wohl mal wieder die Erlaubnis erhalte, mit auf Lachse nach Norwegen zu kommen. Noch bevor die Jungen konfirmiert wurden? Aber Vibeke hatte ihnen doch von den Angelausflügen erzählt, so, als sei er auch weiterhin dabei gewesen, auch nach der Geburt der Zwillinge. Waren die Ausflüge Deckmantel für etwas ganz anderes gewesen? Verlängerte Wochenenden mit Lise? Oder sogar einer dritten Frau?

Noch weiter in der Vergangenheit drehte sich die Mehrzahl der Mails um Termine für eine Kinderwunsch-Behandlung; dazu kam eine riesige Anzahl von Newslettern und Artikeln ebenfalls zum Thema Fruchtbarkeitsbehandlungen, über neueste Methoden und ihre Resultate.

Und das war im Großen und Ganzen alles.

Es gab noch ein Verzeichnis mit Quittungen und Versandbestätigungen für Käufe übers Internet. Interessante Anschaffungen waren nicht dabei.

Unter den gelöschten Mails fanden sich Einladungen von einer ganzen Reihe Personen zu Facebook-Freundschaften, aber ganz offensichtlich hatte Mads Winther keine Lust verspürt, sich in diesem Netzwerk umzutun. Keine einzige Mail von Lise oder einer anderen Frau.

Katrines Enttäuschung war groß und größer geworden, und schließlich war sie mit den Mails durch. Absolut nichts!

Sie schaute in den Kalender des Mailprogramms. Leer. Sie wusste, dass er ein Mobiltelefon gehabt hatte, das synchron zum Kalender im EDV-System des Krankenhauses geschaltet war. Aber sie hatte gehofft, er habe auch diesen hier benutzt. Wenigstens für Termine, die nicht in einem öffentlich zugänglichen Kalender erscheinen sollten. Aber nein.

Also wechselte sie wieder in Mads' Dateien und begann mit den »Eigenen Dokumenten«, allerdings ohne großen Optimismus. Hier war wahrscheinlich nicht viel zu holen, es sei denn, er hatte überraschend persönliche Dinge niedergeschrieben.

Eine Stunde später rieb sie sich mit einem Anflug von Resignation die Augen, die vor Müdigkeit brannten. Es war zwei Uhr nachts. Sie hatte Hunderte von Dokumenten gelesen oder überflogen, aber nicht ein einziges hatte etwas Wissenswertes für sie bereitgehalten. Keine Briefe oder sonstige persönliche Schreiben. Null! *Nada!*

Sie spürte eine nagende Enttäuschung. War hier wirklich nicht mehr drin?

Blieben noch die Bilder. Aber hier hatte sie von vorneherein keine Hoffnung. Ein schneller Blick auf die Dateinamen hatte ihr verraten, dass sie identisch waren mit denen, die er auf die Festplatte überspielt hatte. Der Werdegang der beiden Jungen von ihrer Geburt bis noch vor wenigen Tagen war fotodokumentarisch bestens festgehalten.

Dann fiel ihr Blick auf einen Ordner, der nur mit »M« bezeichnet war.

Katrine öffnete ihn.

Er enthielt Bilder, die sie bis jetzt ganz sicher noch nicht gesehen hatte. Alle zeigten ein kleines Mädchen, im Babyalter und als Einjährige oder vielleicht auch Zweijährige. Das Alter war schwer einzuschätzen. Es schien Katrine, als käme ihr das Mädchen auf einigen der neuesten Bilder irgendwie bekannt vor. Sie schaute sich das Gesicht der Kleinen genauer an.

Sie hatte dieses Kind schon einmal gesehen. Und zwar erst vor kurzem.

Die Erkenntnis traf sie wie ein Schlag in die Magengrube. Es war heute gewesen. Sie hatte heute schon einmal ein Bild dieses Mädchens gesehen.

Es war Lises Tochter.

Die jüngere. M? Marie ... war das nicht ihr Name? Mads Winther hatte ungefähr hundert Bilder von Lises Tochter auf seinem Rechner – von der Geburt bis jetzt. Die neuesten Bilder waren aus dem November. Lise war auf keinem der Fotos zu sehen. Und auch die ältere Schwester nicht.

Konnte es wirklich das bedeuten, was sie dachte? Dass Mads Winther der Vater von Lises jüngster Tochter war?

Katrine massierte sich die Stirn. Diese Spur verhieß nichts Gutes. Gar nichts Gutes.

*

Es war halb drei in der Nacht. Sollte sie Jens anrufen? Sie versuchte, ihr müdes Gehirn dazu zu zwingen, logisch zu denken, nahm ein Blatt Papier und einen Bleistift und schrieb.

Mads und Lise – seit langem ein Verhältnis.

Mads ist der Vater von Lises jüngster Tochter.

Aber warum in drei Teufels Namen hatten sie sich nicht scheiden lassen und es zusammen versucht, wenn sie doch schon so lange was miteinander hatten? Und eine Tochter hatten!?

Das ergab keinen Sinn.

Und die Bilder. Mads hatte die Bilder gelöscht und sie auch nicht auf die Festplatte überspielt. Was hatte das zu bedeuten? Hatte er es für zu riskant gehalten, sie auf dem Rechner zu haben? Oder war es ein Indiz dafür, dass es zwischen Lise und ihm zum Bruch gekommen war? Zu einer Auseinandersetzung?

Sie schrieb alle Fragen auf, die ihr einfielen, und versuchte, Antworten zu finden, ausgehend von dem, was sie mit Sicherheit wusste. Als sie fertig war, hatte sie eine Hypothese, wie das Ganze zusammenhing.

Dann rief sie Jens an, der schlaftrunken und mit rauer Stimme ein »Ja?«, murmelte.

»Jens, hier ist Katrine. Ich habe etwas entdeckt.«

Noch ein »Ja?«, aber diesmal schon etwas wacher.

»Sie hatten ein Kind zusammen. Mads war der Vater von Lises jüngster Tochter.«

»WAS?«, rief er aus, und sie konnte es beinahe vor sich sehen, wie er sich ruckartig im Bett aufsetzte.

»Ja«, sagte sie und erklärte, was sie auf dem Laptop gefunden und was sie bei Lise zu Hause gesehen hatte. »Ich vermute mal, er hat ihr versprochen, sich scheiden zu lassen und dann wegen der Erkrankung seines Sohnes einen Rückzieher gemacht.«

»Also, das …«

»Das passt auch zu ihrer Reaktion, als ich sagte, dass ich nach Hause wollte, um seinen Laptop unter die Lupe zu nehmen.«

»Klar, sie wusste ja, dass er die Bilder da abgespeichert hatte.«

»Genau. Wer außer ihr sollte sie ihm geschickt haben? Im Mailprogramm war nichts von ihr, da scheint er alles gelöscht zu haben. Es scheint, als sei es zum Bruch zwischen ihnen gekommen, oder vielleicht war er dabei, es zu beenden, wer weiß?«

»Vielleicht hatte er einen extra Mail-Account dafür? Er kann sich die Bilder selbst zugeschickt haben, und danach hat er die Festplatte formatiert.«

»Natürlich! So hat er es gemacht, du bist genial! Ich war noch nicht dazu gekommen, seinen Internetverlauf anzusehen.« Sie öffnete den Browser. Ein kurzes Stoßgebet, er möge die Login-Daten gespeichert haben … aber dort stand nichts. »Vielleicht über G-Mail?«, sagte sie mehr zu sich selbst und rief die Google-Seite auf. »Kein automati-

sches Login, aber da steht eine Mailadresse in dem Feld –
nur das Passwort ist nicht gespeichert ... So ein Mist! Ich
versuch's mal mit ›Password vergessen‹ ... Nein, nichts, ich
komm nicht rein. Funktioniert ja auch nicht richtig, dieses Ding hier«, sagte sie.

»Da können wir morgen die IT-Supermänner dranset-
zen. Die Frage ist, was zum Teufel wir *jetzt* machen?«,
sagte Jens und klang inzwischen hellwach.

»Wir müssen Kragh informieren.«

»Das ist mal klar. Ich rufe ihn gleich an und melde mich
dann wieder.«

»Okay.«

Mit dem Telefon in der Hand saß Katrine da und wartete darauf, dass Jens zurückrief. Es vergingen ein paar
Minuten. Beim ersten Klingeln ging sie ran.

»Ja?«

»Er meinte, wir sollten erst mal ruhig Blut bewahren
und morgen den Laptop mitbringen, dann können sich
die IT-Leute damit befassen. Und er klang nicht gerade begeistert, dass du ihn mitgenommen hast. Da kannst du
dich schon mal auf was gefasst machen.«

»Ich hatte auch nicht damit gerechnet, dass er mir einen
Orden dafür verleiht«, entgegnete Katrine trocken. »Aber
wir werden sie doch zu dieser Sache hier verhören, oder?«

»Ja, aber wir wissen ja, wo sie sich aufhält. Heute Nacht
muss sie arbeiten, und wenn sie nach Hause kommt, ist
da ja der Personenschutz.«

»Hm.«

»Du meinst doch nicht, wir sollten sie von der Arbeit
weg direkt ins Präsidium schleppen ... und das nachts um
drei?«

»Doch, das meine ich. Hör zu, wenn tatsächlich sie es war, die Mads Winther ermordet hat ...«

»Wie gesagt, wir haben vollständig unter Kontrolle, wo sie ist. Und Kragh setzt nach wie vor mehr auf die Karte Nukajev. Er findet, es gibt keinen Grund, einen Riesenzirkus um diese Vaterschaftssache zu machen.«

»Aber ...«

»Da ist nun mal nichts dran zu ändern, Katrine.«

»Na schön«, sagte Katrine. »Dann sehen wir besser mal zu, dass wir noch etwas Schlaf bekommen.«

»Du sagst es«, sagte Jens. »Schlaf gut.«

»Gleichfalls.«

Katrine blieb vor dem Rechner sitzen und schaute auf die Bilder von Marie. Ein bezauberndes kleines blondes Däumelinchen. Das einen anderen Vater hatte als den, mit dem es aufwuchs und den es dafür hielt.

Sie dachte an Lise, die auf das große Bild der Mädchen in ihrer Küche geschaut und lächelnd bejaht hatte, dass die beiden ihrem Vater genauso ähnlich sähen wie ihrer Mutter. Sie hätte wohl besser *ihren Vätern* sagen sollen ...

Dann wanderten ihre Gedanken zu etwas anderem, das Lise während der Vernehmung durch Jens letzten Montag gesagt hatte. Katrine suchte Jens' altmodisches Diktiergerät hervor und hörte sich eine Passage am Ende noch einmal an.

»Er war einfach nur glücklich, dass er endlich Vater werden sollte.« Tatsächlich veränderte sich Lises Stimme an genau dieser Stelle ein wenig. Es schwang fast ein Anflug mit von ... Triumph? Hatte sie in Wirklichkeit von ihrer beider Kind gesprochen? Marie war wohl etwa im gleichen Alter

wie die Zwillinge. Die beiden Frauen waren ungefähr zur gleichen Zeit schwanger geworden.

Die Fragen türmten sich auf. Warum hatten sie sich nicht scheiden lassen? Wie hatten sie das alles geheim halten können? Und die wichtigste Frage: Konnte Lise tatsächlich dem leiblichen Vater ihrer Tochter das Leben genommen haben?

*

Mit einem Ruck fuhr Katrine hoch und rang verwirrt nach Luft.

Sie hatte einen seltsamen Traum gehabt. Sie war in Scharm gewesen, mit Jon, und sie waren zusammen getaucht. Sie war mit Sauerstoff weit draußen in sehr tiefem Wasser getaucht, erinnerte sie sich überrascht. Ganz ohne Probleme. Aber gleichzeitig hatte der Traum einen bedrohlichen Unterton gehabt. Irgendetwas war nicht in Ordnung. Jemand war in Gefahr. Mit einem Schaudern fiel es ihr wieder ein; Jon hatte keine Maske aufgehabt. Sie bekam Luft. Aber er bekam keine.

Sie sah auf die Uhr. Genau vier. Sie hatte eben erst die Augen zugemacht. Als sie den Kopf drehte, um sich auf die andere Seite zu legen, sah sie im Schein der Ziffernanzeige etwas, nur aus dem Augenwinkel, das sie vor Schreck erstarren ließ.

Da war ein Schatten im Zimmer. Ein Schatten, der dort nicht sein durfte.

In einem eisigen Augenblick wurde ihr klar: Sie war nicht allein in ihrem Schlafzimmer. Dort saß jemand auf dem Stuhl, auf dem sie immer ihre Sachen ablegte.

»Hej, Katrine.«

Mit einer einzigen schnellen Bewegung schoss Katrine hoch und sprang aus dem Bett. Sie erkannte die Stimme und die Gestalt.

»Lise?«

»Ja.«

Sie standen sich in der Dunkelheit gegenüber. Katrine konnte ihre eigenen Atemzüge hören. Keuchend, stoßweise, als sei sie ein paar hundert Meter gespurtet.

»Lange her, dass wir zusammen hier oben waren, nicht wahr?«

»Was ...?« Katrines Gehirn war immer noch auf Flucht geschaltet, nicht auf Kommunikation. Sie begriff nichts. Wie war Lise hereingekommen? Hatte sie vergessen, die Tür abzuschließen? Nein, sie erinnerte sich, dass sie noch einmal hingegangen war, den Schlüssel umgedreht und sich erst dann ins Bett gelegt hatte. Wie war sie hereingekommen, ohne dass Katrine etwas gehört hatte? Ohne dass sie aufgewacht war?

Sie spürte die Bedrohung, die Situation war gefährlich. Sie musste hier raus. Jetzt sofort. Fuhr herum und wollte ins Wohnzimmer flüchten, aber im nächsten Moment spürte sie einen harten Schlag auf den Hinterkopf. Alles wurde schwarz.

*

Ihr Kopf schmerzte.

Sie wollte sich an die schmerzende Stelle fassen, merkte aber, dass es unmöglich war. Ihre Hände waren an die Bettpfosten gefesselt, genau wie ihre Beine.

Fuck!

Sie riss und zerrte, konnte aber nicht freikommen.

»Tja, tut mir leid«, Lise saß wie zuvor auf dem Stuhl am anderen Ende des Bettes, »das Ganze hier.« Sie zeigte auf die gefütterten Lederfesseln, mit denen sie Katrine sicher am Bett festgemacht hatte. »Aber ich hatte nicht den Eindruck, dass du mir freiwillig noch allzu lange Gesellschaft geleistet hättest. Nicht mal um der alten Freundschaft willen.« Sie grinste schief. In der einen Hand hielt sie eine Spritze, die sie kurz schüttelte.

Katrine schluckte, aber ihr Mund war vollkommen ausgetrocknet.

»Tja, wer weiß, was da wohl drin ist«, sagte Lise, als könne sie Katrines Gedanken lesen, und stach die Spritze routiniert in Katrines Oberschenkel.

Ein stechender Schmerz. »Was willst du, Lise?« Sie zerrte an den Fesseln, die an den Handgelenken recht locker saßen, wie es ihr vorkam, konnte ihre Hände aber nicht herausziehen.

»Sehr praktisch, dass sie auf der Innenseite gefüttert sind, nicht? Sonst schneiden sie so ins Fleisch. Und hinterlassen Abdrücke. Oha, schwer zu erklären, auf der Arbeit und zu Hause!« Sie rieb sich das eine Handgelenk. »Du weißt schon, so was erwarten die Leute ja nicht von einer Hebamme«, sagte sie kopfschüttelnd.

Fieberhaft zermarterte Katrine sich den Kopf, wie sie Hilfe bekommen konnte. Keine Seele in der Nähe, ihr Telefon außer Reichweite und sie selbst gefesselt und vollkommen wehrlos. Außerdem trug sie nur ein T-Shirt und fror. Wo war die Bettdecke?

»Kannst du mich nicht wenigstens wieder zudecken? Bitte!«

Lise sah sie an und schien kurz zu überlegen.

Katrine registrierte ein Zögern. Was war ihr Plan? Und was sollte dieses ganze Szenario hier überhaupt? Warum tötete Lise sie nicht einfach, so wie sie vermutlich auch Mads getötet hatte? Sie sah den Garten in Frederiksberg vor sich. Mads Winther und Lise. Ein Streit. Lise sticht ihm zuerst in den Rücken, und als er sich umdreht, mit einer schnellen Bewegung in den Bauch, noch bevor er sich verteidigen kann.

Aber Nukajev?, dachte sie. Das Blut … Also konnte er erst danach gekommen sein. In seinem vom Alkohol völlig umnebelten Hirn musste er sich über Winther geworfen haben, der am Boden lag.

Lise antwortete nicht, legte die Decke aber doch halb über sie, so dass ihre Beine gegen die Kälte geschützt waren. Darunter stach die Spritze grotesk seitlich ab. Das war Antwort genug. Erst einmal würde nichts passieren. Noch nicht. Lise wollte erst noch irgendetwas von ihr. Vielleicht gab es doch noch eine winzige Möglichkeit, durch Reden aus der Sache herauszukommen. Oder zumindest Zeit zu gewinnen. Wenn sie an Lises Vernunft appellierte. Ihr erklärte, dass sie mit dieser Geschichte hier niemals durchkommen würde.

Wie es aussah, war das ihre einzige Chance. Es würden mehrere Stunden vergehen, bevor jemand reagierte. Erst wenn sie nicht zur morgendlichen Besprechung erschien.

Und Lise? Musste sie nicht im Krankenhaus sein? Sie hatte doch Nachtschicht. »Müsstest du jetzt nicht eigentlich auf der Arbeit sein?«, fragte Katrine.

»Mir ist schlecht geworden. Musste nach Hause. Alle hatten vollstes Verständnis, in dieser Situation, wo Nukajev wieder frei herumläuft.«

»Und der Polizeischutz?«

»Wir haben vereinbart, dass sie mich am Krankenhaus abholen, wenn die Schicht zu Ende ist. Aber nachher rufe ich sie mal an und sage, ich werde rauf zu meinen Schwiegereltern fahren, um ein bisschen zu schlafen. Nukajev kann unmöglich wissen, wo sie wohnen, es ist also sicher. Ich bin eben der Typ, der auf sein Recht besteht, ein normales Leben zu führen, weißt du.«

»Und was hast du dir vorgestellt, wie du damit durchkommst? Meine Kollegen sind nicht blöd, die können zwei und zwei zusammenzählen.«

»Das ist ja nicht dein Problem, sondern meins, oder? Und ich kümmere mich um alles, nur keine Sorge.«

»Wie willst du das hier erklären, Lise?«, sagte Katrine eindringlich und riss an ihren Fesseln. »Deine DNA ist überall, und man wird sie mit der vergleichen, die wir in Frederiksberg gefunden haben.«

»Es wird wohl doch etwas anders kommen, als du glaubst, Katrine«, sagte Lise und hob eine mit einem Handschuh bedeckte Hand. »Ich habe mich ein bisschen vorbereitet. Außerdem wird es so aussehen, als gebe es eine ganz natürliche Erklärung.«

Katrine spürte, wie Verzweiflung sie packte und sich in ihrem Körper ausbreitete. »Was meinst du damit?«

»Dazu kommen wir noch.« Sie atmete tief ein und fuhr fort. »Ich konnte mir ja denken, was du auf Mads' altem Laptop finden würdest. Ich hatte ihm gesagt, er solle ihn besser ganz verschwinden lassen. Jakob hat mir alles Mögliche darüber erzählt, wie und was man auf einem Computer wiederherstellen kann. Er ist ja sozusagen in der Branche, IT und dieser ganze Kram.« Sie machte eine

378

fast entschuldigend wirkende Handbewegung. »Tja, und es schien mir, ich sollte der Entwicklung lieber einen Schritt voraus sein. Der Laptop wird also auch verschwunden sein, wenn wir hier fertig sind.«

»Wie lange lief das schon mit euch beiden?«

»Na, immer gleich zur Sache kommen, was?« Sie lächelte. »Lange.«

»Und er war Maries Vater?«

»Ja«, seufzte sie. »Das war er.«

»Was ist passiert?«

»Du stellst so ... enorm große Fragen, weißt du das eigentlich?«, sagte Lise vorwurfsvoll. »Aber das habe ich schon immer an dir gemocht. Und gestern – das war ganz genau wie früher, wie in den alten Zeiten. Mit dir kann man richtig gut reden.«

»Dann erzähl mir doch, was passiert ist.«

Katrine betrachtete sie, und plötzlich konnte sie den Wahnsinn, der unter dem ihr wohlbekannten Charme aufflackerte, sowohl sehen als auch spüren. Mit Lise befreundet zu sein, hatte Spaß bedeutet, sie war draufgängerisch und aufrührerisch gewesen, damals am Gymnasium, und Katrine hatte sich von ihr angezogen gefühlt. Die Dreizehn war eindeutig das beste Jahr am Gymnasium gewesen. Als Lise in die Klasse kam, begann eine einzige Party. Sie war keine, mit der man tiefgründige Gespräche führte oder die einem ihre intimsten Geheimnisse anvertraute, aber das war egal. Katrine war es leid, artig und pflichtbewusst zu sein, und es drängte sie danach, ein bisschen Amok zu laufen. Aber diese Seite von Lise, die sich jetzt vor ihren Augen entfaltete, hätte sie sich nicht einmal in ihrer wildesten Phantasie vorstellen können. Und ihr

Selbstvertrauen als Psychologin krümmte sich still und leise zusammen, während sie dalag, ausgeliefert und hilflos.

Wieder zog Katrine an den Handfesseln und versuchte, sich zu befreien.

»Sex mit Mads war nicht einfach nur Sex«, sagte die Gestalt auf dem Stuhl. »Es war eine Obsession, die mit nichts zu vergleichen war, was ich bis dahin erlebt hatte. Es klingt vielleicht pathetisch, aber von dem Moment an, als ich diesen Mann das erste Mal gesehen hatte, habe ich verflucht, dass ich ihm nicht früher begegnet war, um meine guten Gene mit seinen zu mischen. Ich entschied, dass ich ihn haben wollte. Und dass ich bereit war, sehr weit zu gehen, um ihn zu bekommen. Und geduldig zu sein. Merkwürdig, nicht? Manchmal hat man überhaupt keine Geduld. Und manchmal ...«, sie schüttelte den Kopf, »weiß man einfach, dass es sich am Ende bezahlt machen wird.«

Katrine hörte schweigend zu, während die beiden vor ihrem geistigen Auge auftauchten, Mads Winther und Lise Barfoed. Ganz unbestritten mussten sie ein wunderbares Paar abgegeben haben. Schön und charmant. Und sehr, sehr von sich eingenommen.

»Armer Jakob, er ging völlig unter, wenn ich ihn mit Mads verglich.« Wieder schüttelte sie lächelnd den Kopf. »Er hatte angefangen, den verbitterten Biologen, der offensichtlich immer noch in ihm schlummerte, raushängen zu lassen, wenn er am Wochenende ein paar Glas Rotwein intus hatte. Deprimiert über seinen verlorenen Traum vom Regenwald. Ich sagte ihm, er solle diesem Gummistiefeltypen endlich das Licht ausblasen und das schätzen, was er stattdessen erreicht hatte. Wir waren auf den Galapagosinseln gewesen und alles Mögliche, aber das schien es eher noch schlimmer zu machen.« Lises Blick ging in die Ferne, ihre Lippen öffneten sich ein Stück. »Den ersten Monat haben wir geflirtet. Und dann, eines Abends, als meine Schicht zu Ende war, ist er mir zur Umkleide nachgegangen. Vorm Wäscheraum sind wir stehen geblieben. Und plötzlich waren wir drin. Er hat die Tür abgeschlossen und angefangen, mich auszuziehen, ganz langsam, Stück für Stück. Und dann hat er mich auf dem Regal mit den Babysachen genommen.« Lise lächelte. »Ich fand, darin lag eine phantastische Symbolik. Meinst du nicht auch?«

Katrine nickte. Die Tatsache, dass sie hier lag, diente einem ganz bestimmten Zweck: Lise benutzte die Gelegenheit, jemandem die ganze, wahre Geschichte zu erzählen. Sie rechnete offenbar nicht damit, eine solche Gelegenheit noch einmal zu bekommen. Sie schien sicher zu sein, aus dieser Sache unbehelligt herauszukommen. Katrine beschloss, so viel wie möglich aus Lise herauszubekommen, zumindest musste sie es versuchen. Vielleicht konnte sie etwas davon benutzen, um freizukommen.

»Zum Glück war er genauso besessen von mir wie ich von ihm«, fuhr Lise fort. »Wir trafen uns, wann immer es möglich war. Jakob war oft unterwegs, Vibeke ja auch, und Jakobs Mutter kümmerte sich gern um Tilde. Und wir waren sehr gut darin, es diskret zu machen. In seinem Büro, bei ihm zu Hause – ja sogar hier oben.« Sie sah Katrine an und lächelte.

»Hier?«, fragte Katrine schockiert.

»Ja«, erwiderte sie mit der größten Selbstverständlichkeit. »Deine Mutter hat das Haus ja vermietet. Und wir sind jeden Sommer hergekommen, Jakob und ich. Wir waren wirklich gute Kunden. Eine kurze Tour hier herauf, um ein bisschen abzuschalten, und dann weiter nach Südfrankreich oder Italien. Das perfekte Rezept für einen Sommerurlaub!«, sagte Lise, als wären sie Kolleginnen, die in der Mittagspause zusammensaßen und Ferienerlebnisse austauschten.

Katrine fiel der Mann vom Ferienhausverleih wieder ein, der von der Familie erzählt hatte, die jedes Jahr kam. Das war Lise mit ihrem Mann und später mit ihren Töchtern gewesen!

»Deshalb war ich ehrlich gesagt auch ziemlich sauer, als man es plötzlich nicht mehr buchen konnte. Beim ersten Mal, als wir hergekommen sind, war es ein bisschen so ...«, sie hielt die Hände wie zwei Waagschalen zur Seite und hob sie abwechselnd etwas an und ließ sie wieder sinken, »soll ich, soll ich nicht? Aber dann konnte ich nicht widerstehen. Auf eine bestimmte Art war es sehr ... lebensbejahend! Und Jakob und Tilde liebten es, hier zu sein. Und so sind wir eben einfach jedes Jahr wiedergekommen. Tja, und dann habe ich mir irgendwann einen Nachschlüssel machen lassen. Jaja, ich weiß schon, das war nicht in Ordnung. Aber für Mads und mich war es sehr praktisch. Im Internet konnte ich ja nachschauen, ob das Haus belegt war oder nicht. Wir haben hier oben richtig guten Sex gehabt. Ja«, seufzte sie und schaute sich um, »deshalb fühlt es sich auch ein bisschen wehmütig an, ohne ihn hier zu sein. Mads hatte ja noch keine Kinder – was ich ganz phantastisch fand. Aber ihnen machte die Kinderlosigkeit schwer zu schaffen und sie hatten sich in unheimlich komplizierte Vereinbarungen und Machtgefüge verstrickt.

Und deshalb dachte ich mir, die Chancen stehen sehr gut, die Pharmaärztin vom Sockel zu stoßen und Mads Winther ein paar hübsche Kinder zu gebären.« Sie kicherte. »Aber daraus wurde dann nichts ...«

Sie sah Katrine kurz an, bevor sie weitersprach.

»Ich spürte deutlich, dass ich aufpassen musste, ihn nicht zu stark unter Druck zu setzen. Mads' Ehe war ein delikates Thema. *Sehr* unerfreulich. Ich habe nie begriffen, was er eigentlich an dieser Frau gefunden hat, die ist so unfassbar unerotisch und langweilig. Aber er behauptete, sie hätte sich in den letzten fünf Jahren sehr verändert. Die Kinderlosigkeit habe ihr arg zugesetzt. Die Lauferei wäre nur ein Auswuchs davon, meinte Mads. Er verglich es mit einer Art Essstörung, und er hatte mit ihr darüber gesprochen, dass sie sich deswegen behandeln lassen solle. Er lebte in dem Glauben, dass sie wieder sie selbst werden und aufblühen würde, wenn es bei ihnen endlich klappte.

Meine persönliche Theorie zu dieser Sache ist, dass sie gelaufen ist wie verrückt, um die Chancen auf eine Schwangerschaft auf ein Minimum zu reduzieren. Die Zeit verging, und allmählich wurde ich etwas ungeduldig. Aber dann geschah etwas, und ich war sicher, das würde alles lösen. Wir waren hier, als ich ihm erzählt habe, dass ich schwanger bin.«

Wieder schien Lises Blick in weite Ferne gerichtet, als habe sie Katrines Anwesenheit völlig vergessen.

»Wir haben uns geliebt, und dann habe ich es ihm gesagt. Er war glücklich, und es kam mir so vor, als würde es das bewirken, worauf ich gehofft hatte. Ihm einen Schubs in die richtige Richtung geben, so dass er sich endlich von ihr scheiden lassen würde. Wir gingen runter zum Strand und schwammen ein bisschen, und fast hätte uns eine Krankenschwester von der Neugeborenenstation gesehen. Er sprach oft davon, dass ihm dieses Versteckspiel auf die Nerven ging. Die ganze Zeit über hat er meinen Bauch gestreichelt. Und ein paarmal gefragt, ob ich ganz sicher wäre, dass es sein Kind war. Als ob ich nicht über meinen Zyklus Bescheid wüsste«, kicherte sie. »Jakob war auf Geschäftsreise, als ich meinen Eisprung hatte. Und exakt in diesen Tagen waren wir zusammen. Ich weiß nicht genau, wie oft wir hier oben waren, aber jedenfalls nicht zu knapp. Ich hab ihn auch nur ein ganz kleines bisschen angeschwindelt«, sagte Lise und hielt Zeigefinger und Daumen dicht aneinander. »Ich habe ihm gesagt, ich hätte wahrscheinlich meine Spirale verloren. Aber in Wirklichkeit hatte ich sie entfernen lassen.« Lise zuckte mit den Schultern. »Ich glaube, in dem Moment hat er wirklich gedacht, dass er besser umsatteln sollte, wenn er Kinder haben wollte. Mit Vibeke würde das nichts mehr werden. Sie hatten es jahrelang versucht, und nichts war passiert. Sie hatte gerade wieder eine Behandlung hinter sich und gesagt, weitere Versuche würde es nicht mehr geben, keine Diskussion. Sie wollte nicht mehr. Also begannen wir, von der Zukunft zu sprechen. Darüber, dass jetzt der richtige Zeitpunkt war, unsere Ehepartner zu verlassen und zusammenzuziehen.« Lise schwieg.

Also habe ich recht gehabt, dachte Katrine. Lise hatte bei der Vernehmung durch Jens von ihrem gemeinsamen Kind gesprochen, als sie sagte, wie glücklich Mads gewesen sei, endlich Vater zu werden.

»Aber daraus wurde dann ja wohl nichts?«, hakte Katrine nach und versuchte, das Zähneklappern zu unterdrücken, das immer stärker wurde. Sie fror, dass es weh tat.

»Nein, daraus wurde nichts. Noch bevor er es fertigbrachte, Vibeke zu sagen, dass er sich scheiden lassen wollte, verkündete sie wie ein Blitz aus heiterem Himmel, sie wäre schwanger. Und plötzlich wollte er nichts mehr davon wissen, sie zu verlassen. Das wäre nicht anständig. Anständig!«, fauchte Lise. »Ihm ging es nur darum, wie das denn *aussähe*! Das würde doch seinem Ruf schaden. Der hochanständige und tüchtige Obstetriker Mads Winther verlässt seine Frau, die gerade schwanger geworden ist, und das nach fünf Jahren Fruchtbarkeitsbehandlungen und allem Drum und Dran. Das hätte er natürlich nie zugegeben, aber ich kannte ihn. Ich wusste, wie er tickte. Und dann ...«, Lise seufzte tief, »dauerte es auch nicht lange, bis man feststellte, dass sie Zwillinge bekommen würden. Das machte die Dinge ja auch nicht gerade besser.«

»Habt ihr euch weiterhin getroffen?«

»Zuerst habe ich mich geweigert, Strafe muss schließlich sein. Aber wir konnten nicht voneinander lassen. Nach kurzer Zeit haben wir wieder angefangen. Und sind weiter und immer weiter gegangen.«

»Wie das?«, fragte Katrine, seltsam fasziniert von diesem unfassbaren Betrug, den Lise inszeniert hatte. In vertraulichem Ton erzählte Lise weiter, ganz ungestört von der Tatsache, dass sie ihre frühere Freundin an ein Bett gefesselt hatte.

»Einmal haben wir uns abends in einen Ultraschallraum geschlichen. Er hat einen Ultraschall bei mir gemacht.

Das war richtig romantisch. Wir haben gleichzeitig gesehen, dass es ein Mädchen war.« Wieder seufzte sie und sah Katrine an. »Wir konnten nicht anders. Da war nichts, das wir hätten tun können. Wir waren wie füreinander geschaffen.«

»Und ihr habt euch trotzdem nicht scheiden lassen, obwohl ihr euch so sicher wart? Beide?«

»Beide!?«, schnaubte Lise verächtlich. »Ich hatte kein Problem damit, die Scheidung einzureichen, Mads wie gesagt schon. Der Gynäkologe, der seine mit Zwillingen schwangere Frau verlässt? Das passte ganz einfach nicht in seine Welt.«

»Das waren ja trübe Aussichten für dich?«

»Zu dem Zeitpunkt noch nicht«, sagte Lise defensiv. Es gefiel ihr merklich überhaupt nicht, dass Katrine andeutete, sie sei die Verliererin in diesem Spiel gewesen. »Wir trafen eine Vereinbarung.«

»Worüber?«

»Wir würden warten, bis die Zwillinge größer waren. In zwei Jahren, so ungefähr jedenfalls, konnte er glaubhaft behaupten, sie hätten um ihre Ehe gekämpft. Dass er getan habe, was er konnte. Das würde jetzt noch nicht gehen. Alle wissen, wie schwer die ersten Jahre sind. Dass man da einfach irgendwie durch muss.« Sie verstummte einen Augenblick. »Aber dann hat er mir doch tatsächlich ganz unverfroren vorgeschlagen, ich könnte mich ja zuerst scheiden lassen – dann könnten wir uns immer ungestört bei mir treffen. Und nebenbei könnte er dann auch mit seiner Tochter zusammen sein und sie besser kennenlernen. Als wäre es mein sehnlichster Wunsch gewesen, als alleinerziehende Mutter mit zwei Kindern und

Schichtdienst von einem Hebammengehalt zu leben! Während er vorbeikommen konnte, wann immer es ihm passte und er Lust auf einen guten Fick hatte, um hinterher noch ein bisschen den lieben Onkel zu spielen! Glaubt man das? Ich nicht! Aber genauso war es. Die Sache musste auf Gegenseitigkeit beruhen, die Dinge mussten im Gleichgewicht sein. Ich habe gefordert, dass wir es gleichzeitig tun. Und das haben wir dann auch so vereinbart.«

Katrine starrte sie sprachlos an. Wie um alles in der Welt konnte man solche Vereinbarungen treffen? So zynisch und berechnend sein?

»In unserer Welt waren wir damit ein Paar, nur dass jeder gezwungen war, sein eigenes Leben zu leben; vorläufig«, fuhr Lise fort. »Als ich in Mutterschutz ging, haben wir uns getroffen, wann immer wir konnten. Aber es gab eine Sache, die uns wirklich zu schaffen machte.«

»Und was war das?«, fragte Katrine.

»Dass Mads bei der Geburt nicht dabei sein würde. Das muss man sich erst mal richtig klar machen: Ein anderer Mann sollte bei der Geburt seines Kindes dabei sein!«

Katrine versuchte, diesem abstrusen Gedankengang zu folgen.

»Ich konnte die Vorstellung auch nicht ertragen. Aber«, sagte Lise und setzte eine Miene auf, als habe sie gerade einen gerissenen Plan ausgeklügelt, »wir fanden natürlich eine Lösung.«

»Was habt ihr gemacht?«, fragte Katrine. »Du hast doch gesagt, du hättest Marie alleine zur Welt gebracht?«

»Es begann damit«, antwortete Lise, und es klang, als habe Katrines Frage sie deutlich aufgeheitert, »dass er

eines Tages sagte, ich solle gefälligst dafür sorgen, nieder-
zukommen, wenn er Dienst habe. Es war ein Vormittag,
an dem er freihatte, und wir lagen bei ihm zu Hause im
Bett. Erst dachte ich, er hätte es im Spaß gesagt, aber dann
sah ich an seinem Gesichtsausdruck, dass er es ernst
meinte. Das war natürlich völlig absurd. Stell dir das mal
vor: Die beiden Männer im selben Kreißsaal und ich mittendrin! Aber«, sagte Lise und legte eine Kunstpause ein,
»ich hatte dieses Mal vor, zu Hause zu gebären – im Gegensatz zum Mal davor, als ja nun nicht unbedingt eine Haus-
geburt geplant gewesen war«, sagte sie und lächelte.

Katrine sah Lise verständnislos an.

»Jakob wäre letztes Mal beinahe zu spät gekommen. Ich
gebäre ja sehr schnell«, sagte sie stolz. »Und daher war es
ja durchaus denkbar, dass es diesmal vielleicht so schnell
gehen würde, dass er es nicht rechtzeitig nach Hause
schaffte. Mads war einzig und allein derjenige, der dabei
sein musste. Er war der Richtige. Es war ja sein Kind.«

Katrine war schockiert. Dieser Betrug nahm unbegreif-
liche Ausmaße an. Sie konnte sich nicht erinnern, jemals
auch nur etwas annähernd Ähnliches gehört zu haben.

»Die einzige Schwäche an dem Plan war natürlich,
wenn es nachts oder am Wochenende losging. Und so
wäre es um ein Haar tatsächlich gekommen. Es begann
früh am Morgen, als Jakob noch schlief. Ich blieb im Bett
liegen und konzentrierte mich nur darauf, meinem Körper zu sagen, dass er noch warten musste. Es durfte noch
nicht sein. Und es geschah auch nicht, es gelang mir, wei-
terzuschlafen. Als ich aufwachte, rumorte es in mir, und
ich spürte, dass es heute ganz sicher passieren würde.
Also schickte ich Mads eine SMS, die Wehen hätten einge-

setzt. Er solle jetzt herkommen, wenn er sicher sein wollte, rechtzeitig da zu sein. Er antwortete sofort, er würde gleich losfahren und in der Nähe warten.

Die Wehen wurden heftiger, gleichzeitig musste die Morgenroutine abgewickelt werden. Ich atmete tief und lautlos und machte die Brotpakete für den Tag zurecht.« Lächelnd schüttelte Lise den Kopf. »Endlich waren sie so weit fertig, Jakob und Tilde. Jakob machte sich große Sorgen und fragte ein paarmal, ob er nicht lieber zu Hause bleiben sollte. Natürlich nicht, sagte ich, ganz sicher sogar. Ich versprach ihm hoch und heilig, anzurufen, wenn etwas passieren sollte. Aber stattdessen habe ich natürlich Mads angerufen und ihm gesagt, dass es jetzt kommen konnte. Dann habe ich mich ins Bett gelegt und mich abgetastet. Ich war schon fünf Zentimeter offen, der Gebärmutterhals war weich wie Butter, die Fruchtblase buchstäblich zum Zerplatzen gespannt. Ich *war* so weit. Und es würde schnell gehen. Mir war klar, dass ich am Ende wieder allein dastehen könnte. Aber andererseits hatte ich das ja beim letzten Mal auch geschafft. Und ich fühlte einfach eine vollkommene innere Ruhe. Fühlte mich stark und unüberwindlich. Und er würde bald da sein und mir helfen.«

»Hattet ihr gar keine Angst, es könnte schiefgehen?«

»Mads hatte hauptsächlich Bedenken, wie es aussähe, wenn etwas schiefginge und dabei rauskäme, dass er bei mir war. Ich konnte nur dagegenhalten, dass er nun mal derjenige war, bei dem ich mich am sichersten fühlte, falls etwas schiefgehen würde. Und das gab dann den Ausschlag. Aber mit alldem waren wir zu diesem Zeitpunkt im Reinen. Ich ging also ins Schlafzimmer und machte alles bereit. Was ich brauchte, hatte ich zu Hause. Mit dem

Dopton habe ich die Herztöne abgehört, alles war bestens. Und dann kam er. Es war genau so, wie es sein sollte. Nur er und ich. Es war so schön. Wenn ich Wehen hatte, legte er die Finger auf meinen Bauch und fühlte die Kontraktionen. Ich bat ihn abzutasten, wie weit offen ich schon war. Er ließ die Hände über meinen Bauch gleiten, um zu fühlen, wie sie lag. Der Kopf war schon sehr weit unten. Dann nahm er das Dopton und hörte das Herz ab. Es schlug kräftig und schnell. Er wollte Handschuhe anziehen, aber ich bat ihn, es zu lassen. Ich wollte, dass es so war, wie wenn wir uns liebten«, sagte Lise, vollkommen versunken in ihre Erzählung. »Seine Hände waren brennend warm, seine Bewegungen unglaublich sanft. Es war phantastisch. Mit das Erotischste, das ich je erlebt habe. Er sagte, ich sei die schönste Gebärende, die er in seinem Leben gesehen hätte. Dass ich, wenn ich eine Wehe hatte, genauso aussähe, wie wenn ich komme.« Sie schüttelte den Kopf. »Es war einfach so wunderbar, dass er mich gebären sah. Dass er es war, der bei ihrer Geburt dabei war. Die Presswehen setzten ein. Mads half mir, mich ein wenig aufzusetzen, so dass wir uns ansehen konnten. Ich legte meine Finger auf ihren Kopf, und er tat dasselbe. Gemeinsam spürten wir sie, und dann kam wieder eine Presswehe. Ich presste so stark, wie ich nur irgend konnte, und während wir uns und sie ansahen, kam sie zu uns. Sie war so hübsch. Unsere kleine Tochter. Beide hatten wir noch niemals eine so vollkommene Geburt erlebt. Die ultimative Geburt. Und wir würden nie mit anderen darüber reden können.«

Lise schwieg. Auch Katrine sagte nichts. Es lag eine sonderbare Magie in der Geschichte.

»Eine Zeitlang lagen wir zusammen im Bett und schauten sie an. Keiner von uns hatte auf die Uhr gesehen, als sie geboren wurde. Wir wussten also nicht genau, wie spät es gewesen war. Ich sagte, jetzt könnte sie kein Geburtshoroskop bekommen. Mads meinte, wenn wir sonst keine Probleme hätten ... Und damit hatte er ja so unglaublich recht«, sagte Lise nachdenklich. »Nach einiger Zeit ist er dann wieder gefahren. Ich bin noch etwas liegen geblieben und habe mich auf das kleine Schauspiel vorbereitet, das ich gleich aufführen musste.«

Katrine sah Lise ungläubig an und versuchte, ihre immer heftiger klappernden Zähne unter Kontrolle zu halten.

»Ja, das habe ich dann getan«, nahm Lise den Faden wieder auf, als könne sie Katrines Gedanken lesen. »Ich habe Jakob angerufen und ihm überschwänglich erzählt, die Wehen hätten eingesetzt, und er solle sich beeilen. Ich glaube, die Performance hätte einen Oscar verdient.«

Es ist dir doch vollkommen gleichgültig, ob du die Wahrheit sagst oder lügst, dachte Katrine, mit Schauspieltalent hat das ganz und gar nichts zu tun.

»Und«, sagte Lise und breitete entschuldigend die Arme aus, »leider war ich schon niedergekommen, als er ankam. Was ja nun wirklich kein unrealistisches Szenario war, musst du bedenken. Ich erklärte ihm, es wäre extrem schnell gegangen. Fast wie eine einzige lange Wehe. Eine Sturzgeburt. Für mich wäre es auch völlig überraschend gewesen, wie schnell alles gegangen war. Ich hätte absolut nicht gedacht, dass es heute passieren würde!, sagte ich. Und ich könnte gut verstehen, dass er im ersten Moment etwas enttäuscht war. Aber das Wichtigste wäre doch, dass unsere Tochter gesund und wohlauf war. Und das war es ja wohl auch, oder etwa nicht, Katrine? Und schließlich und endlich: Wer würde denn auf lange Sicht zusammenleben, perspektivisch, sozusagen? Mads und ich! Da ist es doch klar, dass wir diesen Augenblick teilen wollten, oder?«

Katrine antwortete nicht. In ihr türmten sich die Fragen auf. Und inzwischen war sie gereizt und ... ungeduldig. Sie fror so entsetzlich.

»Oder etwa nicht, Katrine?«, wiederholte Lise angespannt.

»Was ist passiert, Lise?«, fragte Katrine stattdessen. »Warum hast du Mads getötet? Hat er sich nicht an eure Vereinbarung gehalten?«

»So viele Fragen, Katrine«, sagte Lise und lehnte sich zurück. Weg von ihr. Die Zeit der vertraulichen Erzählungen war anscheinend vorbei. »So viele Fragen.«

Aber sie leugnete es nicht.

Und genau in diesem Augenblick wurde Katrine zum ersten Mal wirklich bewusst, dass sie sich in den Händen der Frau befand, die Mads Winther am letzten Sonntag brutal ermordet hatte. Und dass sie recht gehabt hatte. Mit ihrer »Frauen-stechen-von-oben-zu«-Theorie.

Plötzlich schien die Kälte doppelt so intensiv zu sein wie noch einen Moment zuvor.

»Bitte – kannst du nicht – die Heizung aufdrehen hier drin, bitte?«, fragte sie zitternd und stockend. Sie spürte die Verzweiflung, die direkt unter der Oberfläche lauerte. Die Qual, derartig zu frieren, und die Angst, ausgeliefert zu sein, zerstörten langsam ihre Selbstbeherrschung. Wie sollte das hier eigentlich zu Ende gehen? Was hatte Lise vor?

Lise beugte sich wieder vor, als wären sie zwei Verschworene, die vertraulich miteinander sprachen. Aber die

Illusion von Vertrauen, die kurz zuvor entstanden war, war jetzt wie weggeblasen.

»Bevor wir uns ... trennen, Katrine, möchte ich gern noch über etwas anderes mit dir sprechen. Erinnerst du dich noch an unsere Wochenendtour hier rauf? Nach den ganzen Abifeten?«

»Was ist das denn jetzt für eine Frage?«, zischte Katrine irritiert. Instinktiv spürte sie einen starken Widerwillen dagegen, das zu hören, was nun wohl folgen sollte.

»Wir konnten ja schon immer richtig gut miteinander quatschen, Jon und ich. Und an dem Abend haben wir noch lange am Strand gesessen und geredet. Direkt nachdem du ihn fallengelassen hattest wie eine heiße Kartoffel. Er war sehr enttäuscht über die Art und Weise, wie du ihn abserviert hast.«

Katrine riss die Augen auf. Was hatte sie da gerade gesagt? Sie hatten zusammen am Strand gesessen und geredet? Damals hatte es geheißen, niemand habe ihn mehr gesehen, nachdem er von ihr und der Gruppe weggegangen war. Sie hatte immer vor Augen gehabt, wie er allein runter zum Wasser ging, ein Stück den Strand entlang, um allein zu sein. Oder vielleicht war er auch direkt ins Wasser gegangen, was das anging, war sie sich nie ganz sicher gewesen – aber eins von beidem hatte er getan. Und jetzt sagte Lise, sie hätten zusammengesessen und geredet.

Katrine sah Lise an.

Sie erinnerte sich, wie Lise in ihr Zimmer gekommen war und sie geweckt hatte, schockiert. Geflüstert hatte, Jon sei weg. Dass ein paar von den anderen gesagt hätten, er sei heute Nacht nicht vom Strand zurückgekommen. Und sie befürchteten das Schlimmste ...

Es wurde gerade hell. Sie waren zum Strand gelaufen und hatten gesucht und gerufen, den ganzen frühen Morgen lang. Sie hatten den Notruf der Polizei gewählt. Es war ein wunderschöner Sommermorgen gewesen. Die Sonne stieg an einem wolkenlosen Himmel, und der Blick über das Meer, das glatt und ruhig vor ihnen lag, war grandios gewesen.

Ein Helikopter, der im Tiefflug über dem Wasser zu kreisen begann, hatte die Idylle zerrissen. Ein Boot der Küstenwache kreuzte da draußen und suchte nach ihm.

Und fand ihn. Ertrunken.

Er hatte sich das Leben genommen. War weit rausgeschwommen und hatte den Rest dem Meer überlassen. Weil *sie* mit ihm Schluss gemacht hatte. Weil *sie* gesagt hatte, es sei vorbei, zu einem völlig falschen Zeitpunkt, als sie betrunken gewesen waren. Und es für ihn wie ein Blitz aus heiterem Himmel eingeschlagen war.

Danach folgten die Selbstvorwürfe, die Schuld. Sie spürte, dass seine Eltern sie verantwortlich machten, ganz egal, wie sehr sie sich bemühten, sie vom Gegenteil zu überzeugen.

Es war ein einziger langer Albtraum gewesen, der sie verfolgte, wohin sie das nächste Jahr über mit ihrem Rucksack auch floh. Ob sie sich in den Bergen Südamerikas oder in Thailand zusammenrollte. Gleichgültig, wohin sie sich begab, sie konnte Jons Anblick, wie er sie bestürzt angestarrt hatte und dann weggegangen war, nicht hinter sich lassen.

»Ich habe wirklich oft darüber nachgedacht, Katrine.« Lise schüttelte leicht den Kopf. »Was du wohl sagen würdest, wenn du es wüsstest.«

»Wenn ich was wüsste?«

Lise neigte den Kopf ein wenig zur Seite, wie ein kleines Mädchen, das sich einschmeicheln will, und sagte unschuldig: »Dass wir an diesem Abend gevögelt haben, Jon und ich.« Der Kopf neigte sich zur anderen Seite. »Direkt, nachdem du ihn in die Wüste geschickt hattest.«

»Was? Du bist doch völlig krank!«, schrie Katrine wütend.

»Ich finde, du bist nicht gerade in der Position, in der du so etwas sagen solltest«, zischte Lise, sprang auf und versetzte ihr eine schallende Ohrfeige.

Katrine starrte sie überrascht an. Die Wange brannte, und Tränen traten ihr in die Augen.

»Was war dann?«

»Ich weiß wirklich nicht, ob ich Lust habe, dir das zu erzählen, wenn du so mit mir redest«, sagte Lise. »Aber du bist jetzt sicher etwas aufgebracht. Ich glaube, du solltest dich mal wieder ein bisschen abkühlen. So!«, sagte sie und nahm die Decke weg.

Dann öffnete sie das Fenster.

Eisige Luft strömte herein und traf Katrines bereits durchfrorenen Körper.

»Nein, das kannst du doch nicht ...«

»Nein, man sollte es nicht glauben, was?«

»Lise ...« Sie mochte ihre eigene Stimme nicht, den flehenden Ton, aber das hier war zu schrecklich. Sollte sie etwa hier erfrieren?

»Im Grunde ist es ja ganz einfach. Du liegst jetzt noch ein Weilchen hier, kannst ein wenig über alles nachdenken und bist dann sicher wieder etwas umgänglicher. Und dann können wir zum Schluss kommen.«

»Und was ist dein Plan?«

»Bist du da noch nicht selber drauf gekommen? Völlig leer, dein Psychologenhirn, was? Herrje, früher warst du phantasievoller. Wirklich ziemlich traurig! Wir werden schwimmen gehen, Katrine, wie damals! Man wird annehmen, dass einfach alles zu viel für dich gewesen ist. Hierher zurückzukehren. Die Schuldgefühle und das Ganze hier. Du konntest nicht mehr und bist Jon gefolgt, um endlich Frieden zu finden.«

*

Katrines Zähne klapperten wie Kastagnetten. Ihr Körper zitterte unkontrolliert. Ob sie es wollte oder nicht, ihre Muskeln kämpften einen hoffnungslosen und ungleichen Kampf, sie warmzuhalten. Sosehr sie auch zog und zerrte, die Fesseln machten sie nach wie vor so gut wie bewegungsunfähig. Der Nachtfrost, der nun ungehindert durch das sperrangelweit offen stehende Fenster ins Zimmer strömte, verstärkte den Wärmeverlust noch einmal immens. Sie lag da und machte die wenigen eigenartigen Bewegungen, die ihr noch möglich waren, um den Blutkreislauf in Gang zu halten, so gut sie konnte.

Es war die reinste Marter für sie, nicht zu wissen, was damals am Strand zwischen Lise und Jon geschehen war. Sie waren zusammen gewesen. Aber was war dann passiert? Und was war zwischen Lise und Mads Winther vorgefallen, dass er sterben musste? Sie musste es wissen!

»Lise! Lise, kommst du bitte her? Ich muss dich etwas fragen!«

Nichts geschah. Kein Laut, nichts. Hatte sie das Haus verlassen? Der Gedanke, noch mehrere Stunden so liegen bleiben zu müssen, löste Panik aus. Eine solche Qual würde sie nicht ertragen können. Plötzlich hatte sie das Gefühl, keine Luft mehr zu bekommen. Sie keuchte und rang wild nach Atem. Ihre Lungen taten so weh.

Leider wusste sie nur allzu gut, was bald geschehen würde, wenn sie noch länger gefesselt in dieser Kälte lag. Sie wusste genug über Physiologie und Unterkühlung, um den Verlauf vorauszusehen. Das heftige, krampfhafte Zittern ihrer Muskeln, das sie gerade durchlitt, da sich ihr Körper voll und ganz ihrer Kontrolle entzog, würde zurückgehen. Der Kreislauf würde sich verändern, das Blut würde nur noch in den tiefliegenden Adern zirkulieren, um die inneren Organe zu schützen. Sie würden ihre Funktion einstellen, wenn sie das kalte Blut aus den äußeren Adern zugeführt bekämen. Arme und Beine würden deshalb noch kälter werden. Füße und Schienbeine schmerzten bereits jetzt fast unerträglich. Nach einer Weile würde der Zustand unumkehrbar werden.

Wenn sie nach diesem Zeitpunkt schnelle Bewegungen machen würde, würde das ausgekühlte Blut aus Armen und Beinen allzu jäh in ihr Körperzentrum zurückschießen, und die inneren Organe würden kollabieren. Nicht mehr lange, und eine Flucht würde sie das Leben kosten. Falls sie sich überhaupt irgendwie befreien konnte. Es galt also, so schnell wie möglich diese verdammten Fesseln loszuwerden. Den Körper in Gang zu halten. Lise dazu zu bringen, zurückzukommen. Sie rief wieder. Keine Reaktion.

Es war ein törichter Plan, den Lise da erdacht hatte. Jens wusste von der Affäre und dem Kind. Wie konnte sie glauben, dass sie unbehelligt aus der Sache herauskommen konnte?

Katrine war entschlossen, alles zu tun, damit es nicht nach Selbstmord aussah, wenn Lise sie tatsächlich ertränken würde. Sie musste Spuren an ihrem Körper hinterlassen, die erzählen würden, dass sie nicht von eigener Hand gestorben war. Sie drehte die Handgelenke so weit wie möglich, so dass die Kanten der Fesseln ihr in die Haut ritzten. Es schnitt die Durchblutung ihrer Hände ab, was ihre Situation weiter verschlimmerte. Eine kurze Pause. Dann konnte sie es wiederholen. Sie schaute nach oben auf ihre Hände. Es war nichts zu sehen, aber die Male würden sicher nach einer gewissen Zeit hervortreten. Wieder drehte sie die Hände mitsamt den Fesseln herum und tat das Gleiche mit den Füßen.

Gott, wie sie fror!

Sie versuchte, jeden Körperteil zu beugen und zu strecken, den sie überhaupt ein klein wenig bewegen konnte, um ihren Körper in Gang zu halten. Aber ihre Muskeln zitterten unkontrollierbar. Sie bemühte sich, langsam und tief durchzuatmen, um ihrem Körper auf diese Weise Entspannung zu verschaffen. Hoffnungslos. Gegen die Luft, die mit circa minus zehn Grad zum Fenster hereinströmte, hatte sie nicht die geringste Chance. Der Gedanke an das eiskalte Meerwasser jagte weitere beißende Schauer durch ihren Körper.

Die Angst übermannte sie.

»Lise! Komm zurück! Lise – komm bitte zurück! Bitte, Lise!«, schrie sie weinerlich und so laut, wie ihre schmerzenden Lungen es erlaubten.

Aber nichts geschah.

*

Jens fuhr mit einem Ruck aus dem Schlaf hoch.

Er hatte geträumt, konnte sich aber an nichts erinnern. Er sah auf die Uhr. Erst fünf, also konnte er noch eine ganze Stunde schlafen. Zufrieden drehte er sich auf die andere Seite und schlief wieder ein.

*

»Jon«, sie ist erregt, atmet schwer, ihr Atem trifft auf seinen Hals. Sie nimmt seinen Duft in sich auf. Es ist ein Zeichen, dass man zusammenpasst, hat sie irgendwo gelesen. Wenn einer Frau der Geruch eines Mannes nicht gefällt, heißt das, sie passen nicht zusammen. Dann kann man es gleich sein lassen, es wird nicht funktionieren. Zum Scheitern verurteilt! Aber sein Duft macht sie an. Er ist sexy. Würzig. Männlich.

Ihr Mund sucht seinen. Er zögert. Katrine hat den armen Jon abserviert. Er ist tief unglücklich. Sie ist zum Strand hinuntergegangen, um mit ihm zu sprechen. Katrine hat sich hingelegt.

Das Feuer ist ausgegangen. Sie hat zwei Steppdecken aus dem Haus mitgebracht. Und dann legt er plötzlich einen Arm um sie, und seine Hand flüstert, dass da noch mehr ist. Er mehr will. Mit einem Mal ändert die Situation ihren Charakter. Unter den Steppdecken schieben sie sich enger aneinander, und zwischen ihren Körpern entsteht eine aufgeregte Hitze.

Sie küsst ihn auf die Wange. Auf den Hals.

Dann entscheidet er sich und küsst sie. Sand und Hände sind überall auf ihrem Körper. Kleidungsstücke verschwinden. Jon auf ihr. Jon in ihr.

Und dann ist es schon vorbei.

Plump rollt er neben ihr in den Sand. Sie ist enttäuscht, schüttelt es aber von sich ab.

Dann hört sie, dass er wieder weint. Sich zusammenrollt wie ein Kind.

»Jon, vergiss sie.«

»Das kann ich nicht.«

»Wir zwei werden eine tolle Zeit haben.« Sie berührt ihn. »Merkst du doch, oder?«

»Entschuldige, Lise.« Er dreht sich von ihr weg. »Entschuldige, ich hätte das nicht ... es war ein Fehler.« Er steht auf und beginnt, sich anzuziehen.

Sie springt auf. Jetzt nimmt das Ganze eine völlig falsche Wendung. Sie drückt ihren Körper an seinen.

»Hör mal, Jon, es muss ja nicht alles so schnell gehen. Wir haben viel Zeit.«

Er schüttelt den Kopf und löst sich von ihr, schiebt sie von sich weg. »Ich hätte das nicht tun sollen, entschuldige.«

Dieser Scheißkerl. Er hat es nur so zum Spaß mit ihr gemacht. Hat sie sich für einen verdammten Frustfick genommen!

Sie geht ins Wasser.

»Lise, komm mit zurück.«

»Leck mich am Arsch!« Sie schwimmt raus, weg vom Ufer und um einen der Wellenbrecher herum.

»Komm zurück, Lise! Entschuldige. Ich bin sturzbesoffen, und ich hätte das nicht tun sollen. Wir vergessen einfach, was passiert ist. Du darfst Katrine nichts sagen. Bitte!«

Er bereut es. Und Katrine soll es nicht wissen. Sie fühlt sich gedemütigt.

»Hau ab!«

»Lise, jetzt komm schon. Du kannst doch nicht alleine rausschwimmen. Hier ist kein Mensch mehr. Und du bist stratzevoll! Jetzt komm zurück!«

»Arschloch!«

Sie schwimmt hinter den Wellenbrechern entlang. Weiß nicht, was sie will. Das Wasser vermischt sich mit den Tränen ihrer Wut.

Er ruft nach ihr. Und dann schwimmt er ihr nach.

*

Die Zeit, die vergangen war, fühlte sich wie eine Ewigkeit in der Hölle an.

Aber es war eine Hölle, die nicht aus gierigen Flammen bestand, sondern aus eisigen Windstößen, die wie Messer auf ihren Körper trafen und sich in ihr Fleisch bohrten. Einige Körperteile waren völlig gefühllos, andere taten unvorstellbar weh und krampften sich schmerzhaft zusammen. Sie fühlte sich unendlich verlassen, und sie konnte niemanden zu Hilfe rufen, niemandem sagen, dass sie hier lag.

Lise kam zurück und sah sie mitleidig an.

»Bitte erzähl mir, was mit Jon passiert ist«, flehte Katrine.

Lise setzte sich auf den Stuhl, in ihren warmen Pelzmantel gehüllt, den Katrine aus ihrer Wahrnehmung auszuschließen versuchte.

»Jon, er ... wie soll ich sagen? ... war noch nicht bereit für eine neue Beziehung. Er war ja völlig vernarrt in dich. Es war ein Frustfick gewesen. Danach fing er an zu flennen und faselte irgendetwas, er würde es bereuen. Stell dir das mal vor, da hast du gerade mit dem Typen gevögelt – und dann heult er rum, es täte ihm leid! Zuerst wollte ich eigentlich nur weg von ihm, deshalb bin ich ins Wasser. Wir waren ja alle vorher schon mal Nachtbaden gewesen, hatten dann am Feuer gesessen und getrunken. Daran kannst du dich doch auch noch erinnern, oder?«

Das konnte Katrine sehr gut. Es war dieser Teil des Abends gewesen, wo sie viel zu viel getrunken hatte. Sie hatte getrunken und gesungen wie ein alter Seemann.

»Ich wollte nur weg von ihm, also ging ich ins Wasser. Er stand da und rief mir nach. Und ich schrie zurück, er könnte mich ja einfach holen, wenn er was von mir wollte.« Lise schwieg. Versank in ihren Gedanken. »Und das tat er dann auch. Er schwamm zu mir raus, an den Wellenbrechern vorbei. Ich bin dann noch weiter rausgeschwommen, aber dann hab ich wieder umgedreht und bin zurückgeschwommen. Er war todmüde und total betrunken«, sagte sie mit bedauernder Miene, die nicht sehr überzeugend war. »Und völlig down.«

»Und dann?«, fragte Katrine ängstlich.

Lise sah sie ausdruckslos an. Sie schien zu überlegen, ob sie die ganze Geschichte erzählen sollte oder nicht.

»Was war dann?«, fragte Katrine und konnte die Aggression in ihrer Stimme hören. »Ich muss das wissen.«

»Du weißt doch, wie es ausgegangen ist. Er ist ertrunken. Ich hätte natürlich sagen können, er hätte versucht, mich zu retten. Aber ...«

»Aber was?«, flüsterte sie. Sie musste es wissen, und wenn es das Letzte war, das sie hören würde, bevor sie starb. Sein Tod hatte so viel Platz in ihrem Leben eingenommen, hatte sich wie ein Tumor in ihr breitgemacht und festgebissen. Und wenn die Dinge doch anders zusammenhingen, als sie all die Jahre geglaubt hatte ... dann hatte sie auf jeden Fall verdient, es zu erfahren, bevor Lise sie umbrachte.

»Aber das wäre nicht ganz richtig. Es fing mit einer Umarmung an. Er entschuldigte sich und bat mich, mit zurückzukommen. Er konnte sich nur noch mühsam über Wasser halten. Es war nicht sehr schwer. Er hat nicht sehr gelitten, Katrine.«

Katrine traute ihren Ohren nicht.

»Du hast ihn getötet!«, rief sie.

Lise antwortete mit einem kleinen Lächeln.

»Du hast Jon getötet!« Jetzt schrie sie. Und schrie. Ihr eigenes Leid. Ihr Schuldgefühl darüber, dass Jon ins Meer gegangen und ertrunken war wegen ihr. Und in Wirklichkeit war Lise schuld an seinem Tod gewesen.

Katrine schluchzte.

Lise verschwand durch die Tür.

Es war nie ihre Schuld gewesen … Im nächsten Moment färbte sich alles um sie herum schwarz, und sie wurde ohnmächtig.

*

Der Wecker gab ein durchdringendes Piepen von sich. Das konnte doch nicht wahr sein, dachte Jens, er hatte doch gerade erst die Augen wieder zugemacht. Aber auf der Anzeige leuchtete unbarmherzig 6:00 Uhr.

Er duschte, zog seine Sachen an und ging in Simones Zimmer, um sie zu wecken.

»Ich muss früh fahren, Simon, heute Nacht ist noch so einiges passiert.«

Ein undeutliches Grunzen war zu hören, das seinen Ursprung irgendwo unter der Bettdecke haben musste.

»Du siehst selbst zu, dass du pünktlich in der Schule bist, okay?«

Die Haare, die hervorstachen, nickten.

»Gut.«

Er huschte aus dem Zimmer und bemühte sich, leise zu sein, ohne eigentlich zu wissen, warum. Vermutlich könnte eine mittelgroße Blaskapelle direkt neben Simones Bett aufspielen, und sie würde trotzdem noch verschlafen. Er bezweifelte stark, dass sie rechtzeitig aus den Federn kommen würde, und gab für Punkt sieben ein »Erinnern« in sein Handy ein. Ein telefonischer Weckdienst konnte nichts schaden. Dann fuhr er ins Polizeipräsidium.

In den Büros war alles noch sehr still. Jens ging in die kleine Teeküche und setzte Kaffee auf, und kurz darauf traf Per Kragh ein.

»Was habt ihr euch eigentlich dabei gedacht, diesen Computer mit nach Hause zu nehmen?«, fragte Kragh beunruhigend aggressiv. Als sie heute Nacht miteinander telefoniert hatten, war ihm offenbar das Detail entgangen, dass Katrine in dieser Angelegenheit im Alleingang vorgeprescht war.

»Na ja, wenn man es genau betrachtet …« Er zögerte. »Immerhin haben wir dadurch herausgefunden, dass Lise Barfoed ein sehr starkes Motiv hat, falls sich zeigen sollte, dass der Verdacht gegen Nukajev nicht aufrechtzuerhalten ist.«

»Und dieses Motiv soll sein, dass es eine gute Idee war, den leiblichen Vater ihres Kindes umzubringen, oder wie?«, fragte Kragh skeptisch.

»Wir wissen nicht, was für eine Geschichte zwischen den beiden dahintersteckt – vielleicht hat er ihr etwas versprochen, vielleicht hat er ihr gedroht oder umgekehrt.

Oder vielleicht wollte er es ihrem Mann erzählen? Auf jeden Fall ist da alles für ein richtig gutes Eifersuchtsdrama angerichtet, das musst du doch zugeben?«

»Zugegeben, aber du vergisst, dass wir einen dringend Tatverdächtigen in Untersuchungshaft sitzen haben – oder besser hatten – und alles gegen ihn spricht, besonders die Tatsache, dass er geflüchtet ist!«

»Oder er ist unschuldig und hat Angst, für etwas verurteilt zu werden, das er nicht getan hat. Vielleicht erinnert ihn das an das Gefängnis und die Folter in Tschetschenien, und dann ist er in Panik geraten?«

»Bist du jetzt etwa auch noch Psychologe geworden, Høgh?«

Jens antwortete nicht.

»Tut mir leid«, sagte Kragh, »das war nicht in Ordnung. Es ist nur … Ich stehe verdammt unter Druck wegen dieser Sache mit der Flucht. Und es gefällt mir ganz einfach nicht, dass man hinter meinem Rücken Beweisstücke mitgehen lässt. Einzelkämpfer kann ich in meiner Abteilung nicht gebrauchen.«

»Sie hat es nur gemacht, weil sie felsenfest davon überzeugt war, dass mehr hinter dieser Sache mit Winthers Affäre steckt.«

»Mag sein, aber danach können wir sie ja selbst fragen, wenn sie hier ist. Sie ist doch unterwegs, oder?«

»Davon gehe ich mal stark aus. Wir haben besprochen, dass wir um sieben hier sind.« Er schaute auf die Uhr. Es war kurz vor sieben.

Jens' Handy klingelte.

»Vielleicht ist sie das.« Er sah auf das Display. Unbekannte Nummer.

405

»Hallo? Hier ist Maria«, war die unglückliche Stimme des Au-pair-Mädchens zu hören. »Ich weiß nicht, wo Vibeke ist. Sie ist weg!«

»Wann haben Sie sie zuletzt gesehen?«

»Gestern, bevor ich ins Bett gegangen bin.«

»Und heute Morgen ist sie weg?«

»Ja.«

»Aber die Kinder sind im Haus?«

»Ja, ich passe auf sie auf.«

»Meinen Sie nicht, sie ist einfach nur draußen und läuft eine Runde? Oder ist zur Arbeit?«

»Nein, ihre Schuhe stehen ja hier. Und sie muss erst am Montag wieder arbeiten.«

»Hat sie nicht mehrere Paare?«

»Sie hat vier Paar Laufschuhe – und die stehen alle hier.«

»Hm«, Jens sah Kragh an. »Einen Augenblick, Maria, bleiben Sie dran«, er legte die Hand über die Sprechmuschel. »Vibeke Winther ist verschwunden. Das Au-pair-Mädchen weiß nicht, wo sie ist.«

»Das hat uns gerade noch gefehlt«, stöhnte Kragh. »Schick einen Wagen raus und sag dem Mädchen, sie soll alle Türen abschließen und niemandem aufmachen außer der Polizei.«

Jens gab die Instruktionen an die weinende Maria weiter und versuchte, sie damit zu beruhigen, dass die Polizei bald da sein würde.

Danach wählte er Katrines Nummer, um zu hören, wo sie blieb. »Hej, hier ist Katrine Wraa, ich bin zurzeit nicht erreichbar, bitte hinterlassen Sie Namen und Nummer, ich rufe zurück.« Ungeduldig wartete Jens, bis die Ansage zu Ende war.

»Jens hier. Ich wollte nur hören, wann du hier sein wirst. Ruf mich an.«

*

Katrine wachte auf. Kalt, zitternd und voller Angst.

Ihr Telefon hatte geklingelt, drüben im Wohnzimmer. Lise hatte es dort hingelegt. Hoffentlich war es Jens. Hoffentlich fragte er sich, wo sie blieb, und würde reagieren. Schnell.

Das Fenster stand immer noch offen, und inzwischen hatte es auch noch angefangen zu schneien. Die Flocken setzten sich wie Nadelspitzen auf ihre eisige, schmerzende Haut. Sie hätte nie geglaubt, dass ein Mensch so frieren konnte.

Aber sie erinnerte sich an alles.

Lise hatte Jon ermordet. Und Mads. Und sie würde die Nächste sein.

Ob sie noch mehr Menschen auf dem Gewissen hatte? Trotz der Eiseskälte lief ihr spürbar ein Schauer den Rücken hinunter, als es ihr einfiel: Lises Mutter war bei einem Unfall ums Leben gekommen. In Norwegen. Ertrunken. Es war in dem Jahr passiert, bevor Lise zu ihnen in die Klasse gekommen war. Ob es tatsächlich ein Unfall gewesen war? Unmöglich zu sagen, aber wenn Katrine einen Augenblick annahm, dass es *kein* Unfall gewesen war ... die Dimensionen wurden immer entsetzlicher. Hatte sie im Laufe der Jahre noch andere aus dem Weg geräumt, die ihr in die Quere gekommen waren? Und war es nie herausgekommen, weil es jedes Mal wie ein tragischer Unfall ausgesehen und in keinem Zusammenhang mit den anderen Todesfällen gestanden hatte?

Bis zu diesem Augenblick.

Wenn man alles bedachte, ergab es keinen Sinn, dass Lise nicht anstelle von Mads dessen Frau Vibeke ins Jenseits befördert hatte, und das schon zu einem früheren Zeitpunkt. Vibeke war der eigentliche Bremsklotz in ihrer Affäre mit Mads gewesen. Lise hätte keinen Moment gezögert, ihren Mann zu verlassen. Warum also hatte sie dieses Problem nicht auf die gleiche Weise gelöst, wie sie es schon des Öfteren getan hatte, wenn jemand ihren Zielen im Weg gestanden hatte?

Katrine fiel es schwer, klar zu denken, denn die Kälte hatte längst begonnen, mehr als nur weh zu tun. Aber sie musste alle Puzzleteile zusammensetzen, um es verstehen zu können. Sie musste Lises Vorgehen analysieren, die Art, auf die sie es getan hatte. Lise war bisher nie in den Radar der Polizei geraten, weil man beide Todesfälle für Unfälle gehalten hatte. Sie waren passiert, als Lise ganz nah bei ihren Opfern gewesen war, ohne dass jemand deswegen Verdacht schöpfen konnte. Es war irgendwie ... ganz natürlich gewesen, dass sie da war. Und was Jon anging, so hatte sie ausgenutzt, dass niemand von ihrem Zusammensein am Strand in dieser Nacht wusste.

An Vibeke Winther wäre sie natürlich nicht auf unauffällige Weise herangekommen. Die beiden Frauen kannten sich ja nicht. Aber sie hätte dennoch alles Mögliche tun können. Sie überfahren oder sich Zugang zum Haus verschaffen und sie die Treppe hinunterstoßen können. Das Haus in Brand stecken. Was hatte sie gehindert?

Anscheinend hatte Mads es verstanden, sie hinzuhalten. Dass er mit ihr Schluss gemacht hatte – was nach wie vor nur eine Vermutung war, aber es musste so gewesen sein –, war offenbar der Auslöser gewesen, der das Pulverfass zum Explodieren brachte. Lise hatte im Affekt gehandelt. Dieses Mal hatte sie also etwas anderes getan, dieses Mal hatte es nicht wie ein Unfall ausgesehen, und das hatte für sie das Risiko beträchtlich erhöht, dass man ihr auf die Schliche kam. Aber zu ihrem großen Glück war Nukajev noch am selben Abend aufgetaucht.

Woher war eigentlich das Messer gekommen? Wenn sie es von zu Hause mitgebracht hatte, sah das Ganze sehr viel deutlicher nach einer geplanten Tat aus, als Katrine es gerade eben noch angenommen hatte.

Mit einem Mal wurde es ihr klar; Jakob, ihr Mann, war nicht nur ein erfolgreicher Verkäufer, Lise hatte von ihm auch als »Gummistiefeltypen« gesprochen. Es war doch durchaus denkbar, dass er eine Angelausrüstung besaß, die er vielleicht häufig im Auto ließ, bis er mal wieder einen Ausflug unternahm.

Vielleicht hatte Mads ihr im Krankenhaus gesagt, es sei aus und vorbei mit ihnen, nachdem sie noch ein letztes Mal Sex gehabt hatten. Sie war ihm nachgefahren, außerstande, es zu akzeptieren.

Er hatte es noch nicht einmal geschafft, eine Dusche zu nehmen, und man musste davon ausgehen, dass er das normalerweise als Erstes tat. Einen Whisky hatte er sich gerade noch einschenken können, und vielleicht war er auf dem Weg ins Bad gewesen. Dann stand sie plötzlich vor der Tür. Er ging mit ihr in den Garten, damit Vibeke und Maria sie nicht hörten. Sie stritten, und er drehte sich um, um ins Haus zurückzugehen. Sie war außer sich vor Wut gewesen und hatte ein Messer dabeigehabt und ihn damit hinterrücks niedergestochen.

Das Alibi? Die Schwiegereltern? Hatten sie das über-prüft? Nein. Aber Lise war an diesem Abend ganz sicher nicht dort gewesen. Sie war zwischen einundzwanzig und dreiundzwanzig Uhr im Krankenhaus gewesen, war Mads gefolgt und hatte ihn in seinem Garten getötet.

Die Leichtigkeit, mit der sie log, war erschreckend. So unbekümmert. Ohne dass man ihr auch nur das Geringste angesehen oder es ihrer Stimme angehört hätte. Kein Zö-gern, keine Nervosität. Und keinerlei Reue war ihr anzu-merken, nicht wegen der Leben, die sie ausgelöscht hatte, und nicht wegen des Leids, das sie hinterlassen hatte. Charmant manipulierte sie alle und jeden – selbst die Menschen, die ihr am nächsten standen. Jakob, der in dem Glauben lebte, er habe zwei leibliche Töchter. Und als wäre das noch nicht genug, war der wirkliche Vater bei der Geburt der Tochter dabei gewesen, ohne dass er, Ja-kob, auch nur eine Ahnung davon hatte. Nicht nur dabei gewesen, Mads Winther hatte seine Tochter buchstäblich empfangen. Und Lise hatte gelächelt, als sie gestern dar-über gesprochen hatten, und hatte Katrine seelenruhig er-zählt, sie habe das Kind allein zur Welt gebracht!

Aus Untersuchungen in Verbindung mit Organspenden wusste man, dass ungefähr fünf Prozent aller Kinder nicht den biologischen Vater hatten, von dem alle – inklusive ihm selbst – glaubten, er sei es. Bisher hatte Katrine im-mer gedacht, dies sei der größte Betrug, den eine Frau ih-rem Mann antun könne. Männer hingegen konnten Dop-pelleben führen, mit zwei Familien und allem – wie Mads Winther es getan hatte.

Lise Barfoed und Mads Winther hatten dem eine neue Dimension hinzugefügt. Den ultimativen Betrug.

Katrine hatte gedacht, dass die beiden ein sehr schönes Paar abgegeben hatten. Aber jetzt machte es ihr Angst, darüber nachzudenken, wozu sie imstande waren. Zusammen und jeder für sich allein.

Sie musste der Tatsache ins Auge sehen, dass sie viel zu lange gezögert hatte, Lise als Verdächtige ernsthaft in Betracht zu ziehen. Ihr schlechtes Gewissen gegenüber Lise hatte ihre Urteilskraft getrübt und außerdem, wie ihr nun klarwurde, die Tatsache, dass Lise Hebamme war. Ganz gleich, wie man es auch drehte und wendete, es war nur schwer vorstellbar, dass eine Person, die tagtäglich mithalf, Leben auf die Welt zu bringen, es auch ohne zu zögern nehmen konnte. Die Empathie, die man in diesem Beruf mitbringen musste, war schwer denkbar bei einem Menschen, der die Dinge getan hatte, die Lise getan hatte.

Allerdings hatte man schon öfter erlebt, dass sich Empathie nachahmen ließ. Man konnte lernen, zum richtigen Zeitpunkt die richtigen Dinge zu sagen, um soziale Akzeptanz zu erzielen. Wahrscheinlich geschah es nur, wenn Lise dadurch etwas erreichen konnte; Lob und Respekt von Kolleginnen und Kollegen, die Bewunderung anderer für ihr Tun.

Und sie war ja schon ziemlich herumgekommen, wie Mette Rindom es ausgedrückt hatte. Katrine hätte es nicht überrascht, wenn Konflikte mit den Kolleginnen oder den Vorgesetzten der Grund für die häufigen Stellenwechsel gewesen waren. Mads Winther dagegen hatte vielleicht das Seine dazu beigetragen, dass sie im Reichskrankenhaus länger geblieben war?

Katrine dachte an Lises Bericht über die Geburt von Nu-

kajevs Sohn und den Tod seiner Frau; es hatte sehr einfühlsam und bewegt geklungen, aber Katrine war sich sicher, dass sie einfach nur die richtigen Dinge gesagt hatte,
um die Polizei zufriedenzustellen. Jens gegenüber hatte
Lise die Menschenfreundliche und Anteilnehmende her-
ausgekehrt. Und damit vollen Erfolg gehabt.

Katrine warf nicht gern mit Diagnosen um sich. Aber
in diesem Fall gab sie mit »dissozialer Persönlichkeitsstörung« sicher keine Fehleinschätzung ab.

Und hier lag sie nun selbst, Katrine.

Sie spürte, wie sich eine beunruhigende Schläfrigkeit
einstellte. Das Letzte, was passieren durfte, war, dass sie
einschlief. Sie musste sich wachhalten, musste den Körper in Gang halten. Durfte den Mut nicht verlieren. Durfte
nicht aufgeben.

Sie musste wach bleiben. Sie *musste* ...

*

»Katrine muss gleich hier sein, mit dem Laptop«, sagte
Jens zu Kragh und Bistrup, der mit gerunzelter Stirn sei-
ner Erklärung gelauscht hatte. »Und wie ist der Status in
Sachen Fahndung nach Nukajev?«

»Nichts Neues. Er ist wie vom Erdboden verschluckt«,
antwortete Bistrup. »Ich hätte nicht damit gerechnet, dass
er so lange durchhält.«

»Ja«, stimmte Kragh zu. »Aber jetzt haben wir die Medien und gleich auch das Tageslicht auf unserer Seite.
Dann muss er einfach auftauchen.«

»Und Lise Barfoed? Wann laden wir sie vor?«, fragte
Jens.

»Wir müssen dem Team Bescheid geben, das heute zu

ihr rausfährt. Sie sollen sie hierherbringen«, sagte Kragh. »Das ist ja eine wahnwitzige Story mit diesem Kind … Wenn das tatsächlich so zusammenhängt.«

»Das kann man wohl sagen. Für ein paar Familien wird das ganz schön hart.«

»Jens, sorgst du bitte dafür, dass sie hergebracht wird?«

»Aber gern doch.«

Kragh und Bistrup gingen. Jens griff nach dem Telefon und rief den Diensthabenden in der Zentrale an.

»Das Team, das zum Schutz von Lise Barfoed abgestellt ist, bis wir Nukajev geschnappt haben, soll sie zur Vernehmung hierher ins Präsidium bringen.«

»Augenblick …« Im Hintergrund konnte Jens das Geräusch von Fingern auf einer Tastatur hören. »Es ist für heute anscheinend abbestellt worden.«

»Abbestellt? Was soll das heißen, *abbestellt*? Ist das hier ein Pizzaservice, oder was?«, schrie Jens dem armen Mann ins Ohr.

»Nun ja, sie wollte direkt zu ihren Schwiegereltern fahren und dort etwas schlafen. Sie hat ja Nachtschicht gehabt. Und es ist vereinbart, dass sie da bleibt, wie ich hier sehe. Am späten Nachmittag soll noch einmal der aktuelle Stand der Dinge abgestimmt werden, bevor …«

»Wenn ich das richtig verstehe, ist sie also auf der Arbeit gewesen und jetzt angeblich auf dem Weg zu ihren Schwiegereltern?«

»Korrekt.«

Jens beendete das Gespräch und rief die Entbindungsstation im Reichskrankenhaus an. Im selben Moment piepte seine Simone-Erinnerung. Er löschte sie; gleich anschließend würde er sie anrufen.

»Entbindungsstation, Sie sprechen mit Hebamme Pia Skovby.«

»Geben Sie mir bitte Lise Barfoed.«

»Tut mir leid, sie ist nicht hier.«

»Dann ist ihre Nachtschicht also schon zu Ende?«

»Ja ... das heißt nein, also sie ist schon irgendwann heute Nacht gegangen, wie mir die Nachtschwestern gesagt haben. Als ich zur Frühschicht kam, hieß es, Lise habe sich ziemlich schlecht gefühlt, wegen diesem Tschetschenen, und sie ist dann gefahren. Ich fürchte, sie hat sich selbst ein wenig überschätzt, das wäre jedenfalls typisch für sie, und dafür hatten natürlich alle Verständnis, wie Sie sich ...«

»Danke«, sagte Jens tonlos und brach das Gespräch ab. Sofort rief er Lises Barfoeds Schwiegereltern an.

»Lise?«, fragte die Schwiegermutter überrascht. »Aber sie ist doch auf der Arbeit und wollte dann zu sich nach Hause, um zu schlafen. Obwohl mir das nicht ganz geheuer ist, wegen dieses Tschetschenen, wissen Sie. Wer weiß, wozu der imstande ist! Aber Sie passen ja hoffentlich gut auf sie auf?«

»Natürlich tun wir das«, sagte Jens und wollte sich schon verabschieden, als ihm ein Gedanke kam. »Sagen Sie, war Lise eigentlich am Sonntagabend und die Nacht zu Montag bei Ihnen?«

»Sie war zum Abendessen hier, mit den Mädchen, und danach wollte sie mit einer Freundin ins Kino, zur Neun-Uhr-Vorstellung in Lyngby, deshalb ist sie so gegen acht gefahren. Sie hat dann bei uns übernachtet, aber ich kann beim besten Willen nicht sagen, wann sie zurückgekommen ist. Da hatten wir uns schon hingelegt.«

»Vielen Dank«, sagte Jens und verabschiedete sich.

Eine eisige Ahnung stieg in ihm auf, packte ihn im Nacken und rollte über seinen Kopf bis zur Stirn; wo zum Teufel war Lise Barfoed? Wo war Nukajev? Wo war Vibeke Winther?

Und wo zum Henker blieb Katrine?

Okay, okay, ganz ruhig, dachte er; vielleicht stand Katrine auf der Autobahn im Stau? Vielleicht nahm sie prinzipiell keine Anrufe auf dem Handy an, wenn sie am Steuer saß? Das konnte er sich gut vorstellen. Sie hatte ziemlich feste Grundsätze. Das Problem mit all diesen Erklärungen war nur, dass sie eben auch nicht der Typ war, der einfach wegblieb, ohne anzurufen und Bescheid zu geben.

Er rief sie noch einmal an.

»Hej, hier ist Katrine ...«

Er unterbrach die Verbindung, marschierte in Kraghs Büro und erklärte kurz und bündig, was er hatte feststellen müssen.

»Für meinen Geschmack gibt es in dieser ganzen Sache mittlerweile viel zu viele Verschwundene«, schlussfolgerte Kragh.

»Ganz deiner Meinung«, stimmte Jens zu. »Und Lise Barfoeds Alibi für Sonntagabend ist alles andere als wasserdicht. Sie war nicht den ganzen Abend bei ihren Schwiegereltern, wie sie behauptet hat.«

»Ach was?«

»Sie kann es durchaus gewesen sein.«

»Und Nukajev?«

»Was weiß ich? Aber es gefällt mir überhaupt nicht, dass Katrine noch nicht aufgetaucht ist.«

»Wahrscheinlich steckt sie im Berufsverkehr.«

»Sie ist die ersten Tage nie zu spät gekommen, und an einem Tag wie heute würde sie losfahren, bevor der Hahn sich überhaupt geräuspert hat. Und sie geht nicht an ihr Telefon.«

»Was schlägst du vor?«

»Wir wissen nicht, wo Lise Barfoed ist, wir wissen aber inzwischen, dass sie uns eine Lüge nach der anderen aufgetischt hat.«

»Wir schicken einen Wagen zu ihrer Adresse.«

»Das sollten wir tun. Aber da ist irgendetwas zwischen ihr und Katrine – eine alte Geschichte aus der Zeit, als sie noch jung waren, irgendein Freund hat Selbstmord begangen. Und wenn Lise Barfoed tatsächlich unsere Täterin ist und zwei und zwei zusammenzählt, dann weiß sie, das Katrine ihr auf der Spur ist …«

»Und du meinst, das hat etwas damit zu tun, dass Katrine noch nicht aufgetaucht ist?«

»Ich halte das nicht für unmöglich.«

»Und was ist mit Vibeke Winther? Sie verschwindet von zu Hause, ohne dass jemand weiß, wo sie ist?«

Jens rieb sich über den kurzgeschorenen Schädel. Verdammt nochmal! Kragh hatte recht. Er machte sich nur solche Sorgen, dass Katrine etwas zustoßen würde. »Okay, dann schicken wir einen Wagen raus zu der Winther und einen zu der Barfoed, und ich würde gerne rauf zu Katrine fahren und nachsehen, ob alles in Ordnung ist.«

»Und auf der Autobahn an ihr vorbeirauschen?«

»Gut, wenn's denn so ist.«

Kragh sah ihn skeptisch an. »Eigentlich brauche ich dich hier.«

Herrgott nochmal!

»Aber gut. Fahr hin und gib mir Bescheid, sobald du etwas weißt.«

»In Ordnung.« Jens machte auf dem Absatz kehrt und stürzte in Hannes Büro.

»Katrines Adresse, Hanne. Schnell!«

Hanne verstand sofort, dass hier irgendetwas ganz und gar nicht stimmte, und ohne eine einzige Frage zu stellen, ließ sie ihre Finger gehorsam über die Tastatur tanzen.

Er bekam die Adresse und rannte in sein Büro, raffte Telefon und Dienstwaffe zusammen, warf sich die Jacke über und saß weniger als eine Minute später im Auto.

Hastig gab er die Adresse in sein Navi ein und raste in nördlicher Richtung aus der Stadt, das Blaulicht auf dem Dach. Um diese Zeit war das genau die richtige Richtung, entgegengesetzt zum morgendlichen Berufsverkehr, der sich träge in die Stadt wälzte. Nach einer knappen halben Stunde erreichte er die Ausfahrt, die auf die Straße von der Hillerød-Autobahn zu der Adresse an der Nordküste führte, die Hanne ihm gegeben hatte.

Er rief wieder an. »Hej, hier ist Katrine Wraa ...«, sprang einmal mehr ihre Mailbox an und hinterließ eine wachsende Unruhe bei ihm.

*

Ihr Körper fühlte sich seltsam an.

Er war ein einziger großer, schmerzender Organismus und gleichzeitig völlig taub und wie tot. Das heftige Zittern hatte aufgehört. Stattdessen hatte sie das Gefühl, innerlich zu zittern. Nie im Leben war sie etwas so Unerträglichem ausgesetzt gewesen. Sie hätte alles getan, um aus dieser qualvollen Gefangenschaft zu entkommen.

Wie lange hatte sie geschlafen?

Unmöglich zu sagen. Aber sie ging davon aus, dass schon eine gute Weile vergangen war, denn die Kälte hatte ein Ausmaß erreicht, das ihr bisher unvorstellbar gewesen war.

»Dann stehen wir mal auf.«

Erst jetzt registrierte sie wie durch einen Schleier hindurch Lises Anwesenheit. Wenn es ihr Plan war, Katrine runter zum Strand zu bringen, würde sie sie tragen müssen. Sie war nicht imstande, selbst zu gehen.

Und bei diesem Gedanken wurde ihr in grässlicher Deutlichkeit klar, wie hilflos sie war. Sie war so geschwächt, dass sie nichts tun konnte, um sich zu verteidigen oder gar zu fliehen. Absolut nichts.

Außer vielleicht sich schwer zu machen, damit Lise Probleme bekam, sie zu bewegen.

Lise löste die Fesseln und rollte Katrine auf die Seite. Mit einem festen Griff zwang sie ihr die Hände auf den Rücken und band sie an den Handgelenken zusammen. Katrine fühlte sich wie ein Stück tiefgefrorenes Fleisch in der Kühlkammer.

»Los jetzt, hoch mit dir«, sagte die Stimme unerbittlich.

Katrine rührte sich nicht vom Fleck.

»Wie du willst. Dann bringen wir es eben hier zu Ende. Eine schöne Dosis Morphium, und gleich hast du deinen letzten Atemzug gemacht.«

»Aber dann wissen sie, dass es kein Selbstmord war«, flüsterte Katrine.

»Egal, jetzt machen wir es so«, sagte Lise und machte sich hinter Katrines Rücken zu schaffen.

Katrine bekam Todesangst. Lise würde es tun. Sie

schien sich stärker unter Druck zu fühlen als zuvor. Vielleicht hatte sie erkannt, dass ihre Pläne nicht aufgehen würden.

Es musste doch bald hell werden, und dann würde es nicht mehr lange dauern, bevor sich irgendjemand darüber wunderte, dass Katrine nicht ins Präsidium gekommen war. Und sie würden sich fragen, wo Lise war. Das zu erklären, würde für Lise nicht einfach werden; sie war nicht bei ihren Schwiegereltern gewesen, nicht auf der Arbeit, und was war eigentlich mit dem Polizeischutz, der für sie abgestellt war? Sie hatte sich in ein Gewirr aus falschen Alibis, Ausflüchten und Widersprüchen manövriert, aus dem sie auch ihre Lügen unmöglich befreien konnten. Obwohl sie Handschuhe trug, würden die Techniker ihre DNA überall im Haus finden. Es gab für sie einfach keinen Ausweg mehr. Und so verzweifelt ihre Situation auch war, fühlte Katrine dennoch so etwas wie Trost bei dem Gedanken, dass Lise am Ende doch für das bestraft werden würde, was sie getan hatte.

Im selben Moment klingelte Katrines Telefon zum dritten oder vierten Mal.

Jens, dachte sie, und ein Funken Hoffnung glimmte auf. Er musste doch reagieren, wenn sie nicht ranging und auch nicht zur Arbeit erschien. Jetzt galt es also, Zeit zu gewinnen und vielleicht ihre Chancen auf Flucht zu erhöhen, indem sie sich hinunter an den Strand schleifen ließ, selbst wenn der Gedanke daran einfach nur entsetzlich war.

»Okay«, brachte Katrine krächzend hervor und versuchte, sich aufzurichten.

»Na also, welche Kräfte Angst doch freisetzen kann«,

höhnte Lise und wollte sie hochziehen. Aber Katrines Beine waren steif, versagten den Dienst und knickten unter ihr ein.

»Komm schon, steh auf«, sagte Lise mitleidlos.

Katrine kämpfte sich hoch. Dass ihre Hände hinter dem Rücken zusammengebunden waren, machte es nicht einfacher. Irgendwann würde Lise die Fesseln lösen müssen, wenn es wie Selbstmord aussehen sollte. Es sei denn natürlich, dachte Katrine verzagt, dass sie es erst danach tun würde. Wenn alles vorbei war.

»Damit kommst du nicht durch, das weißt du, oder?«, murmelte sie.

»Nicht dein Problem.«

»Es läuft nicht so, wie du dir das vorgestellt hast. Du hättest bei deinen Unfällen bleiben sollen. Das hier ist weit über deinem Niveau.«

Eine wütende, kraftvolle Ohrfeige traf ihre Wange. »Halt die Schnauze!«

»Wollen wir gehen?«, fragte Katrine herausfordernd.

Statt zu antworten, packte Lise sie am Arm und zog sie mit sich aus dem Schlafzimmer. In das warme Wohnzimmer zu treten war herrlich und fürchterlich zugleich. Die Wärme traf auf ihre verfrorenen Glieder und rief augenblicklich ein schmerzhaftes Prickeln hervor. Wie als Kind, wenn man stundenlang Schlitten gefahren war und die eiskalten, roten Backen wehtaten, wenn man ins Haus kam, dachte Katrine. Mal hundert.

Aber es blieb ein kurzes Zwischenspiel, denn unbeirrt zerrte Lise sie zur Terrassentür. Katrine wog ihre Fluchtmöglichkeiten ab. Konnte sie Lise angreifen, sie überraschen, mit auf dem Rücken gefesselten Händen? Sie ver-

420

suchte, sich loszureißen. Wollte sich gegen ihre Peinigerin werfen und sie umstoßen, war aber viel zu schwach. Lise wehrte sie mit Leichtigkeit ab, packte ihre zusammengebundenen Hände und schubste Katrine zur Tür. Sie öffnete sie, und gemeinsam traten sie in die gleiche beißende Luft, die sie im Schlafzimmer gequält hatte.

Katrines gefühllose nackte Füße spürten den Schnee kaum. Stolpernd und von Lise halb gestoßen, halb gezogen, durchquerte sie den Garten. Bald würde es hell sein, die Konturen der Bäume und der Hecke traten bereits allmählich aus der Dunkelheit hervor. Sie fanden das Gartentürchen am Ende der Wiese und gingen hindurch. Lise hielt sich mit einer Hand am Geländer der Holztreppe fest, die mit ihren dreiundzwanzig Stufen hinunter zum Strand führte. Katrine konnte kaum die Knie beugen und stakste hilflos die eisbedeckten glatten Bretter nach unten.

Und dann geschah es.

Lise rutschte aus und riss Katrine die letzten zehn Stufen mit sich. Sie landeten im Sand, der von Schnee bedeckt war. Katrine schlug mit ihrem vor Schmerz dröhnenden Kopf gegen einen Stein.

Schnell war Lise wieder auf den Beinen und zerrte Katrine hoch. Sie war jetzt deutlich ungeduldig. Wollte es endlich hinter sich bringen.

Sie schleifte Katrine mit sich hin zum Ufer. Breiiges Packeis hatte sich in der kleinen Passage zwischen zwei Wellenbrechern gebildet. Die Wassertemperatur musste nahe am Gefrierpunkt sein. Es war ein furchteinflößender Anblick.

Das Ganze war so unfassbar roh, kalt und brutal. Nur

mit T-Shirt und Slip bekleidet und auf nackten Füßen taumelte Katrine auf das eisige Wasser zu.

»Du verlierst alles. Deinen Mann, das Haus, Geld, Beruf, Prestige. Und die Kinder.«

»Wie ich schon sagte, das ist nicht dein Problem. Dein Problem ist, dass du in ein paar Augenblicken tot bist. Ganz egal, was mit mir passiert, ich werde am Leben sein. Denk darüber nach, Katrine, solange du noch kannst. Außerdem glaube ich, dass dein Abschiedsbrief, der oben im Haus auf dem Tisch liegt, mir eine große Hilfe sein wird.«

»Du hast einen …«

»Ja, das habe ich. Einen ziemlich guten sogar, wenn du mich fragst. Darin erklärst du unter anderem, warum es so schwer für dich war, hierher zurückzukehren, und warum deine Schuldgefühle so groß waren, dass du sie nicht mehr ertragen konntest. Tatsächlich warst du es nämlich, die mit Jon rausgeschwommen ist. Tja, wenn man so will, hast du meine Rolle in diesem kleinen Drama übernommen.«

»Das durchschauen sie«, sagte Katrine mit eisiger Stimme. »Leute, die mich kennen, wissen ganz genau, dass ich so etwas nie tun könnte.«

»Du hast auch nicht geglaubt, dass ich so etwas tun könnte.«

»Aber ich habe es herausbekommen.«

»Nur viel zu spät.«

»Sie wissen genau, dass ich kein bisschen selbstmordgefährdet bin. Mein Vater weiß es, meine Freunde wissen es. Ich würde viel lieber wissen, was zwischen Mads und dir passiert ist. Warum hast du es getan?«

»Er hat gelogen.«

»Er wollte sich also doch nicht scheiden lassen? Wie er es dir versprochen hatte?«

Lise antwortete nicht, und Katrine deutete ihr Schweigen als ein Ja.

»Wegen der Krankheit seines Sohnes?«

Immer noch keine Antwort.

»Also bist du hinter ihm her, nachdem ihr im Krankenhaus miteinander geschlafen habt, zum letzten Mal?«

»Okay, ja – ich bin ihm nachgefahren! Er hatte unsere Vereinbarung gebrochen und wollte Schluss machen. Alles beenden. Einfach so tun, als sei nie was gewesen. Und er ... dieser Scheißkerl ...« Da war noch mehr, das konnte Katrine deutlich hören. Aber vielleicht war es zu demütigend für sie, es zu erzählen.

»Und du hattest das Messer schon bei dir, als du zum Haus gegangen bist?«

»Es war nicht so, wie du denkst. Ich hatte das nicht geplant. Aber Jakobs Angelzeug stand hinten im Wagen, wo es schon seit hundert Jahren steht.«

»Und was hast du nachher damit gemacht?«

»Sauber gemacht natürlich, als ich wieder zu Hause war. Und dann wieder dahin zurückgelegt, wo ich es hergeholt hatte. So einfach war das.«

»Aber da ist eine Sache, die ich nicht verstehe: Warum hast du nicht einfach Vibeke umgebracht anstatt Mads? Sie war es doch eigentlich, die euch im Weg stand?«

»Er hatte versprochen, dass alles so kommen würde, wie er gesagt hatte! Er hat es *versprochen*!«

»Aber er hat es nicht gehalten. Und da hast du ihn getötet! Du hast den Vater deiner eigenen Tochter niedergestochen!«

423

»Siehst du, so ist es immer. Du und er und solche wie ihr, ihr zwingt mich doch dazu! Siehst du das nicht? Ihr verdreht alles! Ich hatte doch keine Wahl. Ihr lasst mir ja keine Wahl!«, schrie sie.

»Und es lässt dich völlig kalt, dass ein Unschuldiger für den Mord ins Gefängnis geht, den du begangen hast. Wahrscheinlich denkst du sogar noch, es war ein Glück, dass er vorbeigekommen ist, oder?«

»Ja, natürlich war es ein Glück!«

»Und dann bist du dahintergekommen, dass es auch noch ausgerechnet der war, der bei dir zu Hause aufgetaucht ist und dich bedroht hat, nicht wahr?«

Lise zuckte mit den Schultern und nickte.

»Und was ist mit Jon? Und deiner Mutter?«

»Kapierst du das wirklich nicht, Katrine? Es war ihre eigene Schuld. Meine Mutter – wenn du wüsstest, wie abartig krank im Kopf sie war. Und Jon – er dachte, er könnte mich einfach für einen beschissenen Frustfick benutzen!«

»Also war es in Wirklichkeit immer die Schuld der anderen?«

»Ja, natürlich war es das!« Lise brüllte jetzt. »Ich bin doch nicht wie deine durchgeknallten Serienkiller! Es ist alles eure eigene verfluchte Schuld! Ihr drängt mich in eine Ecke. Wie Malene und ...« Sie verstummte.

»Und wer?«, fragte Katrine atemlos. Waren da noch mehr?

»Das spielt keine Rolle mehr, Schluss jetzt, Katrine! Für dich endet die Geschichte hier.«

»Wer ist Malene? Du musst es erzählen, Lise!«

Aber sie bekam keine Antwort.

Lise riss ihre Arme hoch, und ein stechender Schmerz

424

fuhr ihr durch die Schultern und ließ sie auf die Knie sinken, in das eiskalte Wasser, das träge gegen ihre Oberschenkel schwappte.

Die Kälte war unbeschreiblich.

Lise trat hinter sie, und mit ihrem ganzen Gewicht drückte sie Katrines Oberkörper vornüber. Katrine wehrte sich mit der wenigen Kraft, die sie noch hatte, aber es war hoffnungslos. Wenn Lise sie mit dem langen Liegen in der Kälte nicht nur hatte quälen, sondern vor allem schwächen wollen, dann hatte es wie geplant funktioniert. Unter normalen Umständen wäre Katrine ihrer Gegnerin durchaus gewachsen gewesen. Jetzt war sie es ganz sicher nicht.

Katrine kippte nach vorne und lag auf dem Bauch. Lise lag über ihr und presste ihren Kopf mit aller Kraft nach unten, auf das Wasser zu. Einige schnelle, tiefe Atemzüge, dann hielt Katrine die Luft an. In der nächsten Sekunde wurde ihr Gesicht endgültig in das graue Meerwasser getaucht. Die Eiseskälte, die ihre Haut umschloss, war noch heftiger, das Wasser noch unbarmherziger als die Luft.

*

Zwei Minuten. Dem Navi zufolge würde Jens in zwei Minuten Katrines Haus erreichen. Er hatte noch ein paarmal angerufen, nachdem er von der Autobahn abgefahren war, aber sie antwortete immer noch nicht. Daraufhin hatte er Kragh angerufen, um sicherzugehen, dass Katrine nicht inzwischen im Präsidium angekommen war.

Das Gefühl, dass hier irgendetwas absolut nicht in Ordnung war, wurde immer bedrückender. Die Sache hatte sich zu einem Cocktail mit viel zu vielen unbekannten Zutaten entwickelt.

Er beschleunigte noch einmal, obwohl er die zulässige Höchstgeschwindigkeit schon weit überschritten hatte und obwohl die Straßen nach dem Schneefall letzte Nacht schmierig glatt waren. Das Navi schickte ihn durch eine enge Dorfstraße. Ein kurzes Stück weiter sollte er abbiegen und der Küstenstraße folgen, und dann würde er gleich da sein. Er fuhr, als seien Tod und Teufel gemeinsam hinter ihm her, und kam an einen schmalen Stichweg, der zur Küste hinunterführte. Hier war es. Hundert Meter den Weg entlang stand Katrines Wagen. Abgesehen von einem weiteren Auto, das ein paar Häuser davor geparkt war, schien alles verlassen.

Er hatte recht gehabt. Es war jemand hier, doch wusste er nicht, ob es Lises Auto war. Oder das eines Nachbarn. Es konnte ja noch andere geben, die genauso verrückt waren wie Katrine und im Winter hier draußen hausten.

*

Das Wasser war so unglaublich unbarmherzig.

Allumfassend.

Ihr Oberkörper lag jetzt im Wasser. Ihre einzige Chance bestand darin, den Atem so lange anzuhalten, dass Lise glaubte, sie sei tot. Und dann hoch und Luft, Luft! Und dann ... mehr wusste sie nicht.

Es kam ihr vor, als halte sie den Atem schon eine Ewigkeit an. Tatsächlich hatte sie keine Ahnung, ob zehn Sekunden oder eine Minute vergangen waren, seit Lise ihren Kopf unter Wasser gedrückt hielt. In Panik merkte sie, dass ihr Körper vollkommen anders reagierte, als sie es gewohnt war. Mit Entsetzen wurde ihr klar, dass sie die Luft auch nicht annähernd so lange würde anhalten können wie normalerweise. Es musste an der Belastung liegen, der ihr gesamter Organismus ausgesetzt war. Plus der panischen Angst vor dem Tod, der sie in nur ein paar Sekunden ereilen würde. Sie begann, sich zu wehren, versuchte, sich hochzudrücken, aber Lise verstärkte ihren Griff und stemmte ein Knie zwischen ihre Schulterblätter. Das war mehr als genug, um Katrine in ihrem Todeskampf voll und ganz unter Kontrolle zu halten. Also gab sie ihren Widerstand auf, lag ganz ruhig und ließ ihren Körper erschlaffen. Vielleicht würde Lise glauben, sie habe den Kampf bereits verloren, sei schon tot, die Lungen gefüllt mit eiskaltem Meerwasser. Der Gedanke war grauenvoll, die Angst, dass es tatsächlich so kommen würde, unbeherrschbar. Nein, nein, bitte nicht, bitte nicht, dachte sie voller Panik und konnte nichts dagegen tun, dass ihr Körper ganz gegen ihren Willen mit krampfhaften Atemreflexen reagierte.

Und dann, plötzlich, ohne dass sie es auf irgendeine Weise hätte verhindern können, verlor sie die Kontrolle. Ihr Mund öffnete sich in einem stummen Schrei, und sie fühlte das, wovor sie sich immer gefürchtet hatte. Kaltes Wasser drang in ihren Hals und ihre Lungen, der Schmerz, die Panik und die Angst in ihren ganzen Körper. Sie wusste, dass sie jetzt sterben würde.

In grenzenlosem Entsetzen sah sie Jon vor sich. Es war der Albtraum, den auch er durchlitten hatte.

Dann ertrank sie.

*

Jens stellte den Wagen am Rande des Stichwegs ab, nahm seine Sachen und rannte zum Haus. Drinnen brannte

Licht, aber er konnte niemanden sehen. Er erreichte die Tür und drückte vorsichtig den Griff nach unten. Einen kurzen Moment schoss ihm ein Gedanke durch den Kopf: Was tust du hier eigentlich, Høgh? Was, wenn sie ganz einfach nur gestern Abend Besuch hatte und heute Morgen verschlafen hat? Und jetzt kommst du und stürmst ihr Haus? Wenn es tatsächlich so war, würde ihm diese Geschichte ewig anhängen.

Aber die Tür war offen. Er ging hinein. Und als er Katrines Ferienhaus betrat, wusste er, dass er recht gehabt hatte.

Irgendetwas ging hier vor, und das war ganz entschieden nichts Gutes.

In dem kleinen Wohnzimmer war es fast so kalt wie im Freien. Eisige Luft strömte durch die sperrangelweit offen stehende Terrassentür herein. Schnell überprüfte er die Zimmer. Niemand da. Dann lief er in den Garten. Die Dunkelheit der Winternacht hatte ihren Griff beinahe gelöst, und in dem frisch gefallenen Schnee konnte er Fußspuren ausmachen. Im selben Moment kam eine Frau durch das Tor am anderen Ende des Gartens gelaufen, das der Geräuschkulisse nach zu urteilen hinunter ans Meer führte.

Es war Lise Barfoed.

Und anscheinend war sie zu Tode erschrocken.

»Sie sind da unten!«

»Wer ist da unten?«

»Nukajev und Katrine. Es ist furchtbar, er hat uns die ganze Nacht über hier festgehalten. Wir haben versucht zu fliehen. Katrine liegt da unten. Ich glaube, sie ist ertrunken.«

Katrine. Ertrunken ... Nein, das durfte nicht sein ... Sein Magen zog sich schlagartig zusammen.

»Wo ist er, sagen Sie?«

»Da unten. Das habe ich doch gesagt. Beeilen Sie sich, vielleicht können Sie sie noch retten. Ist hier noch mehr Polizei?«

Jens' Gedanken rasten. Warum sollte Nukajev Lise laufenlassen, wenn Katrine tot war? Das ergab keinen Sinn. Und wie sollte Aslan Nukajev überhaupt hierhergefunden haben? Sie blufft, folgerte er und packte sie am Arm.

»Sie kommen mit da runter!«

»Da runter, wo er ist? Ich bin doch nicht verrückt!«

»Gut, dann nehmen wir solange die hier.« Er zog eine Plastikfessel hervor, um ihre Hände zusammenzubinden.

»Hallo! Sind Sie völlig übergeschnappt!? ICH bin hier überfallen worden!«, schrie sie wütend.

»Das werden wir ja sehen. Geben Sie mir Ihre Autoschlüssel.«

»Und in der Zwischenzeit stirbt Katrine«, schrie Lise weiter.

Er zögerte einen kurzen Augenblick, aber das reichte ihr. Sie riss sich los und rannte zum Haus.

Jens spurtete zum Gartentor. Da unten am Strand, direkt am Ufer, bot sich ihm ein schrecklicher Anblick.

Katrines lebloser Körper lag im Wasser, mit dem Gesicht nach unten. Sie trug nur ein T-Shirt und einen Slip.

»Nein! Nein! Nein!« Er stürzte die Treppe hinunter und war mit ein paar Schritten bei ihr, hob sie aus dem Wasser und stellte entsetzt fest, dass sie nicht mehr atmete. Legte sie in den Sand. Herzdruckmassage, Høgh, komm schon!, war das Einzige, was er denken konnte. Erst kürzlich hatte er einen Auffrischungskurs in Erster Hilfe gemacht. Das Wichtigste war die Herzdruckmassage, hatten sie ihnen eingetrichtert.

Bring das Herz in Gang, bring das Herz in Gang, sagte er wieder und wieder stumm zu sich selbst, während er mit beiden Händen regelmäßig auf ihr Brustbein drückte. Dreißig Mal. Dann Beatmung. Komm schon, komm schon! Ihre Lippen waren blau, und unter der gebräunten Haut war sie leichenblass.

Und unbeschreiblich kalt!

Er sah sie an, und es lief ihm eisig über den Rücken. Wie lange hatte sie im Wasser gelegen? Wie lange war sie schon so leblos?

Jens pustete warme Luft in ihren totenkalten Mund, fünf Mal. Dann wieder Herzdruckmassage.

Komm jetzt, komm jetzt! Bitte!, dachte er verzweifelt.

Ein Schwall Wasser. Aus ihrem Mund. Noch einer. Sie erbrach Wasser. Sie hustete. Noch nie hatte er auch nur etwas annähernd Ähnliches gehört.

»Katrine! Verdammt nochmal!«, rief er erleichtert und stieß ein kurzes, irres Lachen aus. Dann legte er sein Ohr an ihren Mund. Sie atmete. Gott sei Dank! Er drehte sie so, dass sie auf der Seite lag.

Sie musste ins Warme, bevor die Kälte sie tötete. Es ist noch nicht vorbei, Høgh. Er riss sich seine Jacke runter, legte sie über sie und rief die 112 an. Der Diensthabende sollte einen Notarztwagen schicken, augenblicklich, und dann Per Kragh informieren, dass Lise Barfoed die Täterin war und sich vermutlich noch in der Nähe aufhielt. Und Verstärkung schicken, und zwar sofort. »Und jetzt mach!«, brüllte er in sein Telefon.

430

Er hob Katrine auf und schnaufte wie ein Pferd, als er sie die eisglatten Treppenstufen nach oben trug. Es kam ihm wie eine Ewigkeit vor, aber dann kamen sie zum Haus. Die Terrassentür stand immer noch offen. War sie noch da ...?

Jens trat durch die Tür, und im selben Moment traf ihn ein brennender Schmerz im Nacken. Lise Barfoed hatte mit einem harten Gegenstand von hinten auf ihn eingeschlagen. Er verlor das Gleichgewicht und wäre beinahe mit Katrine auf den Armen gestürzt, konnte sich aber gerade noch aufrichten. Halb ließ er sie fallen, halb legte er sie unsanft auf den Fußboden und fuhr herum.

Wieder schlug Lise Barfoed zu. Sie hielt den Schürhaken in den Händen, wie er gerade noch sehen konnte. Jens riss den linken Arm hoch und konnte den Schlag halbwegs abwehren. Der Schmerz war lähmend, trotzdem holte er mit der Rechten aus und traf Lise Barfoed mit voller Wucht.

Sie sackte zusammen.

Jens drehte sich um. Katrine lag da und stöhnte schwach. Sie sah elend aus, bleich wie der leibhaftige Tod, triefend nass und völlig verfroren. Er eilte ins Schlafzimmer, raffte die Bettdecke und eine Wolldecke an sich und legte beides über sie.

Dann ging alles sehr schnell. Aus dem Augenwinkel erahnte Jens, dass Lise Barfoed auf die Beine gekommen war. Blut lief ihr aus Mund und Nase. Mit erhobenem Schürhaken kam sie auf ihn zu.

Jens zog seine Heckler & Koch.

»Stehen bleiben!«, rief er. »Oder ich schieße!« Der Schmerz in seinem Nacken und im linken Arm ließ es ihm für einen Moment schwarz vor Augen werden.

Lise bemerkte sein Zögern, nutzte die Sekunde und hastete stolpernd zur Tür. Im nächsten Augenblick war sie nach draußen verschwunden und schlug die Tür hinter sich zu. Er lief in den Flur und blieb stehen. Lauerte sie neben der Tür, bereit zum nächsten Schlag? Er hob die Pistole und riss die Tür auf.

Mist! Sie war direkt zu ihrem Wagen gelaufen und saß schon hinter dem Lenkrad. Jens rannte. Lise startete den Motor, das Auto raste los. Er konnte die Fahrertür nicht mehr erreichen und hielt inne, zielte, schoss und traf erst den einen, dann den anderen Hinterreifen.

Das Auto geriet ins Schlingern, dann blieb es im Schnee stecken.

Wieder spurtete Jens los, während die Fahrertür aufflog und auch Lise losrannte. Ganz schön zäh, dachte er und setzte ihr nach. Schnell hatte er sie eingeholt und warf sich mit seinem ganzen Gewicht über sie. Hart landeten sie im Schnee.

»Hände auf den Rücken!«

Sie lag ganz still. Und dann, mit einem Mal, warf sie den Kopf mit aller Kraft rückwärts, um ihm einen Kopfstoß zu versetzen.

Jens konnte ihrem Manöver mit knapper Not ausweichen, setzte sich auf sie und zwang ihr die Arme brutal auf den Rücken. Rasch legte er eine Plastikfessel um ihre Handgelenke und zog sie fest.

Er riss Lise Barfoed hoch und führte sie mit langen Schritten zurück zum Haus.

*

Schüsse?

Hatte sie Schüsse gehört?

Umnebelt, aber doch wach lag Katrine auf dem Boden. Sie fühlte sich hundeelend. Tatsächlich konnte sie sich nicht erinnern, dass sie sich jemals im Leben so elend gefühlt hatte.

Mit Grauen fielen ihr die letzten Minuten wieder ein, bevor alles schwarz geworden war. Das Wasser in den Lungen. Bei dem Gedanken schnappte sie panisch nach Luft. Sie konnte atmen. Wie war das möglich? War sie tot? Gab es doch ein Leben nach dem Tod? Was geschah mit ihr?

Vorsichtig öffnete sie die Augen, schaute durch den schmalen Spalt und stellte zu ihrer großen Verwunderung fest, dass sie in ihrem Wohnzimmer lag. Sie verstand nichts. Wie war sie hier heraufgekommen? Wo war Lise?

Plötzlich fühlte sie sich warm. Es war phantastisch, einfach wunderbar, wieder Wärme zu spüren. Wie sie gefroren hatte! Aber jetzt gerade fühlte sie sich auf einmal sehr warm. Hatte jemand das Feuer im Ofen angezündet? Sie öffnete die Augen etwas weiter. Nein, das schien nicht der Fall zu sein. Sie fühlte sich wärmer und wärmer und konnte merken, wie das Blut geradezu durch ihren Körper rauschte.

Es war schön.

Bis ihr undeutlich und bedrohlich die Geschichte von einem Mann in den Sinn kam, der sich in den Bergen verirrt hatte, irgendwo in Norwegen. Man fand ihn unter einem Baum liegend, ohne Kleidung, wo er vor einem Schneesturm Schutz gesucht hatte.

Kurz bevor man vor Kälte stirbt, bevor man erfriert, fließt das Blut wieder in die äußeren Blutbahnen.

Und genau da fühlt es sich wunderbar warm an.

*

Jens drückte Lise auf einen Stuhl und band sie eilig mit Plastikfesseln fest. Dann stürzte er zu Katrine, die noch so dalag, wie er sie zurückgelassen hatte, offenbar bewusstlos. Ihr Atem ging flüchtig und oberflächlich, und er konnte keinerlei Kontakt zu ihr bekommen. Instinktiv wollte er Wärme in die verfrorenen Beine und Arme reiben, aber hieß es nicht, genau das sei das Falsche …?

Er schaute auf das bleiche Gesicht, das unter der Decke hervorlugte. Konnte sie auf dem Boden überhaupt wieder Wärme aufnehmen? Ihr eiskalter Körper konnte wohl unmöglich selbst Wärme generieren, auch wenn er unter zwei Decken lag?

Er drehte das Thermostat der Wohnzimmerheizung bis zum Anschlag, rannte ins Schlafzimmer und holte die Matratze aus ihrem Bett, legte sie neben Katrine ab und bugsierte den bleichen Körper auf die weiche Unterlage. Resolut zog er seinen Pullover und die Stiefel aus und schob sich unter die Decke, um sie mit seinem eigenem Körper zu wärmen.

Gütiger Himmel, wie kalt sie war. Plötzlich fühlte er sich mutlos. Gab es überhaupt eine Chance, dass sie das hier lebend überstand?

So lagen sie da, und es kam ihm wie eine Ewigkeit vor.

Ihr Zustand ließ seine Angst rapide größer werden, sie wirkte mit einem Mal so zerbrechlich. Der Atem kam zunehmend nur noch stoßweise und immer beschwerlicher.

Aber dann hörte er ein Geräusch, noch weit weg, doch es kam näher und näher. Konnte es sein …?

Ja, Gott im Himmel! Ein Helikopter!

Er stand auf, sprintete nach draußen und hüpfte auf dem Weg vor dem Haus auf und ab wie ein Hampelmann und winkte und schrie. Der Helikopter landete auf einer kleinen Wiese nicht weit weg, und ein paar Sekunden später stürmte ein ärztliches Notfallteam ins Haus.

Sie arbeiteten schnell und konzentriert, und ihren ernsten Mienen nach zu urteilen bestand kein Zweifel, dass Katrines Zustand äußerst kritisch war. Er fing beunruhigende Satzfetzen und Worte auf; extreme Auskühlung, zu hohe und zu niedrige Werte von diesem und jenem.

Katrine wurde in ein alufolienähnliches isolierendes Material gewickelt, bekam eine Infusion gelegt, und kurz darauf hob der Helikopter ab und nahm Kurs auf das Reichskrankenhaus in Kopenhagen.

Jens blieb im Haus und wartete auf die Kollegen, die sich um Lise Barfoed kümmern würden. Sie schaute seelenruhig aus dem Fenster.

Jens ging in die Küche und blickte ebenfalls aus dem Fenster, ob die Verstärkung schon in Sicht war. Kurz darauf bogen zwei ihm wohlbekannte große schwarze Wagen der Marke Peugeot in den Stichweg ein. Kim Johansen und Torsten Bistrup stiegen aus dem einen. Jens erklärte kurz, was seit seiner Ankunft in Katrines Haus passiert war. Lise Barfoed wurde abgeführt und verschwand in dem anderen Wagen.

»Was Neues von Vibeke Winther?«, fragte Jens.

»Sie hat angerufen, kurz bevor wir gefahren sind. Sie bräuchte etwas Ruhe und Abstand und wäre mit Thomas Kring für ein paar Tage in ein Hotel gefahren. Aber als sie dann heute Morgen ihre Mailbox abgehört hat ...«

»Und warum zum Teufel hat sie nicht wenigstens ihrem armen Au-pair-Mädchen Bescheid gesagt?«

»Sie dachte, Maria würde den Mund nicht halten können, wenn die Polizei nach ihr fragen sollte. Und Ruhe vor der Polizei wäre eben genau das gewesen, was sie am meisten bräuchte«, antwortete Bistrup und zuckte mit den Schultern. »Ich glaube, sie hat eingesehen, dass das nicht allzu clever war.«

»O Mann, Leute gibt's!«

»Tja, was soll man machen?«, sagte Bistrup und ging hinüber zu den Wagen, die einen Moment später davonrollten.

Jens ging zurück ins Haus und ließ sich auf Katrines Wohnzimmersofa nieder. Wie still es plötzlich war. Er schaute sich um. Hier wohnte sie also.

Wenn es ihr besserging, würde sie ihm die ganze Geschichte erzählen. Er weigerte sich, etwas anderes zu denken, als dass es ihr natürlich wieder bessergehen würde, obwohl das Risiko sehr hoch war, dass es nicht so kommen würde, wie er im tiefsten Innern sehr gut wusste.

Simone! Er hatte völlig vergessen, sie anzurufen. Er holte das Telefon hervor und wollte gerade ihre Nummer suchen. Andererseits, dachte er, muss sie es ja lernen. Der Apparat verschwand wieder in seiner Tasche.

Irgendwann kamen die Kriminaltechniker, die Bistrup angefordert hatte. Jens erklärte ihnen alles, was er über die Ereignisse der vergangenen Nacht in diesem Haus wusste, so genau wie möglich. Aber noch gab es große Lücken in dem Puzzle. Wann war Lise aufgetaucht? Und wie war sie hereingekommen? Die Tür war nicht aufgebrochen – hatte Katrine sie hereingelassen? War es Lise, die Mads Winther getötet hatte? Hatte sie Katrine gegenüber alles zugegeben? Was war geschehen, bevor Lise Katrine runter zum Strand geschleppt hatte? Um nur ein paar davon zu erwähnen …

Zusammen gingen sie hinunter ans Meer, und die Techniker machten Bilder und nahmen Abdrücke an der Stelle, an der Jens Katrine im Wasser gefunden hatte.

»Den Rest überlasse ich euch, Jungs«, sagte er, gab ihnen die Schlüssel zum Haus und ging hinauf zu seinem Wagen.

Er musste zurück in die Stadt, ins Krankenhaus. Musste wissen, wie ihr Zustand war. Ob sie es schaffen würde. Er *musste* es wissen.

Jens stieg ein und fuhr nach Kopenhagen.

EPILOG

Jens war auf Sightseeingtour in Schanghai. Er stand in der schwindelerregenden Höhe von dreihundertfünfzig Metern über dem Erdboden im Oriental Pearl Tower und schaute auf die Millionenstadt, über der eine Mischung aus Dunst und Smog lag, als habe die alte Moorhexe ein zähes Gebräu in ihrem Kessel angerührt.

Simone hatte Veronique zu einer Probe des Balletts begleitet, das Stück hatte in ein paar Tagen Premiere. Nach ein paar Monaten in Peking war die französische Compagnie nun hier in Schanghai. Veronique war vor Begeisterung völlig aus dem Häuschen gewesen, dass Jens und Simone sie für eine knappe Woche besuchen würden.

Zu seiner Überraschung zeigte Simone Interesse am Tanzen und sprach mit ihrer Mutter darüber, ob es nicht in Kopenhagen eine gute Ballettschule gebe, auf die sie gehen könnte. Es wäre gut für sie, wenn sie etwas hätte, worin sie aufgeht, dachte Jens. Wenn es mit ihr nur nicht so weit kommt wie mit Veronique ...

Hier hätte Katrine wohl gesagt, er solle sich nicht ständig Gedanken machen.

Er vermisste sie. Katrine.

Die ersten vierundzwanzig Stunden war ihr Zustand auf der Kippe gewesen, eine Frage von Minuten, hatten die

438

Ärzte hinterher gesagt. Unfassbar, wie nah sie dem Tod gewesen war.

Aber bereits am zweiten Tag nach dem Mordversuch an ihr hatte Katrine darauf bestanden, eine Aussage darüber zu machen, was in dem Ferienhaus vor sich gegangen war. Per Kragh und Jens hatten neben dem Krankenhausbett gesessen, und sie hatte erzählt. Von Jons Tod, von Lises Mutter, von Mads, von Marie, seiner Tochter, und von ihrer Geburt, von den absonderlichen Vereinbarungen zwischen Lise und Mads. Und von dem Schlüssel zu ihrem Ferienhaus, den Lise hatte anfertigen lassen.

»Sie hat auch eine Malene erwähnt«, hatte Katrine erklärt. »Unter denen, die sie umgebracht hat. Mehr weiß ich nicht, mehr wollte sie nicht darüber sagen. Und ich fürchte, sie hat noch ein ›und‹ hinzugefügt, als wären da noch mehr. Aber ich konnte nichts weiter aus ihr herausbekommen.«

»Ich werd sie schon ausquetschen«, hatte Jens gesagt.

Und das hatte er getan. Aber ein Geständnis bekam er nicht, und er fand auch keine Malene in den Fällen, die unaufgeklärt zu den Akten gelegt worden waren.

Wer war sie?

Daraufhin hatte Jens Lises Vater aufgesucht.

Dr. Axel Barfoed, Augenarzt, stand auf dem Türschild.

Der inzwischen pensionierte Arzt bat Jens herein, in eine Villa, die unverkennbar nach einer bitteren Mischung aus Einsamkeit und Alter roch. Jens erklärte, seine Tochter werde wegen Mordes und fahrlässiger Tötung angeklagt, und sie seien dabei, in diesem Zusammenhang auch den Tod seiner Frau noch einmal zu untersuchen. Das Gesicht seines Gegenübers blieb verschlossen, beinahe versteinert. Er schien völlig unbeeindruckt, leugnete anscheinend innerlich, dass seine Tochter die Taten begangen haben könnte, von denen dieser Polizist da vor ihm sprach.

»Meine Frau ist im Wasser ausgerutscht und ertrunken«, erklärte Herr Barfoed entschieden. »Es war ein tragischer Unfall.«

»Ich muss Ihnen leider mitteilen, dass die Sache wohl etwas anders aussieht«, entgegnete Jens. »Wir haben Grund zu der Annahme, dass Ihre Tochter diesen Unfall gezielt herbeigeführt hat. Aber nach so vielen Jahren ist das ohne Zeugen natürlich schwer zu beweisen.«

Axel Barfoed sah Jens misstrauisch an.

»Wie war das Verhältnis zwischen Ihrer Frau und Ihrer Tochter?«

»Ganz ausgezeichnet. Meine Frau war unserer Tochter eine gute und hingebungsvolle Mutter.«

»Und der Name Malene? Sagt Ihnen der Name etwas in Verbindung mit einem Todesfall?«, fuhr Jens fort.

Der alte Mann schaute Jens an, als ob dieser plötzlich in einer vollkommen unverständlichen Sprache redete, und schüttelte verärgert den Kopf. »Sagt mir nichts«, knurrte er.

»Es kann sein, dass das vor vielen Jahren passiert ist, vielleicht, als Lise noch ein Kind war. Aber wir wissen es nicht. Es kann auch in die Zeit fallen, als ihre Tochter schon erwachsen war. Wir haben allerdings weder Unfälle noch unaufgeklärte Tötungsdelikte gefunden, in denen der Name auftaucht.«

Herr Barfoed grunzte und schüttelte wieder den Kopf. Aber jetzt schien er wenigstens nachzudenken, wie Jens an dem konzentrierten Ausdruck erkennen konnte, der in sein Gesicht trat. Es verging eine Minute, womöglich mehr, in der Axel Barfoed die fernen Winkel seines Gedächtnisses durchsuchte. Jens ließ ihm die Zeit, die er brauchte.

Plötzlich schaute er Jens entsetzt an. »Das kann nicht sein ...«, flüsterte er langsam und ungläubig.

»Lassen Sie hören«, forderte Jens ihn auf. Und dann hörte er die Geschichte von zwei Mädchen, die in einer Kiesgrube gespielt hatten. Von denen eines unter dem Kies begraben worden und das andere, Barfoeds Tochter, nach Hause gekommen war, unglücklich und zu Tode erschrocken.

»Meine Tochter hat das Mädchen gewarnt, nicht zu nah an die Kante zu gehen. Sie war selbst schuld daran!«

Das Gesicht des pensionierten Augenarztes war wieder wie zuvor. Die Risse in seinem Panzer hatten sich für einen kurzen Moment geöffnet, aber gleich wieder geschlossen, wie Jens deutlich hatte sehen können.

Niemand außer Lise Barfoed wusste, was bei diesen »Unfällen« wirklich geschehen war, hatte Jens auf dem Weg zurück ins Präsidium gedacht. Aber sie hatte sich Katrine zu einem Zeitpunkt anvertraut, zu dem sie glaubte, dass Katrine sterben und sie unbehelligt aus allem herauskommen würde. Es gab guten Grund zu glauben, dass sie den Tod dieser Menschen verursacht hatte.

In den Wochen nach ihrer Entlassung aus dem Krankenhaus war Katrine krankgeschrieben gewesen. Sie hatten sich ein paarmal gesehen. Er hatte sie draußen in ihrem Haus besucht, und sie hatte vorgeschlagen, einen Spaziergang am Strand zu machen.

Sie hatten da gestanden, wo es passiert war. Da, wo sie ertrunken war und Jens ihr Leben gerettet hatte.

Aslan Nukajev war kurz nach seiner Flucht in der Nähe des Säuglingsheimes aufgegriffen worden, in dem sein Sohn untergebracht war. Einige Tage später hatte er die Erlaubnis bekommen, das Säuglingsheim zu besuchen und seinen Sohn zu sehen. Kurz bevor Jens nach China geflogen war, hatte Nukajev angerufen und freudetrunken erzählt, man arbeite nun darauf hin, dass er seinen Sohn bald zu sich nach Hause holen könne.

Über all das hatten er und Katrine gesprochen, während sie am Ufer entlanggingen.

»Wenn ich jetzt ein Opferprofil erstellen müsste«, hatte Katrine mit nachdenklichem Ausdruck gesagt, »von mir selbst ...«

»So weit ist es ja zum Glück nicht gekommen, okay?«

»Theoretisch schon, ein paar Minuten jedenfalls.«

»Ja, schon ...«

»Sie hatte mich.«

»Hör zu«, hatte er gesagt. »Du hattest sie genauso. Du hast den Fall geknackt, und wenn es jemanden gibt, der ein schlechtes Gewissen haben muss und sich was vorzuwerfen hat, dann sind das ja wohl Kragh und ich. Wir hätten dir besser zuhören sollen, dann wäre die Sache nicht so aus dem Ruder gelaufen.«

Sie hatte gelächelt, ein kleines, etwas schiefes Lächeln, das bedeutete, dass sie nicht überzeugt war, wie er inzwischen wusste.

Und jetzt war sie in Scharm El-Scheich. Bei diesem australischen Modellathleten von einem Taucher. Unfreiwillig schnitt Jens eine Grimasse.

Aber in einer Woche würden sie beide wieder im Präsidium sein.

Bereit für neue Aufgaben.

Hells Angels oder nicht.

*

Katrine steckte das Mundstück zwischen die Zähne.

Sie atmete langsam und zögernd. Ian hielt ihre Arme und ihren Blick fest.

»Okay?«, fragte er.

»Okay«, nickte sie.

Langsam glitten sie ins Wasser, tauchten. Einen Augenblick reagierte ihr Körper reflexartig und wehrte sich. Sie dachte an Jon. Und sie dachte an ihren eigenen Tod, daran, dass sie ertrunken war. Doch Ian hielt ihre Arme ruhig, aber bestimmt fest, so, wie sie es besprochen hatten.

Jetzt war ihr Kopf vollständig unter Wasser.

Und jetzt ... jetzt machte sie den ersten, grenzüberschreitenden Atemzug. Und noch einen.

Sie war nicht schuld an Jons Tod. War es nie gewesen. Er hatte sich nicht das Leben genommen.

Zum ersten Mal seit damals fühlte sie sich frei. Mit Daumen und Zeigefinger formte sie vor Ians Gesicht einen Kreis. Das internationale Taucherzeichen: alles okay, wir können weiter!

Sie nahmen Kurs auf das Korallenriff am Grund.

DANKSAGUNG

Ein großes Dankeschön geht an unsere Familie und unsere Freunde für Eure Unterstützung die Jahre über. Und ein ganz besonderer Dank an unsere drei wunderbaren Kinder Sofus, Molly und Janus für ihre Geduld mit uns.

Wir haben im Verlauf der Arbeit an diesem Buch Experten aus verschiedenen Bereichen zu Rate gezogen. Ohne Euch hätten wir dieses Buch nicht schreiben können. Wir sind Euch zutiefst dankbar dafür, dass Ihr Euer Wissen so großzügig mit uns geteilt habt. Ein herzliches Danke!

Sollte das Buch Fehler oder Missverständnisse enthalten, sind allein wir dafür verantwortlich.

Wir möchten uns gern bedanken bei:

Ove Dahl, Leiter der Mordkommission, Polizei Kopenhagen
Hans Ole Djernes, Kriminalkommissar, Mordkommission, Polizei Kopenhagen
Kjeld Christensen, Ermittlungsleiter, Mordkommission, Polizei Kopenhagen
Bent Christensen, Ermittlungsleiter, Mordkommission, Polizei Kopenhagen
Keld Olesen, Polizeirat, Polizei Nordseeland

Michael Hastrup, Kriminaltechniker, Reichspolizei,
 Nationales Kriminaltechnisches Dezernat,
 Kriminaltechnisches Zentrum
Charlotte Kappel, Diplom-Psychologin, Doktorandin an
 der University of Liverpool, School of Psychology
Kristina Kepinska Jakobsen, Diplom-Psychologin,
 Wissenschaftliches Polizeiliches Zentrum, Reichspolizei
Randi Nordahl, Diplom-Psychologin
Mette Nayberg, Diplom-Psychologin, Dansk Krisekorps
 ApS
Morten Ejlskov, Diplom-Psychologe, Organisation ApS
Hans Petter Hougen, Professor für Gerichtsmedizin an der
 Universität Kopenhagen
Freddy Lippert, Leiter der Notfallmedizin und des
 notfallmedizinischen Bereitschaftsdienstes, Region
 Hauptstadt
Christina Falck Gansted, Hebamme, Reichskrankenhaus
 Kopenhagen
Kirsten Landor, Studentin der Pharmazie

Tana French
Totengleich
Kriminalroman
Band 17543

Dem Tod wie aus dem Gesicht geschnitten

Als die junge Polizistin Cassie Maddox in ein verfallenes
Cottage außerhalb von Dublin gerufen wird, schaut sie ins
Gesicht des Todes wie in einen Spiegel: Die Ermordete gleicht
ihr bis aufs Haar. Wer ist diese Frau? Wer hat sie niedergesto-
chen? Und hätte eigentlich Cassie selbst sterben sollen? Keine
Spuren und Hinweise sind zu finden, und bald bleibt nur eine
Möglichkeit: Cassie Maddox muss in die Haut der Toten
schlüpfen, um den Mörder zu finden. Ein ungeheuerliches
Spiel beginnt.

»Mit Tana French ist die Erbfolge unter den
Crime-Königinnen gesichert.«
Der Tagesspiegel

»Voller fataler Volten, reich an Höchstspannung –
und geadelt durch einen Plot, der individuelle Schuld in
den Exzess sowie die Hauptfiguren beinahe in
den Wahnsinn treibt.«
Die Welt

Fischer Taschenbuch Verlag

Chevy Stevens
Still Missing – Kein Entkommen
Thriller
Band 18716

Ein ganz normaler Tag, ein ganz normaler Kunde mit einem freundlichen Lächeln. Doch im nächsten Moment liegt die junge Maklerin Annie O'Sullivan betäubt und gefesselt in einem Lastwagen. Als sie erwacht, findet sie sich eingesperrt in einer völlig isolierten Blockhütte im Nirgendwo wieder. Ihr Entführer übt die absolute Kontrolle über sie aus – ein endloser Albtraum beginnt ...

Ein unheimlich fesselnder Thriller mit grausam überraschenden Wendungen, verstörend eindringlich aus der Perspektive des Opfers erzählt.

»Düster, beunruhigend, atemberaubend und
einfach vollkommen packend.«
Kathy Reichs

»Dieser außergewöhnliche Thriller wird Sie
von der ersten Seite an in Bann halten – und noch lange,
nachdem Sie das Buch beendet haben.«
Karin Slaughter

Fischer Taschenbuch Verlag

fi 18716 / 1